Jo Hannssen

Februar im Sand

Neues von der Unterhaltungsdüne

Die Deutsche Nationalbibliothek verzeichnet diese Publikation in der Deutschen Nationalbibliografie; detaillierte bibliografische Daten sind im Internet über www.dnb.de abrufbar.

4. Auflage

© 2015, 2016 Jo Hannssen

Titel: Copyright © iStock.com/wgmbh
Buchrücken: © iStock/soup_studio

Herstellung und Verlag:
BoD – Books on Demand, Norderstedt

ISBN: 978-3-7392-1599-0

„Die Dame hat ein Alkoholproblem,

sie süffisanter Schleimvulkan!"

(Judith Tribon)

Für Jalf und Subi und das „ß"

Inhaltsverzeichnis

Die TV-Unterhaltungsdüne 9
Die Düne, auf der Zac an Höhlen und Bummelurin denkt 16
Die Düne, auf der Zac sachte gegen Hunde hetzt 20
Die Düne, auf der Zac verrät, wann er spenden würde 22
Die Düne, auf der Zac es dem Politkabarett mutig gibt 25
Die Humorbuch-Düne 34
Manuels Düne 36
Die Düne, auf der Zac Verlust beklagt 50
Die Düne, auf der Zac wuselwirr Foristen schmäht 52
Die Düne, auf der Zac den Schmerz bedenkt 57
Die Freud-Düne 60
Die Düne, auf der Caren M. und Bascha M. erwähnt werden... 62
Die Düne, auf der Zac ein namenloser Glaube heimsucht 67
Die Düne mit der rollenden Bastion des Familienglücks 74
Die Düne mit den beiden Frauen und mit dem Pieselprinz....... 78
Die Düne, auf der Zac ein Fahrradfahrer-Geheimnis lüftet 84
Die Düne, auf der Zac durcheinander denkt 90
Zwischendüne 92
Die Düne, auf der Zac gerecht schreibt und schneidert............ 93
Die kleine Movie-Düne 97
Die Düne, auf der Zac den Veganpfennig erklärt 98
Die Düne, auf der Zac beleidigt (?) 101
Die Düne, auf der Zac Hemisphärengerechtigkeit imaginiert. 105
Die Düne, auf der Zac bricht - eine Lanze für den Februar 107
Die Düne, auf der Zac wieder bricht - eine Lanze für die Politiker
 113
Die Düne, auf der Zac ein Nutztier seziert 116

Die Düne mit der Vuvuzela 119
Die Düne, auf der Karel Gott und AKW vorkommen........... 121
Die Düne mit der Dackeldame 126
Die Düne, auf der Zac die Klimarettung verhindert.............. 141
Die Auto-Düne 145
Die Düne, auf der Zac gegen Sport und Künstler wettert 148
Die Radio-Düne... 157
Eine Fazit-Düne... 207
Die Düne, auf der Zac dem Dschinn Djafar begegnet........... 208
Die Düne, auf der Zac tolle Vorschläge unterbreitet............. 217
Die Düne mit Frau Loder 221
Die Literaturpreis-Düne 224
Die Düne mit der Drei 230
Die Düne, auf der Zac den Sand beehrt 233
Die Kopfüber-Düne.. 236
Die Frankreich-Düne 237
Die Reportage-Düne... 240
Die Düne, auf der Zac fast nicht Gevatter Tod denkt............ 255
Die Düne, auf der Zac an Kuba, Nordkorea und Japan denkt 261
Die Düne, auf der Zac die Musik desavouiert...................... 266
Die Düne, auf der Zac Besuch erhält.................................. 272
Bonus: 66 feinste Luxus-Rezensionen................................ 277

Die TV-Unterhaltungsdüne

Zac träumt. Zunächst wollte sein Traum 'TV-Tipp' heissen. TV-Tipp? TV-Tipp, das klingt wie eine Fernsehzeitschrift, in der die apathische Frau Programmverbraucherin und der bequeme Herr Fernsehkonsument wirre Empfehlungen für ihren Flat Screen finden: Die Nachrichtensendung des Tages, der Kultfilm nach acht, die tollste Primetime-Serie, die nostalgischste Wiederholung oder der jugendgefährdendste Nachmittagsfilm. Das klingt nach einer billigen TV-Zeitschrift, aufgeblasen mit doofen Insider-Bewertungen, gespickt mit güldenen Sternchen, grauen Daumen, ominösen Punkten und bluttriefenden Herzen als Empfehlkrücke für des Lesens unkundige TV-Verbraucher. Das klingt nach vielen bunten Seiten mit banalen Hinweisen, wie 'Gucker, die diese Sendung schauten, guckten auch ...!' Zacs Traum zeigt stattdessen, wie den ideenlosen TV-Machern höchstselbst geholfen werden kann. Der warme Wüstenwind weht wilde Wünsche in Richtung Hürth, Ossendorf, Babelsberg und Unterföhring! Nach dem schmählichen Rausschmiss von 'Wetten, dass?' und dem anstehenden Verbot der Kinderarbeit in den Strebershows 'Das Spiel beginnt' oder 'Klein gegen Gross', geht es hier um eine ganz neue, ganz grosse Samstagabend-Show. Um das Format, das den deutschen Fernsehfunk gegenüber Netflix, Amazon Instant Video, maxdome und all' den anderen Streaming-Gaunern wieder in Vorhand bringen wird. Es geht um megamodernes Event-TV, es geht um 'Das Böse!' (Arbeitstitel). Auf der TV-Unterhaltungsdüne rettet Zac das deutsche Fernsehen:

Diese Showidee, liebe Fernsehmacher, ist die premiere Melange aus Philosophie, Neugier, Moraltheorie, Strafrecht, Häme und Groove. Gespannt? Die nagelneue Show stellt sehr normale Menschen in den Mittelpunkt. So weit, so gähn. Diese Menschen liefern live vor eiseskalter Kamera und stark angeschickertem Studiopublikum Geständnisse ab. Doppelgähn. Doch nun kommt es. Es geht um das Eingeständnis echten Fehlverhaltens, um die Beichte, schauderhafte Dinge hart an der Grenze zum Verbrechen - in Special-Adult-Shows zu Weihnachten, zu Ostern und zum 3. Oktober gar knallhart von jenseits dieser Grenze stammend - getan zu haben. Da kommt eine Menge Verhaltensunrat in Betracht! Zutiefst trivial darf 'Die schlimme Tat'

(Arbeitstitel) sein, verboten ist lediglich banale, plumpe körperliche Gewalt gegen Menschen. Auch die gute, alte Tierquälerei muss einem anderen Showformat vorbehalten bleiben, kämpft in 'The Pet Torture' (Arbeitstitel) um einen Bambi.

Zurück zur Show 'The Bad, the Bad and the Bad' (Arbeitstitel). Verboten ist dort obendrein Scheinheiligkeit. Ein Beispiel für diese alltägliche Heuchelei: 'Ich, die Sybylle, kümmere mich um meine schwer herzkranke, diabetische Mutti und meinen dementen, armamputierten Vater nicht. Kein bisschen. Weder mit Geld noch anders. Meine liebevollen Eltern haben mir ein tolles Leben ermöglicht, auf alles verzichtet, um mir die beste Ausbildung bezahlen zu können. Sie haben mich finanziell grosszügigst unterstützt, mich jeden Tag meiner 30 Monate im Entzug besucht und sich um meinen Sohn, den, ach ist doch egal, wie der heisst, gekümmert. Doch nun muss ich der Menschheit mein Wissen und meine Empathie geben, muss mich um AIDS-Waisen, Ebola-Infizierte, und Internet-Süchtige around the world sorgen. Das müssen meine Alten verstehen!' Noch ein Beispiel für diese vom Showkonzept strikt ausgeschlossene Bigotterie: 'Bernt mein Name. Ich habe eigentlich auf Lehramt studiert, in Marburg. Mathe und Latein im Haupt-, eigentlich Sport im Nebenfach. Für die Examensprüfung habe ich mir 59 Kilo angefressen. Dann habe ich mir Formeln und Definitionen auf meine extrem vergrösserte Bauchoberfläche geschrieben. In den Fettfalten musste ich den Edding nehmen. Ich hatte das Prinzip vorher an meinem Genital getestet. Sie verstehen sicher. Wegen meines so überraschenden wie extremen Übergewichts bekam ich dann Atemprobleme. Deswegen durfte ich stets länger an den Prüfungsarbeiten schreiben. So konnte ich immer wieder auf und in meinem Bauchspeck spicken. Habe dadurch sogar mit Prädikat bestanden. Ich habe die Uni nach Strich und Faden betrogen! So war ich schneller fertig und konnte meiner schwer herzkranken, diabetischen Mutti und meinem dementen, armamputierten Vater finanziell unter die Arme greifen. Soweit vorhanden.' Ein letztes Beispiel: 'Ich bin die Maximiliana, ich trieze und schurigele meine Kollegen und meine Familie, weil ich so grandios ungeduldig bin, total viel arbeite, mich bedingungslos aufreibe, um im Interesse von uns allen den Erfolg unserer Projekte zu generieren!' Das ist eine pharisäische Selbstbeweihräucherung und gehört nicht in dieses Format. 'Mein Name geht euch nichts an, ich piesacke und quäle meine Kollegen und Untergebenen und Kinder, weil es mir übelsten Spass macht!' Hier paart sich die schlechte Tat mit niedriger Gesinnung, so schafft es dieser Misthaufen auf jeden Fall in die Sendung! Damit ist eine Duftmarke gesetzt, der Rahmen vorgegeben und das Niveau ausreichend tief versenkt. Jetzt gehört flugs was Konkretes zum Kern der 'Arschloch-Show' (Arbeitstitel) auf den Tisch. Bevor die Rotzsäcke in der Show ihren 'Lohn der bösen Tat' (Arbeitstitel) erhalten, werden ihre Dreckstaten als circa halbstündiger, semidokumentarischer Einspielfilm aufgeführt. Die unsympathischen Typen dürfen ihre verdammungswürdigen Aktivitäten selber aus dem Off erzählen und die entscheidenden Passagen an den Original-Locations darstellen. Die Opfer dürfen sich ebenfalls selbst spielen. Soweit die dazu noch in der Lage sind. Es soll Unscripted Reality, die aber billig wie Scripted Reality ausschaut, um die TV-Gucker auf ihrem angestammten Niveau abzuholen, entstehen. Um das dem Thema angemessene niedrige Niveau zu garantieren und gleichzeitig die vernachlässigte Zuschauerkohorte der 31- bis 61-jährigen mit, na ja, prominenten Namen, zu locken, sollen die Filme von bekannten Filmemachern gedreht werden. Man hole sich postprominente Regisseure, bei denen die wenigen besseren Jahre viele schlechte Jahre zurück liegen. Oder Schauspieler, die es weg von den Rollen in billigen deutschen Beziehungskomödien, hin zum Regiestuhl für billige deutsche Beziehungskomödien zieht. Wer das sein soll? Das dürfen sich die künftigen Show-Produzenten - um Beleidigungsklagen vor dem Showstart zu vermeiden - aus dem folgenden Initialen-Gestöber puzzeln: S. B. S. W. L. S. D. W. T. W. H. M. und Q. Damit dürfte zugleich eine finanzgesunde Verbindung von niedrigem Niveau und niedriger Gage garantiert sein.

Als Auftaktkracher könnte dieser Reality Case zu einem 30-Minuten-Trash-Movie verwurstet werden: 'Ich bin Jenni, bin 49 Jahre jung, bin Hausfrau für und Mutter von drei Töchtern. Seit gut 25 Jahren bin ich verheiratet, mein nur wenig älterer Mann verdient als Selbständiger bei weitem ausreichend für unser Leben in bestem Mittelstand. Zwei Töchter hatte ich mit Anfang zwanzig zur Welt gebracht, die sind bereits vor Jahren ausgezogen, leben in Neuseeland und Chile. Die jüngste Tochter, die letzte, die noch zu Hause lebt, ist Elisabeth, genannt Betti. Sie ist - anders als ich - ein wenig pummelig, nicht fett, nur ein paar Gramm zu viel, typisch Nachzügler eben. Sie treibt keinen Sport. Ich schon, ich laufe, ich laufe sechs Tage die Woche, ich laufe immer dieselbe Strecke, seit meinem 45. laufe ich zusätzlich mit Gewichtssäcken an den Unterarmen. Bevor da diese ungustiösen Hautsäckchen hängen. Einen Hund haben wir nicht, noch sind nicht alle Kinder aus dem Haus. Nein, das ist nicht der Grund, ich mag Hunde, der könnte mit mir joggen. Als gut aussehende Frau zu laufen, das kann selbst in unserer gehobenen Wohngegend in Elbnähe gefährlich sein. Nein, ich schweife nicht ab, das gehört alles zu meiner

Beichtgeschichte. Irgendwie. Tochter Betti ist auch extrem klug, noch klüger als ich attraktiv bin. Sozusagen. Sie hatte einen Freund. Ein extrem anziehender junger Mann, ein Russlanddeutscher aus ihrer Klasse, der 11c des Sigismund-Weltzell-Gymnasiums war das. Ihr erster richtiger Freund. Sie machten ständig Liebe - sagt man das noch so? - bei uns zu Hause. Betti war dabei von Anfang an sehr laut, das störte mich durchaus. Ich glaube, ich war ein wenig eifersüchtig. Bei meinem Mann und mir, da läuft seit Ewigkeiten nichts mehr mit Sex. Ich bringe Betti jeden Morgen mit dem Auto zur Schule. Irgendwann, ja, im letzten Frühjahr beschloss ich, ich erinnere, es war beim Joggen, beschloss ich also, dass something must happen, sich etwas ändern müsste in meinem Leben, irgendein Kick musste her. Vom Moment an wollte ich mich auf eine erotischlampige, meint erotische und schlampige, Art gehen lassen. Ich wusch und frisierte mich kaum, zum Gymnasium brachte ich Betti nun in ollen Gartenschlappen, in einer verwaschenen grauen Schlabberhose. Den BH liess ich weg, ich konnte - und kann - mir das trotz meiner drei gestillten Kinder erlauben. Betti mochte diese Auftritte ganz und gar nicht. Sie lehnte meine entspannte Sexyness vehement ab. Ihr Freund nicht, der zeigte von Anbeginn an ein recht männliches Interesse. Wenn ich mich morgens vor Bettis Schule nicht sogleich verabschiedete, sondern ausstieg und neben ihr auf den Schulhof stolzierte, dann stierte nicht nur, aber am meisten ihr Freund auf meine Brüste. Ich begann damit, meine Laufrunden bereits am frühen Morgen zu spulen, sagt man das so? So konnte ich Betti ohne Duschintermezzo, noch im verschwitzten Lauf-Outfit in ihr Gymnasium transportieren. Sicht- wie riechbar angeschwitzt, stellte ich mich nun zu Betti und so lange auf den Schulhof, bis die jungen Leute in ihre Klassen entschwanden. Ihren kleinen Freund schienen meine Auftritte ziemlich anzumachen. Zuletzt entsagte ich jeder Haarentfernung unter den Achseln und im Schritt, Bettis Freund hätte diesem Anblick, dank meiner frühsommerlich-luftigen Klamotten, selbst wenn er es gewollt hätte, nicht entgehen können. Er wollte allerdings gar nicht weg schauen, er glotzte auf mich, vergass Betti im Moment meiner Anwesenheit, und versuchte, die Zeit meiner Gegenwart zu dehnen. Der Freund Bettis verfiel mir zusehends. Wenn ihr Freund nun über Nacht bei uns in der Villa blieb, war Betti nicht mehr zu hören. Während der Sommerferien sah ich den jungen Mann nicht. Er verbrachte die Zeit alleine bei seinen Grosseltern in einem sibirischen Dorf. Diese anderthalb Monate durften alle meine Haare ungefärbt wachsen. Zum Start des neuen Schuljahres war Betti krank, ich fuhr trotzdem zu ihrer Schule, allein. Ihr Freund musste nicht gebeten werden, den Schultag zugunsten eines Ausfluges mit mir, der Milf mit den zur Hälfte grauen Haaren, sausen zu lassen. Unser Sex im

Auto war dann nicht grottenschlecht, nicht überragend, nur gut, so okay eben. Ich hatte mir, nach so viel Anlauf, ein deutlich heisseres Feuer erhofft. Mit meinem iPhone filmte ich, wie wir uns im SUV liebten. Ob mein Mann dieses Sexfilmchen seiner Ehefrau mochte, weiss ich nicht. Gemailt hatte ich es ihm noch am selben Tage. Betti? Sie durfte die nächsten fünf Wochen nun mich hören, musste lauschen, wie es ihrer Mutter mit dem jungen Mann immer besser gefiel. Mitte Oktober hatte ich keine Lust mehr auf den jungen Schönen. Ob die beiden es in der Zeit oder danach noch miteinander trieben, weiss ich nicht. Betti wäre es zu wünschen gewesen. Sie starb Anfang November.'

Noch ein paar Synopsen gefällig? 'Ich heisse Stefiena - mein wahrer Name ist so ähnlich, aber anders und mir bekannt. Ich, 27, habe eine total hübsche, herzensgute Arbeitskollegin aus triefendem Neid angeschwärzt. Habe behauptet, sie schneidet sich in der Arbeitszeit die Fussnägel, zerbröselt die Halbmonde im Büroshredder, um das eigenartige Hornpulver als Potenzmittel (Japan-Style) für endlos Euro an den Vater unseres Chefs zu verticken, mit dem, also mit dem Vater vom Boss, sie hinterher in die Kiste springt. Das war alles erstunken und erlogen. Die doofe Kuh wurde deshalb gefeuert und marodiert seit dem als Tschetnitza, ähm, als Tschetnik-Frau durch das spärliche Unterholz der trockenen Kiefernwälder Brandenburgs.'

'Ich bin der Günther mit te-ha. Ich bin 63 Jahre alt, war früher Oberleutnant in der DDR-Armee. Bin seit der Wende arbeitslos, habe keine Familie, aber richtig viel Zeit. Ich veranstalte Nacktflohmärkte. Nicht Na*ch*t- sondern Na*ck*tflohmärkte. Bei denen berechne ich die Standmiete nach Grösse und Zustand der Geschlechtsorgane der Aussteller! Männer mit tief hängendem Skrotum zahlen mehr, meist das Doppelte vom Üblichen. Junge Frauen mit festen Brüsten dürften ihren Stand für Umme aufbauen. So Frauen kommen aber nie. Gibt nur die alten, labbrigen Säcke. Die knipse ich heimlich. All die antiken Gemächte zwischen all dem anderen funktionslosen Antikplunder. Beides will niemand mehr haben. Dann verkaufe ich die Fotos, nicht etwa auf meinem Flohmarkt, sondern über Delcampe. Als Onaniervorlage für gestörte Freaks. Die Adressdaten von diesen kranken Opfern poste ich. Hinterher. Poste ich zusammen mit den Fotos der alten Säcke vom Flohmarkt in meinem Blog 'Günther verpfeift Freaks!' Trieb schon einige der Geouteten ins Verderben. Auch letal. Ist mir scheissegal. Um mich alte Sau kümmert sich seit Egon Krenz' Verrat sowieso niemand. Warum das alles und warum so vertrackt? Irgendwie muss ich die Tage bis zu meinem Tod rumkriegen.'

'Mein Name ist Enno, ich bin das, was man einen Nerd nennt. Doch fehlt mir mit meinen 31 Lebensjahren jede Winzigkeit von der uns nachgesagten Herzensgüte. Jedenfalls, da war Fabian, mein fussballverrückter Banknachbar und bester Kumpel. War der einzige Freund, den ich je hatte. Der hatte mich im Alter von neun Jahren, drei Monaten und elf Tagen *Schweinchen Schlau* genannt. Daran musste ich denken, bevor ich vor drei Jahren, zwei Tagen und neun Stunden seine Online-Bankverbindungen hackte. Ich habe alle seine Depots aufgelöst, alle Konten abgeräumt, sogar die von seiner Ehefrau und das Kindersparkonto von seinem kleinen Töchterchen Marla, meinem Patenkind. Die Familie gibt es nicht mehr. Marla und ihre Mama starben an multiresistenten Keimen in einer zu billigen Sprühsahne. Fabian zittert als, von rötlicher Schuppenflechte bzw. Neurodermitis im Gesicht verunstalteter, krimineller Hütchenspieler-Lockvogel und ständig am Rande seiner Existenz dem Ende entgegen. Von wegen Schweinchen Schlau!'

'Ich bin die Christina, nee, Christiane, bin 24, nee, 42, und habe meinen Sohn aus blankem Desinteresse und von wegen meinem Hang zu Alkohol so schlecht erzogen, dass er seine Schule mit 13 abgebrochen. Hat. Vor wenigen Tagen wurder hingerichtet. In Texas. Das ist inner USA. Wegen Mord an einer Mutter von drei Blagen hingerichtet. Mit 'ner Giftspritze. Mit 19. Glaube ich. Ich würde gerne bald nach Amerika. Muss ein geiles Land sein. Disney und so.'

'Meine Mutter ruft mich Heidilein, obwohl ich schon 19 bin. Ich habe mir mit 14 ein heisses Bügeleisen so lange auf den Bauch gepresst, bis ich wegen der Verbrennungen wochenlang in einer Spezialklinik landete. Ich habe dann wegen dieser Misshandlung den Lebensgefährten meiner Mutter beschuldigt. Die verfuckte Sau hatte mir doch immer nur das Grafenwalder-Gesöff von Lidl, nie Becks oder Köpi geholt! Sonst war er aber total nett zu mir und Mama. Hatte sich seit meiner Geburt um mich gekümmert, war wie ein echter Vater, an nichts hatte es mir und Mama gefehlt. Nur diese billige Billigbier-Sache. Egal. Er starb im Knast, total uncool, an einer Blutvergiftung wegen einer explodierten Hämorrhoide.'

'Ich bin Patric, 51 Jahre alt, Unternehmensberater mit High-Level-Income, eigentlich nicht gay oder bi. Bin verheiratet, seit weit mehr als einem Vierteljahrhundert. Meine Frau? Die hasse ich abgrundtief. So. Wenn ich alle zwei Jahre ein neues Autos lease, muss nach dem Hamburg-Doppel-H ein Hinweis auf das aktuelle Modell auf das Nummernschild, TT oder Q 5 oder SLK oder so. Das ist schon leicht böse, aber für diese Show leider nicht evil genug. Ich kann mehr! Meine Frau erhält regelmässig, alle zwei Jahre einen neuen Wagen von mir, immer mit ihren Initialen und ihrem Geburtsjahr auf dem Nummernschild, HH - JK 65. Sie verflucht das jedes verdammte zweite Jahr, mehr und mehr. Ich habe vor zwei Jahren mit Männern geschlafen, von denen ich wusste, dass sie an Hepatitis B leiden, bloss, um mich zu infizieren. Zuletzt habe ich mit dem bisexuellen Liebhaber meiner Frau verkehrt, damit der meinen viralen Gruss zu ihr tragen kann. Hat er gemacht, der Ewald. Leider hat er auch seine Freundin Elisabeth infiziert, meine jüngste Tochter, Betti; erst musste sie mit chronischer Hepatitis B auf Isolier, dann erlag sie einem Organversagen.'

Hier wird auch er seine Bühne haben, der vormalige IM, der sich ohne irgendwelchen Druck als Stasi-Zuträger verdingt hatte, um anderen Menschen, der Geliebten, dem Kollegen, dem Kindergartenkumpel durch seine Spitzelei zu schaden. Hier bekennt der alte Denunziantensack, wie er seinen Postboten in den Siebzigern als schwulen DKP-Extremisten verpfiff und um dessen Existenz brachte. Hier dürfen schlechte Menschen performen, wie sie aus Jux und Dollerei ganze Familien ins Unglück stürzten. Hier in der Premiumshow 'Nur die Niedertracht zählt!' (Arbeitstitel) wird es weder Verzeihen noch Versöhnung geben. Schande und Scham sind viel zu moralisch aufgeladene Begriffe, sie gehören ebenfalls nicht zum Vokabular der 'DRECKSchAU!' (Arbeitstitel). Hier darf das sensationsgeile Primitivpublikum haltlos entgrenzt bestimmen, wer als grösster Scheisstyp den 'Arschlochjackpot' (Arbeitstitel) abräumt und mit welchen Züchtigungen die weniger Fiesen belohnt werden. Hier dürfen nach jedem Drecksfall willfährige Anwälte mit schief sitzenden Krawatten in schäbigen Kanzleiräumen sinnfrei in wahllos ausgesuchten Gesetzbüchern blättern, um danach ihr Urteils-Imitat in die Kamera zu stottern. Hier ist das deutsche Fernsehen wieder voll und ganz bei sich und seinem Bildungsauftrag. Hier darf das Feuilleton sich mit elitären Verrissen unter jedes Niveau quälenden Überschriften, wie 'Deutschland sucht den Supersack' oder 'Verbrechercamp' oder 'Germanys next Top-Asshole', blamieren!

'Danke Zac!' würde es aus 60 Millionen Gucker-Kehlen röcheln, sässe er daheim, nicht einsam im heissen Sand Arabiens.

Die Düne, auf der Zac an Höhlen und Bummelurin denkt

Was hatte er da eben geträumt, das war doch nichts weniger als brillant! Zac erwacht. Er ist allein und wird es lange bleiben (Rilke). Zac lässt seinen Blick in die Weite der Wüste schweifen. Ringsum ein Nichtort in absoluter Stille. Absolute, absichtslose Stille. Die Rub al-Chali, das Leere Viertel. Er hat Kopfschmerzen. Kopfschmerzen im Leeren Viertel. Wovon, das weiss er nicht. Will es auch nicht wissen, es ist ihm egal: Immerhin beweist das heftige Puckern zwischen seinen heissen Schläfen, dass dort überhaupt etwas passiert. Da ist sein Kopfweh fürwahr eine Erleichterung; besser Schmerzen im Schädel, als gar nichts unter dem Scheitel. Zac ist umgehend von sich angetan. Manchmal kommen ihm Ideen, ab und an hat er Vorstellungen von der Gegend dort, wo diese Ideen und Vorstellungen entstehen sollen: Hirnmasse, die sich selbst mal als nuancenlos grauen Klumpen mit Dellen und Löchern und Buckeln und Schrunden, dann als einen besonders klopsigen Computer sieht, rot und blau leuchtende Transparenz, durchwebt von schwarzen und grünen und weissen, ungleichmässigen Fäden. Eigentümliche Fäden, die an das erinnern, was sich zwischen Schuhsohle und Boden zieht, wenn man in einen Kaugummi getreten war, dann den Fuss nur ein klein wenig, lediglich so weit hebt, dass man sich am seltsamen Anblick dieses angenehm leicht zu überwindenden Widerstandes erfreuen kann. Was ist denn das für eine banale Dummidee? Ihn deprimiert die Abwesenheit von Originalität. Auch morgen und immerdar wird da kein Gedanke unter seine Kopfschwarte kriechen, der zuvor ungedacht gewesen wäre.

Zac würde jetzt, hier, in der wüsten Hitze gerne erneut einschlafen. Geht aber nicht, die Stirn droht zu platzen. Diese Kopfschmerzen. Die kommen von Entzündungen in den Nebenhöhlen, hatte seine HNO-Doktorfrau daheim gesagt und ihm zu warmer Luft geraten. Besonders feucht oder besonders unfeucht solle die Wärme sein, keinesfalls das entgegengesetzte Extrem. Doch noch in der Arztpraxis hatte er vergessen, welche Variante Erleichterung verspricht und welche Alternative zusätzlichen Schmerz beschert. Trockene Wärme jedenfalls ist nicht die heilende Hitze, das weiss er jetzt. Ein Erkenntnisgewinn, wenigstens etwas. Wenn Zac die Augen schliesst, um tief in sein Kopfweh zu tauchen, meinte er, knöcherne Höhlen zu sehen, schmale

Hohlräume, neben der Nase, hinter der Stirn gelegen. Ganz kleine Urmenschenhöhlen sieht er, bis zur halben Höhe geflutet von Schmerzschleim. An den schlecht ausgeleuchteten Wänden seiner kleinen Schädelhöhlen sieht Zac Darstellungen wie auf den angegrauten ärztlichen Rolltafeln, die er daheim in fast jeder Arztpraxis bestaunt hatte. Den ‚Nasenhöhlenknochenlinksgang nach Müller-Bronnstädt' oder den ‚Stirnkehllochknopsell samt Nebengelass nach Professor Denzing jr.' Ja. Diese Vorstellung gefällt ihm sehr, doch wahrscheinlich wabert dort drinnen einzig grüner, phosphoreszierender Kopfschmerzschleim. Es ist freilich egal, wie etwas wirklich aussieht, hier, auf seiner Düne kann Zac sich alles erspinnen: Schädel, Zukunft, Übermorgen, Vorheute, Februar, Judith, Frauen.

Frauen. Warum denkt Zac hier, unrasiert, unfrisiert, ungewaschen, allein im fremden Sand, an Frauen? Darum. Er braucht Ablenkung von seinem Kopfweh, benötigt flugs ein unerschöpfliches Thema, das seine Gedanken feste fesselt. Wie immer lohnt es sich, über Frauen, über diese äusserst spezielle Form der menschlichen Existenz zu sinnen. Gerade wenn man massig Zeit hat. Zac findet Frauen durchweg toll. Toll aber nicht auf die Art, wie - wie er meint - schwule Mitbürger Frauen fluffig finden - Frauen als knuffige Mitteldinger zwischen den hetero- und den homosexuellen Männern, sondern eben als das passgenaue andere, das allermeist schönere Geschlecht. Gilt das Gedachte schon als Vorurteil gegen irgendwen? Nein? Super! Zac sendet seinen besten Dank an den weisesten aller Absolutionserteiler, an sein phantastisches, sein unbestechliches, sein reines eigenes Gewissen.

Frauen. Zac fragt sich, wo beginnen, was schreit danach, als Erstes von ihm beleuchtet zu werden? Ein alter Gedankentrick hilft - Augen zu! Was sieht Zac durch seinen Schmerz? Wedelnde Frauen! Zac ist stets fasziniert, wenn Frauen ihre Hände ganz flach, parallel, rechts wie links neben den Wangen wedeln, senkrecht, die Handflächen nach hinten gedreht, wie die Seitenflossen mancher Fische, Quastenflosser womöglich, wenn das überhaupt Fische waren. Oder sind, müsste er gelegentlich im Internet gucken, in Wikipedia oder im fetten Brehm oder ihm dicken Wahrig oder so. Also, Frauen - die flachen Hände links wie rechts neben den Wangen vor und zurück wedelnd, die Finger ein wenig gespreizt, mit vielen kurzen, schnellen Bewegungen, um auf diese Weise visuell zu kreischen. Im Jazz Dance gibt es für diese Geste, diesen *move*, diesen Quatsch vielleicht eine amerikanische Bezeichnung, so wie die Jazz Hands oder die Double Dream Hands. Falls nicht, dann schlägt Zac vor: Quastenflosser Hands! Klingt doof, klänge auf Amerikanisch aber noch doofer. Paralleles Quastenflosser-Wedeln zarter Damenhände. Zarte Hände sportlicher Frauen. Diese Vorstellung ist ihm extremhitzebedingt momentan: Frauen, junge Frauen, na ja, überwiegend nicht mehr ganz so jung, vorzugsweise mittelalt, man erkennt das Alter oft nicht, man verliert sich dann schnell in der Suche nach der Antwort auf die Frage, ob Mittevierzig das neue Mittelalter ist und wie beschränkt diese X-ist-das-neue-Y-Sache ist. Zurück zu den Inhaberinnen der prächtigsten Nabel der Welt, den Frauen. Diese sind in seinen Augen zumeist attraktiv, was, Zac kokettiert damit, auf seiner Zuneigung zu intelligenten Frauen beruhen mag, und kriegen, unerschütterlicher Volksglaube an akademisches Spätgebären, Kinder eher jenseits denn diesseits der 35. Diese Klug-Frauen in ihren Mittelaltern also, die einen, ganz bestimmt: ihren, Kinderwagen, schieben, und backbords wie steuerbords vom rollenden Nachwuchs jeweils einen, ebenfalls eigenen, Köter stolzieren lassen. Eine schrecklich-üble Parallele: Kampfhunde in Parallelformation neben einer Kinderkalesche. Eine Troika! Nein, doch nicht, keine Troika, denn in der Mitte der Familienformation zieht niemand, in der Mitte wird der edle Kindertransporter geschoben. Eine uneigentliche Troika ist das also, überlegt Zac angestrengt, während sich seine Stirn- und Schläfenschmerzen just wieder in den Vordergrund puckern. Er fragt sich das erste Mal in seinem durchaus nicht kurzen Leben, ob es korrekt Troi-ka, so wie er seit Jahrzehnten denkt, oder nun, wie er seit der schwierigen Griechenland-Begleitung vermutet, Tro-ika heisst. Tro-ika - seine Denkpremiere, Applaus und Vorhang.

Silbentrennung im Denkprozess, wohl-oder-üble Notwendigkeit oder sein Tribut an den Eintopf, die Melange, das Letscho aus Trockenheit, Hitze, Kopfweh, Verwirrung und Durst? Durst müsste Zac eigentlich nicht haben, ausreichend bemessen, nicht üppig, aber bedarfsgerecht und bedürfnisadäquat bemessen ist sein Wasservorrat. Sogar eine Riesenflasche Limettonade mit fetter Zitronenpulpe hat er dabei. Allein, er will nicht trinken. Freiwillig bei Durst nicht zu trinken, das scheint ihm sehr reizvoll, etwa so, wie der gelegentliche Harnverhalt aus ganz freien Stücken, zu sein. Nein, Zac kichert in die Einsamkeit, er trinkt nicht nicht, weil er dann müssen müsste, sondern weil er die Flüssigkeitszufuhr dauernd vergisst. So geht es Zac ab und an auch mit dem Pinkeln, es gibt häufig Besseres zu tun, als sich zu berappeln und die Blase zu entleeren. Oft ist es schon besser, eben nicht zu gehen, schnöde sitzen zu bleiben. So lange den Harndrang ignorieren, bis man ihn vergessen hat. Wie macht der Körper das mit dem Pinkelverlangen-Vergessen? Parkt er das flüssige Zeug in einer geschickt getarnten Nebenblase, um es später unauffällig, durch kleinste Geheimkapillaren in ein aktuelles Wasserlassen rein zu schmuggeln? Oder folgt das da, das Abwasser da unten in ihm drinnen, eher dem klassischen Eisenbahnkonzept - eine Warteblase neben dem Hauptstrang, und wenn dann viele Stunden nach der Pinkelignoranz ein reguläres kleines Geschäft erledigt worden ist, dann darf im Anschluss, und ganz unauffällig, der längst vergessene Bummelurin in die Auslauf-Spur? Der Mensch wundert sich dann, kaum ist er weg vom Urinal, schon pressiert es erneut. Eine Blasenschwäche womöglich, aber inkontinent schon in diesem Alter, nein, das kann nicht sein. Verkühlt hat man sich, ganz bestimmt war es lediglich die Kälte, so enorm empfindlich sind sie, die Nieren, weiss man doch, gerade als Motorradfahrer, oder wenn man je einen Vorwand gesucht hat, um in aller Ruhe viel Bier trinken zu dürfen. Aber warmes Bier muss es sein, so fordern es die Mütter seit jeher für die heilende Nierenspülung: Warm, aber Bier! Und man könnte sich zusätzlich kasteien durch Bade- oder Duschfolter - die Nieren ziehen sich dann zusammen ob des Kühlwassers, der Drang wird stärker, aber der Hahn bleibt zu. Stunden später die grosse Erleichterung. Vielleicht des stimulierenden Effektes wegen wieder unter der Brause, warum denn nicht, wer sollte einen denn daran hindern. Ob das entspannte Wasserlassen unter der Dusche dereinst im Pflegeheim zur Tagesklimax wird? Freudstiftendes Laufenlassen ohne Gegendruck. Zac sollte dann auf tägliches Abendduschen umstellen, um einen kleinen Freudenstrahl für das fahle Dämmerlicht eines Erdentages und seiner Erdentage vorzuhalten.

Die Düne, auf der Zac sachte gegen Hunde hetzt

Zac mag weiterhin nicht trinken. Trocken entsinnt er sich seiner prachtvollen Zustände an Morgen nach Alkoholexzessen, an die, die Existenz des Paradieses verheissenden Morgen nach besonders gelungenen Saufabenden. 'Morgen' trifft es nicht exakt, Stunden sind es dann und denn schon, autokorrigiert Zac, ganze Tage von überragender Qualität, mit Gedärmbrand und Schrumpelschlund und Gastrogrollen sind es. Quality Time, zu dehnen, indem er auf die Zufuhr irgendeiner Feuchtigkeit verzichtete, um den Prozess des Verdorrens Stunde um Stunde zu geniessen. Jetzt, just im Moment, justament ist es anders, das heute passte mehr zur vorhin bedachten Pullereiabstinenz. Die Gedanken strömen zurück. Frauen, Kinderwagen, Hunde. Die Kinderwagenbegleithunde, so konfrontierte Zac seinen schmerzenden Schädel erneut absichtsvoll mit dem Teuflischen, gab es zudem in Versionen von gesteigerter Verabscheuungswürdigkeit. Dann tänzelten da zwei Biester gleicher Rasse, marschierten, gleichschritten, stolzierten mit erhobenem Schädel, abstossend in ihrer Überflüssigkeit, über alle Massen grosse, ressourcenverschleudernde Viecher, überflüssige Herausforderungen für Toleranz und Respekt vor dem Getier, wie Gott es am sechsten Tage geschaffen hatte. Dünkelhafte Ungeheuer, über denen immer, immer, immer, immer in riesigen Lettern die eine Frage schwebte, blinkte, leuchtete, brannte, schrillte, um von keinem Menschen mit Intellektmindestversorgung übersehen zu werden: Warum? Es war die schiere Rücksicht auf die unschuldigen Kinder in der Mitte der traurigen Paraden, sein Mitgefühl - oder müsste er statt dessen 'Empathie' denken, um sprachlich en vogue zu sein? - mit den Babys, die nicht haften sollten für das Irresein ihrer schreckliche Tölen anbetenden Eltern, welche Zac von der unbedingt gebotenen und gerne öffentlichen Sofortrichtung des felligen Begleittrosses abhielten. Wer über Hunde redet, nicht allein redet, sondern schlecht redet, also gut redet, aber Schlechtes redet, der redet gerne über deren Lärm, Beiss- und Scheissgefährlichkeit. Doch muss Verachtung alle mindestens mässig Gebildeten in Anbetracht ausnahmslos sämtlicher Eigenschaften eines jeden mehr als dackelgrossen Hundes durchfluten. Hier, im Nahen Osten, wird ihm so Schreckliches nicht begegnen, denn hier gibt es keine Hunde, nicht diese nervenden Auch-Ursachen für den

Verlust seines Glaubens an irgendeine Zukunft des Abendlandes. Arabien. Eine hundelose Idylle. Jamal Arabia!

Wie unreflektiert, schilt sich Zac, es sind nicht die Waffen, die schiessen, sondern der Abzugsbetätiger ist gut oder böse oder doof, und es sind nicht die Köter, die sich gross und hässlich gezüchtet haben. Schwer für ihn, an diesem Punkt nicht an besondere, hervorstechend peinliche Rassen zu denken. Zac schafft es dennoch, dank der Kraft seiner Verachtung. Verachtung: neben Arroganz und Trieb seine ergiebigste erneuerbare Energiequelle. Tierliebefreie Verachtung erlaubt es ihm also, Distanz zu den kläffenden Fellen zu halten. Die Köter sind es aber zum Schluss doch höchstselbst, sie sind fast durchweg viel zu gross und nur in bedenkenlos zu vernachlässigender Zahl nicht grässlich.

Zac schlägt die Idee aus, weiter in Richtung Verbot zu spinnen, womöglich den Nichtrauchzwang, diese Vorbildhure für den Erfolg der Erwachsenen-Erziehung, zu preisen. Er bewegt sich. Das erste Mal seit mehr als einer Stunde. Wobei bewegen sein Verhalten sehr unzutreffend beschreibt. Es bewegt sich seine Linke, insoweit sich die flache Hand auf dem sehr warmen, in seinem Körperschatten aber nicht heissen, Wüstensand schliesst, diese, nun zur Faust verwandelte, Hand sich langsam nach aussen dreht, sich ein ganz kleines bisschen, vielleicht drei, kaum mehr als fünf Zentimeter, nach oben bewegt, den kleinen Finger für einen, hier freilich nirgends vorhandenen, Anderen nicht wahrnehmbar, vom Handballen weg bewegt, und so ein zartes, temporäres Rinnsal feinsten Wüstensandes entstehen lässt. Sekunden später, unmittelbar nach dem durch Nachschublogistikprobleme herbei geführten Ende des Sandstromes, fällt seine Linke entspannt geöffnet auf den selbst erschaffenen, gelbbraunen Mikrohügel und zerstört diese Silikaterhebung.

Der rinnende Sand steht für nichts, allenfalls für die Schwerkraft; Zac kommt nicht im Traum darauf, schlichtestes Spiel zu einem Gleichnis aufzublasen. Unter seinem übertemperierten Skalp lechzen die Synapsen nach einer Pause. Also: Sieben Minuten Denkpause!

Die Düne, auf der Zac verrät, wann er spenden würde

Hunde. Nun will Zac nicht mehr über den besten Freund des Menschen nachdenken, mittels einer ideellen Wäscheklammer aus Holz, soviel deskriptive Detailtreue muss sein, verödet er den Nervenstrang, der zum Hundebashing-Hirnlappen führt. Einzig eine ganz kleine Eingabe schlüpft noch very geschmeidig durch, in Richtung Haupthirn: Um das Hundeproblem müsste sich eine der ungezählten Nichtregierungsorganisationen kümmern, spannt Zac den Bogen von den kläffenden Wolfserben zur schillernden, zur aufregenden, zur erhabenen Welt des zivilgesellschaftlichen Engagements. Ein Problem dürfte es indes sein, dass weite Teile der Schar der Grosshundbesitzer sich als Teil der vorbildlichen Bürgergesellschaft verstehen dürften. Dabei, so strauchelt Zacs Idee alsbald, weiss er gar nicht, wer genau denn die einen, also die Nichtregierungsorganisationen, oder die anderen, die Bürgergesellschaften, sind. Gehört jede NGO zur Zivilgesellschaft, ist Zivilgesellschaft *haarexaktgenauestens* dasselbe wie Bürgergesellschaft? Ist jede verschrobene Truppe von Besserwissern, wenn sie nur nicht regiert, umgehend eine Nichtregierungsorganisation? Dann müsste doch sogar die Zigarettenlobby (¡böse!) eine Nichtregierungsundsoweiter sein! Wer nur mag das so verwegen sehen, das kann nicht stimmen. Never ever, never ever, ever never. Never!

Die breit gestreute Annahme, dass 'die Zivilgesellschaft' stets den Ritterschlag reinster Menschlichkeit verdiene, ist von vergleichbar schlichter Einfalt, wie die einstweilen unwidersprochen bleibende Knalloballothese, wonach der gemeine Bürger 'vor Ort' am allerbesten wisse, was gut für ihn sei. Grundannahme für diese nie bekrittelte Denkweise: Je dichter dran am Problem, desto besser die Lösung - superschlicht und stets beklatscht vom willfährigen Studiopublikum in Sabine Christiansens blauem Gasometer oder in Günther Jauchs komischer Kugel oder umgekehrt oder in einem sonstwoigen Showroom des Polittalks. Doch schau, dort hinten, in der allerletzten Reihe der Studiobestuhlung, da behält ein unauffälliger Zuschauer, ein ganz Einsamer, ein einarmiger Narbenträger mit röchelnder Atemnot, seine verbliebene Hand in der Hosentasche. Er applaudiert nicht und lächelt erfahren, wissend, milde: Er war millimeterdicht dran gewesen am grünen Problem, hatte seine Nase schon in das riesige, flauschige Fell vor sich drücken und enthemmt losknuddeln können, doch Godzilla hatte nicht mit ihm schmusen, sondern von ihm abbeissen wollen. Etwas Distanz hätte ihm den Arm vor des Monsters Appetit gerettet. Später. Er war in den winterlichen Hochalpen sowas von vor Ort in der Schneewand, vor-orter ging es nimmer. Leidapopeida konnte er so nahe nicht erkennen, dass das glitzerprächtige Wunderweiss sich bereits vom Felsen gelöst hatte, um Sekunden später als Lawine bergab zu krachen. Etwas Abstand vom Problem hätte ihn vor einer minutenlangen Testbeerdigung unter Metern von Schnee und seine Lunge vor dem Verlust von 47 Prozent ihrer Leistungsfähigkeit bewahrt. Ob sich hier der Slogan von der Tyrannei der Mikroperspektive (Evgeny Morozov) nicht nur klug anhört, sondern zudem passt, ist dem weisen Teilamputierten im Publikum freilich egal.

Zac mag ihn, diesen sympathischen Wissenden, diesen klugen Aufrechten, also, sich. *Sich* mag Zac, nicht etwa den namenlosen Talkshow-Follower, der ist ausgedacht. Er, Zac, gehört hingegen zum Real Life. Das beruhigt! Was beunruhigt? Diese Düne soll eigentlich verraten, wann Zac spenden würde. Davon war noch n i c h t s zu lesen. Hat sein Gepetto zu viel versprochen? Hat er nicht. Just im Moment peinigt Zac der Gedanke an dieses grosse Spenden-Ding der wohlhabenden Wohlwollenden, piesackt ihn die Mär vom Segen spendenden Privateinsatz für dieses und jenes Bauwerk. Zac sieht vor sich die Frauenkirche zu Dresden. Sachsens Gloria, gefügt aus - von stolzen Elbflorentinern in Fingerhüten aus Meissner Porzellan heran geschaufeltem und mit Original-Dresdner-Christstollen-Teig zu Traditionsquadern gebackenem - Elbsandsteinsand. Er denkt an diesen pompösen AltNeubau, der ausschaut wie aus Beton gegossen, gespeist durch die zusammengekratzten Privat-Groschen der allertollsten Sachsen der Welt. Mit und ohne Trompete. Ist das so? Eher nein. Es gibt *ziemlichfastimmer* diese Spendenquittung. Für das Finanzamt. Um sich ein paar Binunnsen retour zu holen. Zac ist da anders, selbstlos, nobel, zacig. Allein dann, wenn ein Verein exakt mit dieser ungewöhnlich edlen Macke werben würde 'Wir dürften Ihnen Spendenquittungen geben, wir tun das aber ausnahmslos nie! Das wäre uns peinlich. Wer nun nicht spendet, der kann uns mal!', allein dann würde er spenden. Würde er? Es ist so heiss, Herr seiner Sinne ist Zac nicht. Nicht mehr. Mal drüber nachdenken. Zeit hat er, Zeit wie Sand im Getriebe.

Zivilgesellschaft also. Das moralische Gegenteil zu der Zivilgesellschaft ist nicht, wie einfache Gemüter vermuten könnten, das

Militär, nein, es ist die Finanzindustrie. Die kommt im offiziellen deutschen Boshaftigkeitsranking noch übler weg als die irgendwo sogar ein bisschen gute, sogenannte Realwirtschaft. Ausgenommen vom Lob der Realwirtschaft sind die ihre Abgase manchmal manipulierende Autoindustrie und die Energiewirtschaft. Stromriesen sind ähnlich schrecklich wie Zockerbanken. Wiederum Ausnahme von der Ausnahme ist die Energieproduktion - dann, wenn sie streng dezentral, durch energisch energetisch Engagierte erfolgt. Ein simples Konzept, ähnlich den revolutionären Talgleuchten oder Fackeln in der Antike, vergleichbar mit Wind- und Wasserkraft für den Mühlenantrieb als Energiewende im frühen Mittelalter. Nun also überall Energieumwandlung aus regionaler Sonne, welche freilich allein in einem sowjetischen Kinderlied ihre Energie immerdar freizügig auf unsere schöne Welt ballert. Manchmal weht zur Abwechslung eine laue Brise, dann können grazile Grosswindräder jedes kommunale Lüftchen erhaschen und zu Watt verzaubern. Für die dunklen, windstillen Stunden gibt es neben jedem Viehstall grosse, grüne Biogasbrüste. Darin wabert Fäkalgas, um zu Kackstrom zu mutieren; egal, Strom stinkt nicht. Vergiss also die ganze Arbeitsteilung, ist sowieso eine Erfindung vom alten Karl M. mit seinem frühhippen Vollbart, denkt Zac. Die modernen Bürgergesellschafter machen sich ihre Energie flott daheim, denn dort, dort vor Ort, da wissen sie am besten, was gut ist.

Zac würde übrigens auch jedem Vereinswesen generös spenden, welches sich der aggressiven Popularisierung, rücksichtslosen Ansiedlung und liebevollen Hege von Sandwüsten in Mitteleuropa verschrieben hat.

Die Düne, auf der Zac es dem Politkabarett mutig gibt

Zacs Schädel leidet beharrlich fort. Es gibt kein Entrinnen, es ist ein urgewaltiger, ein schmerzhafter Sog, der ihn zwingt, die heimische Welt aus sicherer Entfernung, von dieser Düne im Oman aus zu erkennen und kompromisslos zu erklären. Seine Berufung, sein individueller Fluch, seine Gabe. Darin gleicht Zac leider den von ihm freundlich Geschmähten: Haben die Streitkräfte des Guten eine existenzielle Bedrohung zur Strecke gebracht, kreieren sie flugs die nächste, den blinden Opfern bis dahin als Gefahr vollständig unbekannte, dieserhalb umso düstere Gefahr. Ist die Atomkraft erlegt, startet die Jagd auf Fracking und CCS-Technologie und Ölsande und schwefelgelbbraunen Kohleirrsinn. Interessieren sich die ignoranten, satten Lümmel (aka Volk) nicht mehr für das Duell von bärtigen Schlauchbootkämpen mit Wale angelnden Bohrinseln, dann gibt es bestimmt grössten Bedarf am Schutz der Verbraucher (Verbraucherschutzgerechtigkeit) vor verteufelt unrunden Lebensmittelpackungsgrössen, vor fremdwortlastigen Zutatenlisten, vor dem Fehlen von Nährwertampeln, vor US-Essmarotten, vor Nanopartikeln im Duschbad, vor 2,3,7,8-Tetrachlordibenzo-*p*-dioxin-Broilern, vor Dihydrogenmonoxid, vor Ernährung mit Fleisch, vor Tier in der Wurst. Und vor - Achtung! - Abzocke. Schlimm.

So kämpfen die Edelsten für das Wohl ihrer Mündel. Gegen die allwaltende Schlechtigkeit. Wem aber das Gefühl einer omnipräsenten, schlafraubenden Gefährdung fehlt, dem fehlt es an Hirn, oder an Bewusstsein, gar an Bewusstseinsbewusstsein. Der kauft Dosenbier und vegetiert politisch auf Stammtischniveau. Stammtische, im Kabarett überlebt habende Erinnerung an eine Zeit weit vor der grossen Rauchervergrämung, gerne bemüht von Polithumordarstellern, namentlich von Kabarettisten, diesen nichtamüsierenden Kostgängern deutscher und europäischer und überhaupt von Politik. Politkabarett! Neuerdings gar Zufluchtsort für Fips-Asmussen-Wiedergänger, deren altvordoren Witze über Flipper, Werbefernsehen der Achtziger und Nachmittags-Talkshows keiner mehr hören mag. Eine ganz eigene, bizarr-verstörende Welt, beherrscht von opalisierenden Erleuchteten. Politisches Kabarett in den Jahren unter Merkel. Hat Zac Zeit, über diesen grotesken Kosmos aus peinigender Besserwisserei und uninspirierter Fadkomik zu grübeln? Aber klar doch!

Während der, schnarchig oft bemühte, Spiesser bei einer nicht anders als tolldreist zu beschreibenden Avantgarde der politkritischen Heiterkeit mittlerweile Jack-Wolfskin-Einheitsklumpatsch statt Aktentasche mit Thermoskanne tragen darf, werden Rentner vermutlich noch im Jahre zwanzig-zwanzig durch plumpe Anspielungen auf den Zweiten Weltkrieg als ewiggestrig charakterisiert und - ja, diese Floskel schmerzt - entlarvt. Ebenfalls unvergänglich, mutmasslich durch das Deutsche Satiregesetz erzwungen: Die so-called Geiz-ist-geil-Mentalität samt Hinweis auf diesen einen teuflischen Elektromarkt und garniert mit dem Signalwort *neoliberal*. Man möchte auf die Bühne springen, um den Unlustigen zu würgen, um ihm ins Schlabberohr zu tätowieren 'Das ist als Gag völlig veraltet! Schreibe was Neues! Das Kabarettpublikum lacht dennoch und ausschliesslich deshalb, weil es struunzdoooof ist! Wenigstens für den Oldiegag Kostenlosmentalität-des-Internet sollte es doch mittlerweile reichen. Der ist gleichfalls leicht überaltert und von schlechtem Deutsch, also wie geschaffen für die anspruchsschwachen Satiretrollos hier im Sendersaal und draussen vor dem Flach-Screen!' Denkt Zac und behält es für sich. Wer weiss, nicht dass Dieter Hildebrandts linker Rachearm nun Gernot Hassknecht in die Wüste dirigiert, um ihm, dem Zac, mit Sand den Schädel schmirgeln zu lassen? Von innen! Angst essen Wahrheit auf.

Also sinnt Zac nur äusserst vorsichtig und flüsterleise über deutsches Kabarett: Auch andere Krachergags kleben zäh in den ewig gleichen Repertoires. Zac denkt spontan an die für Humoranden unvermeidliche Raider / Twix -Metamorphose. Die darf vielleicht in drei Jahren durch die PLUS / Netto -Verwandlung und in elf Jahren durch die Ablösung von Hakle-Feucht durch Cottonelle-Feuchtklopapier ersetzt werden. Wortgewandtere Spassmacher werden bereits Ende 2016 die bildungssprachliche Scheissdreck / Kackscheiss -Transformation auswerten und die Avantgarde der Vorhut der Gewitzten wird im Reformations- und Revolutions-Gedenkjahr 2017 die grundstürzende Sternchen / Herzchen -Fav-Revolution im Twitter-Reich auf deutsche Satirebühnen zerren. Doch der Stammtisch als Idee, als Bild bleibt bis in die tiefste Zukunftstiefe unverzichtbare Spassrevue-Ingredienz! Völlig egal, dass inzwischen semioffizielle Chatkreise, Facebook-Kollektive, Twitter-Blasen, Hashtag-Horden, Kommentarforen von taz, pi, zon oder spon und ähnliche Follower-Communities lichtscheuer Blogger als offizielle Online-Niveauhöhentiefen-Indikatoren dienen. Statt dessen darf man im Polithumorgenre immerdar messianische und mechanische Welterklärungsphysik, erwartbar wie die dicken Michael-Moore-Anklagedokus, dünn wie Stimmchen und Körperchen von Singer-Songwriter-Newcomerinnen, linear, monokausal, bar aller Brüche und Zwischentöne, vorhersehbar wie einst am linkslastigen Donnerstag 'Scheibenwischer, der', performen. Komplexe Zusammenhänge (Klimawandel) sehr einfach, aber sehr falsch erklären (die Deutsche Bank ist schuld) - warum denn nicht, die Lex Tucholsky gestattet es. Immerzu, immerfort, immerimmer die alte Leier (Heinrich Heine?) gegen Banken und Wirtschaft und erneut Banken und Stammtische und Politiker und selbstverständlich die Banken. Banken und Industrie, die aus Sicht der Kabarett-Heroen ausnahmslos aus männerbündischen Vorständen, FDP-wählenden Ausbeutern und Frauen-mordenden Aufsichtsräten bestehen. Nie vernahm man aus dem Munde der altklugen Possenreisser, dass in seltenen, pathologischen Ausnahmefällen ein-, zwei-, dreihundert unbedeutende Arbeitnehmer zu den beschimpften Unternehmen gehören, dort womöglich gerne arbeiten und ihren festen Job höher schätzen als drei verstaubte Wohlstandsbürgerpointen. Egal. Seit wenigen Monaten (Stefan Zweig) darf der geneigte Zuschauer (Nils Minkmar) allerdings ein Update (Bill Gates) des satirischen Standardsortiments (Aldi Nord) beobachten, den fantastischen (Stanisław Lem) Versuch eines Mannes (Michel Houellebecq) mit Eiern aus Stahl (Jan Böhmermann), mit den Mitteln der Kunst (Ai Weiwei) das Gesetz (Bundesrichter Fischer) zu testen, um das Feuer (John Updike, Aboud Saeed) der Freiheit (Marius Müller-Hasselhoff), der Meinungsfreiheit (Dieter Hallervorden), gar der Satirefreiheit (Oliver Kalkofe) im Hertzen (Christian Friedrich Hunold) der Finsternis (Joseph Conrad) zu entfachen (Jonas Navid Mehrabanian Al-Nemri). Zac lässt aus schierem Respekt vor der Urgewalt des Humors des Ungenannten den Ungenannten hier ungenannt. Fast.

Was bleibt hängen vom schnappatmenden Agitations-Brimbamborium? Alle Politiker von Bautzen über Berlin bis Brüssel sind olle Halunken, tun sklavisch das von ihnen Verlangte, weil sie Marionetten Washingtons, der Pharma.rüstungs.chemie.atom-Industrie und der Massentier.genmais.staatskirchen.leiharbeiterverleiher-Multis sind, als hilfloses Treibholz im Malstrom der Marktmechanismen strudeln, nicht ins Kabarett gehen, nicht ZDF und 3sat gucken, und so die total miesen Machenschaften der finanzmonopolistischen Ungeheuer nicht durchschauen können. Die fiesen Tricks der fiesen USA ebenfalls nicht. 'So isses!', tönt das befriedigte Anstaltspublikum. Dafür gibt es eine Breitseite Gesinnungsapplaus. Kabarett gehört zu den ganz wenigen Gelegenheiten, bei denen die Selbstbefriedigung durch den Mund anderer Personen erfolgt. Stopp.

Weiter. Wohlan, Satire ist Waffe! Satire darf in Deutschland alles! Wenn das Feindbild stimmt. Epheser 5, 11-13! Wer je mit wachem Verstand die ZDF-Anstalt, sah, der weiss, was Agitprop 3.0 bedeutet. Der wünscht sich, wenn er etwas bei Troste ist, sofort rigide Eingriffe in diese oder jene Freiheit der im Kabarett der Besserwisser lehrenden Dozenten und Agitatoren und Propagandisten. Oder Zwangsguckpflichtzwang für Satire-Apostaten. Darf er eigentlich so überüberkritisch denken? Ja, stammelt Zac couragiert, er ist nur ein kümmerliches Teelicht, unsichtbar flackernd zwischen den satirischen Flutlichtstrahlern. Ja, wispert Zac sich Schneid zu, wer meinungsstark austeilt muss auch einstecken können. Ja, spricht Zac sich Mut zu, kein Kabarettist wird ihn hier auf der Unterhaltungsdüne finden. Jetzt nicht den Schwanz (im generischen Maskulinum) einrollen oder einziehen, nichts mit Arsch-zu-Zäng-auseinander.

Arsch-huh-,-Zäng-ussenander. Ohje, das war so horribel gewesen, damals, in den Neunzigern, Zac hatte gedacht, Wolfgang Nie., der Kölner Weltoptimierer, habe 'Arsch-zu!' gebapelt - einen flotten, halbfreundlichen Männerspruch des unmissverständlichen Inhalts, dass die Schnauze zu halten sei. War aber nicht so. In der Quasisprache des Wolfgang N. bedeutet es das exakte Gegenteil. Hier aber täte es passen, und Zac bleibt dabei: Kein Versuch nirgends. Zumindest nicht diesseits der geheimen Höhlenwelten von Undergroundpolitwitzperformern, jenem obskuren Untergrund, der vermutlich, seiner Natur gemäss, weithin unbekannt vor sich hin widerständlert, und auf dessen Existenz - also in echt, jenseits von einschlägigen Blogs und von Internethumptata - Zac inständig hofft. Aber oben, im fahlen Lichte des deutschen Unterhaltungsalltags? Nichts da, kein Versuch, vom, gefühlten, Humormainstream in einen Nebenarm zu wechseln, einmal als Inspirationsheld abzuweichen vom dauerplumpen Schema der Politlacher-Fabrikation. Vielleicht mit einer weniger gefälligen These zu reüssieren, mit einer verstörenden Idee überraschen, die inhaltlich genau im gestreckten Winkel von den Standardpointen abweicht? Einmal subversiv sein, Angela Merkel nicht als Konkurrenzwegbeisserin und Internet-gleich-Neuland-Simpeline beleidigen, sich mal nicht an FIFA und DFB und AfD und EZB und IOC abarbeiten, nicht die Eurokraten für alle Übel südlich von Valletta verantwortlich machen. Nicht die Katholische Kirche putativmutig verteufeln, nicht wider die USA als tumbe Quelle des Bösen wettern, nicht die CSU als ultrareaktionärkonservativ schmähen, die Soziale Marktwirtschaft nicht als total unsozial bashen, N und S und A und V und D und S nicht als Signalbuchstaben in faden Ausspähschnerzchen verwenden. Oder, was Zac als besonders mutig erscheinen würde, hiesige Politiker als meist lautere, gar nicht so finstere Zeitgenossen darstellen. Ist bestimmt zu viel verlangt. Ist es zu strapaziös, Pointen jenseits des Politik-gleich-schlecht-plus-hörig-Zinnobers zu schreiben? Warum nur? Würden die ohne Frage hehren Absichten der Gagautoren unter einem Fitzelchen Differenzierung leiden? Wollen Querdenker auf der Bühne keine Querdenker im Saal? Warum also? Klaus 'Knacki' Jürgen 'Nightwash' Deuser ist doch einst, als noch nicht sein Schwippsohn Luke Mockridge den Waschsalon bespasste, mit einer Anleitung für Comedy-Kollegen niedergekommen. 'How to be lustig', oder? Mittlerweile scheint es für Satire-Werktätige einen fett aufregenden, fett angesagten, fett fetten Ratgeber auf dem Schwarzmarkt zu geben: 'Nur nichts Neues! - Wie ich mit reiner Gesinnung und drei Themen meinen Lebensunterhalt schnorre' heisst die drakonisch verbindliche, rigoros geheime, konspirativ kopierte, einzig bei Blutmond unter der - zittrigen - Hand zum Preis von drei genderphoben, demanzipierten, super-servilen Frauen verschacherte Kabarettenzyklopädie. Bestimmt finden sich dort für die grauen Politwitzreisser all' die unfassbar monotonen Geheimratschläge!

Ressentimentgeballer (Hans Mentz, anderweitig) auf Schritt und Tritt. Kein Versuch von Kabarettisten, jedenfalls nicht, dass ein solcher mit den gängigen Sinnen wahrnehmbar wäre, die Anti-US-amerikanische Befangenheit eines Mainstream-Satire-Publikums nicht, oder nur ein wenig weniger als vor zwei, elf, einunddreissig, dreiundvierzig, siebzig Jahren zu bedienen. Stattdessen: Die tumben Amis. Die mögen ihre Nationalflagge Tag für Tag, nicht allein während der Fussball-WM, ja, die spielen gar keinen richtigen Fussball und haben keine Grün-Partei. Die haben die Todesstrafe nicht geächtet und finden grosse Autos geil und spionieren deutsche Diesel-Erfolgstechnologie aus. Die burgerdicken Amis essen durch Fracking geerntetes Genfood, bevor sie den globalisierten Luftraum zudrohnen! Dazu Evangelikale (Christen) und Waffen (Lobby) und Trump (Melania) ... Noch immer kein deutscharrogantüberlegener Lacher im geneigten Satirepublikum? Tipp: Die traditionelle BILD-Beschimpfung bleibt ein satirischer Selbstläufer. Entweder BILD ist nicht der Meinung der Kabarett-Dozenten: Schlimm! Oder BILD ist der Meinung dieser Rechtgläubigen: Sakrileg! Braucht es trotzdem noch einen Satire-Gigaböller 3.1? Ja! Ein selbstzündendes Feindbild haben alle Satiriker noch im Köcher: Wir wissen eigentlich gar nicht richtig, was Neoliberalismus bedeutet, was uns aber komplett egal ist. Denn es steht geschrieben in der Präambel der Grundordnung deutschen Polithumors: Der Neoliberalismus ist an allem Übel schuld! Dass es uns in Deutschland so viel schlechter geht, als vor elf, dreiundzwanzig, einunddreissig, dreiundvierzig Jahren, dass unsere Flüsse dreckig morasten, das Geld stündlich entwertet, die meisten Menschen bitterarm sind, die Lebenserwartung schrumpft, auf jedwede Demonstrationen pausenlos scharf geschossen wird - hat der Neoliberalismus verbrochen. Die Vorbildlichsten unter den Kabarett-Junkies haben sofort dechiffriert, dass Zac eben neben dem Neoliberalismus zugleich und vehement der Postneokolonialismus angeprangert wurde. So wie die Idee des Freihandels. Krieg der Triade aus TTIP, Neokolonialismus und Neoliberalismus! Friede den deutschen Kabarettisten und ihren Ewigen Gewissheiten! Politheiterkeit in Deutschland bedeutet: Tabubestätigung, nicht Tabubruch. Beachtung der Regeln politischer Wohlanständigkeit, nicht deren Verletzung. Dezente Überhöhung statt grotesker Verzerrung. Simplifizierung, auch wenn die Welt nicht simpel ist. Jeder Zuschauer mit einem Fünkchen Restanstand im flauen Magen, jeder, der diese Programme allein dem Gatten, der Gattin zu gefallen, aufsucht, muss seine Hände bis an die Grenze der Unanständigkeit in den - notfalls eigenen - Schoss pressen, um weder zu klatschen, noch die Hände um Erbarmen flehend gen Himmel zu recken. Zac spürt blasierte Arroganz in sich emporsteigen, ob der Schärfe seines apodiktischen Richterspruches.

"Oho", hechelt in diesem Moment ein Fenk aus der Dünendelle, "und warum kriegen diese lustigen Lustigen permanent Preise mit anspielungsfrohen Namen, 'Die wilde Zecke', Die scharfe Nessel', 'Der juckende Wundbrand', 'Die eitrige Analfistel', 'Der wuchernde Testikelabzess' oder 'Die quietschfidele Streubombe'?" Zac erklärt es dem Wüstenfuchs gerne: "Weil die Schriftführer und Kultursenator*innen* der die Preise verleihenden Kleinvereine und Mittelstädte monströse Nachtgeschirre mit Wortkacke von Alt68ern geerbt haben, die sie, bei Strafe ewiger Verdammnis, wie einst die Dünnsäure verklappen müssen. Wo könnte man diese Töpfe voller Sprachmist umweltverträglicher entsorgen, als in Elogen auf Nachwuchsschreiberlinge aus der Region (in schlechten Momenten) oder gestandene Satirepriester (ziemlich fast immer)? So klingt es dann in den Laudationes: Der aufstrebende oder verdiente Satirekünstler 'legt den sprichwörtlichen satirischen Finger in die schwärenden Wunden unserer prekären Verfasstheit', 'regt mit spitzer Zunge zum Nach- und Neu-Denken über uns und andere an, kämpft virtuos mit den Mitteln des Humors gegen rückwärtsgewandte Engstirnigkeit und ängstlichen Kleinmut', 'verlässt konsequent die ausgetretenen Pfade des althergebrachten Kabaretts in, mit Verlaub, bester Lach-und-Schiessgesellschafts-Tradition, um im strahlendsten, nämlich im Kant'schen Sinne aufklärerisch zu wirken', 'nimmt seine Protagonisten ernst, statt sie alliterativ zu desavouieren, sei es nun der dumme Dieter, die barkeepende Barbara oder - seine Paraderolle - der versehrte Afghanistan-Veteran Achim-Volker, mit dem er die Weltpolitik auf die heimatlichen Kabarettbühnen zitiert', 'ist ein didaktisch engagierter Frontmann im Kampf gegen das menschenverachtend herrschende, zum Untergang bestimmte System des globalen Kapitalismus', 'ein wirkmächtiger Dickschädel, ein beissender Querkopf, ein kompromisslos-kritischer Kritiker aller Alltagswidrigkeiten und Ungerechtigkeiten, der sich höchst elegant in die Köpfe seines Publikums imaginiert', 'diese schelmische Spassfeder versteht es auffallend meisterhaft, überkomplex-antagonistische Zusammenhänge des Spätkapitalismus ohne moralischen Zeigefinger sprachmagisch unters ambivalente Volk zu zaubern', 'agiert mit multipolarem Witz für oder gerade gegen den latenten Kolonialismus der westlichen Wohlstandsgesellschaft, deren Produkt zu sein zuzugeben er sich nicht zu schade ist', 'weckt in uns das unter Konsumzwängen verschüttete Bewusstsein, dass die Welt gerade unseres individuellen zivilgesellschaftlichen Engagements bedarf, um gerechter, um weniger neoliberal, weniger eurozentriert zu werden', 'ist als gestandener Satiriker nicht mehr Kanonenboot, sondern Kampfdrohne unserer bedrohten Demokratie, um als manischer Mahner blö bla krächz', 'ist ein unbestechlicher Seismograph gesellschaftlicher Befindlichkeiten, ist kluger Kies in unserem hektischen Zeitgetriebe; lotet die Toleranzgrenzen des hier und heute tief aus, um uns eine ideengeschichtliche Quadratur ...' Kapiert? Nun schleich dich, frecher Fenk!" Endlich schweigt des Schmähers Unhöflichkeit.

Wissen, zu so viel Selbstkritik ist Zac in der Lage, wissen tut er das alles nicht, meinen aber darf er das, meinen muss er das sogar. Kann schon sein, womöglich gibt es ausser dem frohgemuten Herrn Nuhr noch einen Grosskabarettisten, der zu etwas Differenzierung, zu einer, nur einer einzigen, einer *allereinzigsten* neuen, fluffigen Idee in der Lage ist. Zac kennt keinen. Selten, manchmaligst, in philosophischen Momenten, Christoph S. in 'extra3' oder Christian E. in 'quer' oder aber umgekehrt. Auch von Herrn Rebers vernahm Zac Gutes, Selbstironisches. Vor ungefähr 257 Wochen hatte sogar die präbiedere 'heute-show' noch Belachenswertes im Angebot. Inzwischen liefert diese, einst als 'RTL Samstag Nacht' auffallend frisch gestartete, Lustbarkeit pointenfreies Spammtischgerede (Ronja). Traurig. Hat Zac eben wirklich den Dieter Nuhr gelobt? Paah, Mainstream! Auch der ist fraglos einer von den Herrschenden mit GEZ-Billiarden gekaufter, willfahrender Apologet der neoliberalimperialistischen-präsozialistischen Schweinewelt (Anonym)! Immerhin sieht er gut aus (Thomas Hermanns). Da kennt er Rolf Miller nicht (Der Achim).

Doch wo die Not am grössten, da naht Rettung unverhofft: Zac hält als Universal-Initiator famose Tipps für mehr Kreativgerechtigkeit in der von der öffentlichen Hand getätschelten Polithumorszene parat. Sogleich glüht der Zunder, brennt die Lunte am Inspirationsfeuerwerk, und jetzt kracht es am düsteren Satirehimmel: Es könnten sich doch Männer als Frauen verkleiden, aber so, dass man noch merkt, dass es Männer sind, und dann Banales quatschen. Krasser Gedanke! Oder als Hausmeister bzw. Wischkraft mit Feudel bzw. blauem Multireinigungstruck ihre Fadigkeiten performen, denn diese Immobilienpfleger stehen für gewitzte Volksverbundenheit ohne falsche Rücksichten. Total sympathisch! Vielleicht mit deutscher Mundart, z. B. ostdeutsch (vulgo: sächsisch) versuchen, die ollen Scherze aus den Neunzigern zu pimpen. Brandheisse Idee! Und, und, und vielleicht Sprechweise, Gestik, Dialekt von Politikern imitieren. Am allersteilsten! Womöglich einen Kabarett-Tweet, etwa: #Satire #Comedy_funny 2: Lstg Sprchfhlr, zB #Lspln, vgl Pl Pnzr. or Dtr Hllrvrdn. Plm-plm! Damit ist jeder gesellschaftskritische 3sat-Spassvogel ganz vorne dabei! Oder, oder, oder man schimpft mal auf die Menschen, die die Frauen verachtenden Shows im PrivatTV, die keiner im elaborierten Publikum kennt, aber jeder wissend verachtet. Darauf wartet die Welt der anspruchsvollen Satire seit Menschengedenken! Oder hilflose Strassen-Normalos mit Fragen überrumpeln, die total beschämend oder/und doof und/oder schwer sind, die armen Würstchen reden dann Peinliches für lau ins bunte Mikro, und wir holen uns den DeutschFernsehPreis für, jawoll, Humorinnovation! Wie wäre es damit, Miniauszüge aus ge- oder misslungenen Politikerreden zu Minifilmchen zu verwursten und lustig zu kommentieren, grim-me-no-mal! Wenn selbst das das Programm nicht füllt: Kindermund oder Kommentare im Sendung-mit-der-Maus-Stil oder Imitate fernöstliche Rituale laufen stets. Gong! Ohmm! Chacka! Die Sonne schlägt in Zacs Brain Geistesfunken sonder Zahl.

Aus Gründen der Gerechtigkeit, also wegen der durchschlagendsten aller Phrasen, drängt zum Sendeschluss noch eine kleine Publikumsbeschimpfung in Zacs Superhirn (David Niven). Genau gedacht ist es eine, nicht so seltene, Beschimpfung seitens der wortgewaltigsten Satirebühnen-Diktatoren. Wenn der ... oder ... oder gar ... (der Verlag bat hier um Leerstellen, um nicht selbst in das Visier der Helden der Kleinkunst zu geraten) ... besonders provo-witzig sein wollen, verspotten diese zuvor Ungenannten ihre zahlenden Kundschaftler mit der Aussage, diese hätten sich mit dem Besuch der Veranstaltung nur ein güldenes Gewissen erkaufen wollen.

Ablasshandel von urban-progressiven Tetzels. Stimmt. Doch nie sprang ein solcherart geschmähter Gast auf, um aktive Teilhabegerechtigkeit im Kabarett zu fordern, um sein zivilgesellschaftliches Engagement zu demonstrieren. Nein, kritiklos belacht wird selbst dieser Witz des satirischen Heilsbringers. All die Lehrer, Pensionäre, Ehegatten und sonst kritisch Bewegten, sie wollen für ihr Geld nur wieder und wieder hören, wie schlecht der Kapitalismus ist. Dafür lassen sie sich sogar blossstellen.

Politkabarettbeschimpfung hat was von Rummelschiessen, jeder Schuss ein Treffer, zu langweilig, um Zacs Hirn längere Zeit in Beschlag zu nehmen. Er ist groggy, wollte freilich noch über die Klamaukpestilenz überhaupt, die sogenannte Comedy von Stand-up-Programmern, in seinem HeimatTV sinnen. Stand-up-Programmer? Ein einfaches Ein-Wort-Wortspiel-Spiel, lächelt Zac. Doch seine Kraft reicht nicht mehr, die müffelnden Sumpfblüten der seichten Stand-up-Heiterkeit bleiben unbesungen. Allein ein knappes Resümieren ist ihm möglich. Satire und Comedy, beides Ingredienzien einer grossen humorfreien Unterhaltungspampe. Satiriker rufen 'Huhu, ich will die Welt auf nervtötende Weise zu einer besseren schnattern!', Comedians verkünden gar nichts und sind sobieso überwiegend trist. Das *b* war Absicht. Zacs Intellekt wird von beiden Strömungen televisionären Humors beleidigt. Er ist müde. Heisser Sand und ein verlorenes Land, und ein Leben in Gefahr. Heisser Sand und die Erinnerung daran, dass es einmal schöner war (Mazzini, Anna Maria). Einst, als am Saum der Wüsten sich auftat die Hand des Herrn (Rilke, Rainer Maria). Es bleiben nur geistige Wüstenhaftigkeit und Hirnleere (Goetz, Rainald Maria).

Die Humorbuch-Düne

Zac ist wenige Stunden später wieder besser drauf. Was sähen seine Augen, würden sie nicht allein den gelblichen Naturstoff ringsum schauen? Bücher mit doofen Namen, verlässliche Bestandteile der Erwerbsbiografien der Heroen des Humors, stets von langen Titeln geziert, in denen gerne Schnipsel aus öden Textsegmenten verwurstet werden: 'Sport ohne Leistung meint Gammeln!', 'Als ob eine Sprech- und Fecht- und Intimszenenimitat-Ausbildung zu mehrdimensionalem Denken befähigt', 'Neues von der Unterhaltungsdüne', 'So lange den Harndrang ignorieren, bis man ihn vergessen hat.' Sätze lustigen Tiefsinns, mit Sicherheit in tagelangen Telefonkonferenzen und unter Nutzung der neuesten Erkenntnisse der Marktforschung zum Thema was-ist-witzig aus dem Text gefräst. Ein Konzept, das sich ein *advertisement artist* aus den ideentriefenden Fingern gesogen haben mag 'Wir machen das jetzt so wie bei Kinotrailern, wo doch die besten Szenen aus dem Film schon zu sehen sind; wir nehmen einfach den einzigen halbwegs amüsierenden Satz des Buches und haben damit, Simsala-Klimbim, einen Buchtitel! Das plempleme Leseopfer glaubt, im Buchinneren ginge es allweil so toll zu wie im Buchtitel!' Flugs, schon hat der Verlag Titel, denen man das bemühte Bemühen um originelle, anspruchsvolle Heiterkeit sofort ansieht. Titel, die dem Verlagsanzeigenkonsumenten in die Hornhaut lasern: 'Das Buch ist witzig auf gehobenem Niveau. Kaufe! Kaufe! Kaufe! Sonst verfällst du ohne Aussicht auf dies- oder jenseitige Errettung dem Wahnsinn, weil du nie erfährst, wie der lustige Autor auf den lustigen Buchnamen kam!' Darunter, daneben, darüber in den einschlägigen Anzeigen, so oft, so erwartbar, so platt die üblichen Lobpreisungsminiaturen bestellter Claqueure. Zumindest lesen die sich so, dank der Nutzung des hypermodernsten, ausgeklügeltsten, psychologischsten Tricks: Die guten, selbst geschriebenen Rezensionen zitieren, die schlechten, echten ignorieren. Diese Lobhudeleien finden sich auch als Klappentext im Buch und auf dessen Rücken, aber dort sind es nur dünne Soloauftritte, durch Max Goldt sowieso für alle Zeiten abschliessend gewürdigt. So. Die Anzeigen bieten gehörig mehr. Diese Kompositionen aus Werbetextchen, Witzigcover und Humor-mit-Niveau-Titel ergeben zumeist Gesamtkunstwerke von markerschütternder Penetranz und, leider ungewollter, Jeff-Koonscher Künstlichkeit. Oder doch gewollt? Nein.

Dabei ist die Titelfindung auch im Humorfach xx-easy! Man nehme einen dezent rätselumwobenen, ironischen Titel – 'Der Mann, der ins Sopranfach wechselte' (John "Jo" Updike), 'Februar im Sand' (Jo "Jo" Hannssen) oder 'Aufzeichnungen aus einem Totenhaus' (Fjodor "Jo" Dostojewski). Dazu gehört ein überraschender, mehrbödiger Untertitel - 'Die Welt 1914 bis 1918' (Herfried Münkler), 'Neues von der Unterhaltungsdüne' (Jo Hannssen) oder 'Durch Shoppingmeilen und Szeneviertel bummeln' (Dumont-Reiseführer Athen) - Fertig! Fertig? Fast fertig! Das linguale Hochniveau muss noch optisch optimalisiert werden: Ein minimalambitionierter Createur packe schnell eine freizügige, nicht zu sehr wie ein Grabbeltisch-Paperback-Covergirl ausschauende Blondine auf den Buchdeckel. Für Bücher des blasierten Humors (aka Satire) gehört hingegen eine geheimnisumwobene, glitzernde, glutäugige Orientalin auf das Cover. Nun endlich ist die humorbücherne Titelgestaltung vollendet (beendet) und vollendet (brillant).

Manuels Düne

"?: Ich darf doch du sagen? Danke. Also, lieber Manuel, du bist jetzt etwas über vierzig Jahre alt, du hast es auf dem zweiten Bildungsweg zum Betriebswirt gebracht, du bist bestimmt willens und fähig, dich einer *so* erlebten oder *vermeintlich* so erlebten Situation zu stellen? Danke für deine Bereitschaft, mir ganz intim, ganz unter vier Augen zu beichten. Du warst also unterwegs in einer norddeutschen Kleinstadt, am Stadtrand, in einer ordentlichen Gegend. Nun passierte dir das, nämlich was?

!: Ich traf auf Candy.

?: Auf Candy. War das ihr bürgerlicher Name?

!: Nein, sie hiess bestimmt anders, doch verbindet mich mit dem Frauennamen Candy eine starke Hassliebe. Bin ein Hater.

?: Ein Hater bist du also, so, so. Was darf ich mir denn unter einer Hater-Hassliebe zum Namen Candy vorstellen?

!: Also, mit Süsskram hat das nichts zu tun. Aber mit der bekannten Candy Dulfer.

?: Zu der du warum in Hassliebe entbrannt bist?

!: Sie ist eine holländische Saxophonquälerin. Ich hasse Saxophonmusik. Sie ist eine Holländerin mit langen blonden Haaren. Ich liebe blonde Langhaarige. Hörhass trifft Augenliebe. Das geht gar nicht!

?: Unvereinbarer geht's nimmer, da bin ich ganz bei dir. Diese Candy trafst du also, Manuel?

!: Nein, nicht die Dulfer-Candy, irgendeine Candy kam mir entgegen.

?: Warum ist dir diese Begegnung so in Erinnerung geblieben?

!: Candy kam mir entgegen als eine der sehr jungen Frauen, denen man die zeitliche Nähe zum Gebären ansieht. Nicht nur, wegen des

Kinderwagenschiebens, vermutet. Hinzu trat etwas Verstörendes. An warmen Spätfrühjahr-, Ganzsommer-, Frühherbsttagen zeigen diese, vor wenigen Tagen niedergekommenen Frauen ihre, durch den schwarzen Stoff des engen Shirts obendrein besonders auffällig gezeichnete, Oberkörper-Oberfläche. Da sind die drastischen mumiprallen Brüste.

?: Mumiprall?

!: Mutter und Milch und prall!

?: Aha, drastische muttermilchpralle Brüste sind es, die dich antörnen?

!: Nein, die sind es bzw. waren es nicht. Total fiedelig macht mich was anderes. Mich kickt der voluminöse Bauchring, den Candy aus den letzten Wochen ihrer Schwangerschaft in ihr Jungmuttileben hinüber gerettet hatte. Nicht alle Frauen sind willens und imstande, sich die Graviditätsschwimmringe weg zu klumen. Dann bleibt da was, das Abdomen, kündend von unter vitalen Beweis gestellter Fruchtbarkeit. Ein Afterbaby-Body, dem man das ansieht. Der Babyspeck. Das törnt mich an.

?: Toll formuliert, lieber Manuel, sehr gelungene Wortwahl, guter Satzbau, ich bin überrascht. Dazu das Tuwort *klumen,* genial. Ist ja eine moderne Macke, die Namen von Prominenten, die für einen Quatsch und Quark bekannt sind, alsbald in Verben zu transformieren - juhnken, hönessen, zwegatten, lichtern, lanzen, jauchen. Ich will jedoch nicht abschweifen, darum zurück. Eine Frauenplautze gilt für die meisten Männer des mitteleuropäischen Durchschnitts als nicht sonderlich sexy. Warum ist das bei dir anders?

!: Sexy? Das ist ein Wort, das ich nicht denke. Das ist ein Wort, das alle Männer mit einem IQ ab 27 Punkten und im Alter von über 72 Jahren als doof betrachten. Oh, ich meine 72 IQ-Punkte und 27 Lebensjahre.

?: Das wusste ich nicht. Hilf' mir, wie würdest du beschreiben, was ich mit meiner Feststellung zum Zusammenhang von Frauenbauch und Mannesinteresse meine?

!: Was du, ich hoffe, ich darf dich zurück duzen, was du meinst, ist das: Wir Männer fühlen uns von flachen Frauen, ich meine flach*bäuchigen* Frauen biologisch angezogen.

?: Besser hätte ich es nicht formulieren können. Hatte ich ja auch nicht getan. Dennoch, ich frage nach, warum wird das Attribut *sexy* so gerne verwendet?

!: Das, wie nennst du es, das Attribut *sexy* ist eine Erfindung überkandidelter Kämpferinnen für ihr Frauenkram. Männer sollen allein wegen der Verwendung eines kleinen, unbedeutenden Wortes als primitive, schlichte Zeitgenossen beschimpft werden können. Wir sind in unserer biologiehistorisch bedingten Naivität darauf reingefallen.

?: Das waren überraschend anspruchsvolle Formulierungen. Doch welche Beweise kannst du für diese, deine These beibringen?

!: Ich kann keine Beweise für diese meine Aussage liefern. Aber ich bin mir ganz sicher. Es ist keine These, sondern ein unumstösslicher Punkt. Nein, ein Fakt. Ein fester Fakt. Ein unumstösslicher, fester Fakt. Punkt!

?: Wie unterscheidest du, lieber Manuel, die von dir so sehr Geschätzten von den Frauen, die ihr Bäuchlein dem billigen Essen und den Konfisserien, nicht der Beiwohnung und den Kreisssälen verdanken?

!: Das ist eine gute Frage. Ich bin mir nicht sicher, wie, aber irgendwie macht das mein Unterbewusstsein. Bestimmt prüft mein Hirn die Gesamtsituation. Meine Augen arbeiten wie diese kleinen wuseligen Beobachtungskameras, scannen alles ringsum.

?: Da halten dich die Frauen bestimmt für total durchgeknallt, wenn deine Pupillen rum sausen wie diese kleinen Pucks beim Air-Hockey. Tarnst du dich denn mit einer sehr dunklen Sonnenbrille?

!: Nein, ich gehe ja nicht gezielt auf Jagd oder so. Den Frauen, die wie Candy sind, begegne ich doch einfach so, eben zufällig. Mein Verstand macht dann aus allen möglichen Kleinigkeiten eine Lageeinschätzung. Also, so Dinge sind ein Kinderwagen, die bereits gesagten Brüste, ein gebärfähiges Alter, glückliches, übermüdetes Grinsen, toppi gepflegtes Gesicht mit stolz gerecktem Kinn.

?: Gesagte Brüste. Gebärfähiges Alter. Das sind beide recht schlechte Formulierungen, wenn auch in unterschiedlichem Grade unseren Sprachusancen zuwider laufend. Okay, ich ahne dennoch den Inhalt. Verstört hat mich das gepflegte, gereckte Kinngesicht. Was willst du uns, ähm, mir damit sagen?

!: Das ist total sowas von einfach. Die übliche junge Mutti trägt wenige Stunden nach der Geburt wieder Schlauchkleid oder Stretch Top. Endlich keine Umstandskleider mehr! Rückbildungsgymnastik wird total überbewertet! Aber, zu viele Frauen in zu billigen, zu weiten Klamotten haben zu viel Fett in ihrer Bauchgegend. Billiges Essen, zu viel davon. Billiger Alk, zu viel davon. Billige, viel zu enge Klamotten, die das Ergebnis von Gefresse und Gesaufe nicht tarnen. Diese hässlichen Wurstpellen machen also nicht den Unterschied. Nun kommt's. Ihre Gesichter sind es, die können diese Dickerchen nicht verbergen. Leider. Die Gesichter sind vom Billigfrass teigig und gedunsen oder vom Rauchen knochig mit riesigen Poren. Die Gesichter machen den Unterschied. Nur frische Mütter zeigen frische Haut. Den Unterschied zwischen frischer Mutti im engen Designoberteil und dicker Unterschichtenschnalle. Glaub's mir!

?: Lieber Manuel, das klingt ganz schlüssig, das scheint mir ein ausgewogenes, wiewohl leicht arrogantes Urteil zu sein. Du beobachtest deine Umwelt aufmerksam. Was passiert denn, wenn du eine Candy als exakt in dein Beuteschema passend identifiziert hast?

!: Eher nichts. Ich traue mich nicht. Die allermeisten dieser, ja, ich nenne sie jetzt einfach so, dieser Candys dürften kurz nach der Geburt noch keine Lust haben auf Flirten und sowas. Ich bin für Sekunden irrsinnig erregt und wahnsinnig verrückt nach denen. Dann ist's vorbei. Fast vorbei. Abends mache ich mir dann manchmal Gedanken. Darüber, wie es so gewesen wäre, also, ich meine, wie das Familienleben gewesen wäre, mit unseren Kindern.

?: Du lebst allein, lieber Manuel?

!: Ja, verdammt. Das macht mich echt fertig. Ich habe Bock auf Familie. Mit Kindern. Meinetwegen mit einem Kind, wo nicht von mir. Wäre ja logisch, wo ich doch ganz spitz auf Mamas bin. Aber dann müssen da sofort meine eigenen Kinder her! Mein Bauch sagt mir das. Dass ich deswegen so, so, so - irre scharf auf Kindkriegfrauen bin.

?: Zurück zu den Graviditätsresiduen, also den Überbleibseln der Schwangerschaft. Den Schwimmringen der jungen Mütter. Es gibt bestimmt andere, körperliche, Hinweise auf die Fähigkeit, erfolgreich deinen Samen empfangen und Leben schenken zu können. Du hattest Kinderwagen erwähnt. Schlanke Frauen, die einfach Kinderwagen schieben. Hast du an diese, ich sage mal lustig, anderen Umstände gedacht?

!: Klar, bin doch nicht plemplem. Aber denen traue ich nicht, oh nein, nicht bei einer so wichtigen Frage. Mal zu ihrem Kinderwagen. Der beweist absolut nichts, ich sage mal Adoption, ich sage mal auch Leihmutterschaft, ich sage mal Liebe zu Katzen und Kleinhunden, ich sage mal Pfandsammlerinnen. Ausserdem machen viele Leute mit Kinderwagen durch die Stadt, die einfach 'nen Batz unterm Scheitel tragen.

?: Kleinkind an der Hand, grosse Brüste, breites Becken?

!: Ach, du schnallst es nicht. Für das Kleinkind gilt das beim Kinderwagen Gesagte. Zu den Brüsten sage ich mal Push Up oder Busen-OP. Breites Becken klingt schon besser. Nur will ich keine Frau finden, wo ein Kind vielleicht kriegen könnte, sondern eine, wo das schon bewiesen hat.

?: Ohllalla, du hast dich mit dem Thema offensichtlich sehr ausgiebig beschäftigt, alle Indikatoren von Gebärfähigkeit gecheckt. Ich erspare mir deswegen viele andere Vorhalte: So eine junge Mutti wird zumeist einen Papa zum Kleinstkind haben, du springst dann direkt in eine Konkurrenzsituation. Vielleicht will die Frau dich nicht. Kann man so kurz nach einer Geburt gleich wieder schwanger werden? Ich wechsele flott die Perspektive. Was denkst du so über eine vergleichbare Situation aus Sicht der Frau, mit anderen Worten: Woran kann ein nachwuchswillige Frau erkennen, ob du, also du pars pro toto, zeugen kannst?

!: Da mache ich mir keine Sorgen. Gar keine. Ich habe das testen lassen. Die haben mir ein Zertifikat gegeben, da steht drinnen, meine Spermas sind superbewegliche Schwimmer. Zeige ich der Frau einfach. Also, das Zertifikat. Dann aber pars pro toto! Weiss leider nicht, was das bedeutet.

?: Das zeugt von perspektivischem Denken. Du, lieber Manuel, orientierst dich extrem konsequent, eigentlich ausschliesslich am reproduktiven Aspekt der Beziehung von Mann und Frau. Gerade deshalb meine Nachfrage: Was hältst du vom traffic with himself alone?

!: Ich verstehe das nicht, traffic ist doch was mit Strassenverkehr, traffic lights oder so. Über Autos reden wir aber nicht.

?: Das stammt aus einem Sonett von Shakespeare. Den wirst du kennen, oder?

!: Schäkspier - kann ich nicht mal schreiben. Sonett - ich weiss nicht, was das ist. Mit Betriebswirtschaft hat das mal gar nichts zu tun.

?: Shakespeare kennst du also nicht. Ist nicht schlimm, er dich auch nicht. Ich will dich spontan in anderer Weise auf die heisse Fährte schubsen. Was denkst du über 1. Mose, 38, 1 - 10?

!: Was soll ich denn wovon halten, ist das eine Geheimnummer, du überforderst mich.

?: Ich habe die Bibelstelle, die Stelle im Alten Testament erwähnt, in der - neben Gott - der Hauptdarsteller Onan ist. Onan, nicht Oman. Es geht also um Onanie. Ahnst du nun, worauf ich hinaus will?

!: Ja, jetzt macht es klick bei mir, sorry, ich stand etwas auf der Leitung.

?: Keine Furcht, lieber Manuel, ich werde jetzt nicht nach deinen individuellen Entspannungsritualen fragen. Ich frage dich ganz allgemein, völlig losgelöst von dir als Mann in seinen besten Jahren: Was hältst du von Selbstbefleckung?

!: Ich schätze Selbstbefriedigung nicht. Macht dumm. Erstickt Schlagfertigkeit.

?: So, so, viel Antwort war das nun nicht. Du hattest doch zu Beginn unseres Gespräches gesagt, deine sexuellen Interessen seien streng auf Nachkommenschaft ausgerichtet. Also dürfte dein Samen nie woanders als ... okay, du errötest flammend, ich lasse vom Thema ab. Also gut. Was du für dich über das Onanieren denkst, hast du verraten, was aber weisst du, lieber Manuel, über das Hand-an-sich-legen generell?

!: Also, ich habe vor langem aus einer Zweitquelle, die ich aber vergessen habe, erfahren, dass die Masturbation bei Affen verantwortlich für deren Entwicklungssprung hin zum Menschen sein soll. Nicht die Arbeit, wie es die sogenannte Wissenschaft behaupdet.

?: Behauptet hat als drittvorletzten Buchstaben ein hartes *t,* kein weiches *d.* Das *musste* ich korrigieren. Trotzdem, lieber Manuel, die Idee klingt extremst spannend, wie genau ging das vonstatten?

!: Eher wie es gewesen sein soll, da gibt es noch nichts Abschliessendes. Ich habe doch diese viele Zeit, wo ich viel lieber eine Zeugung machen würde. Da habe ich mich dann mit dieser Geschichte beschäftigt. Sie stammt aus Osteuropa. Oder Russland. Mich hat der

Gedanke überzeugt, ich habe alles dazu gelesen und habe eigen Ideen dazu gemacht. Aber, bitte, höre selbst: Die These geht darauf zurück, dass die vielen Affenmännchen einer Horde, die weder Alpha-, noch Beta-Männchen waren, nie dazu kamen, eine der Affendamen zu beglücken.

?: Was ist daran so furchtbar, Askese ist heute wieder sehr schwer angesagt, oder?

!: Askese? Kenne ich nicht. Schlimm ist das, weil, Triebstau, kenne ich. Dieses bemitleidenswerte Affenfussvolk hatte trotzdem Lust, zu poppen. Das Testosteron, die verrückten Hormone sind seit dem Urknall schuld an allem. Also konnten sie versuchen, per Revolution den Affenkönig zu meucheln und statt seiner auf dem Kopulationsthron zu gelangen. Schwierige Sache, frage Lenin, Liebknecht und Castro; auf den König schiessen, einzig, um selber zum Schuss zu kommen. Die Alternative war, und jetzt wird es spektakulär, ganz und gar unspektakulär!

?: Ich will dich, lieber Manuel, etwas ankitzeln: Die Affen einigten sich auf urdemokratische Regeln, alle vier Affenjahre wurde ein neue Primatenkaiser gewählt. Der durfte dann eine Wahlperiode lang alles begatten, was bei drei nicht auf den Baobabs war. War das so?

!: Demokratie als Ergebnis des Drangs zum Weibe - wie einfallsreich und so naheliegend für die Ur- und Frühgeschichte! Sehr lustig, aber leider doof. Nein, die gesunde Alternative entstand peux a peux im Kopf der haarigen Naturburschen. Sie erfanden die Selbstbefriedigung! Die ersten Jahrhunderte klappte das bestens, sie guckten dem poppenden Chef zu, das war als Inspiration für ihr egozentriertes Tun völlig ausreichend. Dem Ape-King gefiel das, er sonnte sich in dem Neid der primatösen Gaffer. Eine seiner willigen Mätressen kam jedoch auf die seither unvergängliche Idee von der sogenannten Privatsphäre. Die Spanner flogen aus den herrschaftlichen Beischlafhöhlen und Beiwohngelassen. Aus war es mit der schamlosen Peep-Show, das männliche Fussvolk war wieder allein mit Testosteron und Genital. Eine verdammt missliche Lage.

?: Mir stösst auf, wie niveauvoll du sprechen kannst, wenn du, lieber Manuel, über diesen faszinierenden Themenkomplex referierst. Sogar das einschlägige W-Wort schaffst du, zu vermeiden. Du als, ich sage einfach so, Primatologe kannst mir jetzt bestimmt verraten: Wie ging es nun zu auf diesem evolutionären Marsch?

!: Ich bin kein Primatologe, keine Dian Fossey. Um Affenforschung soll es sowieso nicht gehen. Also, was hatten sie an Neuem? Was hatten ihnen die Jahrhunderte der fast tagfüllenden Beschäftigung mit sich selbst gebracht? Eine anatomische Wunderwaffe! Sie hatten, zunächst an einer Hand, einen völlig missgestalteten Finger, etwas kürzer und dicker als die anderen vier der einst zu fünft in Reihe ragenden Finger, zudem leicht schräg angeflanscht. Sie hatten Daumen. Supernützliche Tools für ihr Tag- und Nachtwerk. Der Daumen war da! Verstehst du, der Daumen! Der Daumen war quasi das Feuer, nein, der elektrische Strom, nein, der Daumen war das Internet der Menschwerdung. Nun schien alles möglich!

?: Super Mario, ähem, Manuel! Was passierte im Anschluss?

!: Die Natur hatte unsere ungefiederten Freunde also mit diesem ganz speziellen Griffel bedacht. Eine Masturbationsmutation. Die vormals Loser-Affen guckten auf ihre Genitalien, schauten auf ihre tollen neuen Hände und riefen *la Boum*, die Fete geht weiter! Und es ging, volle zwei Jahre bearbeiteten sie sich.

?: Wer hat, der kann. Wer wollte sie dafür verurteilen?

!: Ich nicht, ich wäre der Letzte! Doch dann begannen die Probleme, ihre Samen wollten nicht mehr aus den gemütlichen Fellbeutelchen. Alles Mühen war vergebens, all' die so fleissig massierte mechanische Energie verwandelte sich allein in Wärme. Es tat so weh, tat wörtlich und sprichwörtlich weh. Zu allem Überfluss erfuhr das Affenfussvolk arrogante Häme vom befriedigt zufriedenen Oberaffen und heftigen Spott von dessen lustaffinen Lustäffinnen. Das war der traurige Stand der Dinge. Gewesen.

?: Aber sie hatten noch etwas in Reserve, oder?

!: Sie hatten die Erinnerung an die guten Tage als Spanner der Penetrationsaktivitäten ihres Bosses! So, das war der Punkt. Die Daumenaffen dachten beim Onanieren nicht mehr an nichts, sondern an das, was ihnen ihr Oberaffe einst penetrant vorgeführt hatte! Siehe da, es lohnte sich angenehm fühlbar, die Augen zu schliessen und gespeicherte Erinnerungen zu reaktivieren. Holla, endlich konnte die Affenschar der Natur wieder zu ihrem guten Recht verhelfen. Es kam wie es kommen musste, die von der Sucht nach dem Sekundenglück voran gepeitschten Affenhirne erinnerten sich nicht allein an das dumpfe Penetrieren der zarten Hordenkolleginnen durch den grobschlächtigen Affenkönig, sie schufen sich sehr bald eigene Vorlagen zur Selbstbefriedigung. Sie entwickelten die gespeicherten Bilder fort, ersetzten in Gedanken den Alpha-Affen durch ihr Bild, liessen die Affendamen bis dahin Unvorstellbares tun.

?: Das alles geschah wo, lieber Manuel?

!: In den Steppen, in den Savannen und im Dschungel! Der äussere Ort ist hier jedoch bedeutungslos, auch das mit der Daumenentstehung war bekanntlich nicht dem Trieb, auf riesenhaft hohe Urwaldfichten zu klettern, oder dem Wunsch, tödliche Waffen über die Pampa zu schleudern, geschuldet. Wozu auch? Nein, das alles geschah in den riesigen, noch halb leeren Schädeln unserer Vorfahren. Die Filmchen zur Stimulation liefen in den haarigen Köpfen der jungen Männer, in den Affenhirnen! Da wurde die anregenden Bildchen imaginiert und abstrahiert, hinter der fliehenden Stirn wurde extrapoliert und theoretisiert, bis die von Generation zu Generation explosionsartig wachsende Hirnmasse gegen die Schädelwände krachte. Peng! Ein reger Handel begann, indem die Affenkerle ihre als Lustwecker ausgedachten Sexfilmchen einander erst darstellten bzw. vorspielten, später - im Interesse der Zeitersparnis - mit vielen Ausschmückungen erzählten und noch später - zwecks Geheimhaltung vor den Lauschern - mit erotischer Finesse aufschrieben und, noch später, diese Urpornos tauschten. Mit Sexheftchen dealten.

?: In der Folge Wandel durch Handel also. Auch Kunst. Gab es bereits Musik, ich denke an Saxophone? Wie sah es mit der Malerei aus?

!: Keine Musik, nein, wozu auch - im Dschungel war es laut genug von all dem Krächzen und Kreischen und Blätterrauschen, in Steppe und Savanne war man happy über die Abwesenheit von Geräusch. Die Musik wurde erst Jahrtausende später, ganz woanders erfunden. Das weiss man doch! Aber Malerei gab es, ganz klar, man hatte den Daumen, um die Farbtuben auszuquetschen. Angesagt war Pop(p)-Art mit einfachem bzw. mit Doppel-*p*, expressionistisch vor allem, ab und an realistisch, selten impressionistisch, nie abstrakt. Die Bevorzugung des Expressionismus gegenüber dem Realismus mag überraschend erscheinen. Meine, in den Fachforen nicht unumstrittene, These dazu ist, dass die typische Reduzierung der Motive, die Beschränkung auf wenige Bildelemente dem Zweck dieser Malereien entgegenkam. Andererseits förderte dieser reduzierte visuelle Porn-Input die Phantasie der Interessenten und damit die Differenzierung und Strukturierung der rapide gewachsenen Hirnmasse. Egal. Auf jeden Fall waren die schlüpfrigen Bildchen schnell superbeliebte Sammel- und Tauschobjekte. Urporno-Paninis sozusagen. Die in den Rankings der Masturbationsphantasien ganz vorne liegenden Affenschicksen halbwegs anrüchig zu skizzieren, das konnte einen geschickten Malaffen schnell reich machen. Obwohl, nicht *reich* im heutigen Sinne, Geld gab es, ehrlich gesagt, nicht. Nur Zeugs. Ganz genau weiss ich das leider nicht. Die dargestellten Damen wiederum fühlten sich in ihrer affenartigen Weiblichkeit sehr bestätigt.

?: Sex sells - alles klar. Wäre ein gutes Thema für gender-evolutionäre Forschungen. Die Evolution scheint mir eine in unverzeihlicher Weise von Männern dominierte Entwicklung zu sein. Dass uns das heute als frauenfeindlicher Schandfleck erscheinen muss, steht auf einem anderen Blatt. Ein zu glattes Parkett für uns beide, deshalb schnell zurück. Wie war das denn mit dem Fell, behinderte das Zottelzeug deine triebgesteuerten Evolutionsschüttler nicht bei nahezu allen Verrichtungen?

!: Das ist noch unerforscht. Leider. Irgendwann wachten diese rege Handel treibenden, pornographisch malenden, sexistisch sprechenden und Schundgeschichtchen schreibenden Halbaffen morgens auf, und als sie an sich runter schauten, um ihrer Lieblingsbeschäftigung zu frönen, peng, war da kein Fell mehr, fast nirgends. Der Mensch war da. Ohne sein Fell. Nackt. Alle Veränderung getrieben von maskulinen Botenstoffen aus dem Rückenmark!

?: Der Mensch ist das Zufallsresultat der sexuellen Evolution, sexuelle Frustration wirkte als Evolutionsbooster, kann man das so sagen?

!: Du nun wieder mit deinem Hang zu witzigen Formulierungen, du darfst gerne so vereinfachen. Ich sehe das allein vom wissenschaftlich-seriösen Standpunkt.

?: Das klingt alles sehr logisch, affengeil und, wenigstens für Männer, sehr nachvollziehbar. Allein, lieber Manuel, ich sehe zwei klitzekleine logische Haken. Wenn diese tollen Kerle diese tollen Sachen im Interesse masturbatorischen Lustgewinns vollbrachten, wie sollten sie ihre Fähigkeiten genetisch an Nachkommen weiter reichen? Das Dilemma bestand doch gerade darin, dass diese mit Testosteron überladenen Affen keine Nachkommenschaft produzieren durften. Überdies würde diese Evolutionstheorie vom onanierenden Affen allein das Entstehen des Mannes, nicht jenes der Frau erklären. Alle mir bekannten Frauen verfügen über, häufig sehr schmucke, Daumen, viele mir bekannte Frauen besitzen autogenes Frauenspielzeug. Wie löst deine Theorie diese Widersprüche auf? Wurde die aktuelle, die bedaumte, des Schreibens wie Lesens kundige und weitgehend fellfreie Frau aus der Rippe eines dieser Evolutionsschimpansen geschnitzt?

!: Nein. Doch. Weil du es bist. Weil du so freundlich fragst, interessiert bist, will ich dir antworten. Was die Fortpflanzung angeht, so musst du bedenken, dass dem pausenlos begattenden Oberaffen nun, statt frustrierter, dicht behaarter Unteraffen, ein ungemein gebildetes, kunstsinniges, der Empathie fähiges, fingerfertiges und - das vor allem - erotiktheoretisch beschlagenes Mannsvolk gegenüber stand. Die eine oder andere Affendame war durchaus empfänglich für deren zärtliches, individuelles Werben - nach Jahrtausenden als namenlose Haremsdame mit liebloser Begattung durch den wuchtigen Boss.

?: Erotiktheoretisch - hübsches Wort. Diese Theorie wurde zur materiellen Gewalt, als sie die Massen ergriff?

!: Sie kennen Marx! Ich nicht, ich bin BWLer, nicht VWLer. Schlussendlich haben sie sicher Recht. Sorry für das *sie*, wir sind ja beim vertraulichen du.

?: Evolutionäre Autoerotik ist, bei aller Lockerheit und Unverkrampftheit im Zwischenmenschlichen, die wir in Deutschland seit der Heim-WM 2006 erreicht haben, gewiss kein Thema, welches sich mit altkonventionellen, distanzierten Umgangsformen frei von Peinlichkeit besprechen liesse, lieber Manuel. Doch ich unterbrach dich, wie ging es dann zu mit den Damen?

!: Danke. Du wirst es vermutet haben, der eine oder andere der immer mehr menschelnden Affen schaffte es, seinen Erfolgssamen in dem anderen oder einen Affenweib zu platzieren. Glaube mir, es waren nicht die dümmsten Damen der Horde, die dem Reiz des Verbotenen erlagen, sich den von Saison zu Saison intelligenteren, fellfreieren Freiern hingaben!

?: Das glaube ich sehr gerne. Noch heutzutage wird zumeist innerhalb der gesellschaftlichen Schichten geschnackselt, der Akademiker verführt die Akademikerin, die Friseurmeisterin bezirzt den Dachdeckermeister, die IT-Fachfrau sucht die Schnittstelle der Netzadministratorin. Ja, ich habe das letzte Beispiel mit den beiden einander liebenden IT-Fachkräften weiblichen Geschlechts bewusst so gewählt. So, lieber Manuel, ich kann mir sehr, sehr gut vorstellen, dass du noch mehr zu erzählen hast, oder?

!: Du täuscht dich schon wieder nicht. Ich habe dir nun das erste Problem erläutert. Du weisst jetzt, wie es den Affen aus der zweiten, dritten, vierten Reihe mit ihren, durch Onanie erworbenen, Fertigkeiten gelang, ihr immer wertigeres Erbgut zu streuen. Faszinierend. Bedenke, die Affenkinder und Kindeskinder und Enkelenkel wurden geschickter, klüger, besser. Dagegen konnten die tumben Nachkommen des Alpha-Rüden nicht, ich sag' mal, anstinken. Diese bildungsfernen Schichten blieben unter sich. Was aus ihnen wurde, verrate ich später.

?: Das klingt zwar alles nicht ganz wie bei Darwin und gleichzeitig doch höchst darwinesk! Durch den demographischen Spiegeleffekt dürften sich diese Schar hochentwickelter Kinder des Onan zusätzlich vergrössert haben. Lieber Manuel, was sagen die Bewohner des Bible Belt zu dieser wenig biblischen Entwicklungsgeschichte des höchsten der Geschöpfe Gottes?

!: Ich weiss nicht, was der Bible Belt ist, bestimmt so was wie Single Malt, oder nein, macht keinen Sinn. Mit Bibelgeschichten habe ich sowieso nichts am Hut. Aber eine Antwort schulde ich dir noch, meine knappe Antwort auf deine doofe Frage: Wie können Frauen heute Daumen und Hirn haben, wenn der Kick off allein von triebhaften Affen*männern* kam? Wie nur wie? Selbstverständlich haben diese tollen Kerle alle ihre letztlich durch schamloses Tun erworbenen genetischen Gebrauchsvorteile auch an ihre weibliche Nachkommenschaft vererbt. In jeder Erbsequenz sind doch die allerbesten Möglichkeiten für beide Geschlechter angelegt. Beinahe hätte ich Erbse*n*quenz gesagt. Ich bin etwas albern. Das liegt an deiner albernen Frage. Du scheinst zu meinen, dass Mädchen einzig Eigenschaften aus dem Mutterstamm erhalten. Ist Quatsch. Ich buche deine, eher unbedarfte, Frage als nicht gestellt ab.

?: Sagt der grossherzige Manuel, der nicht weiss, wie Shakespeare geschrieben wird. Lächerlich. Aber, lieber Manuel, du bist für mich inzwischen ein wahrer Freund geworden! Freundschaft ist etwas, womit ich ausgesprochen sparsam umgehe, jedoch bei dir, da ist etwas ganz Besonders im Äther. Komm, bitte, mein Freund Manuel, wie geht die Sache für des Affenkönigs Nachkommen aus?

!: Die Linie, die aus den nichtmasturbierenden Uraffen erwuchs, die nicht so konsequent zu uns Menschen führte, die endete und endet auch heute bei den unter Sexualitätsforschern sehr *en voguen* Bonobos. Wenn diese Wissenschaftler, gemeinsam mit Evolutionsforschern der hier vorgestellten Schule, vielleicht unter den Dächern der Max-Planck-Gesellschaft oder der Friedrich-Naumann-Stiftung ... also, ich sehe da ganz grosses Potenzial! Womöglich kann man Bonobos dazu bringen, mit der eben skizzierten Methode zu Menschen zu mutieren? Oder die gerne vergessenen Gibbons. Die leben schon jetzt sehr bürgerlich in Paaren, bis dass der Tod sie scheidet. Wenn man denen temporär die Partnerinnen klaut ... auch dort sehe ich Potenzial für eine neue, für die Schöpfungsstory 2.1.

?: Sozusagen Menschwerdung auf dem zweiten Bildungsweg. Ich darf bilanzieren. Die Evolution ist eine tolle Erfindung, eine Wundertüte, ein Füllhorn, eine Pralinenschachtel, man weiss nie, was hinten raus kommt. Womit wir wieder bei dir, mein lieber Freund Manuel, und wieder beim Ausgangsthema sind, deinem sympathischen Fetisch. Also, wie lief es denn so mit der jungen Mutti, mit Candy?

!: Nichts lief da, bei mir läuft seit sieben Monaten ... fuck, fuck, fuck, ist das da drüben eine Kamera, eine beschissene Kamera? Ist das eine verfi ...

So, hier will ich uns aus dem heiteren Zwiegespräch zwischen dem Manuel und unserem Diethmar mit *h* ausklinken. Ich, ich bin der aus TV und Netz bestens bekannte Kommunikationsspezialist Ralph Pollincz-Nettpfuchs. Und sie, sie haben bestimmt registriert, wie es unserem smarten Frager, dem Diethmar, gelingt, den Antworter Manuel zu steuern und zu desavouieren. Er hat ihn als einen kulturell wenig gebildeten, religiös desinteressierten, etwas hölzernen Menschen, als einen allein durch sein Rückenmark gesteuerten Mann bloss gestellt. Als einen Typen, der lediglich bei einem Thema richtig Ahnung, echtes Interesse und erstaunliche Wortgewandtheit zeigt. Dabei konnte Diethmar durchaus Interessantes zu unseren befellten Vorfahren aus dem lieben Manuel heraus kitzeln. Allerdings bleibt es alles in allem ein peinlicher Auftritt von Manuel, der sich umso lehrreicher für uns gestaltet. Da stimmen sie mir zu, oder?

Warum ich Ihnen das erzähle? Auch *sie* können durch das Beherrschen der Fragetechniken jedes Gespräch in ihrem ureigenen Sinne steuern! Auch *sie* können mit den passenden Fragen die unerwartetsten Dinge erfahren! Kaufen sie *jetzt* die Vertiefungslehrgänge zum just gesehenen elektronischen Einstiegsleckerli! Drei interaktive Videokurse unter dem Motto 'Wie ich meinen Gesprächspartner unauffällig manipuliere -

Geile Kommunikations-Tricks für harte Rhetoriker - Führen mit Fragen!' zum einmaligen Subskriptionspreis von nicht mehr als glatt 77 Euro! Sie sind doch an der Vervollkommnung ihrer Kommunikationskompetenz interessiert und obendrein ein gewiefter Sparfuchs, oder?

Als krönenden Profi-Powerlehrgang, das möchte ich hier ankündigen, können sie in Kürze mein nächstes Meisterwerk 'Wie ich meinen Gesprächspartner noch unauffälliger manipuliere - Harte Kommunikations-Tricks für geile Rhetoriker - Führen mit Gegenfragen!' zum einmaligen Subskriptionspreis von nicht mehr als glatt 111 Euro erwerben! Sie wollen doch nicht das Zehnfache für ein Wochenendseminar in schlechten Kongresshotels mit müffelnden Teilnehmern ausgeben? Sie wollen doch nicht ihr hart erarbeitetes Geld windigen Rhetoriktrainern in den gierigen Rachen werfen, oder?

Na bitte! Sie erhalten alle Lehrgänge als DVD, zum selben Spottpreis als MC, CD, DAT-Kassette, als Powerpointpräsentation, als Downloaddatei bzw. mp-3-file bzw. mp-4-file, auf VHS für PAL und NTSC mit Quadraturamplitudenmodulation sowie für SECAM mit Frequenzmodulation, auf Schellack oder Vinyl und sogar in FLAC für Pono. Pono, nicht Porno! Ihr Ralph Pollincz-Nettpfuchs!"

Die Düne, auf der Zac Verlust beklagt

Eine Stichflamme durchschiesst Zacs Kopf, Knie und Unterleib. Was war denn das nun? Minuten lang hatte er an Selbstbefleckung gedacht. Okay, hier urteilt kein Sittenrichter, aber trotzdem. Okay, eigentlich ging es nicht um ihn, sondern um vor Ewigkeiten verstorbene, einstige Ex-Affen. Okay, aus der Reserve locken lassen hat sich nicht *er*, sondern ein ihm völlig unbekannter Manuel, der sein aufgeschnapptes Pseudowissen in ein Mikrofon geplappert hat. Trotzdem. *Gedacht* hat er, Zac, das selber und Myriaden von Böswilligen würden sein Unterbewusstsein damit in Verbindung bringen: 'Sitzt allein in der Wüste, kein Weib in der Nähe, von zu Hause ist er abgehauen, alles klar, bestimmt gab es daheim Probleme mit seiner Holden! Da ist der Gedanke an diese schimpfliche Sache nicht von der bösen Hand, von der Tremorhand zu weisen!' So werden sie urteilen, die Pharisäer, die Tempelwächter, die Moralapostel, die Sittenwächter, die Ethikengel, die eBook-Leser, die V-Leute der Scheinheiligkeit! Zac weiss das. Er würde es auch tun, nur leida issa selba das Opfa! Und warum hat er dennoch an das so übel beleumundete Thema gedacht? Weil es kein Schamgefühl mehr gibt in der Welt. 'Sturzbäche von Peinlichkeiten schütten das fernbestimmte System-TV und das fremdgesteuerte Internet tagtäglich über uns aus. Die Situation des mit Schamlosigkeit gequälten Volkes: Unten hocken verwahrloste, blasse, dürre Kreaturen in abgerissenen Lumpen dicht an dicht in einem übergrossen, von Rost zerfressenen eckigen Metallzuber - Typ Bronx-70erJahre-Sozialdrama-Hinterhof-Müllcontainer. Weit über ihnen, bald 15 Meter in der Höhe, öffnet sich eine kleinwagengrosse, verbeulte, rostschutzfarbene Stahlluke, eine Luke wie jene hinten an den Müllautos, die die auf der Deponie hochklappen. Heraus stürzen, Tonne um Tonne, die stinkenden, bluttriefenden Abfälle eines Schlachthofes, vermischt mit aus einer nicht zertifizierten Konservenfabrik stammenden Fischinnereien und extrem unästhetischen Fleischbröckchen aus der lokalen Folterdependance der Mafia. Diese blutige, stinkende Pampe plumpst und pladdert und schwallt endlos weiter, immer mehr, ständig fort auf die ihres Schicksals demütig Harrenden im Container, bis die armen Geschöpfe in all dem Ekel ertrinken. Ungefähr so ergeht es den armen Ausgelieferten daheim unter den Sturzbächen von Lust, Laster, sexueller Aufpeitschung, Nacktheit, Geilheit, Hemmungslosigkeit und

Schamverzicht. Das Ergebnis? Entgrenzung. Unkeuschheit. Anstandsverlust. Schamverlust.' (Quelle: Hansgert Most, Hedonismus und Schamverlust zwischen Kaiserslautern und Königsberg, Breslau, 1927. Die 2. Auflage erschien vollständig überarbeitet, behutsam sprachaktualisiert und mit einem zeitkritischen Nachwort von Jomas Tremmlin [BVK] versehen als: Hedonismus und Schamverlust zwischen Kampen und Kamenz, Berlin, 2007)

Schamverlust. Ein Plemplemwort für die Blödwort-Shortlist. Dem '...-verlust' sollte eine Sondertrophäe als offizieller Sprach-Nachfolger von '...-kultur', '...-management' und '...-gerechtigkeit', verliehen werden. Später könnte dann '...-verzicht' folgen. Zum Beispiel: Schamverzicht. Bis dahin sollten die gewichtigsten Verluste durch das hochniveauige Feuilleton und vegane Rotweingespräche und alle Debatten der präpotenten Akademisten-Mittelschicht geistern, flattern und wabern: DemokratieVerlust, SprachVerlust, SpassVerlust, BedeutungsVerlust, KoizidalVerlust, KollateralVerlust (Beifang), KursVerlust, RauchkulturVerlust, GeschlechtsVerlust, GebietsVerlust, HumorVerlust, ZuneigungsVerlust, ZuspruchVerlust, SpiritualitätsVerlust, SoliditätsVerlust, SolidaritätsVerlust, KommunikationsVerlust, LustVerlust, FrustVerlust, SubsistenzVerlust, PunktVerlust, NiveauVerlust, PartnerVerlust, NiveauVerlust (erneut), GewinnVerlust, VerlustVerlust (MetaVerlust), DistinktionsVerlust, EmpathieVerlust, GerechtigkeitsKulturVerlust, AnschlussVerlust, DistanzVerlust, KulanzVerlust, UrbanitätsVerlust, ZuwendungsVerlust, MoralVerlust, LibidoVerlust, RechtsVerlust, ZeugungsfähigkeitsVerlust, ExtremitätenVerlust, SamenVerlust, ContenanceVerlust, KonnektivitätsVerlust, KontinenzVerlust, SehkraftVerlust, BallVerlust.

Verlust ist eine zur Beschreibung deutscher Gegenwart so hin- wie zureichende Vokabel. Alles, was ist, folgt aus der Dreingabe dessen, was war. Zac könnte diesen ingeniösen Gedanken erklären, könnte sein Gedankenleser generös mitnehmen auf sein luminöses Hochniveau. ~~Kann~~ Will er aber nicht. Verlusterklärungsverzicht aus Versagensangst. Womöglich sollte er '...-angst' zum künftigen Nerv-Wortbestandteil Nummer 1 küren?

Die Düne, auf der Zac wuselwirr Foristen schmäht

Abrupter Gedankenflow zurück, zurück zu den sympathischen Topcheckern, den Weltenrettern im Nationalkomitee Besseres Deutschland mit ihren Erweckungsattitüden. Allesamt unnachgiebig unterwegs, eingemummelt im selbst gestrickten oder überirdischer Berufung entstammenden, eigenen Wertekanon. Das Sandkorn im Auge des Anderen? Aber immer! Die Düne im eigenen Auge? Ausgeschlossen! Die Andersmeinenden aller Farben sind stets fehlgeleitet, sind unheilbar islamophile Amerikahörige, V.S.A.-Hasser, VT-Groupies, Ausländerhasser, Ausländerliebhaber, islamophobe Putinistas, Multikulti-Junkies, Frauenbevormunder, Frauenbevorzuger, der Realität entrückte Zeit-Abonnenten - in jedem Fall aber naiv. Naivität-des-Gegners ist ein jederzeit überzeugendes Super-Sachargument, der so Bemitleidete wird unverzüglich bis ans Ende seiner Tage verstummen. Vielleicht erblinden. So, das wollte Zac seit jeher denken. Nur er, der Zac eben, ist der absolut freiblickende Beobachter, gleisst wie einer von den übervielen hoch droben blitzerglitzernden Wüstensternen, schwebt als allsehender Fixstern über den menschlichen Niederungen, reflektiert ohne blinden Fleck. Zac ist immer, wsjegda, ever objektiv, nüchtern, seriös, kompetent und selbstkritisch. Ja, vor allem selbstkritisch.

Anders die ethisch und charakterlich weniger gut ausgestatteten Streiter. Die sehen sich samt und sonders als Emanationen des Guten, nie, nie, nie in der Lage, die Weltbeglückungsformeln andersmeinender Foristen als vielleicht, unter besonderen Umständen, unter Hintanstellung aller bestimmt ganz berechtigten Zweifel nicht völlig abwegig zu betrachten. Damit in bester Tradition seit, geschätzt, einskommaeinsdrei Ewigkeiten. Wenn der digital bespuckte Politerbfeind dann doch ausnahmsweise etwas getan, entschieden, veranlasst hat, was der Speichelspeier schon von Geburt an gewusst und gefordert hat, dann muss, schon im Interesse der politischen Hygiene, wenigstens das Fehlen hehrer Motive und edler Werte mit scharfer Polemik gerügt werden. Wenig, nein, nichts ist verdammenswerter, als das Richtige aus den falschen Gründen zu tun. Gut gemeint ist besser als gut gemacht. Deshalb verachten die selbstbefreiten Westfrauen die einst, in der guten alten Zeit, in den Jahren der absoluten Gewissheiten, ihre femininen Rechte selbst *er?stritten er?kämpft* haben, all die grauen Ostfrauen, die schwuppdiwupp einfach so, durch diktatorischen Zwang, ihr eigenes Geld verdienten. Die ihre Kinder in StaatsKitas verstaut hatten, wie sie zuvor dort ihre eigene Kindheit verdämmert und verloren hatten. Schade um sie. Widerständig, emanzipiert, frei im Geist wurde man eben nicht mit Alfons Zitterbacke und Hirsch Heinrich, sondern mit Otfried Preussler und Astrid Lindgren. Untertänigster Thälmann-Pionier Ottokar gegen die realskandinavische Freiheitsstatue Pippi Langstrumpf. Deshalb, so ist sich Zac fast ganz ziemlich sicher, sind eher 101 als 37 Prozent der schimpfenden Foristen Ossis. Die haben sich bis heute in ihren persönlichen Richtig-Falsch-Welten eingerichtet, sind unfähig, ab und an ihre individuelle Sonne ausnahmsweise nicht als Mittelpunkt aller Galaxien, Universen und Food Courts zu sehen. Wie anders die in den besten aller Diskurskulturen der Sechziger (1968er oder Nazi, Beatles oder Stones), Siebziger (Emanzipation oder Mutterkreuz, RAF oder ABBA) und Achtziger (Pershing oder Petting, Dallas oder Denver) heran gewachsenen DurchschnittsZEITleser! Die tragen die Möglichkeit von Ambivalenz und den Meinungspluralismus mit fettem Stolz als Kohortenetikett, als Herkunftssiegel und als Blutswappen. Könnte man meinen.

Stimmt aber nicht.

Oder doch.

Wie auch immer, in Kommentarforen, in obskuren Twitter-Zirkeln und somnambulenden Facebook-Zellen darf man pseudowitzige Sätze lesen, die mit *Irony Off* enden, darf man verbale Übersprungshandlungen affektgetriebener Maulhelden, gezeugt aus einer inzestuösen Verbindung von sprachlichem Unvermögen und Triebstau, bestaunen. Enorm wichtig, seinen Senf zu jeder Meldung unverzüglich, ohne schuldhaftes Zögern zu versenden. Sofort die eigenen Flausen bestätigt sehen, umgehend sein 'IchIChICHhabeesschonimmer geahnt, gewusst und gesagt!' an die Meinungsfront katapultieren. Auf ein Signalwort klettert der engagierte SocialWeb-Wirrkopf, unter Hintanstellung aller sinnvollen Verrichtungen, auf die Kommentar-Barrikade, um seine vorgefertigten Wortkrampen auf den fiesen Feind zu zwillen. Zac hatte beim Lesen der Kommentare und Tweets und Facebook-Statements häufig ein Wahn ergriffen. Eine Vorstellung, dass Foristen und Tweeties mit Schutzhelmen, ähnlich jenen blauen Pressehelmen der CNN-, AJE-, ZEITonline-Kriegsfrontberichterstatter, vor ihrem Tablet sitzen und ihre Statements in die Weiten des Internets hämmern. Bloss nicht auf eine Einordnung, die Verifizierung, eine womöglich andere Sicht auf das Geschehen warten, keine Unentschiedenheit, kein grau, ausnahmslos dual ja oder nein bleiben, nicht labil meinungsschwächelnd relativieren. Die Verstärkung der Kampftruppen durch sogenannte, vermeintliche, womögliche, vielleichtige Trolle hat die Intensität der digitalen Gefechte noch befeuert. Twitter! Facebook! Angriff! Hier dürfen Mann und Frau noch kämpfen, und wer zuerst schiesst, stirbt zuletzt. Hier darf ein jeder nicht nur montags, nein, Tag für Tag, Stunde für Stunde, 7/24 die Server unseres Planeten mit seiner Paranoia beschäftigen. Spätestens ab dem 31. Kommentar folgt noch das 'J'accuse!' wegen der vollständigen Abwesenheit von Toleranz bei den - wahlweise - rot-grünen-Feminismuszentristen bzw. rechts-konservativen Ewiggestrigen. Ein gnädiger Gott bewahre Deutschland davor, dass ein weniger meinungsabgestumpftes Volk, welches in der jüngeren Vergangenheit da-oder-dort für-oder-gegen dieses-oder-jenes gestritten hat, die imbezillen Experten-Exkremente zu sehen bekommt, die in hiesigen Online-Foren stinkern.

Worüber hat Zac eigentlich gesonnen? Über das Internet als Biotop für meinungsfeiste Mitteilungsbedürftige, genau. Über das Reich der Online-Kolumnen und der Kommentare in den Netzmedien. Kernidee von Kolumne und Forum, deren Treibstoff, das ist der wilde Widerspruch der forsch forierenden Kommentierer gegen den Artikelautor, den Kolumnisten. Die Kolumnisten müssen diese Erwartungshaltung befriedigen, was sonst. Am besten haben es unter ihnen die Zeilenproduzenten getroffen, die ihre unabänderliche Einstellung auf ein Thema fokussieren können: Internet, Medien, Datenschutz, Neue Energie, Verbraucherschutz, Staatsversagen, Kapitalismuskritik, Freilandhaltung, Gender, Ernährung - völlig brenne, was es ist. Man muss nur seine monochrome Grundhaltung beibehalten, seine Meinungs-Essenz kontinuierlich am Köcheln halten. Es ist absolut gleichgültig, in welche Richtung der Schreiber tendiert, gegen jedes Fitzelchen Staat, für viel mehr Staat, mit einer linken Sicht auf die Welt, mit einem konservativen Blick auf das Leben. Ganz egal, welchen Mumpitz er oder sie in die Welt schickt, nach der zweiten Kolumne gelten er als Fachmann und sie als Frau, sogar als Fachfrau. So. Ratzfatz, hoppeldihopp, spätestens nach der dritten Kolumne treten die Gegenmeinenden auf den Plan und arbeiten sich mit aberwitzigen Forenbeiträgen an ihren Lieblingsautoren ab. Kennste einen, kennste alle. Zac will, und diese betörende Fähigkeit, komplex zu denken, macht ihn zu einem intellektuellen Unikat in einer Welt flachdenkender Profanistas, die sozialtherapeutische Wirkungen des Kommentarwesens nicht verschweigen. Die Transformation des Leserbriefunfugs in den

Kommentierungswahn eröffnet Heilungschancen für eine der morbidesten Psychosen der modernen Gesellschaft: Das Gefühl, wahlweise von denen da oben, dem Mainstream oder überhaupt allen Andersmeinenden mit den eigenen, letztgültigen Wahrheiten nicht gehört zu werden! Per Kommentar-Sputum kann jeder Bedürftige diese, seine Frustration im Internet heilen. Die Entspannungstherapie funktioniert am besten mit beinharter Hypersensibilisierung - die ganz Rechten müssen bei jungewelt.de kommentieren, die Konservativen streiten sich online mit Freitag, Frankfurter Rundschau und tageszeitung, die heiss begehrte Mitte surft zu VT-Foren, die Weitlinken werden fündig bei focus.de oder gar jungefreiheit.de. Allein die vielen nichtextremen Linksschattierungen haben es schwer, einen würdigen, halbkonservativen Gegner zu finden.

Einziger Lichtblick, Spass von besonderer Güte und die Peinlichkeit in beschämend lächerlicher Vollendung: Der Forist himmelt den Verfasser des Artikels, den Kolumnenschreiber höchstselbst an. Schleimiger geht's nimmer: 'So, lieber Herr A, sooo sprachgewaltig hat das noch niemand auf den Punkt gebracht, das Hinreissendste, was ich seit den Nullern lesen durfte, ju made my day; endlich, liebe Frau B, traut sich jemand in dieser Meinungsdiktatur / gegen die Staatsjournaille / die konservative Kampfpresse / die linksgrünen Salonkolumnistenkommunisten; da musstest erst du, Genosse C, kommen, um die Sache beim wahren Namen zu nennen, danke, danke, danke ChristaKurtJanJörgJakobYvesSylkeChe, dass du als letzter Aufrechter mit Gewissen und Rückgrat den Politmächtigen mit deiner hinreissenden Suada endlich den kathartischen Spiegel vorhältst, aber die wollen sowieso nur wiedergewählt werden !!!' Schurken, alles Schurken.

Nun, für Zac war es ein gigantischer Spass, all das in Forumsbeiträgen und Kommentaren zu lesen. Er hatte enorme Freude an der lustschmerzenden Diskrepanz zwischen den überbordenden Mitteilungsbedürfnissen und den sprachlichen Substandards bei mit pulsierenden Schläfenadern eruptierten Meinungen. Ausgewogenheit und Austariertes sind hier nicht zu Hause, schon klar, wie öde wäre die Welt sonst. Was, so schiesst es Zac siedendheiss durch den wunden Schädel, diese Foren nun doch unvorteilhaft von Stammtischen unterscheidet: Den Stammtisch verlassen - oder verliessen - dessen Tischler irgendwann mindestens halbwegs versöhnt, wenn auch schwer angeschickert, sie ziehen - oder zogen - von dannen, schiessen - oder schossen - ausserordentlich selten aufeinander. Bei Foristen, bei

Twitterern muss man vermuten, dass sie eine echte Begegnung bei weitem nicht in voller Zahl überleben würden.

Zac erkennt sich selbst nicht mehr, was lässt ihn so frech denken? Bestimmt ist es die Mischung aus der Gluthitze des arabischen Februars und der frappierenden Reizarmut, hier auf seiner Düne, mitten in der Leere. Wenn da zumindest schöpferische Ideen geglitzert hätten, nicht bloss die auf links gedrehten Gedanken der durch ihn Gescholtenen! Der feige Zac expediert seine Hochnäsigkeiten aus Angst vor der Gedanken-Tscheka so vorsichtshalber wie unausgesprochen in die Tonne. Er ist gerettet (Goethe, Johann Wolfgang von)! Und in Hamburg sagt man Tschüss (Kabel, Heidi Bertha Auguste).

Die Düne, auf der Zac den Schmerz bedenkt

Unter Zacs Scheitel ist es inzwischen leer. Ausser den peinigenden Beschwerden ist da oben nichts, und die Schmerzen verschwinden erst, wenn er denkt, ganz egal, warum, worüber, woran. Verschwinden, womöglich nicht im Sinne von weg-sein, entschwinden allein aus seiner Wahrnehmung dank sinnhaftester Ablenkung, entschwinden im Sinne von da-sein-aber-nicht-bemerkt-werden, so wie eine riesige fetthaarige Spinne, die einem während des Schlafes mikrometernahe am Gesicht vorbei krabbelt: Ekelerregend, schauderhaft, nur eben unbemerkt. Aber zählt das dann als schmerzfrei, wenn man einfach nicht an die Pein denkt? Zac weiss es nicht, er ist doch kein Palliativmedizinmann!

Die Anschlussfrage zielt auf das Verhältnis von Quantität und Qualität beim Schmerz. Na klar, so klug ist selbst Zac, und ist es sogar unter arabischer Supersonne, dass er weiss, dass es Rezepturen und Mittelchen gibt, die die Ursache des Schmerzes, die Causa des Schmerzempfindens, bekämpfen, nicht nur die Symptome niederkartätschen, die also richtig heilen. Derartiges ist es aber nicht, was seine Gedankenwelt beschäftigt. Also, wenn die Leiden am Rücken, im Knie, hinter der Stirn nicht mehr so stark sind, nicht mehr so stark wahrgenommen werden, weil Tabletten wirken, viel Alkohol segensreich lindert oder gedankliche Ablenkung ihr gutes Werk getan haben, hat sich dann die Schmerzqualität in persönlich vorteilhafter Weise verändert, oder gibt es dann einfach weniger von dem Schmerz? Was ist die Masseinheit für den Grad des Schmerz-Leidens? Wenn es so etwas mit dem, auf Tabascoflaschen-Kleinkartons für Fans des Pepper-High-Effects als Masseinheit der Schärfe präsentierten, Scoville gibt, dann sollte es Vergleichbares auch für die mit der Schärfe eng verwandten Schmerzen geben. Nein, es wird nicht in 'Aua!' gemessen, verbietet sich Zac einen einschlägigen Scherz, aua, beinahe hätte er Sch*m*erz gedacht.

Es klingt für Zac leicht logisch, dass ein Antischmerzmedikament ein 'etwas' dämpft oder mildert oder stillt oder wegknipst. Innere Signale. Körpereigene Signale, die, zum Beispiel, vom gebrochenen Arm, Zac nennt ihn A, zum Hirn unterwegs sind, und dann im Hirn vom für A zuständigen Lappensektor B über Neuronen, Neurotransmitter und

Synapsen nach C, dem Schmerzzentrum zwischen den Ohren, übertragen werden. Hoffentlich geschieht das netzneutral, nicht, dass die Information betreffend eine Wunde im Genitalbereich bevorzugt befördert wird, schneller als zum Beispiel die Botschaft über einen kleinen Kratzer am Schienenbein. Also, die Schmerzinfos gelangen nur noch gedämpft von A über B nach C. Was sagt das über die Existenz des Schmerzes, wenn auf dessen Etikett statt 'unaushaltbar' bloss noch die Kategorie 'ärgerlich' vermerkt ist? Wenn die Schmerzen, statt mit Gewalt und Wucht in das Gehirn zu knallen, nur noch molekülschwach Richtung Schmerzzentrum C dahindiffundieren? Wahrscheinlich, und Zac malträtiertes Gehirn flieht in die Unbestimmtheit der Philosophie, kriegt er es nicht geordnet, weil er, wie so ziemlich genau fast alle, simpel dualistisch denkt. Leiden oder kein Leiden, Pain o(de)r No-Pain, tut-weh gegen tut-doch-nicht-weh. Zwischenwelten, -töne, -grautöne, nein danke. So bleibt ein exquisites Schmerzthema unbeackert, wird durch Nichterwähnung herabgewürdigt: Der nicht unangenehme, gar gewünschte Schmerz, der kein Thema allein für Flagellanten, ob liturgisch begründet bei Selbstgeisslern oder zur Steigerung der Lust bei Schmerzgeilen, und für Freunde des Spanking, ist. Der als niedlicher, possierlicher Alltagsschmerz daher kommen kann. Zac erinnert sich dabei, durchaus nicht peinlich berührt, an seine Kindheit, an das sanft schmerzende Zahnwackeln, bis der Milchi rausgepopelt war. Eine silberne Reichsmark gab es dafür von der üppigen Zahnfee unter das strohgefüllte Kopfkissen gelegt. Schön war es, süsssaure Reminiszenz an die Kindheit, es war nicht alles schlecht in den Güldenen Zwanzigern.

Die Wüste, die Leere, auf welche Ideen kann man hier kommen. Zac fällt in diesem ablenkungsfreien Nichts noch etwas für ganz besonders Aufgeweckte ein: Ist der menschliche Geist in der Lage, Auslassungspunkte und An- und Abführungsstriche zu denken? Gewisslich, das Problem der gestischen Performance, des Zeigens von Gänsefüsschen gilt mittlerweile als gelöst, jenseits akademischer Vorträge sind unbedingt zwei Lufthäschen zu zeigen. Eine Mischreaktion aus brüllendem Gelächter der Schlichten, sichtbarer Fremdscham von Unsympathen und kühlen Desinteresse des guten, wertvollen Restes ist gewiss. Die Aufbereitung für eine exklusiv auditive Wahrnehmung bereitet Zac hingegen Kopfzerbrechen. Jammerschade, bedauerlich, auf arabischen Dünen fehlt es an Testpublikum wie an Kühlschränken. Kühlschrank, ein unmodern sachliches, uneffektiv langes Wort. Weniger Silben als sein englischer Pendant, dennoch viel zu lang. Guck an, was Menschen wie ihn so bewegt! Zac stört es, dass keine Sprachcoolnesskommission, keine

Grossstadtlässigkeit, kein Hauptstadthumor, nicht die Jugendsprache oder ein Selbst-Berufener das Naheliegende tat, tut oder absehbar tun wird, und der historischen Flugzeug-zu-Flieger Verwandlung die Kühlschrank-zu-Kühler Transformation folgen lassen wird. Er hat das Empfinden, dass die holde Sonne Dörrhirn fabriziert, seinen Skalp ablöst. Einen Hut hatte er in der Aufbruchshektik nicht greifen können, sich was anderes Mützenartiges auf das blanke Haupt zu packen war ihm nicht in den Sinn gefahren. Einzig ein verschmuddeltes, verblichenes, blau-irgendwas kariertes Palästinensertuch, eine kleine Reminiszenz an seine lang verflossene, stark linkslastige Studentenzeit, hatte er schnappen können. Hier im Nahen Osten müsste sich das Bekenntnistuch heimelig fühlen. Zac trägt den müffelnden Palischal inzwischen aus gänzlich unpolitischen Gründen. Mund und Nase und Ohren beschützt die Kūfiya vor dem flattrigen Nanosand, auf dem Kopf soll das Tuch die drückende Solarglut dimmen. Das klappt nicht hundertprozentig, zwischen Baumwolle und Schädelknochen brodelt es. Winzige Partikelchen seiner Kopfhaut sind es, sich juckreizend von dannen machend, die Zac arg zusetzen. Aaahrrrg, kratzen hilft, kratzen, aaahrrrg, bis der Skalp blutet, bis sich feine, fiese Wüstensandkörnchen unter das Tuch in die Blutlöchlein wehen lassen, bis es in der Folge zur Dünenbildung zwischen Schädelknochen und Schädelhaut kommt, bis sich erst kleine, doch durch neue Wunden weidlich mit Sandnachschub versorgte, Wanderdünen zwischen Kopfhaut und Schädelknochen in Bewegung setzen. Immer mehr, grösser, schneller, hin zur Stirn, runter zu den Ohren, runter in den Nacken, die ganze Kopfhaut wogt sanft wie die Ostsee bei Windstärke vier. Keine frohgemut stimmende Aussicht! Was für überraschende Folgen solch ein schnödes Jucken zeitigen kann! Andererseits, fällt Zac ein, soll es sogar Foltermethoden geben, die nicht Schmerzen, sondern Jucken und Kitzeln als hilfreich für die Wahrheitsfindung des so Malträtierten beinhalten, so etwas wie die leckende Zunge von Ziege Minka am Schwitzefuss eines Missetäters. Eigentlich eine enorm inspirierende Vorstellung: Paarhufer als Wahrheitsserumersatz, biologisch hergestellt, biologisch auch zu entsorgen, jedenfalls, wenn der Folterknecht nicht einer Paarhufer verehrenden Subsubkultur angehört oder Ziegen für andere, finstere Verrichtungen benötigt. Will Zac gar nichts von wissen, ist ihm egal, ob bzw. wie Folterknechte und Henker Liebe machen. Ihm wird sehr aktuell eine Superfolter zuteil, er hat Kopfschmerzen und Kopfjucken zugleich, das ist total übel. Jetzt wäre ein Internet-Forum hilfreich, in das Zac seinen peinigenden Frust speien könnte!

Die Freud-Düne

Zac schläft ein, trotz Hunger und Durst, ist ihm egal, denn er träumt. Träumt, ein Mädchen, eher eine junge Frau, zu sein. Das Aussehen ist egal. Das Alter es hingegen nicht, neunzehn Jahre ist Frau Zac, und im Gemütszustand des verliebt seins, verknallt in eine siebzehnjährige Siebzehnjährige. Deren Vater trägt einen Morgenrock wie in einem verstaubten Ufa-Film. Er schickt die Mutter und auch die Grossmutter der Jüngeren aus deren Zimmer, um so sein Vertrauen in oder sein Desinteresse an oder seine Ahnungslosigkeit betreffend seine Tochter Namenlos, zu zeigen. Diese mag mit Zac, der Neunzehnjährigen, allein in ihrem Gemach, welches allerdings wie das Zimmer einer Achtzehnjährigen verunstaltet ist, bleiben, um die Chance auf feminine Zweisamkeit zu nutzen. Wobei nicht klar wird, ob die namenlose Jüngere in Zac, also in die gar nicht so viel Ältere dito verliebt ist, ja, ob sie denn selbst, jenseits dieser Einzelfallentscheidung, ein geschlechtliches Interesse am eigenen Geschlecht hat. Eine komplizierte Traum-Beziehung, fürwahr!

Was unbeantwortet bleiben wird, denn es findet sich Traum-Zac unvermittelt wieder am Rain einer Wiese oder Saum eines Ackers. Da die Fläche tief verschneit ist, kann der interessierte Zuschauer das ebenso wenig erkennen, wie die beiden, von links und rechts heran jagenden Mini-Reiterheere, zwischen denen bzw. unter deren Hufen Zac unweigerlich zermalmt werden würde, hätte sich nicht in höchster Not in dem noch gar nicht erwähnten, gleichwohl vorhandenen schmalen Waldstreifen hinter dem in dieser Sequenz geschlechtslosen Zac einer Lücke aufgetan, durch die Zac, einen Hang hinunter purzelnd, entweichen kann und unverletzt auf einem Feldweg landet, der sich durch zwei tiefe, mit modrig-trübem Wasser gefüllte Spurrinnen auszeichnet. Zac eilt nun einem, etwa eine Fussballfeldlänge entfernten, Mann zur Hilfe, der schrill schreiend einen Hafen sucht, wobei ihm Zac in der Weise behilflich ist, dass er in die Wulst der vom Hang abgewandten Reifenspur eine Bresche buddelt, durch die das Stauwasser abfliessen kann, begleitet von der sinnvollen Erläuterung, dass, wenn es denn in der Nähe einen Hafen geben würde, mithin einen Fluss oder, unwahrscheinlich, aber eine Möglichkeit, ein Meer, sich das brackige Wasser nach allen Naturgesetzen dieser Welt seinen Weg dorthin suchen werde. Wie der unbekannte Ältere die Aktion und den Expertentipp von Zac aufnahm, bleibt so unergründlich, wie der spätere Verlauf der kurzen lesbischen Liebe von Frau Zac und der seelentiefe Grund dieses gewagten Traumes. Durst (Wasser!) und Verlangen (Hausbesuch!) dürften als allzu banaleske Deutungsversuche sofort verworfen werden, über anderes will Zac nicht nachdenken. Schliesslich und endlich: Ihm ist nicht kühler oder frischer oder schmerzärmer als vor diesem Miniabstecher. Einziger Trost: Sonne lacht, Blende 8!

Die Düne, auf der Caren M. und Bascha M. erwähnt werden

Zac war kurz eingenickt und meint nun, beim Aufwachen, auf einer Düne, weit vor ihm eine Frau gesehen zu haben. Er ist sich nicht sicher, ob er *wen* sah, aber sehr sicher, dass es eine Frau war. Wie irritierend! Eine Frau, eine FRAU! Es lebe der Sexualdimorphismus! Ist Zac denn noch Herr seiner Sinne? Selbst wenn der Anblick ein, seiner Abstinenz und der heissen Umluft geschuldetes, fatamorganisches Trugbild war, er berechtigt zu den glänzendsten Hoffnungen auf moussierende Gedanken in den kommenden Stunden. An Frauen denken! Auch an Männer denken - it's a mans world? Zac wird die Chance nutzen, hier und jetzt unbelästigt von den - aus puckernder Angst davor, dass spontan Femenbrüste aus dem Sand schnipsen - unbenamst bleibenden Lordsiegelbewahrerinnen der unvergänglich juvenilen Ideale der GleichberechtigungsSuffragettenEmanzipationsFrauenbewegung vor sich hin zu sinnieren, und zwar über alle Geschlechter (Geschlechtergerechtigkeit). Also über Männer und Frauen und Männer und Männer und Frauen und Frauen und drei Frauen und zwei Männer und umgekehrt und Multigender, und sequentiell narzisstisch und polygam Orientierte, und über seriell monogam und botanophil und am Geschlechtlichen gar nicht bzw. nicht so, wie es der Durchschnittsdurchschnittliche erwartet, also nicht im Sinne traditioneller Konstellationen und hergebrachten Vollzugs, Interessierte. Komisch, wie kann Zac schon vorab wissen, was er nun gleich denken wird?

First things first, females first, Frauen nach vorn, also, was fällt Zac ein? Eine noch in Jahrmilliarden gültige Wertung schiesst ihm unversehens in sein heisses Hirn - Frauen sind durchweg grandios, egal, ob mindestens 18 Jahre alt, mehr noch mit 19. Oder 43. Wie wäre es mit 73 Lebensjahren? Zac ist das Alter dieser Frauen so gleichgültig, wie es ihm die Jahreszeiten sind. Ob Winter oder Frühling oder Herbst oder, na klar doch, Sommer oder eine andere Jahreszeit, er liebt sie alle. Jedoch nicht die schreckstarrende fünfte Saison, an die darf er selbst in höchster Not nicht denken, nicht an die Scherze und Spässe und Aufregungen über das grosse Helau und laute Alaaf. Die Beschimpfungen und Herabwürdigungen des Karnevalsradaus sind allerdings so gewöhnlich wie ihr Gegenstand, denn dieses fröhliche

Ding ist gänzlich und garlich belanglos. Also, es ist Zac egal, welche Jahreszeit ihr Zepter samt Reichsapfel munter flattern lässt, die Frauen mag er stets – frühlingswild, sommerluftig, herbstzeitlos, kältevermummt und faschingsirr. Oberprima, wenn sie zudem ungefähr so ausschauen wie Caren Miosga, die Einzige im öffentlich-rechtlichen TV, derenthalben es zu bezahlen lohnt. Hätte er die Gabe der Bi-Lokalität, sässe er immer zugleich im Tagesthemen-Studio und himmelte diese kluge Interviewfragen fragende, freundliche Schöne an. Womöglich täte er das ebenfalls bei Maybrit Illner, die hat dieses umwerfend-unterwerfend Dominante, kann mit einer knappen Geste den Redseligen linkerhand verstummen lassen, den Rest ihres Körpers einer kommunikativ Zukurzgekommenen zur Rechten zugewandt, um sie zur Teilnahme am aufputschenden Diskurs zu animieren. Das alles auf heiter damenhafte Weise und Art, das muss einen jeden faszinieren, der eine besonders selbstbewusste oder auffallend unselbstbewusste Mutter sein eigen nennen darf. Television. Zac hat hier weder Empfang noch Gerät, allein seiner Gedanken Kraft. Er lächelt. Kraft! Die Welt kennt leider Frauen, die anzuschauen sind wie Hannelore Kraft in ungepflegt. Wobei, ungepflegt wäre, völlig klar, nicht Frau Kraft, die ist zu jeder Gelegenheit tipp-topp-prima hergerichtet. Ungepflegt hingegen ist manche Dame des Niemandslandalters der fünfziger Jahre, das ist hormonell oder sonst biochemisch bedingt. Vielleicht sogar sozial verursacht: Abschied von der Zeit des Begehrtseins, gerade noch einundvierzig, was in Deutschmark ungefähr 37, in Ostmark bestimmt deutlich weniger, und in Reichsmark knapp 29 Lebensjahren entspricht, nun nicht mehr knackig, in keiner Währung der Welt mehr verführerisch. Nun heisst es erstmals, geschlechtliches Desinteresse zu erfahren, wenig toll, also, wozu sich noch aufhübschen, schminken, waschen, achselschaben? Zac mag auch die andere Sorte von Silver Agerinnen, diejenigen, die nicht altern wollen, die sich verschwenderisch verschönern, einen (ein*en*?) auf deutlich jünger machen, for-ever-young-I-wanna-be-for-ever-young, die ewig lässig bleiben oder endlich cool werden wollen. So, wie Madonna Ciccone. Semiprofihobbydauerläuferinnen mit dem Restlebensmotto: Niemals sich gehen lassen, neugierig bleiben! Warum denn keine Knackjeans mit 57, sogar, extrem verwegen, Hosenträger nicht tragen, sondern raus und runter hängen lassen, noch drei Dutzend QualyYears erhaschen, bevor die AltersAgonie des Lebens Sinn zutschelt wie der Bayer seine helle Wurst. Dazu allzeit diese Minirucksäcke, bösartige Ledergeschwürgeschwulstgewächse, die direktemang aus dem Kreuz halbälterer Damen zu spriessen scheinen. 'Die Olle kann nicht älter werden!', urteilt ein jeder, was nicht besonders freundlich gedacht ist. Doch es sind dies die Frauen für das Gute und Kostbare, interessiert an allem, was der Menschheit dienlich ist, nicht hormonphysiologisch abgelenkt von den wahrlich bedeutenden Dingen, nämlich den literarischen und nichtbuchförmigen Angeboten des örtlichen Literaturdistributors. Der, ein sehr freundlicher Mittfünfziger, mit tollen, halblangen, grauen, dauergewaschenen Haaren, ist leider bereits vergeben, an R. M. Rilke und den bi-igen Ex von Margit. Zac mag auch diese Frauen (Kohortengerechtigkeit).

Klar, weiss Zac, das gilt alles gleichermassen für sein eigenes Geschlechtskollektiv. Bis auf den Ledereminirucksack, so Schreckliches tun seine Chromosomen-Kollegen der Welt nicht. Der Lederrucksack der Frau von heute war früher beim Herrn dessen Handgelenktasche. Schon spektakulär, fällt es Zac ein, wie mit dem raketigen Aufstieg des Ledersackes zum Trendaccessoire aktiver Wechseljahrbezwingerinnen die Herrenhandtasche samt Gelenkschlaufe aus dem Männermoderepertoire entschwand. Ob das vor Zac jemals jemandem aufgefallen ist? Ob überhaupt ein Modemensch die modische Moderne so manisch-magisch, so weissagend bekgleidtet, wie Zac?

Er war einst, daheim, ein Guido Maria, ein unbestechlicher Stylekenner und pharaologischer Trend-Prophet. Nein, er ist es noch. Er weiss, Print-Shirt und Flaggen-Pants zu Schwarz-Tights sind trotz Battle-Boots ein No-Go. Roségoldene Einteiler sind, anders als knapp geschnittene limonengrüne Bikini-Tops, nicht ideal für die kleine Oberweite - machen aber im stylishen Zusammenspiel mit einer grossen, pentagonesken Sonnenbrille einen irre flachen Bauch. Hier boom-bangt der Megastyletrend für den sexappealigen Mann von morgen: Leggings bzw. Pantalons in Farbnuancierungen, die der individuellen Haarfarbe des Wearers nicht entsprechen. In den Pantalons bzw. Leggings befinden sich viele kleine Löcher, gross wie Ein-Cent-Münzen. Durch jedes dieser Fashion-Holes spriesst wildbüschelig die - von der Szene aus der Modegruft exhumierte - Beinbehaarung, um eitel von der Neuen Männlichkeit zu künden. Leg-Waxing war gestern, das finale Maskulin-Outfit sind Tuft-Pants!

Haarbüschel-Buxen für Männer. Über die Modeschiene ist Zac unversehens bei den Postheroen des 21. Jahrhunderts gelandet. Derer viele wollen ganz dito nicht altern, weder innerlich noch äusserlich, kein Unterschied zu den Holden, total gendergerecht gemacht, von der Natur. Hier, in der Sonne Glut, will Zac jedoch mehr an Frauen denken, er muss seine Ressourcen schonen, nichts da mit gedanklichen Ausschweifungen, trotz der hier obwaltenden Wärme. Frauen, Damen, Weiber, Herrscherinnen, Suffragetten, Objektinnen, Subjektinnen,

Königinnen, Kleiderständerinnen, Monstera und Prinzessinnen, all' die Wesen, die das männliche Geschlecht überleben werden. Völlig zu Recht, trotz, nein, geradewegs wegen ihrer Geschlechtsgenossenschaft mit den femininen Sirenen (ab hier lies: Piiiep!) Bascha Mika und Gerburg Jahnke (bis hier las: Piiiep!). Er liebt sie alle, ganz egal ob anorex oder bestgekleidet; ob gerade volljährig oder blond; ob mit schlanken Fesseln oder verheiratet; ob ein bisschen dümmlich oder adipös; ob mit Kind im Schlepp oder fast hundert; ob Zigaretten liebend oder mit Sprinterschenkeln; ob vollbusig oder Akademikerin; Butch_innen und tramp-stamp-Träger°innen; tapperte Dickerchen und politisch engagierte Verschleierte; Frauen um die 50, deren Jugendtätowierungen auf ihren etwas wabbeligen Oberarmen verschwimmen, was man dank ihrer ärmellosen Neon-Shirts gut erkennen kann, während sie ihre schweissfeuchten Kunstnagelpfoten unter debiler Verschmähung der ausliegenden Zangen in die Brötchenrutsche des Lebensmitteldiscounters wühlen, um ungesunde Weizenbrötchen zu grabschen und nach dem Einkauf rauchend in einen farbenfrohen Kleinwagen zu plumpsen, auf dessen Heckscheibe 'Zickenflitzer' steht und die jugendliche, dreadlock-schmuddelige KlauBike-Fahrerin mit greyabgestossengrauer Messengerbag, auf der neben der Bitte 'Piss off Germany!' anderthalb Dutzend engagierte Buttons wahlweise für oder gegen Fac-, Rac-, Heteronormal-, Mach-, Powerlessness-, Able-, Xenophob-, Imperial-, Cisgender-, Androgender-, Crossgender-, Copyright-, Oppression-, Hate-, Sex-, Nazi.onal-, Carn-, Fur-, Despot-*ism* kämpfen; politisch ambitionierte Brustzeigeamazonen und solche mit unverstrichener Pofalte; die posende Popfeministin und die trinkende Strähnighaarwechseljährige; würdearme Zalando-Chicks und Trägerinnen der abdominalen Fettschürze (Hängebauch); the baddest One-Chick Hit-Squad that ever hit town (Coffy) und Frauen, für die gastrosexuelle Männer noch Männer sind; magere 17jährige Dorfschicksen, die ihre Fadenbeine in einer grauen Aladinhose verstecken, die Zigarette in der Linken, der zugehörige dünne Arm einfach runter hängend, während die rechte Hand die nach vorne gedrehte linke Armbeuge versonnen krault und die nicht unsympathische Trägerin der blonden Assi-Palme; die toughe Allwetterpostbotin mit Timoschenko-Zopf im VW-Transporter und bitchige Marxistinnen-Feministinnen; wrinkly old women trying to be 30something und Heteras; Shemale (she/her) und die aufgeschlossene 39jährige Brünette, wieder zu haben unter 0180 - 123456789; Frauen mit Hourglass Shape: 36-24-36 (Zoll) und die Frauenfussballerina-Schenkelkräftige; Gebärverweigerinnen und Lars; die alte Frau, die sich vorgenommen hat, für jede neue Furche im Gesicht wahlweise eine(n) zusätzliche(n) Rock, Schürze oder Wolljacke übereinander zu tragen und die Frau mit Schengen-Dekolleté (extrem freizügig); Damen mit Bananendeformität und rauchende Renault-Twingo-Vetteln; Sexarbeiterinnen und Diven; die betörende Philtrumsfaltige und die Auf-ihren-Migrationshintergrund-stolze-,-sich-selbst-Präsentatorin; Uschis mit Wasserfallausschnitt und Matronen; walleblondhaarige Heroinen mit blonden Wallehaaren und ektomorphe Leptosominnen mit pyknomorpher Bierwirts-Physiognomiefreundin; unfeminine Feministinnen (Riot, don't diet!) und liebestolle Kurz- und Miederwarenfachverkäuferinnen (Auch Frauen mit eher mittelgrossen, weichen Brüsten können trägerlose BH tragen!); Thigh-gap-Bohnenstangen und Mutterkreuz-Trägerinnen; die dominante Top beim CBT und Oberschichtenschnallen, die auf jeder Über-40-Disco fremde Zungen schlucken. Die wenigen nicht bedachten Frauen liebt Zac ebenso. Liebe schmeckt wie Kaviar, Mädchen sind zum Küssen da (Dschinghis Khan).

Klasse, wie Zac das gedacht hat, nun kann er memorieren und diese heiss geliebten Heissgeliebten streng in Zweier-Pärchen sortieren. Sein Weiber-Memory. Damit dürfte er Stunden beschäftigt sein. Aber: Kann er hier in dieser Hitze all' diese tollen Tussen-Typen noch rekapitulieren, würden die Teilnehmerinnen durch diese Paarungen zu Paaren, beweist dieser banal-mannhafte Gedanke Gender-Reaktanz, was bedeutet überhaupt dieses von Witzereissern bescheidenerer Schöpfungshöhe einerseits und Sozio-sonst-was-Lehrstuhl-Ausdenkern andererseits so überaus gerne beackerte Gender? Und was ist Reaktanz? Krasse Hinterfragungen! Krasse Exemplifizierung: Wenn sich ein Jemand öffentlich spreizt, sich über die Beiläufigkeit mokiert, dass Anreden heute allein dann akzeptabel sind, wenn beide Geschlechter angesprochen werden, *nicht wahr, liebe Leserinnen und Leser,* weil es früher, in den guten alten Zeiten, solche feministischen Übertreibungen nicht gegeben habe, denn da begannen ausnahmslos alle guten Ansprachen mit 'Sehr geehrte Herren, sehr geehrte Herren!', dann ist er ein schlichter Gender-Reaktant. Oder im Geiste banal. Oder er braucht dringend ein bisschen mediale Beachtung, nicht wahr, Herr ..., Mist, Namen vergessen, irgendein hackbeliebiger Ex-Prominenter eben.

Die Düne, auf der Zac ein namenloser Glaube heimsucht

Abschweifung, ohne das prächtige Thema Weib zu weit zu verlassen? Zac sinnt gewollt, jedoch nicht gekonnt, jugendslangsprachlich nach: Masehen, also, was geht up? Welcha funky spirit is in da house? Ah mah facking gawd, fuckU - chicks and cars, das geht ever, but what is with - yeah, i's fuckin' soundin': *Batt watt iss wiss* - chicks in da cars? Genau, denkt Zac, ein Apparat, der in den heimischen Gegenverkehr schielt, den braucht er. Eine Blitzerkamera, die die Damen hinterm Lenkrad selbst bei superkorrekter Fahrgeschwindigkeit knipste, die würde einige krachfiedelbumm erstaunliche Muster erkennen können. Zac kann sich ein Urteil darüber erlauben! Daheim, in Aleman, hat er eine kleine bekloppte Angewohnheit, einen Spleen zum Fahrzeitvertreib: Er schaut auf die Frauen hinter den Steuern der Gegenverkehrsautomobile und versucht, deren Antlitze so lange vor Augen zu behalten, deren Gesichter sich so lange zu merken, bis diese Imaginationen durch die nächsten Frauengesichter ersetzt werden. Das ist nicht einfach, das verlangt dem Denkmuskel des Guckers einige Mühen ab.

Hat Zac eben Denkmuskel gedacht? Das wird Frau Fichtwald, die Lektorin, fett anmarkern, bestimmt. Doch sein - jawoll, gleich wieder das doofe Wort, liebe Frau Fichtwald - *Denkmuskel* ist ein Ronin, ein herrenloser Schwertkämpfer der Freiheit des Geistes, allzeit bereit, dem quasidiktatorischen Lektorat in die herrische Fratze zu speien! Bloss metaphorisch, Frau Fichtwald, bitte entspannen sie sich, sie sind eine ganz und gar unbespuckbare, unverzichtbare, kesse Kennerin all der komplizierten Regeln von Sprache und Literatur. Ihnen ist der Unterschied zwischen Periphrase und Peristase geläufig. Nun weinen sie doch nicht, Frau Fichtwald, bitte nicht, mit Tränen in den Augen ist man blind, man sieht nicht, wie die Dinge wirklich sind, und fühlt sich nur so grenzenlos allein, allein, allein ... sie lächeln wieder, Frau Fichtwald, na also, ich weiss doch, was Julio Iglesias ihnen bedeutet. Julio Iglesias bedeutet für allein lebende Frauen über 53 das, was Andrea Berg für Single-Männer ab 43 und Helene Fischer für alle Deutschen jeden Alters sind! Passen die Numeri hier? Egal, denn das wissen sie, verehrte Frau Fichtwald, ganz bestimmt! Wussten sie als altersskluge Julio-Iglesias-Verehrerin eigentlich, dass Julio auch ein populärer Ausdruck für etwas ihnen gegenüber leider Unaussprechliches ist?

Tilbage. Das ist nicht einfach mit den Damen hinter den Frontscheiben gegenüber, das Merken verlangt dem Hirn des Guckers einige Mühen ab. Die besondere Schwierigkeit dieses Spiels? Zac muss ohne Pause nach den nächsten Chauffeusengesichtern Ausschau halten, also den gesamten Gegenverkehr scannen, dabei ein wenig auf die Verkehrssituation und solche Nebensächlichkeiten achten, und - nun kommt's - alle Gesichter von Männern im Moment des Erkennens sofort vergessen. Löschen. Tilgen. Überlagert ein Mannesgesicht seine Frauenerinnerung, droht als Strafe das sofortige Rechts-ran-fahren mit mindestens dreiminütigem Stehenbleiben! Auch im Halteverbot, auch ohne Randstreifen. Diese schwachsinnige und oft ordnungswidrige Sanktion hat der Gesetzgeber - Zac - sogar schon für den Fall des einfach-so-Gesichtvergessens vorgesehen. Einen Joker, eine Form von Ablass gibt es in diesem Spiel: Wenn Zac es schafft, dass sich sein Blick mit jenem einer Gegenverkehrslady trifft - Joker. Wenn Zac es schafft, dass sich sein Blick mit jenem einer Gegenverkehrslady trifft, und jene ihn zudem anlächelt - Doppel-Joker. Schon mit zwei Jokern kann Zac einen Strafstopp verhindern. Zac hatte sehr selten Joker, nie Doppel-Joker.

So sind die Regeln, er hat sie sich ausgedacht, nun muss er sich an sie halten. Niemand ausser ihm, kein anderer Erdenbürger kennt Zacs verzweifeltes Spiel. Seine Freundinnen, seine Eltern, andere Mitfahrer hatten es bald abgelehnt, mit ihm zu reisen, die Fahrten mit Zac dauerten ihnen, wegen der vordergründig sinnfreien Pausen, schlicht zu lange. Irgendwann hatten sie ihm nicht mehr geglaubt, dass er, an schlechten Tagen, bis zu sieben Mal selbst bei dichtestem Verkehr und unter Zeitdruck anhielt, weil seine Blase zu platzen drohe oder die Darmperistaltik es befohlen habe, Ausserirdische die Zündfinger manipuliert haben müssen (Louis de Funès) oder die Schnürsenkel beider Schuhe sich spontan miteinander verknotet hätten. Bestimmt haben ihn drei seiner fünf Intensivsozialpartnerinnen (die hoffnungsschwangeren Nachwuchsaktreusen Annika, Borissa, Cocco, Dannika, Elly) genau deswegen verlassen. Was soll's, keine seiner doppelkonsonantigen Freundinnen hatte ihm den wahren Grund ihres Verschwindens genannt. Er selbst, da ist sich Zac extrasicher, hätte sich sitzen gelassen. Mit ganz grossem Drama wäre er bei sich ausgestiegen, nachdem er ohne ersichtlichen Grund zum y-ten Male für Minuten an den Strassenrand gefahren gewesen wäre. Er hätte die Autotür mit schrecklichem Karacho zugeknallt, sie dann wieder aufgerissen, um sich mit überschlagender Stimme anzubrüllen: 'Du bist total durchgeknallt, ständig hältst du ohne ersichtlichen Grund im Nirgendwo an, nie sagst du, warum! Das macht mich fertig! Du bist völlig meschugge!'

Leider, seine inspirationsfreien Holden hatten ihre Abschiede ausnahmslos langweilig durchgezogen, waren plötzlich, ohne das kleinste Brimborium weg geblieben. Nie mehr sah man eine der unbegabten Aktricen vor einer offiziellen Filmkamera. Ja, wenn sie ihn wegen seiner Automacke hätten sitzen gelassen, das hätte ihn zum Märtyrer erhoben. Er wäre stolz darauf gewesen, wegen seines prächtigen Ticks gesingelt zu werden. In allem Abschied liegt ein Zauber! Ein Mann muss tun, was ein Mann tun muss! Stimmt fast gar nicht. Stimmt ausschliesslich für eine Marotte, einen Batz, für eine von - je nach den individuellen intellektuellen Möglichkeiten - vielen Macken, die ein Mann zu haben hat. So will es das Gesetz. Die Marotte muss der Mann durchziehen, unbedingt, ohne Rücksicht auf Kosten und Sitte und Sinn. Seine Macke war eben das Frauen-Merken im Strassenverkehr. Vielleicht kommt noch ein x-beliebiger Spleen mit Wüstenbezug dazu, Zac hat ausreichend Zeit zum Ausdenken. Eine Wüstenmacke wäre das beste Souvenir, wenn und falls er je wieder heimreist. Was mag ein typischer Wüstenspleen sein? Einheimischen Sand zum abrasiven Zähneputzen verwenden? Ist jetzt egal, entspannt sich Zac. Wichtig ist, dass, wie bei jeder Macke, dem unbedingten Befolgen der eigenen Regeln die absolute Ehrlichkeit zu sich selbst zu folgen hat; kein Regelverstoss darf ignoriert, keine Ausrede gesucht, keiner Strafe entgangen werden. Klingt ein wenig nach Kirche.

Kirche. Früher hatte man in Deutschland noch Religion, einst gab es den Glauben als ein sich selbst erklärendes und sich selbst genügendes Refugium absoluter Ehrlichkeit zu sich selbst und zu Gott. Da brauchte nichts hinterfragt werden. Wenn Gott die Regeln so gesetzt hatte, dann galten die eben und man konnte sich bei Regelverstössen seine Strafen von ihm abholen oder um Ablass bitten. Das war es dann. Heute? Jenseits von Muslimen und Juden und Orthodoxen und Zoroastriern finden sich fast nur Heiden im Nahen Westen: Heidnische Christen in deutschen Kirchen, säkulare Gläubige, die nicht mehr in der Lage sind, absolutes Gottvertrauen, einen Glauben ohne jeden Begründungsbedarf, einen Glauben aus sich selbst heraus als ihren Markenkern zu erkennen. Damals, als christlich zu glauben in Deutschland noch nicht erklärungs- und rechtfertigungspflichtig war, konnte jedermann eins sein mit den gottgegebenen, allseits akzeptierten Regeln. Geht Kevin Normalbürger heute auf die Suche nach einer grossen religiösen Community ohne ständiges Hintergefrage, ohne pausenlose Selbstrechtfertigung und ohne komplizierteste Erklärungen der eigenen Existenz, findet er so ziemlich - nichts. Ausser Fussballfanklubs, Ultras. Ausser jenen selbstgewissen, sogenannten Sonstigen Parteien, die sogar an einer 5-Pro*mille*-Grenze scheitern würden, und trotzdem zu jeder Wahl antreten. Ausser Andreas-Berg-Fanklubs; irgendein Buchstabe war gerade zu viel. Vergiss es, befiehlt sich Zac.

Sei es wie es sei, in seinem Mackenuniversum gelten also die superlativstrengsten Regeln, Zac weiss es. ... 'Halt ein!', bremst sich Zac. Er hat wieder dröhnende Kopfschmerzen, oh Gott, etwas Bedeutendes entwickelt sich in seinem Geist, da drängt und drückt was nach oben und nach draussen, eine Intuition, wie Glut im Kraterherde, nun mit Macht zum Durchbruch dringt. Es ist wahrhaft göttliches Kopfweh: Ein veritabler Privatknall könnte die Lücke, die die Entreligiösierung bei den meisten Deutschen hinterliess, individuell füllen! Zac müsste die Sache etwas spirituell und kultisch abrunden, noch einige Gemeinschaft stiftende Riten samt Symbolik für satte Mitteleuropäer drauflegen ... whow, die Wüste ist ein guter Ort für Religionsstifter! Zac schnappatmet siebzehn Sekunden. Grundgütiger, ächzt Zac ab der achtzehnten Sekunde, in welche trächtige Situation hat ihn sein brühheisses Hirn verfrachtet?

Eine neue Religion, ein neuer Glaube für saturierte Ex-Christen ausgerechnet in diesem kargen Umland zu kreieren, damit hatte Zac nicht gerechnet, darauf konnte er nicht hoffen, als er es sich vor vielen Stunden auf seinem Silikatthron, in seinem Sandtempel eingerichtet hatte. Es ist nicht einfach, irdisch zu bleiben, wenn man dermassen voller *divine vibes* ist. In Zac züngelt das Feuer eines Glaubensstifters, als hätte er sich Harissa, gemixt mit Piros Arany csipös, mit einer rostigen Hornhautraspel in seine wunden Gedärme geschmiert. Unlöschbar! Diese Religion würde alle suchenden Mitteleuropäer mit ihren fidelen Spleens einladen - Konspiratologen, abstinente Absinthtrinker, Kabarettisten-Follower, BonJovi-Gutfinder, Gegenverkehrfrauen-Erinnerer, Amerika-Hater, Campino-Hosen-Hörer, Die-Anstalt-Gucker, Tatort-Twitterer, Ed-Hardy-mit-Desigual-Kombinierer, Frutarier mit Mett-Vergangenheit, Helene-Fischer-Kornkreis-Gläubige, Linkshänder ... und von allem die Gegenläufer. Alle dürften ihre Egomarotte, ihren sympathischen semipathologischen Dachschaden zum Heiligtum emporjazzen, wenn sie es denn konsequent tun! Fernerhin darf ihr Individualheiligtum niemandem schaden. Na bitte, schon so flott hat Zac ein Gebot empfangen. Das zwote folgt sogleich: Als Abgefallener wird rausgeworfen, wer es wagt, seine Religion zu rechtfertigen, wer sein Bekenntnis mit politnatursozialwissenschaftlichen Argumenten zu erklären versucht, kurz, wer meint, Religion mit irdischen Argumenten begründen zu müssen. Zu können. Dieser Glaube heisst Glaube, weil er keine Begründung braucht. Punktum. Oder doch nicht? Wer, so zweifelt Zac seine Idee an, wer in Deutschland ist denn, jenseits von Judentum und Islam, jenseits von Vegantum und ÖkOrthodoxie zu solcher Selbstverständlichkeit noch in der Lage? Es braucht ergo noch ein Bonbon, damit sich ausreichend Jünger finden. Die neue Religion muss auf zwei Säulen ruhen, muss dual sein, braucht eine Heilige Zweifaltigkeit. Auf der einen Seite soll jeder Jünger seiner Eigenkreation, seinem persönlichen Dogma, seinem Individual-Gral anhängen. Zu dieser Zentralmacke muss ein verführerisches Zusatzdogma treten. Womit erreicht man die modernen, religionskritischen Geister daheim? Es muss etwas sein, was diese Menschen bei ihrer eitlen Unvollkommenheit packt. Grundgütiger (schon wieder der), das ist es! All die aufgeklärten Menschen, die das Wirken eines unfehlbaren Gottes bestreiten, glauben *doch* an eine Idee - an die *eigene* Unfehlbarkeit. Bei ihrer grössten Schwäche, der Selbstgerechtigkeit, muss Zac sie krallen! Das ist es, ja, ja und ein Bonus-ja! Für die neuen Rechtgläubigen soll unumstösslich, soll sakrosankt gelten: 'Gib stets den anderen die Schuld! Du machst keine Fehler, die Anderen schon! Belüge dich selbst! Du bist unfehlbar!' Von dieser Veredelung ihrer ultraangesagten Schwäche dürften sich doch ziemlich alle derzeit noch Ungläubigen angesprochen fühlen. Das wäre die ideale neue Religion, die Zweieinigkeit aus frei wählbarer Schrulle und eitlem Hochmut. Ein Amalgam aus Einzigartigkeit und Vielfalt, eine Melange aus Kreativität (die Macke), Individualität (die Macke) und unheilbarer Selbstbesoffenheit! So. Wenige Fragen noch, dann ist die Sache rund. Strafen? Klar! Beispiel gefällig? Für jeden, der es unternimmt, in den Gottesdiensten, statt zu Glaubensdingen, über Ökologie, Atomausstieg und die Gleichberechtigung aller Lebensentwürfe zu schnacken, hält der Strafenkatalog die Verpflichtung, eine Talkshow mit Margot Kässmann zu besuchen, parat. Das Jenseits? Gehört, vergisst Zac nicht zu bedenken, ebenfalls zum Trost spendenden Glaubenskern, gestalten darf es jeder seiner Jünger individuell. Gemeinschaftsleben? Klar! Hier ein Beispiel: Jedes Jahr treffen sich alle Glaubensbrüder mit ihren -schwestern zur Andacht auf einem deutschen Mittelgebirgsgipfel! Auf dem Grossen Arber, auf der Wasserkuppe, auf der Grossen Blösse. Allerdings nicht auf dem Brocken.

Zac zieht ein durch und durch exquisites Fazit: Durch die Verbindung der Heiligen Schrulle mit Transzendenz und dem Anspruch auf ein Leben als Fiesling sollten allzeit genug Willige zu gewinnen sein. Das ist neu, ist nahe dran am Menschen, ist zeitgemäss egozentriert, ist progressiv en vogue, dabei doch der vorlutherischen Tradition verpflichtet. Zac wird keine splittergruppige Selbsthilfesekte für wenige, schräge Follower gründen, nein, er wird eine allseits geachtete Glaubensgemeinschaft errichten, er etabliert eine globale Premiummarke! Zac steht auf. Er ist stolz. Zac schreitet die Düne langsam runter. Er ist gesalbt. Zac geht die Düne gemessenen Schrittes wieder rauf. Er ist auserwählt. Zac setzt sich. Er ist plötzlich müde, ausgepowert, outburnt, empty. Keine Kraft hat er mehr für die entscheidende Marketingfrage: Wie soll die neue Religion heissen? Erstmal entspannen, flüstert Zac. Zwing dich, wieder an Banales zu denken, raunt es in Zac. Wie kamst du auf deine Heils-Idee, fragt sich Zac. Durch die automobilen Damen! Zac versinkt in einen unruhigen Halbschlaf, schwatzt eigentümlich verkrampft mit sich selbst.

Ob das hier auch so wäre? Was? Das mit dem Frauen-hinterm-Steuer-Knips-Apparat! Was soll das denn sein? Na, das ist so ein Gerät, das, also, wie soll ich das erklären, also so ähnlich wie in Russland, wo alle Autofahrer hinter der Frontscheibe eine Videokamera installiert haben, eine Dashcam, um ununterbrochen das Verkehrsgeschehen zu filmen, klar? Ja, doll, und? So. So ein Ding, nicht für Bewegtbilder, sondern allein fürs Knipsen, kommt hinter die Windschutzscheibe. Ja, doll, und? Das Ding macht Fotos vom Gegenverkehr; dann, wenn es eine Frau hinter dem Lenkrad erkennt. Ja, doll, und warum? Um meine These zu belegen! Welche These denn, nun lass dir doch nicht alles aus der Nase treideln! Na gut, also, die steile Idee ist die, dass feine teure Autos von feinen teuren Frauen gefahren werden, die kleinen, ollen, alten, hässlichen, billigen PKW werden hingegen chauffiert von kleinen, ollen, nicht allein finanziell schwachbrüstigen, jedes Schönheitsideal ignorierenden Frauen weiblichen Geschlechts. Das ist so, bestimmt gibt es Ausnahmen, wo gehobelt wird, nein falsches Sprichwort, noch Fragen? Aha, ja, denn du wecktestestest mein Interesse, *was genau* würde dieses Gerät fotografieren? Rauchende Frauen fahren eben die kleinen, ollen, alten, aber nicht youngtimeralten, die hässlichen, billig-alten Autos, sie sitzen oft, wie vor 31 Jahren üblich, inmitten dichter Schwaden Tabakqualmes, telefonieren während der Fahrt und telefonieren qualmend auf dem Discounter-Parkplatz. Nein, ausgestiegen wird nicht. Frauen, die auf der Strasse rauchen, denen sagt man Dinge nach, da tanzt das Schambein Tango, so eine ist man doch nicht, noch nicht, lieber weiter sich im Blechkleid zudunsten und die

Raucherin-Falten rauchkonservieren. Ist nicht verachtenswert, stört doch niemanden, solange die dichten Stinkeschwaden die süssen kleinen Racker auf der Rückbank tarnen. Zac denkt an all die Twingos und alten Focus, an die KIA der ersten Stunde und an die Chevrolet Matiz, an die Proton mit Plüschtiersammlung vor Heck- und Frontscheibe.

Das wird der geniale Automat ebenfalls recht gerne knipsen: Die 'Fluppenfrau I', eine sehr junge Frau, die Fluppe unangezündet im Mund, die linke Hand gut sichtbar bei 10 Uhr am Lenkrad, den Kopf fast auf die Frontscheibe ihres nicht ganz neuen Polo gequetscht, weil die rechte Hand den Zigarettenanzünder in die zentrale Bordsteckdose im Unterteil der Mittelkonsole, nahe dem Aschenbecher, zu fingern versucht, ohne dieses Unterfangen durch einen kurzen Blick Richtung Ziel erleichtern zu können, denn ihre Augen schauen gebannt auf die Strasse. Deswegen berühren die Wimpern fast den Nikotinfilm auf der Frontscheibeninnenseite. Die 'Handyfrau' ist zu sehr Klischee, als dass Zac an sie dächte; gestrichen. Die 'Fluppenfrau II' ist eine Frau fast jeden Alters, die ihre erst seit wenigen Sekunden brennende, noch lange Zigarette elegant zwischen Zeige- und Mittelfinger, in der trendigen Version: zwischen Mittel- und Ringfinger, hält. Die Fluppenfrau II presst ihre rechte Hand samt Kippe flach und ungefähr bei 2 Uhr auf das Lenkrad ihres Passats. Die linke Hand ist nicht zu sehen. Die Fluppenfrau römisch zwo lenkt allein durch das Auflegen ihrer Rechten auf das Volant. Das ist ziemlich coolish. Bei schnellen, grösseren Lenkbewegungen streamt der Zigarettenqualm wirre Kondensstreifen hinter die Frontscheibe. Nun das 'Lenkende Doppelkinn', welches dann entsteht, wenn die tief hängende Sonne die Chauffeuse blendet und sie zwingt, die Augen in den Schattenwurf der Sonnenblende zu bringen, und dabei, unter der Blende hindurch, einen Rest vom Verkehrsgeschehen zu erhaschen. Den oberen Teil des Gesichts, den im Schattendunkel, sieht man nicht. Das fest aufs Dekolleté gepresste Kinn strahlt im gleissenden Gegenlicht umso mehr. Leicht im Gegenverkehr anzutreffen bei herbstmorgendlicher Fahrt gen Westen. Gruselig. Traurig hingegen ist die 'Smiley-Frau', sehr traurig, die gibt es ausschliesslich in klein gewachsen. Gewisse, zu Albernheit neigende Sonnenlichtverhältnisse sorgen für Schattenwurf auf das Gesicht der Dame. Wenn dieser Schatten ausgerechnet von der oberen Rundung des Lenkrades stammt, yummidummy, sieht Zac dort einen riesigen Mund mit symmetrisch nach unten weisenden Winkeln. Warum dieses traurige Antlitz dennoch Smiley heisst? Zac würde immer wieder gerne darüber nachdenken. Doch halleluja, die Gebote seines Glaubens erlauben keine Ablenkung!

Die Düne mit der rollenden Bastion des Familienglücks

Frauen in Autos, automobile Damen. Zac muss das Spezialphänomen der Kluft zwischen jenen Frauen, die einen T5- oder T6-Kleinbus von Volkswagen fahren, und jenen, die man nie hinter den gehobenen Wohlstand symbolisierenden Steuerrädern dieser rollenden Bastionen des Familienglücks erblickt, bedenken. Die lenkende Gemahlin (doch, ganz sicher, da sitzen immer Ehe-Selige) ist durchweg von gepflegter Erscheinung, schlank auf sehr weibliche, nicht flache Weise (das sieht Zac sogar übers Armaturenbrett), nicht dürr (schon wegen der mehrfach absolvierten, ambulanten Niederkünfte im Freien Geburtshaus). Sie ist blond (muss aber nicht), trägt gerne einen geflochtenen Haarstrang (muss aber nicht), die Wangenknochen sind eher gut sichtbar oben ausgestellt als verborgen. Um die 31 sehr gute Lenze ist sie alt, ist, mit einem Wort, patent. Nie hingegen, jedenfalls nie im statistisch darstellbaren Bereich, nie sah er, nie hat er gesehen, noch wird er je sehen oder gesehen haben werden, dass ein solches Primaautomobil von einer unpatenten Frau chauffiert wird, von einer Minderen, die auf der sozialen Hühnerleiter nahe am pestigen Erdboden scharrt, die sich an der Poledance-Stripstange ganz unten, dicht am beschmadderten Parkett eines billigen Gogo-Clubs räkelt, die bei der lokalen Angesagtsein-Nominierung nicht einmal auf der Longlist landet.

Die Kinder? Ganz ausser Frage, die sind aller Orten toll. Freilich, zu sehen sind sie nicht, dort hinter den staatskarosseriell geschwärzten Scheiben der zweiten usw. usf. Sitzreihe, doch weiss ein jeder, es gibt diese gelungenen Abziehbilder - sagt man heute noch Abziehbilder, oder Avatare? - ihrer Muttis und Vatis. Ob als Soloausgabe, im Doppelpack, als Trilling, egal, dieser Kleinbus bietet gerade in den Varianten Multivan und Caravelle ausreichend Platz, viel Raum und - zusätzlich – noch mehr *Space*. Wohin sind sie unterwegs, diese Kaleschen familiären Sonnenscheins? Oh, das weiss ein jeder, sie rollen von der Schule erst zum Bolzplatz, dort trainiert der Filius, auch wenn der Papa sich für Fussball eher wegen des Smalltalks mit den Anwaltskollegen interessiert. Hopp, es geht rüber zum nahen Reitstall, die Filia will traben und voltigieren. Wartet das familieneigene Pferd? Nein, Gotcha, die herzensgute Stute ist nicht ihr eigen. Leisten hätten sie sich einen Privatzossen schon können, doch hatten sie es bisher einfach *null eintakten* können, täglich zu striegeln und zu entäppeln. Die Anhängerkupplung des Vollwertautos muss deshalb auf den Pferdetrailer verzichten, darf nur den Riesenfamilienfahrradheckträger für bis zu sieben Designräder stützen. Doch Gotcha ist ein so-gut-wie-unser Pferd, die Tochter darf wann sie will mit ihrer Lieblingsstute trainieren. Sie haben, welch ein Glück, als Familie ein freundschaftliches Verhältnis zur Reitlehrerin, weil diese sympathische, reitgertenschlanke Frau jeden wundervollen Freitag mit der Mutti beim Zumba schwitzt und beim Zorbing speit. Die Mutti nimmt sie mit, und auf der Rückfahrt trinken beide gemeinsam zwei Fläschchen Piccolo oder vier Büchschen Hugo - noch im Multivan. Zac ist heftig happy, dass selbst freitags dort nicht mehr passiert, denn das Trinken schwach alkoholisierter Getränke ist das Wildeste, was mit dem gehobenen Image dieses prachtvollen Familien-Vans noch vereinbar ist.

Zac steht nun abrupt auf, schüttelt die Beine heftig aus, setzt sich hin, bemerkt aber sofort, was er ohnehin schon weiss - er ist ganz alleine hier, total alleine, niemand, der ihn hören könnte, allein, er will die überwältigende Wüstenruhe, die körperlich erfahrbare religiöse Stille nicht entweihen. Doch es *sieht* ihn auch niemand, und das ist seine Chance auf hemmungslose Selbstdarstellung, ohne Zeugen, ohne Peinlichkeit. Deshalb schnellt Zac wie vom Blitz getroffen auf, dann hopst er, erst leicht, eher ein Wippen zwischen Fersen und Ballen, dann springt er wenige Zentimeter in die Höhe, plump, vorsichtig, er weiss noch gar nicht, wie es sich hüpft auf dem feinen Sand hier, auf dem Kamm seiner Düne. Es geht bestens! Zac wird schneller, hüpft schneller und springt höher, reisst nun die Arme gen Himmel, schreit tonlos. Bei jedem Sprung fliegen beide Arme mit Macht nach oben. Zac reisst sein Maul auf, schwitzt noch mehr, springt nun nach rechts und links und vorne und hinten, gelangt in eine vertikale Drehbewegung, ist bald in wilder Pogo-Trance, lacht wie nicht recht gescheit, und stürzt endlich, fast mit Absicht, fast mit einem Absprung, die Düne hinab, mit Wucht auf das rechte Knie, um dann über die linke Schulter zu rollen und zu guter Letzt kopfunter mit dem Gesicht im Gelbsand zu landen. Den Sturz findet er erregend. Nach dem langen Sitzen bringt die unkontrollierte Abwärtsbewegung einen von erektilem Glück durchfluteten Abschluss seines kinetischen Intermezzos. Endlich hat er was im Mund, Sand, viel Sand, er hat sich die Schnauze voll Sand gelacht. Wäre er ein Wattwurm, müsste er jetzt das trockene Zeug strudeln, oder? Zac tut aber minutenlang nichts, selbst den Sand behält er ungestrudelt im trockenen Maul, allein die Nase muss er etwas aus der Mulde in den Sauerstoff drehen. Nase und linkes Auge ragen wenige Millimeter über den kleinen Sandrand neben seinem Gesicht.

Angst hat er nicht, doch wenn eine Kamelspinne jetzt hier, direkt vor seinem Auge lang schlenderte, wenn er so nahe einem possierlichen Ureinwohner in die blauen (?) Augen schaute, seine latente Arachnophobie würde spontan manifest. Angst? Vor ausländischen Spinnen? Xenoarachnophobie? Vorsicht heisst das Gebot der Stunde, keine Wortspiele, nicht, dass er seine Angst vor ausserdeutschen Spinnentieren mit einem Präfix wie 'Xeno-' ins gesellschaftliche Abseits befördert. Also begibt sich Zac zurück auf sicheres Terrain. Den Mund noch randvoll sandvoll, hirnt Zac erneut über die Menschen, ihre Macken und Lebensbewältigungsstrategien.

Über die allermeisten Menschen, Mitbürger und Zeitgenossen kann man sehr gut denken: 'Was für ein Arsch!', gerne in der femininen Variante 'Was für eine Ärschin!' Mit dieser empathischen Sicht auf die Schar der Konkurrenten um das irdische Glück kann jeder die wilden Wasser des Lebens ohne Knacksmalle bewältigen. 'Was für ein Arsch!' Was für ein Buchtitel! Der Einleitungssatz dieses Werkes müsste, um jenen von 'Anna Karenina' vom Podest zu schubsen, unbedingt lauten: 'Die Ärschin erschien in Aschara!' Eine Ortsnennung für Thüringen-Kenner und Google-Maps-Besitzer. Die Handlung drehte sich, sofort klar, um eine Thüringer Rostbratwurst-Dynastie in der zehnten - eine Petitesse für Arabisch-Könner - Generation. Zurück zum generischen Maskulinum, zum Arsch. Es gibt eine Regel, ein einziges, leicht zu beherzigendes Gebot: Die Wertung, der freundlich angelächelte Mitbürger sei ein 'Arsch!' - egal ob es sich um den doofen Nachbarn, die bekloppte Kollegin, den unfähigen Vorgesetzten, den unterbelichteten Untertan, die unnahbare Zickenschönheit, den geizigen Ex, den schnöseligen Autoverkäufer, die unbotmässige Gattin, den impotenten Gatten, den frigiden Gatten, die lahme Bedienung oder um den arroganten Vater der an sich ganz sexy Freundin des Sohnemannes handelt - diese Wertung darf bei Strafe ewiger Verdammnis und irreparabel gestörten Lustempfindens niemals ausgesprochen, aufgeschrieben, gefilmt, gesimst, geflüstert, getwittert, getanzt oder sonst wie, sonst wo, sonst wem mitgeteilt werden! Zu denken wäre allenfalls daran, dieses unfreundliche Urteil mit Milch oder Zitronensaft auf festes Papier zu schreiben, dieses Papier gemeinsam mit einer Kerze und Streichhölzern in einem Bankschliessfach auf den Antillen zu verstecken, und den Tresorschlüssel einzuschmelzen. Damit, und mit dem Zusatzwissen, dass man selber Objekt dieser besten aller Lebensbewältigungsstrategien sein könnte, wird jeder nicht eremit atmende Zeitgenosse frohgemut auf sein letztes Hemd warten. Einfacher geht's nimmer.

Zac bleibt liegen und stiert mit aufgerissenen Augen so fest in die Sonne, dass ihm seine Sehhilfen schmerzen, bevor sie zufallen. Das Sonnenlicht lasert freilich weiterhin, durch die Lider spärlich gemildert, in seine Netzhäute und in seinen Hirnbatzen.

Die Düne mit den beiden Frauen und mit dem Pieselprinz

Eine reizende Fata Morgana gleisst vor Zacs Augen: Ein weitgehend leerer, schmuckloser Raum, halbdunkel, in der Mitte ist eine Szenerie in eine warme Lichtflut getaucht. Eine schlanke blonde Frau. Oder brünett? Aber nein, dann stimmte das Bild nicht. Blond. Von der Seite betrachtet er sie. Zwischen 23 und 43 Lebensjahre mag sie alt sein, auf einem kargen Stuhl sehr gerade, aber nicht stocksteif sitzend, dem schmalen Leib sieht der Beschauer die gesunde Spannung an, der Oberkörper ist leicht, einen Hauch, nach vorne gebeugt, vielleicht zehn Grad haben ihr Oberkörper und der kurzbezopfte Kopf die Senkrechte in Richtung ... nein, Zacs Wahrnehmung soll hier noch nicht externalisiert werden ... verlassen. Sie trägt einen schwarzen, sehr eng anliegenden Pullover, etwas ihn Spannendes muss in den matten Stoff gewebt worden sein, so schmiegt er sich fest an den Leib der sehr Schlanken, schleicht die schmalen, dabei nicht knochendürren Arme runter bis über die Handgelenke hinaus, der enge Bund des rechten Ärmels endet sogar erst auf ihrem Handballen. Vor allem einpfercht das Pullovergewebe ihre sehr kleinen, flachen, nicht spitzen Brüste, die einzigen Erhebungen auf der konkaven Partie des glatten Rumpfes. Gesamturteil: Wohlgeformt. Ihr zugeneigt sitzt eine zweite Frau, wenig älter, sie mag 24 oder 44 oder jedes Alter mittenmang haben. Jedenfalls ist sie dunkelhaarig, neigt sich mehr als ihre Gegenüber vor, gleichfalls mit sichtbarer Körperspannung, der schwarze, eng aufliegende Pullover spannt über deutlich grösseren, jedoch nicht riesigen Brüsten, und kriecht in die Spalten zwischen drei Bauch-Hüft-Speckröllchen. Topografisch ist diese Frau um einiges interessanter.

Womöglich hat Zac bloss die sanften Sandwellen seines Umfeldes unter eine Frauenobertrikotage halluziniert. Was machen die Damen eigentlich, interviewt die in schwarz die in schwarz? Zac weiss es nicht, woher auch, er hört nichts, es ist still hier in der Wüste. Kein Wort, nirgends. Allein Gedanken. Sollte er hier zur Abwechslung nicht wenigstens einem Tier begegnen? Jetzt nicht.

Zac gesteht sich ein, dass sein Interesse unterleibsaffines Gedankengut umfasst, aber nicht ausschliesslich. Ansonsten hätte Zac gerade die Erwähnung der enormen Altersspanne vermieden. Schwenkgedanke:

Die Geschlechterbeziehungen werden immer dann Gegenstand kritischer Betrachtung sein müssen, wenn ein Machtgefälle ins Spiel kommt, sagte ein meinungsstarkes Weibsstück, welches es wissen musste und wissen muss und in alle Unendlichkeit wissen wird. Jedenfalls so ungefähr, und der Gedankenleser soll sich jetzt ma' 'nen Kopp machen, ob das wohlschön klingende Adverb *ungefähr* sich auf das wissen-müssen *oder* das Machtgefälle-ins-Spiel-kommen *oder* das betrachten-müssen beziehen mag. Zac jedenfalls kann nicht helfen, gedacht ist gedacht ist gedacht.

Und Männer, oh ja, Männer findet Zac auch, ja, was eigentlich, männlich? Nein, nein, er liebt sie. Gar nicht so einfach, ohne Doppeldeutigkeiten vor sich hin zu gedankeln. Warme Hitzewallungen wogen im Gekröse. Was wogt noch? Nein, es pressiert auf seinen Harnwegen, es drückt, inzwischen hat er keine Freude mehr am Verhalt. Die Interessen wechseln, was eben noch orgiastische Freude zu bereiten in der Lage war, erzeugt, haste-nicht-gesehen, Langeweile. Also, die Blase, dieser gerne gering geschätzte, als Spottinstrument beim billigen Beömmeln über die Werbung im ZwotenDF zweckentfremdete Hohlraum, sie ist voll, ihre Speicherkapazität ist ausgenutzt, eine Erweiterung durch Einsatz eines grösseren, gar externen Speichermediums nicht vorgesehen. Vulgo: Zac muss pullern, pinkeln, pieseln, pissen, *pee*. Schon auffällig, dass fürs Wasserabschlagen dermassen viele Verben, Tuwörter mit dem *P* als Startläufer ins Rechtschreibrennen gehen. Woran mag das liegen, ist es was Lautmalerisches? Doch wechselt der Urinier-Sound dann, wenn das Zielmedium des Strahls ausgetauscht wird. So dürfte es sehr anders klingen wenn der Bogen, wie hier, im losen Grund landet, als wenn Zac die Ziel-Fliege auf der harten Keramik nässte. Hingegen werden die Sonargeräte der U-Boote und Delfine, die durch die Kinderbecken sommerlich gefüllter Freibäder tauchen, einen anderen Sound von den Erleichterungen adoleszenter Badebürger aufzeichnen. Es gibt noch die Strahlkonsistenz. Welchen Einfluss hat sie auf die Wortfindung? Eine zarte Differenzierung findet der feinsinnige Beobachter in der Vergleichsgruppe der p-Wörter: Da wären die i-haltigen Tuwörter, pinkeln, pieseln, pissen, das *i* steht eher für was Spitzes, Dünnes, Schnelles, Schlankes, wie der Buchstabe selbst eben, für den harten, schlanken, fokussierten Strahl. Pissen und pieseln, bei diesen Worten erkennt der geneigte Interessent die überwältigende Komplexität der Angelegenheit: Die *s* transformieren durch ihre zischende Natur, ihre Lisssspeligkeit, eine Streuung, etwas weniger Konzentration, gar eine Wuseligkeit, eher breite Dusche als nasses Skalpell. Hingegen das Puller-*u*: Behäbig in der Anmutung, breit als Buchstabe, massig legato in der Aussprache. Gepullert wird nicht rasant und mit viel Durchlauf bei geringem Durchmesser der Wasserstange, nein, gepullert wird, um zu erquicken; zu pullern, das heisst, sich Zeit zu nehmen für das kleine Geschäftchen, für ein breites Wässern unter breitem Genussgrinsen, eher ein Pladdern als *laserlike* konzentrierter Mittelstrahl. Und urinieren? Das sagen ohnehin allein Männer, die Sätze sagen, die mit 'Meine Katze hat neulich ... ' beginnen. Die Sätze sagen wie 'Nachdem ich mich neulich wieder wunderte, warum ich keine Frau habe, wollte ich gerade etwas harnen und stutzte auf dem Wege zu meinem Privaturinal, weil meine Katzen ...'

Retour zu echten Männern. Für das einschlägige Instrument des Mannes, sein Schamteil, gibt es auch einige Synonyme, die mit P beginnen - Penis, Pinkel, Pieselprinz, Praline, Prügel, Priester, Printe (is coming soon), Pimmel, Pencil, Prick, Priap, Penile, Pornofackel, Prachtkerl, Porndorn, Professor, Phallus, Pisello, Puschel, Puller, Pullermann, Pillermann, Pielenmuis, Piephahn, Pschwanz. Alles P-Substantive, samt und sonders Dingwörter. Die P-Dingwörter dominieren das Wortgestöber der Substantive weit weniger als die P-Verben ihre Disziplin. Für den Phallus gibt es Trillitausend Namen. In den richtigen Zusammenhang gestellt, gilt bestimmt die Hälfte aller maskulinen Substantive als legitime Bezeichnung für ihn. Beispiel? Grottenolm! Noch ein Beispiel? Stockholm! 'Stockholm?' 'Der Stock-Holm!' 'Ach so! Klingt schon arg ausgedacht!' 'Ist es!' Ein letztes Beispiel? ~~Tumor~~ Abszess! Und in dubio reicht ein Personalpronomen: ER! Diese kreative Vielfalt könnte, so Zacs weiss Gott nicht völlig von der gepflegten Hand zu weisende Überlegung, daran liegen, dass der da unten einer für die allerwichtigsten Einsatzszenarien ist. Deswegen toben so viele Synonyme, auch solche, die nicht vermittels *P* beginnen, durch den Duden.

Und sie (s_i°e*x)? Die radikalfeministisch-emanzipatorische, antiheteronormative Suche nach der / die / das kwierkorrekten, genitalbewussten Bezeichnung für sie-da-unten dauert an. Kein leichtes Unterfangen in unserer schamdominierten, androzentristisch organisierten Konventionaldiktatur mit ihrer hegemonialen Geschlechterkonstruktion! Sogleich fragt sich Zac, ob man diese Gedanken ins Arabische transformieren könnte. Nein, Zac fragt sich solches selbstverständlich nicht - zu abstrus die Idee, Gesellschaften jenseits des Westens könnten es sich erlauben, ihre Kraft auf derartige Seltsamkeiten zu verwenden. Zac beschliesst vielmehr, als Zeichen tiefster Busse für seine wirrfrechen Ideen, bei der nächsten Begegnung mit Papier eine Origami-Vulva zu falten.

Warum dachte Zac vorhin schon wieder an das Wasserlassen, bestimmt hat das mit der völligen Abwesenheit von Flüssigkeit in diesem ariden Nischt zu tun. Muss aber nicht sein, schliesslich geht es Zac um die Semantik, gewürzt mit einer Prise Phonetik und abgeschmeckt mit einem Hauch Akustik. Über die P-Worte als *Worte* nachdenkt Zac. Nicht von der Chemie des Strahles handelte sein Kopfgeschehen, das Zac frohmachend unbekannt gebliebene Urinwissen der Harnpriesterin Carmencita Thomas dürfte dafür das ultimative Kompendium sein. Also allein 'Nachdenken über Buchsta. P.'. Danke für diesen mit molekülfeinem Nädelchen gehäkelten Fingerzeig auf DDR-Literatur.

Nun pressiert es gar heftig, nun muss Zac aber endlich hinter einen Busch. Gibt es hier nicht. Was mögen Beduinen, in Anbetracht der Gebüscharmut, stattdessen als Sprachbild verwenden? Hinter die Düne müssen? Wo ein Wille ist, ist auch eine Düne? Oder, so sinnt Zac, womöglich findet er einen mumifizierten Kamelkadaver mit ausreichend Blickschutz bietender Risthöhe? Zusätzlich steht hier ein Problem, welches ihm schon in Deutschland den Angstschweiss den Rücken hoch und runter peitschte: Wie reagiert der verschämt in-die-Landschaft-Pullerer auf eine, nie ganz zu verhindernde, Begegnung mit Fremden? Was tut er, mitten in der Kleingeschäftsverrichtung, wenn im Blickfeld seines den Eulen gleich kreisendes Kopfes unverhofft Wanderer oder Wandergesellinnen oder Tuareg oder Jogger oder Spaziergänger oder Walkerinnen oder Kinder oder Hundesteuerzahler oder Hundesteuerhinterzieher mit Kampfhundaffinität auftauchen? Abbruch der Verrichtung? Schmerzhaft und zumeist zu spät, der Pullerer stünde dann völlig sinnfrei an einem Gebüsch oder Baum neben dem Weg. Bücken, um nach einer imaginierten superseltenen Pflanze zu greifen, verbietet sich wegen des nassen Bodens, den Hosenstall schnell zu zu knispeln wird ohnehin scheitern, so dass man mit halbvoller, schmerzender Blase, mit einer Hand auf Hodenhöhe neben dem Wegesrand steht. Beschleunigung durch Druckerhöhung? Das mag ganz zum Ende der erleichternden Exkursion ausnahmsweise in Betracht kommen, im Normalfall wird die optische Peinlichkeit durch die fast unvermeidliche akustische Untermalung noch potenziert. Einfach *avanti* mit *public pee*? Darauf wird es zumeist hinauslaufen. Bleibt die Frage, wohin guckt der ertappte Pinkler? Er könnte geradeaus schauen, den Blick frei geradeaus, doch dann entgeht ihm, ob die Störer auf dem Fussweg zu ihm rüber schauen, sich womöglich lustig machen, ihre Betroffenheitsköpfe schütteln, den Kindern die Augen zuhalten, den überdimensionierten Familienköter auf ihn hetzen, die Handy-Kamera zücken, Steine auf ihn werfen, all' die scheinheiligen Rituale, die unsere eigentlich schamlose Gesellschaft für das unverhohlene

Wasserabschlagen parat hält. Keine sonderlich ideale Lösung also. Ebenfalls mit Nachteilen beladen ist der verschämte Blick nach unten. Der ertappte Unhold müsste, neben allen Problemen des freien Blickes, an die Zac soeben gedacht hat, in Kauf nehmen, als zum Pinkeln zu ungeschickt oder als verliebt ins eigene Glied eingestuft zu werden, aus welchem anderen Grund müsste er sein Arbeitsgerät bei der einfachen Verrichtung so konzentriert im Auge behalten? Bleibt für den Naturnässer einzig der selbstbewusste Blick zu den wandernden Störern. Diese Methode wird sieben von neun Begegnungen glimpflich gestalten. Nicht ungefährlich aber ist der Sichtkontakt, wenn der kecke Blick auf noch Selbstbewusstere trifft. Oder auf grosse Hunde. Oder Kolleginnen. Selbstbewusst flanierende Kolleginnen mit überdimensionierten Kötern versetzen jeden unbedarften Freiluftpinkler in einen Zustand angstvollsten Genierens. Es ist eine Demütigung (Béla Réthy). So schwierig ist das mit der fast einfachsten Sache der Körperfunktionswelten bei uns Männern, sinnt Zac, das sollten sich die Herren Damen überlegen, bevor sie aus lauter aufgestautem Penisneid Mens Health und bei Sky den Bundesliga-Kanal abonnieren! Die Frauen haben es einfacher bei ihren Verrichtungen. In den Städten suchen sie sich einen Gully zwischen zwei Autos. Von Vorteil ist es, wenn die Autos bereits parken. Die Frauen haben es einfacher mit ihren Gebüschverrichtungen im Wald, sie krabbeln sowieso, ihre Hände als Macheten gebrauchend, tief in das Unterholz. Dort kauern sie mit gesenktem Haupt embryonengleich als Teil der wilden Natur zwischen Farnen und krabbeligem Kleingetier. Kauern so tief, dass sie herben Waldbodenduft nicht allein aus der Originalquelle erschnuppern können. Jeder noch so plötzlich des Weges Kommende sieht nun entweder ihre Kopfschwarte oder ihren Vollmond. Mehr nicht, alles anonym, jeder Datenschutzbeauftragte wäre stolz!

Zurück in Zacs Wüstenwelt. Wie würde er sich hier benehmen, tauchte während seiner Erleichterung ein Beduine, eine Fata Morgana, eine Kamelkarawane oder ein anderes Wüstenklischee auf? Er geht volles Risiko, last adventure: Wasser lassen in der Fremde! So gross ist das Abenteuer nun doch wieder nicht. Hier wird niemand unverhofft neben oder hinter dem sich erleichternden Zac stehen, ihm an das fast frei gelegte Gemächt grabschen, um mit lauter Stimme zu quietschen 'Diese Gegend will mir nicht recht demographiefest erscheinen, du sanfter Pullerprinz!' Alles schon passiert, alles schon dagewesen, alles schon erlebt, Zac könnte Sachen erzählen, holymoly, Herr Strunk! Bedauerlich, hier fehlt es eindeutig an Publikum.

Männer. Im Her-Flugzeug sass hinter Zac ein solcher ohne Migrationshintergrund, der laut tönend, für alle Insassen bestens hörbar krächzte 'Ich hab gestern dermassen einen abgebissen, meine Stimme ist noch ganz liiert!' Nicht unsympathisch, diese sehr lauten, besonders einfachen P.-Träger, meistens finden sie bei Zac Zuneigung, Zutrauen und zärtliches Verstehen.

Die Düne, auf der Zac ein Fahrradfahrer-Geheimnis lüftet

Was hatte Zac hier sofort gefallen, war es der orientalische Liebreiz der Frauen, das stolze Gebaren der Männer? Ja, all das, und obendrein die Abwesenheit von Zweirädern. Für Bike und Bicycle ist es zu heiss. Oder es gibt ausreichend Dromedare, also sympathische Verkehrsteilnehmer, die sich weniger aufdringlich fortbewegen. Egal warum, hier knallen keine sportiven Motorräder in die toten Winkel der Jeeps. Keine Cruisingmonster transportieren bauchige mitteleuropäische Mittfünfziger. Keine rollenden Ungetüme, beladen mit voluminösen Mittfünfzigerinnen als Sozias, gerne das Weiberwampchen in schwarzem Leder verstaut, stehlen arabischen Verkehrsraum. Freilich, diese finanziell Unprekären erscheinen Zac nicht bejammernswert. Er liebt die in Leder gezwängten Rücksitzmatronen - jede von ihnen ein Widerhall vergangener Pracht, jede in der Lage, Heerscharen von testosteronwirren, liebeswilligen Jungmännern die Vergänglichkeit allen Seins und die Vergeblichkeit allen Strebens in sympathisch-melancholischer Manier zu verbeispielen. Den jungen Arabern entgeht das.

Wirklich zum Herzhüpfen bringt Zac ein anderes Nichts. Es rollen durch die heissen Lande keine Fahrräder, kein Radfahrer demonstriert seine moralische Überlegenheit, nichts davon gibt es hier! Arabia Felix! Es wird ihm ganz tröppelig im Magen. Was würden die Menschen hier lachen, wenn sie die grösste aller Fahrradpeinlichkeiten sähen: Die einen Berggipfel erradelnden Velotonisten, wie sie im kleinsten Gang steilste Wege hoch strampeln. Der absurde Gegensatz zwischen den rasend schnellen Strampelbewegungen der Radler einerseits und der unglaublichen Langsamkeit des Vorankommens andererseits, zwischen der ins Auge stechenden Schwerstarbeit des Radfahrers und dem gegen null tendierenden Ertrag der Arbeit muss jeden anstrengungslos vorbei schlendernden Wanderer tief ins Mark treffen. Gesegnet die Weltengegenden, wo das wegen der planen Erdoberfläche nicht möglich ist. Zum Beispiel Ungarn. Oder Mecklenburg-Vorpommern. Oder Bahrain.

Das deutsche Flachland beglückt eine andere Radfahrer-Gattung: Urban ausschauende Männer in albern-kakelbunten Radprofileibchen auf sportlich-teuren Rädern, die sich über die wochenendlichen Landstrassen schwitzen, die über den Lenkern hängen, den Trinkflaschenbürzel keck gen Himmel gereckt, sich den Bürofrust aus dem - gerne extrem sportgestählten, manchmal gut sichtbar wamperten - Leib fahren. In der Dämmerung glühen sie neuerdings mit LED-Frontstrahlern, hell wie Flak-Scheinwerfer, den Gegenverkehr in die Sekundenblindheit. Was würden die Wüstenmänner hier sich zuraunen, könnten sie sehen, wie sich Abendländer so zum Klops radeln? Zac möchte niemanden von diesen Stramplern je kennenlernen. Auch wenn jeder einzelne im Zivilleben ein supersympathischer, steuerzahlender Mustermann ist. Ganz bestimmt. Hier, im Orient sind jedenfalls keine dieser ernst bis gequältgesichtigen Männer zu sehen, dieser eigenartigen Männer, gezwängt in tollkühn-farbenfrohe Wochenendradler-Outfits, gequetscht in Trikots mit quietschbuntester Werbung, je französischer, desto angesagter. Mindestens ein frankophones, accent-triefendes Kreditinstitut - Société Générale, Crédit Ágŕićólé, Crédit Łẏóńńáiś - muss darauf sinnlos um Kunden in der deutschen Provinz buhlen. Peinliche Pellen, nachempfunden den Profiradfahrerleibchen, gedacht für leichtfüssige Pedaleure der Tour-de-Giro-Rundfahrt, für Fahrer des Klassikers Liége - Bastogne - Liége, doch gestrampelt wird hier, nicht auf regenfeuchtglattem Buckelpflaster in den Ardennen, gestrampelt wird auf zumeist kinderpopoglatten Landstrassen im Umland deutscher Klein-, Gross- und Mittelstädte. Es sind in der Regel anwaltsgleiche Wesen, vielleicht durch Bauchkonfektionsgrösse 57 oder 59 gehandicapt, oft die ausgezehrte Version, die, die zu essen die Zeit nicht findet vor lauter Fahrrad-malträtieren und Leiter-karrierieren. Zac mag sie wenig. Er hatte einst in Deutschland, während des regelmässig mehrtägigen hinterdrein Zuckelns hinter deren Minipeletons, ein Rätsel enträtseln können, ein an urmenschliche, urmännliche Fragen rührendes, enigmatisches Sonntagsrätsel, ein Weltenmysterium. Warum fahren diese Freizeitradler so gerne *nebeneinander*? Mag sein, dass sie sich für einen geisteswissenschaftlichen Bürodrehstuhlberuf, einen Stehpultjob hatten entscheiden müssen, weil sie in *der* Naturwissenschaft schlechthin, also im Fach Physik, so grottenschlecht waren, dass sie die Vorteilhaftigkeit des Windschattenradelns nicht zu begreifen und also nicht zu nutzen in der Lage waren resp. sind. Das ist nicht der Grund. Hassen die Radsportfreunde die Autofahrer so megaloman, dass sie auf den Sportvorteil Windschatten verzichten können, weil ihnen das durch die allerdicksten Windschutzscheiben der Welt tönende Fluchen nachtrottender Auto-Piloten der beste Treibstoff, ihr Doping ist? Könnte man meinen, ist aber nicht so, denn die Pedaleure rollen doch selber gerne im Familientauglichen durch nordsüdostwestmittel-deutsche Lande. ~~Und durch Bayern.~~

Nein, nein, den hat er nicht gedacht, den nicht, diesen Witz aus der Discounthumorgrabbelkiste - Hoho, Bayern gehört gar nicht so richtig zu Deutschland, hoho! Das können Humorarbeiter famos verwursten: Für den Discountwitzcomedian ist es ein sicherer Brüller, denn gegen Bayern oder die Bayern, das looft uff jeden Fall. Bei der Witz-Intelligenzija mit politischem Anspruch zaubert dieser Witz sicher ein Lächeln auf die Lippen des Humor-Connaisseurs, denn wenn es gegen Bayern geht, geht es zugleich gegen die CSU und damit gegen die Verkörperung des ewig Reaktionären schlechthin. Für den Münchner Witzconférencier mit lokalem Sprachkolorit ist es eine sichere Pointe, denn das ist so anheimelnd selbstironisch bzw. spricht einen subkutan-latenten Wunsch aller Bayern an; für den Witzbold aus Nürnberg gilt irgendeine fränkische Sonderregel. Worüber Zac so grübelt, wenn er sterbensgelangweilt im Sand sitzt oder hinter Radfahrern dahin cruist. Ein Wahnsinn ist's, wer mag den ergründen wollen, Zac selbst jedenfalls nicht, das ist ihm klar.

Wollen die parallel strampelnden Velo-Ritter womöglich kommunizieren, gar miteinander reden? Nein, das ist doch ein vorantiker Flitz aus Urväters Zeiten, dafür gibt es smartnetbasierte Minikonferenz-Bluetoothlösungen, es kann auf Screenvisiere und in Radlerhelme geskypt werden, wie man es von den Helmen der Kampfflugzeugpiloten kennt. Für den Notfall bleibt noch die gute, alte, prä-moderne Flatrate-Headset-Dauertelefonie. Also, das ist es auch nicht, was ist es dann, Zac, *sag* es! Nein, sorry, *denk* es! Halt nicht hinterm Berg, wisse, Herrschaftswissen ist ein echter Abtörner (Stimmt nicht! *Anm. d. Red.*)! Warum also treten diese Speichenathleten fast ausnahmslos neben-, nicht hintereinander in die Pedale(n)? Männliches Imponiergehabe? Ein sinnloses Unterfangen in Anbetracht der Gesamtumstände - Leibchen, schmale Schühchen, Handschühchen sogar im Sommer, und: Fahrradhelmchen! Aber Zac weiss es, er kennt den Tiefenpsychogrund. Ganz sicher. Versprochen. Nur einen kurzen Spot, dann geht's schon weiter. Also: Dranbleiben!

‚Am ende aber sind mann und frau intim, das grosse kinderkommen folgt sogleich, dann andere eltern samt baby in krabbelgruppe beäugen, sommerherbstundfrühlingsfeste der kita gut finden, schuleinführung, grundschule, projektwoche, noch eine projektwoche, bitte zwei euro mitgeben, auftritt der patenschüler, auftritt als patenschüler, schon wieder kinderfest samt kinderfestprogrammödnisqual, elternvertretung, weihnachtsgesinge, bitte elf euro mitgeben, konfirmation.firmung.barmitzwa.jugendweihe, schon wieder projektwoche, wieder irgendviel euro für wahllos was tollteures, förderverein, gymnasium, regelrealhauptgesamtwaldorfeuropaschule-gegen-gewalt, endlich eine projektwoche, und schluss.'

Na bitte, ging schnell, oder? Zurück zu den unterwegsen Sattelrittern aus Leidenschaft. Sie bevorzugen die Reihenformation, weil sie die Linienordnung vermeiden wollen, die Entscheidung beinhaltet also kein pro, sondern ein contra, ist kein für, sondern ein dagegen, ist ein nein, kein ja, ist nicht Angriff, sondern Flucht. Diese Entscheidung dient der dauerhaften Vermeidung des Blickes auf den hauteng behosten Männerhintern des Vorradlers, bedeutet Asphalt-Blick statt Rektum-Spotting, ist geboren aus dem Widerwillen gegen das Starren auf sich im Takt der Pedalen bewegende, maskuline Pomuskeln, ist Ergebnis der, eher radfahrfernen, Urangst, dass so ein klitzekleines Ich-mag-auch-Herren-Männlein wegen kontinuierlichen Kimme-Glotzens aus dem Unter- in das Oberbewusstsein empor klettert. Oder eben radelt. Der Pedaleur flieht vor der Konfrontation mit der eigenen, der Erweckung harrenden, noch aber tiefest und festens schlummernden Homotropie; zu bestaunen ist also ein Akt autoreferentieller Homophobie. Morgens vorm Radeln die Mutti auf den Mund geküsst, am Sonntagsabend gay nach Hause pedaliert - das mag gesellschaftspolitisch total korrekt sein, den Familien-Wochenendabend bringt es dennoch durcheinander. Punktum! Nun fragt sich Zac, warum er eben nicht *Arschbacke* gedacht hat, als er die Enttabuisierung des vielleicht allerletzten Tabu-Themas zelebrierte. Nun, das ist für ihn ein erotisch aufgeladener Begriff, den er dem anderen Geschlecht vorbehalten will. Den Damen würden Hetero-Heroen allzeit hinterdrein radeln! Ergo: Am verkehrssichersten und generell knorke wäre Gemischtradeln mit verpflichtender wechselgeschlechtlicher Radlerreihung, es gäbe keinen Grund mehr, aus der Kiellinie in die Dwarslinie zu wechseln. Hier, fernab der germanischen Sexisten-HunterInnen traut er sich selbst Undenkbares zu sinnen. Respekt!

Radfahrer, welch ein Volk, missionarisch bis an die Grenze religiösen Wahns. Eigentlich, so strömt es hot, hot, hot in Zacs Hirn, stimmt das mit der frankophilen Werbung auf den Radlertrikots nicht. Nicht mehr. Nicht mehr, seitdem die ARD die Tour de France gemeinsam mit dem Emig, Jürgen ins Moral-Klosett (die Tour) spülte bzw. ins Gefängnis (den Jürgen) schickte. Schuld waren jedenfalls im Fall der Rundfahrt die Dopingopfer Amstrong, Landis, Contador. Solcherart um ihre Trikotorientierung gebracht, sind die Amateurrennradler auf abgeschmackte, einfache Mikrofaserradlertrikots mit kryptischsten Beschriftungen zurückgeworfen. Statt französischer Kreditinstituts-Réclame prangen inzwischen unverständliche Schriftzüge, bei denen der ungebildete Zuschauer nicht mehr weiss, ob sie den Hersteller der Funktionswäsche, einen gloriosen Radsportsponsor bzw. -werbepartner oder schlicht nichts beinhalten. Eine riesig grosse Etikettenverwirrung. Gut, dass die ARD nun wieder von der Tour reportiert!

Aus dieser Schriftverwirrung wird ein Trend geboren werden: Tarnung durch Taping! Auf die kleinen und mittelgrossen Schriftzüge, auf die dezente Bruststickerei wie auf das brustbreite Bekenntnis-Logo kommen feine und grobe Textilklebebänder. Klebebändigen lassen sich - da ist Zac sich sehr sicher - nicht nur Sportlerbeine, Markennamen im No-Product-Placement-TV und, sorry, Gogogirl-Nippel, nein, diese meist blauen Wunderbänder gehören unbedingt auf feinste Sport-Markenklamotten, um deren Familiennamen zu verdecken. Hippes Understatement, aber so, dass alle Welt erkennt, dass es sich um nobelste *Selbst*bescheidung handelt. Textil-Taping als spezifische, subtil-brachiale Variante des Konsumenten-Widerstandes, durchaus nicht allein für ambitionierte Amateurradsportler geeignet. Tarnen. Abkleben. Der interessierte Fussgänger sah daheim vermutlich bereits Sportler, die die drei Adidas-Streifen mit exakt geschnittenen und exakt geklebten und exakt drei Streifen Montageband tarnten. Streifen in physiotherapeutischem blau, warmem gold oder freshem neonpinkgrün. Selbst bemalt, blickdicht, halbtransparent oder clear mit changierenden Kristalleffektnanopartikeln. Bis junge urban-hippe Kreative eigens produziertes Klebezeug verticken, hilft einstweilen der Gang in die Apotheke (Pflaster), zum Büroausstatter (Klebeband) und vor allem in den Baumarkt (Montageband). Ein Markentarnband, zum Beispiel Scotch von 3M, sollte es schon sein. Oder Tarn-Tesa von Beiersdorf. Trikot-Taping. Voilá, ein neuer Trend wird Trend, sogar für alle Arten von Edelkleidern hip - 'Seht her, ich habe es nicht nötig, zu plakatieren, dass ich Desigual by Wolle Joop weare! Ich bin von solch noblem Selbstbewusstsein, oh ja, ich muss mich nicht über die Label meiner teuren Trikotagen definieren. Ich tape! So, wie ich meine Gross-Limousine durch Teilnahme am Car-Sharing unsichtbar mache!' Camouflage mit Klebeband, einfach das Prinzip der Reizwäsche - verhüllen um zu enthüllen - aus der Welt der Dessous in das Reich der Sporttrikotagen transformieren. Vorsicht Zac, wenn die Gedanken unterm heissen Schädel sich aufmachen Richtung Damenwäsche, dann ist Obacht geboten. Also wieder zurück zum Abkleben. Baumarkt goes Sportshop. Büroausstatter goes Obertrikotagen-Boutique. Beides blödsinnige Un-Wortspiele, doof gedacht. Zwei marginale Randgruppen, da ist sich Zac sicher, werden sich dem Mode-Megatrend heroisch biertrinkend widersetzen: Bowlinton-Groupies und Fussballfans. Denen ist es nicht einfach egal, ob auf den unfassbar wucherteuren Kauftrikots des geliebten Vereins Werbung geflockt ist, die wollen genau dieses Design: Mit Gazprom, Beate Uhse, Al Jazeera, Jever, Cannabis, Duisburg Douchebags, Durex, Youporn, Meporn, Mehdorn - getragen wird, was getragen wird. Selbfreilich ohne Tarn-Tape.

Von einem Edelstrennrad-Edelfahrer ist solche subproletarische, solche unreflektierte, solche, ja, Zac denkt das Kind unverblümt beim schlechten Namen, hündische Ergebenheit gegenüber dem Trikotsponsor nicht zu erwarten. Mit oder ohne Taping, der erstudierte und erradelte und erheiratete soziale Status gebietet es, nicht ein willkürlich aus dem Schrank gerutschtes Radlerleibchen zu tragen. Nein, der Pedaleur durchschwitzt ein Funktionsstöffchen, welches von majestätischster Herkunft sein muss, warum sonst könnte das Ding so extra teuer sein, dass vom Luxuspreis selbst für die Rettung des mallorquinischen Regenwaldes und obdachloser südamerikanischer Drogenhunde ein paar Groschen abfallen. Zac durchströmt eine frische Woge prickelnden Glücks, als ihm schlagartig bewusst wird, keinen einzigen Spezialanbieter für Radsportkledage jenseits der Allesanzieher aus Herzogenaurach (Nike, Asics, Paulaner) zu kennen. Tarnen die womöglich schon, und Zac hat deshalb keine Pedalistentextilmarke in sein Ober-, Mittel- oder Unterbewusstsein saugen können, ist mithin also, ist mithalso kein Trendsetter sondern ein doofer Follower? Das wäre fatal. Wo bliebe dann der Spass am Kreieren? Und warum steht oben mithalso? Die letzte Frage lässt sich leicht beantworten: Weil dieses ein streng der Wahrheit verpflichtetes Transkript der Zac-Gedanken ist!

Radfahrer, tssissississ, was für ein Volk. Immerhin hinterlassen die keine stinkenden Haufen auf den Fusswegen. Von so einem gentrifizierten Radler bleibt für die Mitmenschen die in Penetranz frittierte Vorwurfsbotschaft 'Ich bin bereit und kraft meines überlegenen Willens in der Lage, mich freiwillig einer fast sinnfreien Disziplinierung zu unterwerfen! Ich verzichte ohne Not auf das Autofahren!' Doch es gibt Schlimmeres auf der Welt, man denke nur an Berlin, Kochshow-Showköche oder Sörens Bruder. Zacs letztinstanzliches Urteil über die deutschen Überzeugungsradler fällt deshalb milde aus: Sie sind wie die Quaste auf einem Tarbusch - sehr schmückend, doch eigentlich überflüssig. Ohne dass Zac ihnen das traurige Schicksal dieses orientalischen Kopfschmuckes wünschen würde.

Die Düne, auf der Zac durcheinander denkt

Männer. Männer. Männer. Was fällt Zac zu denen ein? Alles gesagt, alles geschrieben, alles gedacht. Nein. Unterschätzt wird der Beitrag der Liebe unter Männern zum abendländischen Wertekanon, zur Demokratie okzidentaler Prägung. Die gibt es bloss westlich des Hellespont bzw. der Dardanellen. Das ist folgerichtig im allerbesten Sinne, gab es doch dort 514 vor Christi Geburt ein spezielle Gleichung mit einer bis dato Unbekannten: Liebe plus Manneseifersucht gleich Tyrannenmord plus - Volksherrschaft! Harmodios, Athens Schönster, in vollster Lebensblüte stehend, und Aristogeiton, mit Harmodios verpartnert, dolchten den ebenfalls in Harmi verknallten und deshalb heftig begehrenden Tyrannenbruder Hipparchos über den Styx, und, plautz, ward die Demokratie erfunden. So kann's gehen. Wird gerne vergessen. Ausserdem ist der Standpunkt im Hinblick *auf*, die Wertschätzung *der*, das Verhältnis *zur* gleichgeschlechtlichen Liebe, ... Stopppstoppstop, sein Gedankenfluss wird abrupt gestaut, denn es kann nicht gender sein, bei den Männergedanken die Frauenliebe nicht mitzudenken. Zac rechtfertigt sich damit, dass er es nicht durchschaut - gay, schwul, queer, shemale, cismale, lesbian, ceesde, homo, LGBTTIQRST*, trans, hermaphroditisch, professx, nichttraditionell liebend, nichttransistorell schnaXselnd. Ist alles prima, aber die Begriffe, ohje, die Begriffe und was sich jeweils dahinter verbirgt. Ist eine Lesbe per se auch schwul oder ist das Schwulsein eine Männerdomäne? Wie ungerecht! Kann man als Mann lesbisch sein und oder queer, oder sind das allein heteronormsoziale Machtkonstruktionen, maskulistische Labelungen und Pseudofremdverortungen? Dieser Wirrwarr quält ihn bereits bei Normaltemperatur. Nun, bei 37 Grad - und es wird noch heisser - kann er nie und nimmer in Reih und Glied denken. Zurück zur Liebe unter Gleichgebauten. Vielleicht sollte auch insoweit über Quoten nachgedacht werden. Womöglich könnte man das kombinieren, eine echte Kombiquote, eine radikale Flex-Sex-Mix-Quote mit allem, was der dritte Artikel des Grundgesetzes hergibt. Für das deutsche Kabarett wäre dieser Gedankenblitz-Witz leider ungeeignet, weil über den Fortschritt zu spotten nie lustig, sondern durchweg ewiggestrig ist. Ewiggestrig - zu schade, dass diese Kampfbeleidigung verschwunden ist, ersetzt durch *rechts*. Sprachtraurig. Zac nickt kurz ein.

Erwacht alsbald wieder. Durstig. Hungrig obendrein. Unterzuckerung. Konfuse Gedanken. Verquere Ideen: Also, über alles darf verhandelt werden, doch freiheitlich, so richtig freiheitlich, freiheitlich und, ja, demokratisch, fortschrittlich, zugleich fortschrittskritisch - ohne plakative Ambivalenz läuft nichts - postkolonial und modern ist jede Gesellschaft allein mit Buchpreisbindung!

Zwischendüne

Zwischengedanke Anfang: 'Ich habe nur mal so laut gedacht!' ist genauso tumb wie 'Kopfkino'. Kopflichtspiele. Kopfmultiplecks. Gehört dort nicht ein 'x' an das Ende? In der Sprache der Herren Goethe und Grass und Sido scheint es trendig zu sein, alle möglichen 'cks' und 'ks' und 'chs' durch 'X' zu substituieren. 'Thx!' statt 'Ich bitte untertänigst um Ihro hochwohlgeneigte Gnade, mich kratzfüssixt bedanken zu dürfen!' Doofes Beispiel, hinkt. Bessere Beispiele sind Büxe, Knax, Wax, ~~Hexe~~, Wexel, Fux und Oxe. Zac etabliert aus der Ferne sofort einen Mega*gegen*trend: Alle 'x'e' sind fortan durch 'cks' zu methadonisieren! Das 'cks' ist das neue 'x'. Lecksikon. Secks. Ecksfrau. Komplecks. Doch ach und je und wie dudeldumm, die deutschen Sprachgerechtigkeitskämpf_er wollen das 'X' als multiplen GenderGap_Binnen- I -Ersatz verwenden. ProfX oder so ähnlich. Wenn Zac nun das 'X' durch 'cks' zu surrogieren gedenkt, vergeht er sich dann wider die gendergerechte, geschlechterzuschreibungsfreie Sprache? Vielleicht fällt ihm ein anderer, ein eleganterer Binnen- I -Ersatz ein? Er sinnt bestimmt noch einige Weilen im Sand. Sand-Sinnen, Paradedisziplin der Neueren Philosophie westöstlicher Schule. ednE eknadegnehcsiwZ (Arabischer Sprachstil).

Die Düne, auf der Zac gerecht schreibt und schneidert

Die ganze Problematisiererei um das uralte Geschlechter-Remmidemmi nimmt der beschwingten Mann-Frau-Frau-Mann-Mann-Mann-Frau-Frau-Sache noch die letzte Leiheiheichtichkeit. So geht das nicht, verkündet Zac in die Wüstenstille, das gebiert nur Kampf und Krampf. Weiss Zac dank der ihn umschmeichelnden, inspiratorischen Leere. Als ob das Leben nicht kompliziert genug wäre! Alles wird vermengt und vermischt und verquirlt. Nichts bedeutet mehr, was es bedeutet, alles verschwimmt. Zac träumt, wie nicht nur Geschlechter-, sondern überhaupt alle Begriffsgrenzen verschwinden. Ein Leben könnte das sein - wie ein lauer Abend im späten August, mit einer kühlen Riesling-Schorle in der Linken, dem Mann der Träume in der Rechten und gedämpfter Radiomusik von HR 4 aus sanfter Ferne. Aber Achtung, Vielfalt! Vielleicht meint die Riesling-Schorle in der Linken ein Hefeweizen in der Rechten, findet sich hingegen in der Linken eine unbekannte Frau mit fettiger Föhn-Frisur, dröhnt Krach aus nahen Boxen, ist es bereits Januar, und klirrender Frost zaubert Raureif auf das Fell des kürzlich jämmerlich erfrorenen Rattenkönigs? Relax! Es sind alles Worte, Hülsen ohne Füllung, beliebig befüllbar, ihre Bedeutungen sind soziale Zuschreibungen, dem Wandel der Zeiten hilflos ausgeliefert. Gestern meinte Telefon was zum Telefonieren, heute meint Telefon was von gestern, 'Du bist sooo telefon!' Noch anno 1850 dachte der Durchschnittsbrite bei *tank* simply an einen Tank, 1914/18 war es dann der Panzer und heute ist es das ärmellose Trägerhemd, welches der junge, weisshäutige Magaluf-Brite mit *tank* verbindet und dessen er und seine blasse, sommersprossige Freundin sich auf Mallorca spätestens nach dem Brunch entledigen wollen. Diversity rules!

Komplett bekleidete junge Menschen fand Zac in Europa selten. Mag sein, dass sich Frauen und Männer in Mitteleuropa so gerne dreiviertelnackt zeigen, weil sie ihre Geschlechterunterschiede gegen alle Einebner zu bewahren suchen, indem sie ihre Geschlechtsmerkmale betont offenherzig zeigen. Mag sein, dass die Jugend sich ohne Pause Nacktfotos, Nacktfilmchen, Nacktselfies, Nacktbutts (Belfies) und Nacktcocks (Celfies? Colfies?) zu-social-mediat, weil ihnen all die sozialkorrekte Verwischerei unendlich auf die ohnedies überspannten

Nerven geht. Transparenz im Dresscode, und damit ein Bollwerk gegen die hermaphroditischen Anwandlungen der Umerzieher. Es lebe die Abgrenzung! ¡Viva la diferencia! Long live the gender differences!

'Das ist ja nun Unsinn, die Pubertierenden wollen sich nicht abgrenzen mit dem ganzen Geschlechtertünneff, die wollen doch mit ihren albernen Piercings und schlechten Tätowies und verkrüppelnden Tunneln, ihrem Schlauchkleid-auf-alle-Körper-von-anorex-bis-adipös-quetschen, ihren vorgestrigen Dreadlock-Kaspereien und den peinlich extrovertierten Sexualitätsfetischisierungen, ihrem Public Pornoviewing und ihrem Beleidigungsgetue gegenüber allen Andersgestrickten gerade ihre *Zu*gehörigkeit zu einer Gruppe, zu einer beliebigen Ausgeburt von infantiler Verderbtheit plakatieren! Das sind hilflose Rettungsrufe der adoleszenten Heranwachsenden an unsere alternde Seniorengesellschaft', meint aus dem Off die sich überschlagende Stimme eines Diplom-Sozialarbeiters (FH).

'Ist das nicht ein für einen Diplom-Sozialarbeiter (FH) reichlich undifferenziertes, flatratiges Urteil von vorvorgestern, aus dem frühen Mittelalter der Sozialforschung? Aber ach und weh, das Pauschalisieren und Nivellieren dürfte zum heuer angesagten Diversitätsmanagement gehören, oder habe ich da was falsch verstanden? Mein Kopf ist zugekackt mit Worten, die auf -management enden, ich kann die nicht mehr unterscheiden. Bit worrying. Auch diese Idee von der Transparenz ist so was von hirni! Richtig ist hingegen: Die unangemessen luftige Art fast aller Menschen in den ersten fünf Lebensjahrzehnten sich zu kleiden, ist ein subtiler Protest gegen die Erderwärmung! Die Unfähigkeit junger Männer bis zum 53ten Lebensjahr, oberhalb von 18 Grad Aussentemperatur längere als nur dreiviertellange Hosen zu tragen, ist ein durch soziale Mutation ausgelöster Gendefekt! Weiterhin bin ich dem Entertainment verpflichtet, deshalb muss ich beanstanden, dass ihre Thesen verschnarcht sind. Das geht gar nicht! Wo doch hier in der Wüste ohnehin so gut wie nichts los ist!' widerspricht eine andere, ebenfalls der provozierenden Unlogik verfallene Stimme. Es ist die zarte Stimme einer Wüstenagame mit Migrationshintergrund. Wissen, das ist Zac klar, wissen kann das selbst ein Tenno der ungeschminkten Offenheit, wie es Zac erwiesenermassen ist, nicht.

Wie sieht das mit dem Top-Trend-Thema Diversity hier im Morgenland aus? Anders! Das hatte Zac schon vermutet. In Deutschland ist die Abstumpfungsgefahr gegenüber den süssen Verlockungen des Fleisches, wegen des erotischen Flächenbombardements, greifbar, schwabbert aus jeder freizügigen digitalen wie fleischlichen Zur-Schau-

Stellung von Brüsten und Schenkeln und Gemächten. Dekadenz! Deutsche Dekadenz!! Spätokzidentale Dekadenz!!! Hier, im modernen Orient, sieht die Sache ein Nuanclein anders aus. Vorsichtig formuliert. Ob die hiesigen Gepflogenheiten sehr gut, gut, eher gut, null, eher schlecht, schlecht, sehr schlecht sind, das kann Zac als temporärer Eindringling nicht beurteilen. Er ist erst wenige Stunden hier. Wozu auch. Geht ihn nichts an. Zac ist ein kompromissloser Adept kompromissloser Nichteinmischung. Doch hält er - der seinen Verstand zu Brei kochenden Sonne dankt Zac an dieser Stelle aus ganzem, übervollem Herzen - die Idee der Verschleierung für eine extrem unterschätzte Gerechtigkeitsidee. So eine Art fast altersunabhängige Schuluniform für die schlichtweg grösste Peer-Group: Frauen. Wenn die allermeisten Frauen in einer Abaya - so jedenfalls die Bezeichnung der schwarzen Tracht im Outlet an der Outfallstrasse der hiesigen Landeshauptstadt - durch ihr Leben schreiten, dann ist's fair. Auf Wunsch alles weg-verborgen - Figurprobleme, Haarprobleme, Geldprobleme; zu kleine Nase, zu grosse Nase, drittes Auge, blaue Augen, grüne Augen, porig-unreine Haut. Was soll daran so allerfürchterlichst sein? Gerechtigkeit!

Doch Zacs Gedankenflut wird jäh gestoppt durch wütenden Protest: 'Verschleierungsverharmloser! Verherrlichung der Unterdrückung der Frauen vermittels orientalistischer Stereotypen! Du bist zombifiziert und brainwashed von sentimentalen Mythen des Morgenlandes! Dos ist ein dorchaus kolonialfascho, europazentro Block auf die World', werfen linksliberale Befürworter eines verstärkten Einsatzes des absolut geschlechtsneutralen Vokols *o* dem Zoc vor. Oder ist es bloss sein vom allmächtigen Zeitgeist infiltriertes schlechtes Gewissen, was sich hier so vehement meldet? Oh Gott, er sollte dagegen schnell etwas fair gehandeltes Mumienpulver schlucken! 'Merke: Das *o* wird als Binnen- und Transgender-*o* die deutsche Sprache endlich an das andere Ufer führen!'

Zac entgegnet schlagfrechig 'Das ist durchaus ein libertärer, progressiver Blick auf die Welt! Darum schweigt! Ihr seid doch auch nicht besser, ihr gleichmacherischen Apologeten maoistischer bzw. nordkoreanischer bzw. eurorevolutionärer Einheitskluft! Nur die Sache mit dem *o* als noch gerechteren Ersatz für Binnen-i, Gender-Gap ..., die klingt hochinteressant. ProfessorOn, ArztOn, GeneralOn. Vielleicht auch als dezenter, transgender Exponent, Schausteller°n, Direktor°n, Mensch°n. Schon aus optischen, aus schriftgraphischen, ästhetischen Gründen.' Zac ist über alle Massen erregt! Sollten die Weltverbesserer ausnahmsweise die Welt verbessert haben? 'Aus einem, naja, Oval oder

Kreis mitten im fairen Wort wird der dereinst geneigte Schreiberling so viele, so tolle Bildchen ins Schriftbild zaubern können, Kindchenschema, Gesicht, Auge, Smiley, Globus, Fussball, Loch, ... das Binnen-o makes me tick, das Binnen-o wird zum Natron der Transgender-Akzeptanz, das Binnen-o wird zur Schubrakete der GeRechtschreibung!' Na bitte, gratuliert sich Zac, sein Kurzausflug in die Welt der modernen Orthographie hat sich gelohnt! Er darf nun, im Hochgefühl seiner Menschheitsdienlichkeit, zurück zu seinen Gedanken von zuvor.

Weite Kleider, weite Verhüllungen werden dereinst auch Europa zu einem fairen Kontinent schneidern. Gerechtigkeit beginnt dort, wo Äusserlichkeiten keine Rolle mehr spielen. Gerechtigkeit beginnt mit xl-weiter Einheitskleidung! Zu dick? XL-Kleid! Zu dünn? XL-Kleid. Krumme Beine? XL-Kleid! Kleine Beine? XL-Kleid! Keine Beine? XL-Kleid! Kein Verstand? Mhm. Zu kleiner Busen? XL-Kleid! Zu grosser Busen? XL-Kleid! Schwanger? XL-Kleid! Gerade-niedergekommen, aber noch keine Bauchrückbildung? XL-Kleid! Penis? XL-Kleid!

Die kleine Movie-Düne

Was sich Zac vor wenigen Stunden, während des nicht abschwellen wollenden Applauses seiner Economy-Class-Mitflieger bei der butterweichen Landung in Muscat fragte: Wenn im Film ein Flugzeug handlungswichtig durch die Gegend jetten soll, dann stellen sich zwei Fragen, Frage №1 den Machern und Frage №2 den Zuschauern. № 1: Wie zeigt man dem Publikum, zu welchem Flughafen die auf digitalem Kodak gebannte, globaleinheitliche, indifferente Landebahn gehört - anhand eines kühnen Schwenks auf die Flughafenbeschriftung oder durch geschickte Einblendung eines Städtenamens? № 2: Sitzen die Darsteller in dem gezeigten Aeroplane? Mann-o-Mann, das sind Fragen!

Die Düne, auf der Zac den Veganpfennig erklärt

Der Planet drückt. Momentemal, die Sonne ist kein Planet, meldet sich der hauseigene Pedant unter seiner Schwarte. Was ist, ausserdem, mit den UV-Strahlen? Mit der Erderwärmung? Die ist aber, wie sich Zac hier gerne erinnert, kein Thema mehr, weil deutsche Vegetarier und Veganer und noch verschärftere Kostverächter durch Fleischverzicht das Klima retten. Dank Ernährungs-Wende. Schietegal, dass Milliarden Menschen ihren Lebensqualitätsgewinn mit Steaks feiern, denn deutsche Agitationsvegetarier mit dicken Wollsocken in den Crocs - immer, im Juli, im August, immer - sehen das anders. Auch im Juni. Muss nicht stimmen. Und im Januar. Morgen, folgert Zac messerscharf, werden die Weltoptimierer fordern, dass auch der Chinese (Was für eine doofe Synekdoche! Synekdoche? Braucht man nicht zu kennen. Wenn doch: Herzlichen Glückwunsch!) und andere neuerdings-ganz-ordentlich Fleischverzehrer entweder kein Fleisch essen, um das Klima zu retten, oder kein Fleisch essen, weil Wohlstand durch plakativen Wohlstandsverzicht der wahre Wohlstand ist. Es ist die Sehnsucht der Satten, ein Opfer zu bringen. Opfersehnsucht, geboren aus einem oszillierenden Grummeln, aus dem Empfinden, den eigenen Wohlstand nicht verdient zu haben, und der Angst vor dem Verlust des zugefallenen Wohllebens. Früher führte Opfersehnsucht in den Krieg. Heute führt sie, es gibt einen Gott, in die Abstinenz - von Kernstrom (Energie-Wende) und von Fleisch (Wurst-Wende).

In nicht allzu ferner Zukunft, dessen ist Zac sich sicher, werden interessierte Kreise (Kornkreise) es in den Adelsrang eines Grund-und-Bürger-und-Menschenrechts hochkommunizieren, dass jedes Lokal, jede Gaststätte, jeder Pub und jede Pizzeria und jedes Spezialitätenrestaurant und jede Kaschemme und jeder Bratwurststand, jede Betriebskantine und jede Kombüse und jede Mensa sowieso und every Kneipe und jedes Vorstandscasino, jede Messe und jede Abgeordnetenverköstigung und jede Schulspeisung und jede Tafel und die Systemgastronomie sowieso, mindestens ein fleischloses Gericht anzubieten hat. Ein Gericht, welches aber nicht teurer als die preiswerteste Tieropferspeise sein darf. Weil den Tricksern und Täuschern Scheunentore des Vergehens am vegetarischen Schrein offen stehen, schliesslich dürfte jeder Apfel, bei der Ausgabe von warmer

Kost jeder Bratapfel, diese Vorgabe erfüllen, wird in diese Vergleichsberechnung noch der Brennwert der Nahrung einbezogen. Also müsste ein fleischiges Vergleichsmahl, ganz platt: ein Burger im Burger King, eine Pizza-Dingens in einem Lokal gepflegter Deutscher Gastlichkeit oder M 23 in fernöstlichen Lokalen, bestimmt werden, dessen Kalorien- oder Joulezahl ermittelt werden. Deren Brennwert müsste das vegetarische Einstiegsgericht mindestens erreichen, ohne mehr zu kosten. Weil jeder Wirt und fast jeder, naja, bestimmt der eine oder andere Fernsehkoch, den Preis für das unethische Vergleichsmahl astronomisch hoch oder tief - eine Variante passt - auf die Speisekarte setzen würde, werden sie verpflichtet werden, den Durchschnittspreis und den durchschnittlichen Energiegehalt der letzten zehn Jahre als Massstab zu nutzen. Diese aufwendige Methode soll einen fairen Wettstreit zwischen dem einen aus nachwachsenden, erneuerbaren Rohstoffen (Soja, Weizen: gut) und dem anderen aus nachwachsenden, erneuerbaren Rohstoffen (Schwein, Rind: schlecht) gefertigten Mahl zu ermöglichen. Über ein Umlagesystem, mit Bundesumlageamt, wird eine Subventionierung der Guten Gerichte durch jene Mitmenschen erreicht, die sich dem im Sinne einer ganzheitlichen Verantwortungskultur Naheliegenden zu entziehen suchen, indem sie zu Hause speisen. Für jede Fleisch- oder Wurstware muss die sogenannte Massentierhaltung-nein-danke-Umlage, von Nostalgikern bald Veganpfennig genannt, i. H. v. 0,5 v. H. des auf volle Eurobeträge durch Weglassen der Centbeträge gerundeten Nettopreises an den Veräusserer, also die Fleisch- und Wurstwaren-Fachverkäuferin, den Fleischtheken-Büttel, entrichtet werden. Nebenbei bedacht: Die Idee, die Mehrwertsteuer für Fleischwaren unauffällig zu erhöhen, wird daran scheitern, dass die Vegetarier-Aktivisten das als zu simpel, weil ganz ohne weltaufklärerischen Pep, ohne pädagogischen Firlefanz und ohne moralisches Schingderassa, verurteilen werden. Die Vegetarier-Lobby wird jeden anderen Kompromissvorschlag der Fleischindustrie mit dem alleralleallerschrecklichsten aller schrecklichen Vorwürfe killen: Das kommt von Lobbyisten! Von Interessensöldnern, die das Verdammenswerte vertreten! Es kommt also die knallharte Umlagelösung. Gaststättenbetreiber können, dank knallharter Interessenvertretungsarbeit, eine Befreiung erreichen, und zwar für die Zusage, dass das hochethische Gute Gericht streng veganer Natur ist oder besser schmeckt als das Böse Gericht. Ausserdem gibt es bloss noch Faires Mett, also Fairen Hackepeter, welcher nur am Meittwoch als Mett-Igel gereicht werden darf.

So könnte es gehen, meint Zac extrem zufrieden, so könnten wir das Klima mit knapper Not vor der lange versprochenen, von

Klimaforschern warm ersehnten, rasanten Erwärmung retten sowie gleich noch die Öko-Religion - Seelenheil durch Fleischverzicht - missionieren. Derartig angefixt, wird die sich Menschheit zu einer neuen Erleuchtetheit asketieren, ganz ohne Gewalt gegen Tiere und Pflanzen. Harte Züchtigungen der Altgläubigen (Wurstesser) mit der lederfreien Veganpeitsche sind aber gestattet.

Zac hat Hunger, hat fast nichts gegessen, seitdem ihm alles so entglitten war. Hat er wenigsten etwas Essbares dabei? Einen Mett-Igel, wie unfair, igitt!

Die Düne, auf der Zac beleidigt (?)

Zac erinnert sich, was ihm während des Einreiseprozederes in dieses ferne Land durch den Nischel geschossen war, beim Anblick der so anders Gedressten und so faszinierend Sprechenden. Nicht einfach in fremder Sprache redend, nein, zum Teil, jedenfalls klang es für Zac so, gar mit anderen Teilen des Rachenraumes als er Töne produzierend. Er wusste nicht, ob er dazu körperlich in der Lage wäre. Ihm gefiel und gefällt dieser Sprachsound, auch chinesikoreanijapanivietnamesi-sch klingt melodisch in seinen Ohren. So. Sprache war jedoch nicht sein Kopfthema in der Visa-Schlange. In Anbetracht der Fremden und des Fremden hatte es ihn gedanklich in die deutsche Zeitungsprovinz verschlagen, in die diasporaige Pressewelt jenseits von FAZ und Zeit und Bild und Spiegel, abseits von Welt und taz und Handelsblatt. Warum war ihm diese grosse, rechthaberische Zeitung aus München bei der Gelegenheit nicht eingefallen? Hatte er die prächtige Süddeutsche unterschlagen? Seine schamanische Domina, das kleine Nelchen, würde ihn für diese hässliche Tat zur Strafe *nicht* schlagen, das weiss Zac, der demütige Flagellant. Aber zur Strafe die Strafe vorenthalten, das wäre doch ebenso eine Strafe!? Mithin und somit kann eine Domina tun oder gerade nicht tun, was sie will, sie dominiert und straft auf jeden Fall und hat ihr Geld schliesslich, schlussendlich, in allerletzter Endkonsequenz verdient.

Nun wird Zac zwei Sekunden von der Frage gequält, wie eine Domina belohnt und belobigt. Durch Schläge, aber dann ... durch keine Schläge, aber dann ... Durch grottiges Deutsch und schlechte Rechtschreibung? Unauflösbares Domina-*Paradokksson*. So, die zwei Sekunden sind um.

In der Visa-Schlange also, da hat Zac gestanden, bevor er an das Nelchen dachte. Dort hatte er sich an unendlich viele wundervolle Momente beim Schmökern in provinzielleren Zeitungen und beim Lauschen von Presseschauen erinnert. Allweil hatte er Superkommentare, Klugtipps, Kennerratschläge, Auskennermeinungen der Regionalzeitungen zu den grossen Themen der Welt vernommen. Kleine Ahnung, grosse Meinung - was für ein Konzept. Regierungskrise in Namibia, der Teutoburger Waldbote weiss Bescheid; Korruption in Ecuador, der Friesen-Kurier kennt Abhilfe;

Rechts-oder-links-Trend in Rumänien, der Elbsandstein-Spiegel kann es erklären; Religionskonflikteruption in Burundi, die Vulkaneiffel Zeitung weiss das Feuer zu löschen; Währungsdrama in Kambodscha, Konfessionsschlachten im mittleren Südpazifik, Bürgerkriegsgefahr in Duschanbe, Konfliktgemenge Iran - Israel - Irak - Italien, Inseln zu Japan oder zu China oder zu Niedersachsen, Wahlen irgendwo in Afrika (exclusive Simbabwe), Wirtschaftsprobleme in Süd-Argentinien (Chile), Sozialspannungen in Belo Horizonte (Brasilien), Venezuela in Russland (UdSSR), - wer kennt die Schuldigen, weiss die Lösung, erklärt das Leben und heilt die Welt? Der deutsche ~~Provinz~~Regionalblattkommentator! Nur fragt bei dem nie jemand aus den Problemregionen nach; schade, schade, Marmelade. Anderenfalls erführe der interessierte Irgendwer aus Irgendwo, dass ein kaum drei Tage dauernder Strafprozess nie und nimmer eines Rechtsstaates würdig sein kann, der Niedergang einer Ökonomie die Folge der neokolonialen Einmischung von Coca Cola (Zero) ist und die Geschlechter-Konflikte in der Offsahara-Region auf die flagrante Geringschätzung des Datenschutzes zurück gehen. Und der Westen ist schuld - immer. Und Safran macht den Kuchen gel.

Zac ist sauer, spontan sauer auf sich. Er hatte sich gerade hinreissen lassen, über die Provinzpresse zu lästern. Anlass zu ernsthaften Verdruss bereiten doch eher die grossen Erzieher, die Oligarchen der veröffentlichten Meinung, die Edel-Redakteure und -teusen der Grossmedien inclusive Funk und Fernsehen. Fortwährend ein, ein, ein Muster: Wir wissen alles, alles besser als alle, alle anderen Erdenbürger! Diese innerdeutsche Naseweisheit und dieser Zwang, jedes Leben ausserhalb Deutschlands am Massstab mittelschichtiger deutscher Redakteursglückseligkeit zu messen, töten jeden Lesernerv. Mit der Mainstreammedienquatschbeschimpfung(#MSMQB) hingegen will Zac nichts zu tun haben. Da wird so viel Unsinn erzählt. Und verkauft. Unsinn erzählt und verkauft. Nicht wahr, ███ ██████████, ██████ und ██████. Er, Zac, ist anders, er bleibt sich treu, nennt Ross und Reiter. Nicht. Er pflegt angstschlotternd seine höchstpersönliche Omerta, schwärzt und kriecht. Nur gefahrlos echauffieren über das bemerkenswerte Selbstbewusstsein deutscher Redakteure, das traut er, der kleine Zac, sich doch. 'Das wird man doch noch denken dürfen!' Mehr mag Zac hier nicht verweilen. Er denkt weiter, hin zum Dauerbrenner Datenschutz. Der Datenschutz wird ohne Pause missachtet und gering geschätzt. Jedenfalls gibt es erst einmal Vorwürfe in diese Richtung. Ein Daten-Beschützer wird sich finden, der die Unerträglichkeit dessen, was geschehen ist, passiert sein soll, von dem womöglich möglicherweise nicht auszuschliessen ist, dass es vielleicht im Konjunktiv geschehen sein könnte, bestätigt. Vielleicht hat jemand Datenschuhzz falsch geschrieben. Datenschutzaktivisten sind die Anti-AKW-Bewegten der Jetztzeit. Fight Big Data! Gegen dieses ehrenwerte Ansinnen sein kann man nicht, das klare Feindbild ersetzt die Komplexität des Themas, der Kampf nährt die Kämpfer und füllt so manchem den leeren Tag. Dabei ist diese heroische Abwehrschlacht noch extrem bequem, Weltenrettung als Twitter-Ava, ohne Heim und Heimnetzwerk verlassen zu müssen. Davon konnten die Atomkraft-Bezwinger in ihrer 'Nein danke!'-Aufkleber-gelben Vorzeit bloss träumen. So hipp! Fehlt nur ein fetziger Bekenntnissymbol-Sticker für diesen wagemutigen Kampf; zwischen Jesus-Fisch und Nein-danke-Sonne hat's noch Platz am Sharing-eAuto.

Oder der kritische Kämpfer vollbringt sein gesellschaftspolitisches Tagwerk im Frondienst des Fortschritts, indem er ▮▮▮▮▮ interviewt. Crazy, schon wieder ist es passiert, Selbstzensur, Schere im Schädel, freiwillig in den Gedanken-Gulag - von wegen Transparenz. Dabei sind Datenschutz und Transparenz heute fast synonym, jedes Wort fast homonym. Wie geht das, dass Datenschutzafficionados (Transparenz-Extremisten) im Zweitengagement gerne die völlige Durchsichtigkeit als gleichberechtigtes Gut und Allheilmittel gegen sämtliche Übel der Welt fordern. Verblüffende Ambivalenz der Weltenrettung - per totaler Geheimniskrämerei einerseits, durch vollständigen Verzicht auf jegliche Vertraulichkeit andererseits. No more Korruption, klar, weil es einzig gläserne Volksvertreter gibt. Nix mehr mit heimlichen Techtelmechteln, denn dank Transparency werden die Partner und alle Welt vorab Bescheid wissen. So, wie es der australische Enthüllungsfeger vorlebte; sagen jedenfalls Schwedinnen, sollen Schwedinnen sagen, könnten Schwedinnen gesagt haben, hat Zac in obskuren Presseerzeugnissen ganz bestimmt nicht gelesen, hat ihn ein nordamerikanischer Geheimdienst halluzinogenisiert. Obacht, Zac, nicht das dein Brain geleakwikit wird! Never ending Story (Limahl).

Whow! Hat Zac das eben selber gedacht? Ein so inspirierter Gedanke, eine so pointierte Formulierung - von ihm? Copyright, Copyright! Doch tobten die genialen Gedanken ausschliesslich durch seinen Kopf, verliessen nie sein Hirn. Was tun? Man möge das Urheberrecht sofort verschärfen, radikalisieren, ausweiten auf Nur-Gedachtes! Oh ja, Gedankenspiele in den Harnisch des Urheberrechts quetschen, das ist seit just eben Zacs neues Ding. Um wie viel leichter fiele es damit sträflich unterforderten Provinzprofessoren, ungeliebte Polit-Doktoren in Zukunft mittels Falschzitieranklage in das Gesellschaftsaus zu katapultieren. Sie müssten dann irgendwo, irgendwie, irgendwann erwähnen, dieses und jenes aus der Dissertation von Politiker XYZ bereits primär selbst gedacht zu haben.

Ja, 'primär', so konsequent neusprachlich gedankelt Zac. Wenn ein Viertel der Welt mittlerweile 'final' statt letzte oder zuletzt quackelt, die finale Staffel, der finale Kampf, das finale Finale, dann ist es Zac sein sprachverödendes Anliegen, nun das *erste*, das *zuerst* zu modernisieren. Seine Mission wird erfüllt sein, wenn die Adoleszenten allesamt vom primären Mal des Koitus schwindelschwärmen, die Arbeiterklasse am Primären Mai demonstriert und der Tabellen-Primäre Deutscher Meister wird. Die ARD wirbt damit, das Primäre zu sein, und in Österreich arbeitet die Primäre Allgemeine Verunsicherung an ihrem unrespektablen Alterswerk, an ihrem finalen Hit. Zac backpfeift sich mehrfach, so spontan wie brutal, wegen dieser Dusselideen. Was mögen die Wüstenbewohner hier denken, wenn sie einen blassen Europäer sich selbst schlagen sehen?

Die Düne, auf der Zac Hemisphärengerechtigkeit imaginiert

Doch das deutsche Volk ignoriert alle Gefahren, bleibt träge sitzen, steht nicht auf, empört sich nicht, der Deutsche Michel. Derr Toitsche Michell, der interessiert sich nicht, protestiert nicht, verharrt im stupiden Phlegma, trotz des Informations- und Meinungs-Overkills. Das Volk, diese olle Suppe, ist kein Fitzelchen wuselig, ist tranig, eher Brei als Brühe, ist träge, phlegmatisiert vor sich hin, schwerfällig auf stets gleichem Kurs, wie eines der enorm grossen Schiffe, wie eines der alle Monsterwellen und Kaventsmänner locker trotzenden Superfrachter. Gemächlich schiebende Megakähne, gewagte Kreuzungen aus den riesigsten Containerschiffen des Nordens und den gewaltigsten Tankern der südlichen Hemisphäre. Sinnbilder der Hemisphärengerechtigkeit! Mit seiner Forderung nach Erdhalbkugel-Gerechtigkeit wird Zac alle die gedankentiefen Mitbürger befrieden, befriedigen, ruhig stellen, sedieren, calmieren, die den Grund allen Ungemachs - wie er - bereits entschlüsselt haben: Bei herkömmlichen Globen schaut der, üblicherweise leicht oberhalb derselben postierte, Erdkullergucker auf Europa, Nordamerika, Grönland, auf diese russische Insel mit dem Vornamen und auf den Norden Asiens. Nun stellt sich die fast gar nicht sehr weit hergeholte Frage, ob reaktionäre Globusfabrikanten mit eurozentriertem Weltbild es schaffen, vermittels geschicktester Gewichtsverteilung der aufgeklebten Kontinente das Erdmodell so zu trimmen, dass sich der Globus auf der Modellachse jedesmal in den einen, exakt vorbestimmten Ruhezustand dreht. Auf diese Weise könnten erzkonservative Globusbauer vorab bestimmen, dass hiesige Gemarkungen wie Kopenhagen und Berlin, nicht Wladiwostok oder Anchorage, dem Beschauer ins Auge springen. Vom Süden ganz zu schweigen. Die Welt aber wäre eine bessere, friedlichere solche, wenn die Blicke der Erdenmodellbetrachter zunächst auf die Antarktis, die Heimat von Aurora Australis, auf Feuerland, auf das Kap der Guten (Guten!) Hoffnung (Hoffnung!) und auf das friedliche Azurblau des Pazifik (Pazifik!) fielen. Wenn der Globus erst mühselig angehoben werden oder der Betrachter ächzend auf die Knie fallen müsste, um unseren alten Kontinent, um auch Grönland, Japan und diese russische Inselgruppe mit dem deutsch-österreichischen Titel, und eben diese andere Insel, die, die einen Vornamen trägt, ja, Jan Mayen, zu finden. Solche progressiven Modelle gibt es gewiss, bereits Cristina Elisabet

Fernández de Kirchner hatte sie in Auftrag gegeben, um nicht allein die Malwinen, sondern die ganze Südkuller gegen den Erzfeind Grossbritannien (Nordhalbkugel) zu pushen. Ein Gerechter Globus, fair zu erwerben als progressives Mitbringsel im Amundsen-Scott-Andenkenbüdchen auf der bzw. in der Antarktis bzw. in Antarktika, jedenfalls auf diesem antiimperialistischen Erdenball oben.

Die Düne, auf der Zac bricht - eine Lanze für den Februar

Zac muss vorwärts, seine Gedanken rasen durch die Synapsen gleich den Flitzern im Doppellooping auf der Carrera-Rennbahn, voran, voran, voran, und doch im Kreise, voran, voran, denken, denken, ahhh, das schmerzt hinter der Schläfe. Ist diese Migräne ein Resultat der totalen, schnelldenkverursachten Überreizung, der kognitiven Erregung seines Hirnglibbers? Erneut voran, voran, vorwärts, vorwärts, sein Körper verwächst mit dem gelbgoldweissen Sandhügel, wird eins mit dessen Trägheit, sein Denkding will nichtsdestotrotz nach vorn. Wie ausgeliefert er doch ist, Sklave seiner unbändig stampfenden Denkmaschine, willenloser Knecht seines Intellekts. Yalla, yalla!

Woran mag das liegen, warum sieht der geneigte Beobachter mittlerweile so häufig Desinteresse an den tausend tollen Themen der Medienklugen? Am Fussvolk liegt es. Will nicht glauben, dass es gefälligst betroffen zu sein hat, wenn der Daten- und Verbraucherschutz ein Quäntchen aufgeweicht wird, weil dann der Globalterror sein Ziel schon erreicht hat. Als sie den Datenschutz nicht mehr ernst nahmen, war mir das egal, ich war ja keine Datei, als sie den Verbraucherschutz beschnitten, war mir das egal, ich war ja keine Wurst, und so weiter und so fort. Wir Klugen aber tun was. Wir betätigen uns, bloggen, mailen, whistleblowen, antworten, flashmobben, enthüllen, lauschen schlechten, wiewohl engagierten Musikern, lichterketteten (als es noch kein Social Web gab), warnen, positionieren uns, liken, twittern, rütteln, retweeten, hashtaggen, orakeln, flashmobben, singen marternde Lieder für das graue Ego von Bob 'Campino' Geldof.

Ein Dickschwanzskorpion ist es, der sich aus dem Sand windet und sein dunkel-nobles, arachnides Haupt Zac entgegen streckt. "Merhaba, lieber Zac", hört ihn Zac, und ist bass erstaunt, woher der gefährliche Gliederfüsser seinen Namen kennt, "ich überlege sehr angestrengt, ob ich, der Tinto, dich mit meinem völlig zu Recht unbeliebten rückwärtigen Mordwerkzeug penetriere!? Was du da gerade in den heissen Wüstenwind sinniertest, so was musste ich hier im Sand sehr lange nicht hören. Das ist doch billigste, ollste Presse- und Intelligenzija-Schelte, abgeschmacktes *blame* verdienter Eye-Opener, gehaltlose Beschimpfung renommierter Vordenker, die gebraucht werden, gebraucht werden, wie, wie, wie ... die Zitze vom Kamelkalb!" Whow, Tiefschlag, diese Attacke aus dem Wüstensand sitzt. Doch Zac fängt sich schneller als erwartbar, antwortet dem Scherenträger so geschwind wie geschliffen: "Mein lieber Wüstenhabitatbewohner, danke für die Verschonung, was deinen Giftstachel betrifft." Der Dickschwanz schweigt affirmativ. "Danke auch - dazu musst du wissen, dass man sich bei mir daheim in Deutschland gerne für unberechtigte Vorwürfe bedankt, nur, um nicht als untoll intolerant zu gelten - für deine konstruktive Kritik." Der Dickschwanz schweigt neutral. "Ich habe nicht lange nachgedacht, denn dein Verbalstachel trifft am Ziel weit vorbei. Ich schätze und verehre alle Meinungen und Meinenden, bin Artikel fünf Absatz eins Satz eins des Grundgesetzes mit blauen Augen, auf licht behaarten Beinen. Doch auffällig oft will mir scheinen, dass viele der besseren Menschen sich auf dem Berge Sinai stehend wähnen. Mindestens. Eigennutzmaximierer tarnen mit maxigerechten, sanftsolidarischen, fortschrittsgöttlichen Gesetzestafeln ihre Eigennutzenmaximierungsabsicht. Nun, Tinto mit den Scherenpfoten, das konntest du in deinem Einzelgängerversteck nicht wissen, doch Strafe muss sein, zu arg klangen deine Anschuldigungen in meinen heissen Ohren." Der Dickschwanz schweigt aversiv. "Deswegen verrate ich, dass eines der schauderlichsten Pop-Ensembles des Universums sich nach deinem Plural benannt hat. Deren betagter, pfeifender Frontkämpfer ist zudem kaum grösser als du, Skorpion. Bevor ich es vergesse, es heisst Kamelfohlen. Maassalaama, kleiner Freund!" Der Dickschwanzskorpion schweigt gekränkt, verschwindet beleidigt im Sand und (leider unleserlich).

Die Hitze, oho oho, die Hitze, die trägt die Schuld an dieser albernen Begegnung und an allen verwerflichen Hirnblitzen, die Hitze muss es sein. Ihm, dem Zac, wird dereinst niemand etwas vorwerfen können, er kann nichts dafür. Die gottverdammte Wüstenglut, die brutzelt sein Hirn, die verdampft seinen Verstand. Wie mag das sein, wenn der Verstand sich kochend auflöst? Ob man das von aussen sieht, rätselt Zac, ob man sieht, wie kleine Wölkchen sich aus seinem Scheitel gen Himmel kräuseln, als entschwindende Gloriole, wie Zigarettenqualm in klassischen Trickfilmen? Ist leider kein Hans oder Omar oder Franz da, der auf die Schnelle danach schauen könnte. Schon schade, doch was soll es, ist eben zu heiss hier, drum schnurstracks retour zum grossen Thema: Beschützer und Beschützte, Wächter und Bewachte, Schlauberger und Dussel. Beschützer und Beschützte, die gar nicht beschützt werden wollen. Oder fälschlich meinen, Herr ihrer selbst zu sein, keines Schutzes zu bedürfen. Die Doofis, die! Zac fordert lauthals in den säuselnden Wüstenwind: Schutz der Daten, Schutz des Privaten,

Schutz der Kulturlandschaft, Schutz der Naturlandschaft, Schutz vor Geheimdiensten, Schutz vor Suchdiensten, Schutz vor Leistungsdruck, Schutz vor Bildungsferne, Schutz vor Bildungsüberfrachtung, Schutz vor Ungerechtigkeit, Schutz vor Atomen, Schutz vor Molekülen, Schutz vor UV-A bis UV-Z, Schutz vor Schlagschatten, Schutz vor zu wenig Windrädern, Schutz vor zu viel Windrädern, Schutz vor Grobstaub, Schutz vor Feinstaub, Schutz vor Wüstenstaub, Schutz vor Lärm, Schutz vor Gentechnik, Schutz vor Banken, Schutz vor Abzocke, Schutz vor Religion, Schutz vor elterlicher Erziehung, Schutz vor Uninformiertheit, Schutz vor Uniformiertheit, Schutz vor dem heimischen Militär, Schutz vor dem eigenen Staat, Schutz vor Naturwissenschaft, Schutz vor naturidentischen Aromastoffen, Schutz vor Irrtum, Schutz vor sexistischer Werbung, Schutz vor missverständlicher Werbung, Schutz vor Werbung, Schutz vor technischem Fortschritt, Schutz vor gesellschaftlichem Rückschritt, Schutz vor zu wenig Schutz, Schutz vor dem Falschen in toto!

Niemals vernahm Zac von den allumfassend Sorgeberechtigten, dass es womöglich die schiere Gier (Elfriede Jellinek) ist, die einen Verbraucher zum Opfer macht. So exzentrisch flüstert es unter Zacs Kopfschwarte, meldet sich maliziös die genervte linke Hirnhälfte (Spitzname: Frau Schlettstett) und muss sich von dem nicht unsympathischen, im Moment allerdings lustlosen Portiönchen Hirn auf der rechten Schädelseite zuflüstern lassen 'Na klar, aber heute? La!' Zacs Gesicht läuft nach diesem arabischen 'Nein!' rot an. Fliegende Hitze in der Wüstenhitze, könnte er doch bitte - min fadlak - diese aufmüpfigen Gedanken löschen. 'Aufmüpfig', erstes Wort des Jahres! Im unvordenklichen Jahre 1971. Auf einem der folgenden Plätze: Heisse Höschen. Schön war's! Aufmüpfig. Genauso von gestern. Wer ist denn heute, bitteschön, noch aufmüpfig? Kritisch, ja. Unangepasst, ja. Nonkonformistisch, selbst das. Alternativandersautonom, sogar so ist man bis in die gehobenen Kreise. Aufmüpfig hingegen, das ist allein ein Geschöpf. Zac weiss, wer es ist, aber er hält noch ein wenig hinterm Berg (Sibylle), warte, warte, warte nur ein Weilchen, dann kommt der Harmann mit dem Hackebeilchen, ... So, nun ist Zac ausreichend horny drauf, um das Geheimnis zu lüften, um ihn aus dem heissen Sand zu buddeln, den letzten echten Aufmüpfigen. Er ist ein Wilder. Ein Outlaw. Ein Nonkonformist. Ein perfekt getarnter Rebell. Zac beginnt, nach ihm zu buddeln, Zac kniet sich quer auf den Dünenkamm, er drückt seine Knie, beckenknochenbreit auseinander, in das sehr warme Gesande, mit seinen blanken Händen baggert er. Wie einst als Kind am Nordseestrand oder wie ein doofer Hund beim Futterknochenexhumieren schiesst er den Sand, zwischen seinen

Schenkeln hindurch, nach Achtern. Tiefer! Tiefer! Tiefer! Von wegen! Von wegen! Von wegen! Schwitzend erkennt Zac die Sinnlosigkeit seines hektischen Unterfangens, der Sand rinnt rasant (ra*sand*?) in seine Grube nach. Immerhin, er bemerkt, dass er nicht allein ist - eine zarte, weiss-rot-grüne Omanische Sandgarnele schaut ihm entgeistert bei seinem sinnfreien Tagwerk zu. Zac muss das kleinfingergrosse Wesen aus dessen Untergeschoss gescheucht haben. Das Tier ist eine Seltenheit, wurde wegen des für die Darmausgangsprothetik unverzichtbaren Athropodin in seinem Exoskelett über Jahrzehnte von übermüdeten, aspirinsüchtigen Pharma-Söldnern gnadenlos verfolgt und gemordet. Leider ist das Getier weniger niedlich als die bissigkleinen Robbenrattenrüden, weniger babyresk als die kindchenschematischen Zwergzebrazippen, weniger possierlich als Klaas Heufer-Umlaufs dralle Urstiefschwippenkelin (Christine Neubauer-Rojinski). Deshalb fehlte selbst der leiseste, der kleinste #Aufschrei gegen die Ausrottung der ungewöhnlich nichtssagenden, verblüffend wasserscheuen Streckbank-Krebse. Keine Frau bestieg jemals nackte Altare, ähm, bestieg jemals nackt Altäre zur finalen Rettung der Sandgarnele. Dabei ist sie so prachtvoll schräg, lebt nicht im Wasser und ist trotzdem ein Freischwimmerkrebs bis in die haarfeinen Spitzen ihrer Tentakeln. Wenn die dürren Drähte da vorne dran am Tier überhaupt Tentakeln heissen. Egal. Allein die Vertreter dieser Garnelenart hatten es voreinst geschafft, den strategisch klugen Rückzug des Roten Meeres von der Arabischen Halbinsel zu überleben - die Omanischen Sandgarnelen. Sie hatten bis dahin ein wenig am Rande der Garnelengesellschaft, der Garschaft, gegründelt, waren wegen ihrer ungewöhnlichen Zeichnung und ihrer mit räudig noch schmeichelhaft umschriebenen Kiemenleistung von den anderen Krebstieren verlacht und gehämt worden. Mobbing am Meeresgrund. Die Kiemen, ihre Sauerstoffkraftwerke, konnten die zwischen drei und sieben Zentimeter grossen, radikal geschlechtsdimorphen Gliederfüsser bloss für 23 Stunden und 30 Minuten versorgen. Die unvollkommenen Wassergeschöpfe wurden atemlos (Helene Fischer), mussten für exakt 33 Minuten an die Wasseroberfläche. Sie streckten dann ihren Schwanzfächer samt Anus in die Frischluft, um eine besonders peinliche Form von Druckbelüftung, nämlich durch ihr Poloch, zu praktizieren. In dieser halben Stunde hingen sie, die damals noch Omanische St*r*andgarnelen hiessen, kopfunter im Wasser, waren hilflos dem üblen Spott der anderen Krebstiere ausgeliefert. Diese gnadenlosen Artgenossen verknoteten den Wehrlosen die Antennenpaare (ja, so heissen die Fäden am Kopf), kitzelten ihnen die Scheren und knipten das Rostrum. Übelstes Krebstier-Mobbing. So kamen die Omanischen St*r*andgarnelen zu ihrem OpferImage, wurden sie zu Aussätzigen. Auf lange Sicht traf es diese Ausgestossenen jedoch noch richtig gut. Unbehelligt von jedweden sozialen Verpflichtungen, hatten sie schon seit Jahrtausenden eine - wegen der je nach Streckenführung zwischen fünfzehn- und zwanzigtausend Meilen schwankenden Distanz - schwierige Fernbeziehung zu Darwins Finken auf den Islas Galápaghos gepflegt, wussten deshalb genau, was zu tun ist, wenn sich die Umwelt ändert: Anpassen! So gut gerüstet warteten sie, gedemütigt und demütig, auf die Flucht des Meerwassers vor dem arabischen Sandmeer. Sodann tauschten sie, im Einvernehmen mit Alfred Brehm, beim Wechsel ihres feuchten gegen ein extrem trockenes Habitat zugleich ihre lächerlich unterfunktionalen Kiemen gegen extrem hitzetaugliche Spezial-Lungen, belüftet durch ihren bis dahin brachial verhöhnten, arttypischen Pneumo-Darm. Endlich konnten sie ganz offiziell und ganztags durch ihren After atmen, steckten ihr Rektum destawegen einfach durch den Sand in die Wüstenluft. Die hipsten Garnelen des Universums, die Omanischen Sandgarnelen! Den anderen Krebstieren des Roten Meeres wurde ihre arrogante Anpassungsunfähigkeit zum finalen Verhängnis. Als anstatt einer anständigen Warmwassersäule einzig plustrige Sandhosen zwischen ihnen und der glutenden Sonne schwirbelten, vertrockneten ihre hochentwickelten Kiemen, verschrumpelten ihre feisten Leiber, verschwanden sie klanglos aus der Ökologie. Die Evolution bestraft ihre Kinder (Theodosius Dobzhansky). Anders bei den Rebellen, den weniger Angepassten, denen konnte Darwin sowas von gestohlen bleiben. Omanische Sandgarnelen, irre! Doch war es nicht dieses seltsame Kleinlebewesen, dieser gliederfüssige Po-Atmer, zu dem Zac gelangen will. Er sucht einen anderen Halbstarken, den grössten Rebellen aller Zeiten, den Kim Jong Guevara des Baltikums, den James Dean Reed von Köln-Chorweiler, den Klaus-und-Klaus Kinski des Maghreb, den Peter Maffay unter den Popsängern. Ach Gottele, das letzte Beispiel ging in die Hose.

Und dieser Aufmüpfige, von dem abzulenken der Omanischen Sandgarnele eine kleine Weile gelang, ist der - Februar! Ein total irrer Monat, aus dieser und jener Tradition heraus zu kurz geraten, von Kaiser Augustus zusätzlich zugunsten des August amputiert. Der Februar, eine gesunde Mixtur aus Angepasstheit und Rebellion. Angepasstheit, denn er besteht, wie die anderen Monate, ganz bescheiden aus Wochen und Tagen, nicht aus Fleisch und Blut, ganz banal, sogar aus exakt 30 Zinstagen. Der Februar ist zudem ohne Zweifel der genderesketesteste Monat. Schüttelt man die Buchstabenkrümel sachte, seiht und siebt F•e•b•r•u•a•r, 'a•b•e•F•r•r•u', durch ein feines Sprachgitter, hoppeldiplopp, schon fällt unten 'F•r•a•u' raus. Wie schwesig ist das denn!? Das hat kein anderer Monat zu bieten. Februar und Frau - zwei Perlen der Zufriedenheit (Christian Friedrich Hunold). Dazu die schlanke Performance, im langjährigen Mittel 28einViertel Februartage, in 66 von 88 Jahren servil an die sterbenslangweilige 7-Tage-Woche angepasst. Das ist der stille Protest eines resilienten Underdogs! Nichts da, kein Interesse hat der Kurze am endpeinlichen Getue der anderen der zwölf Monate (Samuil Marschak), am Kampf zwischen den Dreissigern und den aufgeblähten Einunddreissigtagern um die Vorherrschaft im Monats-Ranking. Stattdessen blankes Understatement. Okay, in den Rebellenolymp, zu El Che und Onkel Ho und Horst Lichter käme der Winterwonnemonat Februar damit so wenig, wie Wim Wenders zu einem Oscar.

Gemach, mahnt Zac sich zu Besonnenheit, gemach, es kommt gleich besser. Unter dem dünnen Firnis plakativer Bürgerlichkeit puckert der permanente Aufstand! Hier knallt der Rebellionskorken in den Wüstenhimmel: Alle vier Jahre schiesst die wilde Leidenschaft glutheiss durch die stinorme Fassade und der Februar hängt sich einfach 24 Zusatzstunden hinten dran! Das darf sich einzig der Narrenmonat, der Gastgeber von Karneval, Fastnacht, Fasching und anderen frühlingsvorfreudigen Fruchtbarkeitsritualen erlauben. Allein er, der verachtete Monatsschwächling, einst höhnisch als Bastard, als der bei der Länge zu kurz Gekommene verächtlich gemacht, hat diesen Trick drauf, ist extrem variabel, stülpt mit dem drangeklebten Bonustag sein Ende in das kalendarische Rampenlicht. Wenn bald die antiquierte, holpernde Zeit-Rechnung einer modernen, digitalen, dezimalen Bemassung des Kalenders weichen muss, wenn die zwölf Monate durch zehn Quoxse, bzw. Quockse, ersetzt werden - der hyperflexible Schrumpfmonat Februar wird es überleben. Der Februar gilt nicht ohne Grund als Omanische Sandgarnele unter den Monaten! Der Februar ist das *ß* unter den Monaten! Ja, der Februar, der letze Aufmüpfige, und Zac hat ihn aus dem Sand Arabiens gebuddelt. Sinnbildlich.

Die Düne, auf der Zac wieder bricht - eine Lanze für die Politiker

Ob es hier im Oman Politiker gibt, also, neben dem aussergewöhnlich sympathischen Sultan Qaboos ibn Sa'id Al Sa'id? Bestimmt gibt es die, wahrscheinlich sogar Politikerinnen. Alle hätte er gerne kennen gelernt, sowohl den Sultan, als auch die Politikerinnen. Daheim im kühlen Deutschland kennt Zac keinen Politarbeiter, keine Politikangestellte. Also, er kennt selbstverständlich die eine oder den anderen, bloss nicht persönlich. Schade. Er würde sie gerne herzen und beschützen, die ohn' Unterlass Beobachteten und Beurteilten, die vom Kabarett plump Verlachten, von der Presse gerne Geschmähten und via Internet krass Beleidigten. Denen verzeiht Zac so einige Nicklichkeiten, die Wüstenleere, hach und ach, die produziert in ihm eine Grosszügigkeit globalepidemischer Dimension. Aber, nein, nicht der Sonnendurchflutung hier ist es geschuldet, nein, Zac tat das meinen schon in Deutschland, also daheim: Politikern ist ohne Ende Nachsicht zu gewähren! Verzeihungslos bleiben müssen allein deren sprachliche Klabuster.

Zac lächelt breit. K l a b u s t e r, was für ein Wort, das ihm justament in das Hirn gewutscht kam; woooher kommt es, wooohin schwirrt es, wooodrin wohnt es? Hat es ein Geschlecht, und im Falle, dass: Welches denn; hat es Geschwister, Eltern, gar Oheim, Vetter, Base, eine Nennoma? Wird es sich vermehren, sich duplizieren, fürbass replizieren? So viel Sand, so viele Fragen, so weit weg Zacs Gedanken vom Thema. Welches Thema? Sprachklabuster der Politsprecher. Zac sinnt wenige Augenblicke über Politikersprache, die Verwendung von nichts sagenden, nichts bedeutenden Floskeln, das diplomatisch Unverbindliche, die bestimmt in Rhetorik-Bootcamps eingeprügelte Fähigkeit, auf geschlossene Fragen nie mit *ja* oder *nein* zu antworten. 'Herr Politiker Schmolltz, mit der Bitte um eine, wegen der Nachrichten, knappe Antwort: Sie und ihre Partei müssen - nach dreiundsiebzigwöchiger einschlägiger Diskussion, nach zwei Sonder- und drei Normalparteitagen, nach 31 Sitzungen des erweiterten und 17 Sitzungen des kleinen Parteivorstandes, drei U-Ausschüssen, zwei Unter-U-Ausschüssen, nach gefühlt 103 Interviews von ihnen beim MoMa, für den Deutschlandfunk, bei logo, auf Phoenix, bei den

Kollegen von RTL und QVC, nach vier gleichgerichteten Entscheidungen des Bundesverfassungsgerichts, die an Eindeutigkeit dermassen nichts zu wünschen übrig lassen, nach sieben glasklaren Richtlinien beziehungsweise Verordnungen aus Brüssel und fünf eineindeutigen Beschlüssen des UN-Weltsicherheitsrates sowie einer dreisten Passantenbefragung durch taff auf Pro7 - nun in der sogleich folgenden halben Stunde im Bundestag entscheiden, ob sie pro oder contra zum Projekt der Einführung von vierbuchstabigen Autokennzeichen stehen. Werden sie dem zugehörigen, sattsam bekannten Gesetzentwurf der Regierung nun zustimmen?' 'Ach wissen sie, Herr Interviewer Schubiduh, bei allem Verständnis für ihr investigatives Interesse an meiner Antwort, ich bin mir da sehr sicher, dass wir, und mit wir, da meine ich uns, in den nächsten Tagen, wenn es gut läuft, sogar nur Wochen, in der Lage sein werden, eine tragfähige und die Belange auch von eihdtijnúåvf gaujbjœ ęn wqäv ...' 'Ich danke für die klaren Worte, wir werden das Gespräch nach der Sendung aufgezeichnet haben. Ihnen einen schönen Tag noch!' 'Sehr gerne, Herr ...' Gegen diese Antwortkunst ist aus Zacs Sicht absolut nichts einzuwenden, das hat Pepp und Eleganz und macht den Beteiligten Spass. Unsere Volksvertreter haben fast alle ein brutales Antworttraining absolviert, einzig die Anfänger beginnen die Antworten ganz biblisch mit *ja, ja* oder *nein, nein* (Matthäus 5,37). Doch gibt es leider noch die Übel darüber (Matthäus ebenda), Nebenwirkungen, vor denen nicht gewarnt zu haben jeden Grund liefern dürfte, die überteuerten Kommunikationscoache zu füsilieren. Eines dieser Furunkel an den Stimmbändern der Berufenen ist die semipathologische Sucht, mit Metaphern, Bildern, Sinnbildern den Reden Leben einhauchen zu wollen. Seemanns-, Bergmanns-, Technik-, Internet-, Gossensprache, niscnt ist vor den Redenschreibern sicher. Eigentlich nicht zu bemeckern, doch fühlt sich Zac durch das sprachliche Midi-Reservoir, durch die Dauerberieselung mit den stets selben, wenigen Paar Sprachbildchen beleidigt. Zac weiss, dass das P in Paar hätte ein p in paar sein müssen, doch wie soll er denn ein kleines p denken? Zac wollte über Sprachklabuster schwafeln, nicht abschweifen. Also komm, Zac, reiss dich zusammen, alter Sack, fokussier dich, alter Zac, Hitze ist kein Entschuldigungsgrund, du alter Wischmop! Yeah, da ist es wieder, sein Ding, sein gottverdammtes Nachdenkding: 'Das sollte man hier, vor Ort, signalisieren, das gehört von der Datenautobahn auf den Prüfstand, ist bestimmt Wasser auf die Mühlen der ..., müsste näher beleuchtet werden, bevor die Schotten dicht gemacht werden, er führt ein Leben auf der Überholspur.' Nein, das nicht, da gab es eine Interferenz im Zac-Hirn. 'Der X ist ein sozialpolitischer Geisterfahrer und gehört gestoppt, da müssen wir noch dicke

Bretter bohren, bevor nach der schweren Geburt der Spross in trockenen Tüchern, also zukunftsfähig ist.' Der Begriff 'zukunftsfähig' ist ein überzeugender Indikator für die Zugehörigkeit zur Ausdrucks-Unterschicht. Vorwärts. 'Damit weisser Rauch aufsteigt und nicht verweht wird vom Wind in den Segeln des politischen Wettbewerbers, sonst ist Land unter, und es müssten gegen die geistigen Brandstifter schwerere Geschütze aufgefahren werden.' Geschütze? Mittlerweile selten, da zu kriegerisch; fast einzige andere Erinnerung an militäraffinere Zeiten: Jemand muss ins Glied zurücktreten. Aber dagegen hat die Feministische Antisexistische Liga was - *Glied*, das geht doch nicht, das ist frauenfeindlich, an dieses Phallussymbol zu denken. Phallus als Phallussymbol, wie fancy. 'Weil, im Casino wird wieder gezockt, da wollen wir uns ehrlich machen, denn dann wäre eine rote Linie überschritten.' Nie eine weisse Linie, obschon man selten rote Linien sich durch die deutschen Lande schlängeln sieht; im Fussball und sonst sind es weisse Linien, die irgendwas auslösen, Torjubel oder Lynchaufrufe. 'Um noch mehr Öl ins Feuer zu giessen - eine Koalition ist keine Liebesheirat' - und so fort und fort und fort. Nie vernahm Zac historische Vergleiche und Metaphern. Verstünde die das geschätzte Publikum nicht mehr? Nazi/Hitler-Vergleiche, okay, aber gestandene Politiker wissen, dass die nie klappen, morgens halb 10 in Deutschland. Nur eine echte Ausnahme gibt es - wenn es um die diamantene Härte der Deutschen Demokratischen Demokratie geht, dann tönt es von vorne und hinten und rechts wie unten und links wie oben: 'Berlin, in the early years: Bonn, ist nicht Weimar!' Das stimmt. Das merkt ein jeder, der in Berlin in den ICE steigt, um etwas später Weimar haltlos zu durchrauschen. Was die ehemalige Europäische Weltkulturhauptstadt und die enorm selbstbewussten Weimaraner, nein, Weimarer deprimiert. Doch andere historische Vergleiche? Fehlanzeige. Selbst der Ukraine-Konflikt gebar wenige, schüchterne historische Vergleiche. Ironische Bezugnahmen, gar Bezüge zu Ereignissen, die mehr als hundert Jahre im Damals liegen, ganz zu schweigen von niveaureichen Beleidigungen mit geschichtlichem Hintergrund. Ach, da ist nichts, wird Zac traurig. Und weint ein wenig nicht.

Na gut, der Rubikon wird manchmal noch überschritten. Selten. Ein Häuchlein von Geschichte weht dann durchs Interview, lässt das Redemanuskript rascheln. Offen bleibt, ob die User der Metapher sagen könnten, wer, warum, wann und wo das Flüsschen querte, wo genau der Rubikon träge plätschert. Tipp vom Kommunikations-Coach Ralph Pollincz-Nettpfuchs: 'Verwenden sie künftig wieder den ollen Rote-Linie-Spruch, können sie nichts falsch machen, Herr Hinterbänkler!'

Die Düne, auf der Zac ein Nutztier seziert

Daneben gibt es noch ein Zweites, eine Angewohnheit vieler Politiker auf ihren Parteitagen rhetorisch vom Leder zu ziehen, die Hallen zu rocken, die Mitglieder, Freunde, Genossen auf dieses und jenes und auf den Wahlkampf und auf die Auseinandersetzung mit dem *Wettbewerb* einzuschwören, kurz - am Rednerpult die Rhetorik-Sau raus zu lassen, um sie durchs Stimmungsdorf zu treiben. Da ist es schon, das angekündigte Nutztier. Diese Reden, oh, diese Reden, mit Pathos, und schreiend, Appelle, nein, Befehle, als ob die Delegierten gleich losziehen, um 80 Millionen Zeitschriftenabonnements oder Lebensversicherungen von Herrn M. aus H. an der L. zu drücken und für dieses unedle Anliegen per Powerrednerei mit Adrenalin druckbetankt werden. Nicht die schlechten Mikrofonmalträtierer, die Provinzredner, die sonst-nie-im-Rampenlicht-stehenden Basisinfanteristen sind's, die Zacs Lymphflüssigkeit sieden lassen. Nein, die Profideklamierer, die Berufsrethoriker sind es, die sich in den Hauptreferaten, den Schlussreden in Rage quackeln und in den Parteitagsmodus rutschen. Im Saal sitzen zu allerallermeist schwer geschaffte Delegierte, die Stunde um Stunde darauf warteten, die eigene Meinung bloss nochmal durch weise Worte aus berufenem Munde bestätigt zu bekommen. Doch der Hauptredner möchte kämpfen, will seine tollen Redetricks und -gimmicks in das Delegiertenfolk rocken. Nicht, dass im Nachgang noch ein Siebte-Reihe-Sitzer den Leuten von Phoenix mitteilt 'Also, unser Chef, der hat die richtigen inhaltlichen Schwerpunkte gesetzt. Ich kann das alles besten Gewissens unterschreiben, das, wo er an programmatischen Aussagen gemacht hat. Aber gut reden kann er nicht!' So. Also wird vom Parteichef agitiert, auf Angriff geschaltet, die Lautstärke steigt und bleibt bald flimmerhärchengefährdend hoch, nach wenigen Minuten kommt sie, die vertikale Propagandisten-Handkante. Alle paar Momente erlebt der Saal die kleine rhetorische Pause für den Saalschweifblick, ab und an ein geschickt gesetztes, flaches Witzchen ins Schmerzzönchen des politischen Erbfeindes, alle sieben Minuten die Rückversicherungsmasche mit Mini-Break und Erneut-Einstieg ins High-End-Politperformen per 'Liebe Freundinnen und Freunde'. Dabei allzeit kontrolliert, kein Fan-Geschrei, nein, nie. Ist alles prima, nichts zu bemäkeln, doch merke: 91 v.H. der Lauscher sind ohnehin der

Rednermeinung, dazu sieben Prozent auf-jeden-Fall-Dagegner, bleiben zwei Prozent Unentschlossene. Für die wenigen Hansel das volle Powerprogramm, dafür die Stimmbandquälerei, das Hochtouren? Wie ineffizient. Oder uneffektiv. Wer kennt schon den Unterschied? Zac!

Und dieser Zwang zur rhetorischen Gleichberechtigung, bis in die Schlussansprache hinein: 'Liebe Freundinnen und Freunde und Freundinnen, liebe Genossinnen und Genossen, liebe Freundinnen, liebe Freunde, liebe Genossinnen, liebe Genossen, liebe Journalistinnen und Journalisten, liebe Mädels, liebe Buben, wann wir schreiten Seit an Seit und die alten Lieder singen, fühlen wir, es wird gelingen, denn wir sind des Glückes Unterpfand ... Liebe Freundinnen und Freunde', *lange Pause, langer schweifender Resümeeblick in den Saal,* 'und nun geht raus', *Pause, dann crescendo / forte:* 'nehmt den Schwung', *kleine Pause,* 'die Ideen, den Elan', *kleine-wie-sage-ich-es-am-besten-damit-meine-Schlussworte-lange-nachhallen-Pause,* 'unseren', *nochmal Pause, aber jedes deutsche Wort träfe es nicht*: 'unseren, ja, Enthusiasmus dieser Tage, dieser beiden Tage, dieser guten Tage hier, in wo-auch-immer, nehmt das alles mit nach Hause, an die Basis', *fortissimo / presto / staccato:* 'tragt das in die Bezirksverbände, Bezirke, Unterbezirke, Kreisverbände, Ortsgruppen, Ortsvereine, Hausgemeinschaften, netzwerkt in Arbeitsgruppen, Arbeitskreisen, Kollektiven, Kommissionen, Fraktionen, Ausschüssen, Unterausschüssen, Unterunterausschüssen, Darkrooms, Gesprächskreisen', *forte fortissimo:* und macht was draus! *decrescendo / pianissimo / müde / resignierend / leise / legato:* 'Was auch immer ihr mit den vielen, unendlich vielen Worten in vielen, vielen, hier übertourten, dort gottserbärmlich lahmen Predigten von vielen, vielen lausigen Rednern anfangen könnt.' *Erneut fortissimo / extremstoptimistisch / zukunftsfroh*: '... mit uns zieht die neue Zeit, mit uns zieht die neue Zeit, blüüh` im Glanze dieses Glückes, blühe, deutsches Vaterland!'

Zac muss es schützen, dieses Völkchen mit dem medialen Hautgout. Allzeit für eine Überraschung gut, etwa die Revolution des Zweitstimmenbegriffes bzw. die Erfindung der Drittstimme für Parteimitglieder, die endlich ihre beitragsfinanziertes Sonderwahlrecht nutzen wollen. Damit haben wir sie, die fünfte oder siebte Gewalt, damit schlägt die Stunde der Ortsgruppen und Ortsvereine. Man sollte schon die offizielle Wahlkreisaufteilung an der Streuung der Parteimitglieder orientieren, um die Kluft zwischen den Ergebnissen des Normalostimmvolks und jenem der Besserwählenden nicht ohne Not zu vergrössern. Dann wäre der womöglich bestpolitorganisierteste

Flecken, der Ruhrpott, wieder deutscher Politiknabel. Nun, lieber Zac, Hut ab, guter Einfall der da donnernd durch deinen Dummschädel diffundiert!

Rum wie num, sie sind Zac an sein vital puckernde Herz gewachsen, unsere alles in allem prima Volksvertreter - sie vor dem *Bösen* in unserer Schweinewelt zu bewahren, das ist sein Ding, das macht ihn heiss, das treibt ihn um, lässt seine Feder wachsen, lässt seine Feder glühen; wie mag das hiero sein, in seinem nicht wüsten Wüstengastgeberland? Egal. Zac kippt ermattet in wohlig-warmen Sand.

Die Düne mit der Vuvuzela

Nirgends sichere Informationen, Halb- und Viertel- und Unwahrheiten, aber allüberall fliederumblühte Glückseligkeit garantierende Antworten, mit viel Verve durch hinweisfreudige Grosswesire des Wahren der Politikerarmada vor die Buglinie torpediert. Hässlich, diese risikofreie Unnachgiebigkeit von Meinunghabern, ausnahmslos die komplette Dröhnung. Energiesparwahn bis zur Lungenentzündung, die Heizung auf CO_2-Verhinderung gedreht, egal, ob es den Geringsten aller Guten Effekte bringt. Der Preis: Untergang der Ökonomie. Doch was spräche dagegen, Ökologie ist Napoleons Frankreich, Ökonomie das morsche Preussen; beides 1806 bei Jena und Auerstedt betrachtet. Die Ökologie (Hauslehre) hat der Ökonomie (Hausgesetz) schon die Kurzform und deren Gebrauch als Adverb bzw. Adjektiv stiebitzt. Wenn Zac oder sonstwer der Welt oder dem eigenen Gewissen verklickert, dieses und jenes sei ö-k-o, dann meint ein jeder, jenes und dieses sei bio, streichele die Umwelt zu multiplen Genüssen, sei zwar dem-Wucher-nahe überteuert, aber das mit Fug und Recht, denn dieses öko ist gerade nicht öko im Sinne von halbwegs wirtschaftlich. Aber wer hat das denn entschieden? Gab es jemals eine Mitgliederbefragung, ein Forum, einen Konvent deutscher Zungen, in dessen Folge in das Deutsche Amtsblatt kam: 'Ihr Lieben, wir haben lange diskutiert, wir haben den Diskurs mit fliegenden Fäusten und brutalsten Tritten in die, auf die, an die pri- bis quartären Geschlechtsmerkmale geführt, wir haben gehetzt und gedolcht und wir haben graswurzeldemokratisch nun diesen allverbindlichsten Befehl beschlossen: ÖKO darf als Adjektiv, als Adverb, als Präfix oder als Neoklassisches Formativ ausschliesslich für Krams und Dingens verwendet werden, der eher schonend, pfleglich, ohne Gene (ha!), so ineffizient wie irgend möglich der Natur abgeschmeichelt wurde. Nie und nimmer dürfen diese Buchstaben in der Gruppierung ö - k - o für etwas verwendet werden, was wirtschaftlich sinnvoll ist. Ausnahme: Der Begriff Ökonomie erhält zu Ehren seines Erfinders Aristoteles für 911 Monde Bestandsschutz, danach ist er durch das am meisten pejorativ konnotierte Substantiv aller Zeiten zu ersetzen! Zum Beispiel Kotflügel, Braunkohle, Privatfernsehen. Oder Impotenz. - Ende des Ukas - P.S.: Alle Worte, die mit Öko anfangen, bezeichnen Gutes. P.P.S.: Bio- ist auch noch leidlich Öko-. P.P.P.S.: Klima- ist das neue Öko-!'

Schon schrecklich, wie zwei Worte, die doch historisch, nee, wortgrammatikalisch miteinander verwandt sind, die wie anderthalbeiige Zwillinge ausschauen, wie die so gegenläufige Karrieren auf das zeitgeistige Sprachparkett walzern konnten. Anderes ist möglich, weiss Zac, er denkt an eine andere ...logie, eine ...logie, die nicht die semantische Schwester fast aus dem Wahrig rausekelt, er denkt an die *Geo*logie! Die hat mit Geometrie und Geographie halbbürtige, honorige Wortgeschwister, doch haben die ihren Frieden miteinander gemacht, da wird nicht unterdrückt und beschnitten, sondern lustvoll koexistiert. Wenn ein gymnasialer Eleve verkündet, noch für Geo in den Atlas schauen zu müssen, dann wird er sich mit fremden Gebirgsformationen beschäftigen. Wenn der Gymnasiast sein Geo-Lineal sucht, hat das nichts mit fremden Ländern, sondern mit fremden Flächen und Mathe zu tun. Wenn eben dieser Gymnasiast, der dem Zac inzwischen fast etwas ans Herz gewachsen ist, erklärt, er klopfe Steine, weil er später Geo studieren wolle, dann ist jedem nicht völlig tumben Lauscher klar, dass der Geologie-Vorlesungen besuchen will. Ein prima neutraler Wortbestandteil ohne jedwede heischige Überhöhung. Peace. Doch sobald es öko wird, wird es laut und kriegerisch. Öko ist die Vuvuzela im Reich der Worte!

Wäre Zac die Ökonomie - und Zac ist sich bewusst: hier in dieser Umwelt, wo nichts ist als Umwelt, nur Umwelt, nur diese sandige, trockene, sterbensöde Umwelt, ist das ein gewagtes Gedankenexperiment, ohne Netz und Bunsenbrenner. Trotzdem, ihn einen Hasenfuss zu nennen, das wagten bisher allein seine, bis in ihr hohes Alter autoerotisch agile, Oma und deren sprechende Katze. Also, wäre Zac die Ökonomie, dann würde er wegen des freveligen Raubes, der Annektion der ersten Silbe, die Ökologie erwürgen. Oder vergiften. Aber das soll eine den Mörderfrauen, hier nicht als Kompliment mit 90er-Jahre-Flair gedacht, vorbehaltene Variante des Tötens sein. 'Moment mal' meldet sich die Emma in Zac, 'ein feminin-feministisches Einklinksorry ist hier geboten, denn das Geschlecht des Wortes Ökonomie ist doch, ja, eben, genau: weiblich, also kommt doch ein Umwelt*gift* als Mordinstrument in Frage?' 'Gute Frage', meint Zac zu sich, 'völlig zu Recht gestellt.'

Die Düne, auf der Karel Gott und AKW vorkommen

Heiss hier. Gluthitze, Bruthitze, Hitze, Heat. Heat? Denkt Zac englisch? Nein, er widersteht der Globalisierung der Synapsen. Es ist die gluttrockene Langeweile, hier, jwd, im lautlosen Nimmerland zwischen Rotmeer und Indik. Deshalb schiesst ihm der Film mit der krachendsten Nachbanküberfallschiesserei der Filmgeschichte durch den Schädel - 'Heat' eben. Was für ein Gegensatz zu allen Deutschfilmszenen seit 1920! Auch zum 'Boot', auch zum 'Boot', leider, 96fache Entschuldigung, lieber Wolf-Gang Petersen. In Kulturförderdeutschland passiert nichts mehr von Belang. Nichts! Selbst Provokationen gibt es seit 'Herr Wichmann von der CDU' (2003) und 'Topfgeldjäger' (2010 - 2015) keine mehr.

Was hätte Zac hier, so fern der abendländischen Kunst, im Angebot, um der heimischen Massenkultur den Krieg zu erklären? Wie wäre es mit diversen anrüchigen Aktivitäten, also Fäkalien auf, über, unter Bühne und Leinwand, Nacktsein, Kriminellsein, Polyamorsein, gefilmte Unmoral in der Öffentlichkeit. Kunst, im Zweifel ist alles Kunst, Kunst. Nichts pinkelt noch ans Hosenbein von Moral und Sitte. Womöglich provoziert heute noch das Thema Zweiter Weltkrieg? Vielleicht ja, aber keine gewagte Theater-Inszenierung, nicht noch eine Dokumentation von Guido Knopp, keine sterbenspeinliche Hitler-Parodie, sondern ein flottes Alternativangebot zum Verlauf der letzten Kriegsphase.

Es wäre eine fulminante Überraschung gewesen, wenn '44/'45 die Alliierten, zur Befreiung Deutschlands, über Kante gekommen wären: Die Rote Armee wäre in Ostpreussen, spätestens in Hinterpommern abgebogen, dann am D-Day in Kopenhagen gelandet. Marschall Shukow hätte, nach der Befreiung Dänemarks, einen Doppelschlag geführt, mit siebzehn Panzern neuester Bauart, mit T 34, die A 7 runter und, zusätzlich, über den Fehmarnbelt per gigantischer Pontonquerung rein nach Schleswig-Holstein und runter bis an den Main. Die Amerikaner hätten mitten in Frankreich rechts geblinkt, wären gemeinsam mit ihren über Italien heran gerückten Kräften unauffällig (bei Nacht und durch diverse Tunnel) durch die Schweiz nach Österreich gezogen, hätten blitzschnell Wien erobert, um dann, nach einem Kaffeehausintermezzo, einesteils Richtung Schlesien zu ziehen. Wenn dort nicht schon die Sowjetarmee wäre, aber das im Detail zu erkunden bliebe der forschenden Jugend vorbehalten. Im Folgenden würden die historischen Fakten wieder als gesichert gelten dürfen. Die Amerikaner würden mit dem Haupttross, incl. einiger Raddampfer, in das, dank eines Fenstersturzes und wegen mobilisierender Gerüchte über erste Gesangsauftritte eines göttlichen böhmischen Wunderknaben namens Karel, bereits befreite, Prag ziehen, dort den ganzen Outdoorkrempel und das Waffengedöns von der Karlsbrücke auf die Raddampfer sowie die Mannschaften in einige Skoda verladen. Um dann in einer konzertierten Aktion die ökologisch überlegenen und logistisch günstigen Möglichkeiten des Transportes gen Norden zu nutzen: Auf Moldau und Elbe sowie, parallel, mit dem Autozug wäre es erst nach Dresden, erobert, abgehakt, dann nach Torgau, Treffen mit einem einzelnen, flurirren Rotarmisten, der vom Erfolg der sowjetrussischen Nordumfahrung erzählt hätte, gegangen (Elbe Day, E-Day). Daraufhin hätte Eisenhower seine Mannen ausschwärmen und recht flott den Rest von Sachsen sowie - in ahistorischer wie aalphabetischer Reihung - die Bezirke Suhl, Gera, Erfurt, Halle, Cottbus, Magdeburg, Schwerin, Rostock, Neubrandenburg, Frankfurt/Oder, Potsdam und Grossstadtreste im Osten von Potsdam erobern lassen. So. Die SBZ erstreckte sich dann westlich dieser amerikanischen Zone, ziemlich zackig die bekannte Zonengrenze runter, dann bis Nürnberg, mit Schwung um Heidelberg rum, es folgt ein kleiner Stichkorridor nach Neunkirchen (Honeckers Wunsch), zurück nach Mannheim, hoch und knapp vor/an Frankfurt/M. vorbei, dann über Dortmund und Bielefeld nach Oldenburg und Bremerhaven. Eine einzigartig zentral gelegene Zone, durch Zukäufe in güldenen Zarenrubeln, durch Gazprom-Postenzuschacherung und gegen die Überschreibung von, zunächst, der Kirgisischen SSR (Frunse), dann, als Zugabe, von Tuwa (Kysyl), an die USA ratzfatz auf die Fläche ausgeweitet, die in anderen, in alternativen Geschichtsschreibungen unter Westdeutschland firmiert. Statt Berlin hätte in diesem Kriegsfolgenszenario - zum Beispiel - Kassel geteilt werden können, in ein Viertel kommunistisches 'Rotwesten (Hauptstadt der DDR)' und Restkassel freiheitlich frei, mit Calden als Tegel und Tempelhof in einem. Einige Firmen hätten, wie voreinst Goethe, rüber gemacht in den freien Osten, Volkswagen hätte seinen Sitz in Stendal. Blohm und Voss hätte in Greifswald Schiffe gebaut; oder in Neuhaus am Rennweg.

So hätte das laufen können, doch allerspätestens, nachdem J. W. Stalin in seinem deutschen Reich eine Weichwährung eingeführt hätte, wäre der Freiheitssturm losgebrochen, hätten mutige Westfalen, Rheinpreussen, Hessen, Badener, Pfälzer, Württemberger, Ostfriesen, Bayern die ungeliebten Sibirier und ihre willigen Statthalter, ihre bruderknutschenden Satrapen fortgejagt und die Einheit in Freiheit noch in der ersten Hälfte des zwanzigsten Jahr100 vollendet. Spätestens die Errichtung einer historisch langen Mauer hin zu Frankreich (Maginot-Ost, Antiimperialistischer Westwall), zur Schweiz usw. hätten sich die Westdeutschen nicht bieten lassen. Allerspätestens der historisch zu nennende Sieg der Sachsen und Thüringer und Vorpommerner und Sorben in der innerdeutschen Fussballschlacht von Cottbus 1974, drei Tore der Kaugummi kauenden Oststars aus Magdeburg, Erfurt, Neustadt/Dosse und Berlin, Hauptstadt der ABZ, gegen zwei Tore der Genossen Fussballspieler aus dem sozialistischen Westen, hätte dem gesellschaftlichen Fass den Boden raus gehauen. Hingegen ein Volk, nee, ein Bevölkerungsteil, der 'Hirsch Heinrich' für ein gutes Buch hält, der lässt sich mit Freuden kujonieren. Kujonieren meint hier: unterjochen; meint hier nicht: Freuden als Werkzeuge der Unterdrückung. Sklavennaturen, fast alle. Ausgenommen der Widerstand in den Blockparteien der DDR, in seiner Radikalität allenfalls mit dem des Georg Elser zu vergleichen. Also, und Zac schwitzt nun ob seines Mutes, sich in eine Reihe mit dem westdeutschen Konjunktivwiderstand zu stellen, das ist heute sein Tag, sein Königgrätz und Sedan, jeweils aus preussischer Sicht, sein Điện Biên Phủ, aus Sicht Vietnams, seine Neugeburt. Oarschwerbleede!

Jetzt ist Zac wieder im Hochleistungsmodus, jetzt rasen seine Gedanken nach vorn. Nach diesem fundierten Rückblick auf die innerdeutsche Vergangenheit geht es umgehend in die Zukunft. Zac wird zum Seher, saugt die unsagbar klaren, ein**ein**EINdeutigen Zeichen seiner Momentanumgebung, auf. Da gibt es viel Sonne/Hitze und viel Sand/Sand, also, Licht und Silizium, das schreit doch nach Solaranlagen, Wafern, Solarpanelen und sowas, Stromerzeugung aus nichts für lau. Für den seltenen Fall eines Sandsturmes kommt auf jede Düne ein Windrad, und den Morgentau fangen wir auf für gigantische Solarthermieanlagen - Morgentauplan. Da braucht es keine Kraftwerke mehr, die mit den aus ihren Schloten geschleuderten Briketts das Ozonloch ausfransen. Vielleicht W(üsten)LAN, um die viele Wüstenenergie, den Desertstrom, mit wenig Aufwand in das deutsche Stromnetz zu schicken. Oder mit günstigem Roaming, allein, Versorgungsstabilität für nicht übermässig preissensitive Deutsche gibt es vermutlich nur im D-Netz. Hier vor Ort reicht vielleicht Bluetooth, wer weiss das schon. Zac ist kein Fachmann, kann lediglich Anstösse liefern, er ist ein - der? - Initialphilosoph modernerer Energiegewinnung, richtig denken müssen die Fachmänner und -frauen. Offshore war morgen, Ondune ist übermorgen! Oder Deutschland muss ranrutschen an die energetisch vibrierenden Wüsten dieser Welt. Aber

Zac will nicht abschweifen, das wäre ihm wesensfremd, was Sie, verehrter Gedankenleser, bereits erleichtert registriert haben werden.

So, nun tobt Zacs interner Lesermob, versprochen hatte Zac einen Krieg gegen die heimische Massenmeinung. Was wird nun endlich kommen, was vermag das Föjetong zu rocken, den Zeitgeist höchstselbst das kalte Schloddern lehren? Was mag den gesellschaftlichen Konsens darob als nebulöses Etwas aus der verruchten Gemeinschaftspraxis von spon, huch, richtig ist *spin,* doctores aller Politfarben zu decamouflagieren?... Siehe da, ein scheues Kätzchen krabbelt total niedlich aus dem puscheligen Säcklein, es ist das Comeback der A t o m k r a f t. Nun ist es raus, es gibt für Zac keine Umkehr mehr, alle Brücken zum zivilisierten Deutschland sind gesprengt durch das Trinitrotoluol dieser brisanten Beichte. Ein extrem schüchternes Eingeständnis, selbst wenn hier, mittenmang der Hügelzüge, keiner wartet, der dieses Comingout bemerken könnte. Hofft Zac. Wenn doch noch einer hier sandwandelt und Zacs Gedanken hört, dann sollte derjenige Zac bloss nicht kommen mit Risikobetrachtungen und Langfristkosten. Noch bestimmt er - Zac - die Gedanken selbst, wo kämen wir - Zac und andere Zacs - denn da hin, noch kann er - Zac - das selber. Because green tea keeps his brain from turning fuzzy. Danke, Grüner Tee! Dank auch dir, super süsser, super starker, super schwarzer Super-Schwarzer-Tee, der Zac seit seiner Ankunft im Orient Kaffee, Alkohol und Grünen Tee bestens ersetzt.

Die Atomkraft. Schlimm. Würde Zac mit seinem Eingeständnis daheim eingesperrt werden? Aber nein, dafür - noch - nicht. Allenfalls geschändet, geächtet, geschächtet, entfolgt, an den Schandpfahl getackert. Ist daheim jemand, dem ein identisches Krankheitsbild bescheinigt werden könnte? Welcher Freund der Versorgungssicherheit, des gleichmässigen Wechselstromes auch an sonnenfinsteren Tagen, an denen in Deutschland Windverhältnisse wie in den Rossbreiten herrschen, also Kein-Wind-Verhältnisse, traut sich noch, sich seinem Sozialarbeiter oder dem Euro-Energiekommissar anzuvertrauen? Nein, es herrscht Ruhe, das Bleigewicht des totalen Konsenses zum Atom-Adieu erdrückt alles und jeden. Doch halt, was zappelt dort unter dem warmen Mantel der Einheits-Meinung? Juchhu und Juchhe, da regt sich was, da zuckt ein Kleinlebewesen, da lebt doch etwas ... es ist 'X, die Dunkelziffer'! Die kann Zac retten, 'X, die Dunkelziffer' rettet jeden, der eine kleine Zahl enorm aufblasen will. Genauso klappt es beim Atomstrom. Dunkelzifferrechnung also. Ein bisschen Dreisatz, etwas wirbelnde Algebra, mit Mathematik überwindet Zac Zeit und Raum. Bricklebritt, aus dem Grautierpo purzelt die Dunkelziffer. 44.000.003!

44.000.003 Deutsche halten die Atomkraft für nicht gar so schlimm. Zac ist ein stinkender, geigertickender, korrupter Büttel der Uranmafia (Henri Ac. Bremse).

Die Düne mit der Dackeldame

Zac muss geschlafen haben. Oder er schläft noch. Etwas anderes als ein traumatischer Tiefstschlaf kann nicht erklären, was um ihn herum geschieht, genauer, was neben ihm geschieht, noch genauer, was schräg rechts neben ihm kauert. Einen knappen Meter entfernt hockt ein mirakelwundermystisches Wesen, ein Tier, so viel steht fest, nicht winzig, nicht riesig, fast schlank, für seine Höhe eher lang. Eine drollige, schwarz-feuchte Knopfnase, dunkle Augen hinter kokett langen, auffallend dichten Wimpern, kamelfarbenes Kurzfell. Ja, streicht die Wand an, dort hockt ein Dackel in einem Dromedarkostüm! Ohne Höcker. Dafür schlängelt sich ein sportlicher, nackter Schwanz unter dem Hundepo hervor. Ein Dackel, in echt, nicht in metaphorisch, dabei hatte sich Zac so über die Hundefreiheit des Orients gefreut. Dennoch, Zac muss ein bisschen lächeln. Die grossen Augen des kleinen Hundes - very kawaii - erzeugen im Nu ein frohes Gefühl grosser, fast familiärer Zuneigung. Auch Zacs Schwester hat so grosse, dunkle Augen. Unversehens singt er den Dackel in der Melodie des Schlumpf-Liedes an "Sag mal, wie kommst du hier her?" Und der Dackel antwortet im passenden, leicht bellenden Singsang "Du darfst raten, bitte sehr!" Ein wenig lispelnd erzählt der kleine Hund mit dunkel gefärbter Stimme die Geschichte der Wüstendackel.

Wo kommen die Wüstendackel her? Einst, im Herbst 1529, verteidigten die Wiener ihre Stadt gegen Suleiman den Prächtigen. Suleiman I. und seine mutigen Mannen aus dem Morgenland wollten rein ins prachtvolle Wien. Die Wiener wollten unter sich bleiben. Also buddelten die Türken, bauten Tunnel, um unter *Unter*gehung der Stadtmauern in die Hofburg und in den Prater zu gelangen. Die Österreicher manifestierten ihre latente Ausländerfeindlichkeit durch trickreichen Widerstand. Sie setzten biologische Waffen ein. Kurzhaarteckel. Diese, in der Beherrschung unterirdischer Hohlräume überaus erfahrenen, Dachsjäger sollten gegen die sich in Tunneln nähernden Janitscharen kämpfen. Klappte aber nicht, weil die Janitscharen sich schlichtweg kaputt lachten über die kleinen kläffenden Rutenträger. Parallel krochen viele der Miniaturkämpfer mit der grossen Beisskraft durch kleinste Gänge in das Belagererlager, um den gefährlichen Gegner aus dem Morgenland vor Ort, in seinen eigenen Zelten zu verwirren. Die Truppen von Sultan Suleiman I. setzten aber extrem sensible, laute und gefährliche Abwehrwaffen ein: Gänse! Diese schnatterten bei jeder unterirdischen Annäherung der Dackel aus dem belagerten Wien, schnatterten so laut, dass die türkischen Wachen sämtliche Angriffsdackel mit einfachen Donaufischernetzen einfangen konnten. Hier, in der ersten Belagerung Wiens, findet sich der etymologische Ursprung der im Englischen noch heute für Dackel gebräuchlichen Bezeichnung *wiener dog*. Bei der zweiten Belagerung Wiens, im 17. Jahrhundert, wollten die Osmanen die Nachfahren der einst so easy erbeuteten kleinen Racker in der Gegenrichtung einsetzen. Die ungefähr 140 Dackel der vordersten osmanischen Angriffsstaffel nutzten allerdings die erstbeste Gelegenheit, um Richtung Habsburger Schweinefleisch, zu den berühmten Erzherzöglichen Fleischern, von der Fahne zu fliehen, zu desertieren. Diese Massendesertion war Grund genug für die Türken, die militärisch enttäuschenden Kleinhunde von nun an als Desert-Dackel verächtlich zu machen. Die Osmanen nahmen den verbliebenen 280 Kampfdackeln, neben deren Stolz, alle Privilegien, sie wurden als einfache Zivilangestellte verköstigt, Rüden wurden zur Monogamie gezwungen, bald flogen sie sogar aus ihren klimatisierten Spezialzelten. Das türkische Heer jagte im Jahre 1700, nach dem Ende des Feldzuges in Europa, die überflüssigen Fresser in die Steppen und Wüsten Syriens und des Sinai.

Die Desert-Dackel waren von dort gen Osten, auf die Arabische Halbinsel gezogen und profitierten über die Jahrhunderte von ihrer frappierenden Fraternisierung mit den besonders wüstentauglichen Oryxantilopen. Die von Hause aus sehr aggressiven Rudel-Rüden verzichteten auf rüde Rudeljagden der Antilopen. Als Gegenleistung lehrten die, mit welchen coolen Kniffen man als Säugetier die heisse Trockenheit austrickst. Dazu gehörten die Vergrösserung der Nasenspitze und der Verzicht auf Fellhaare am Schwanz. Gerade die letzte anatomische Korrektur erwies sich à la longue als Erfolgsstory für die Jagdhunde aus dem Abendland, selbst leichtester Wüstenwind reicht, um das Blut in den steil empor gereckten Ruten auf frostige 45°C zu kühlen.

Zac schätzt die rigide Massnahme der Osmanen noch gut drei Jahrhunderte später als sinnvollen Beitrag zur Lebensqualität in Europa und anempfiehlt sie allen Hundebesitzern. Was er hier, gegenüber dem Dackel, jedoch verschweigt. Im Gegenteil, zu einer klammheimlichen Liebenswürdigkeit an die Adresse der Dackel ist er bereit: Er spendet den zu Wüstenbewohnern mutierten Hunden ehrliche Anerkennung dafür, wie sie den kargen Sand Arabiens eroberten, dort betörend unauffällig leben und fast gar nicht bellen. Dafür in wohltemperiertem Alt ihre Provenienz erklären können.

Sei es wie es sei: Mit einer so ausgiebigen Antwort des knuffigen Tieres hatte Zac nicht gerechnet. Die Osmanen-Story klang logisch. Was soll's, dann unterhält er sich eben mit einem Kameldackel. Selbst wenn das einzig und allein seinem erhitzten Hirn zu verdanken sein sollte. Egal, niemand beobachtet ihn, niemand lauscht. "Also, *cute little fellow*, ich bin der Zac, und sie sind wer?" "Selber also, *lame old crock*. Ich bin die Doro. Ich bin eine Frau. Ich bin nicht dein niedlicher Kumpel." "Sorry, little Lady, ich wusste nicht, dass wir uns duzen. Ich wusste nicht, dass sie eine Dame sind. Das mit der Dame können wir nicht ändern, das mit dem Duzen schon. Okay? Okay, Doro!" Die Dackeldame ist nun entspannt: "In Ordnung, Zac. Ist Zac eigentlich eine Abkürzung. Abkürzung für einen längeren Namen? Vielleicht von Zachid?" "Wie kommst du auf Zachid? Das heisst doch so viel wie, wie *der Enthaltsame*? Nein. Zudem ist das eine sehr intime Frage. Eine Frage, die ich an dieser Stelle unseres so überraschend in Gang gesetzten Gespräches nicht beantworten will. Bitte, Doro, bitte, achte meinen höchst privaten Bereich, der Schutz meiner persönlichen Daten ist für mich als Deutschen von alles überragender Wichtigkeit! Gerade der Vorname ist in unseren Breiten und Zeiten, in denen in jedem halbhippen Social Medium rumgeduzt wird, als hätte die freie Liebe ihr Comeback durchgefeiert, von eminenter Expertimenz. Gerät der eigene Vorname in die falschen Hände", Zac denkt kurz nach, "oh Gott, ich will mir gar nicht vorstellen, was dann virtuell abgehen kann. Ich sage: Identitätsdiebstahl. Ich sage: Identitätsbetrug. Ich sage: Identitätsmord. Ich frage: Bedeutet dir Datensouveränität gar nichts? Ich frage: Welche Info könnte bedeutender, könnte intimer sein, als der Vorname?" "Vielleicht der Nachname?" nimmt der Dackel etwas Spannung aus dem Disput. "Jetzt ernsthaft. Ich wusste nicht. Nicht, wie sehr dir das Thema am Herzen liegt. Muss an unserer unterschiedlichen Spezies liegen. Ich bin mit Informationen freigiebig. Freigiebig, dass sich die Rute kräuselt. Ich fange an. Mit einer wenig aufregenden Enthüllung. Doro ist die Abkürzung für Dorothea. Dorothea, *the desert dachshund*. Dorothea, der Wüstendackel. Bin Whistleblower in eigener Sache", lächelt die kleine Dame. Zac ist empört, ist binnen Sekunden wieder im Erregungsmodus. "Bitte, Whistleblower sind die Laubbläser der Freiheit. Doro, du machst dich mit den Feinden der Freiheit gemein, wenn du dich über die pfeifende Hefe unserer Demokratie lustig machst. Pass nur auf, wenn du nach Berlin kommst, dass dich Hans Christian Andersen, 'tschuldigung, Hans-Christian Ströbele nicht mit seinem moralischen Fahrrad über den Hundehaufen fährt!" "Versuchst du, Zac, mit bemühter Ironie, mit dem ironischen *Hunde*haufen das Ungeheuerliche deiner Drohung zu banalisieren? Das. War. Der. Längste. Satz. Kom. Ma. Den. Ich. Je. Mals. Ge. Sproch. En. Ha. Be", fällt Doro erschöpft in ein stakkatoses Kläffen. Sie wirft hastig eine Entspannungskapsel ein. Noch eine. "Entschuldigung. Muss schnell gehen. Mit bunten Pillen ist man. Ist man hier im Orient heikel. Sehr heikel."

Dackel waren Zac bis dahin als eher verschlossene Vertreter der von ihm so wenig gelittenen Hundebevölkerung bekannt. Nie zuvor hatte er einen vollständigen Satz von einem Langhaar-, Kurzhaar- oder Rauhaarteckel vernommen. Anders Doro. In Sachen Gesprächigkeit steht sie Zac kaum nach. Das seltsame Duo plaudert, gesprächig wie eine Mischung aus Ingo Nommsen und Nadine Krüger und Andrea Ballschuh, mit einer Prise Kuttner (Tochter), einer Nuance Müller (Ina) und keinem Hauch Barth (Mario). Schwätzt gegen die göttliche Ruhe der Wüste an.

"So. Die Kapseln wirken. Also Whistleblower. Wie Herr Snowden. Was hat er euch gebracht? Ausser noch mehr Staatsverdruss. Staatsverdruss der Staatsverdrossenen?" Zac wird etwas kleinlauter. "Auf jeden Fall ein echt gutes Gefühl, für eine Weile. Einige Tage ging es jedem extrem gut, jedenfalls jedem, der seine Würde zu 95 % durch Datensouveränität definiert. Dank Edward S. stand für einige Tage ernsthaft die Chance im Raum, den Datenkraken ihre Datententakeln zu amputieren. Stichwort Hoffnung, du verstehst?" "Nein." "Mehr Transparenz, and the world will be as one. John Lennon. Kapierst du?" "Nein." "Und alle Verschwörungstheoretiker, die Nine-Eleven, Chemtrails, MH 17 und MH 370, Mauerfall und Maske (Henry), Frauenquote und Homohochzeit", "oder die unter uns Dackeln stark verbreitete Hohlwelttheorie", "genau, auch München '72 und Hamburg '74 sowie allsämtlichjedes Ereignis der letzten zweitausendundzwei Jahre, einschliesslich der Kreuzigung Jesu, mit einer ultrageheimen ordokatholisch-jüdisch-zinskapitalistischen Weltverschwörung erklären, hassen Edward und Glenn. Hassen die beiden Enthüller, die ihren Lebenssinn pulverisiert haben. Kein Cui-bono-Erklärungssquatsch, laut Sascha Lobo das Arschgeweih der Verschwörungstheorie, mehr. Für sie, die VTler, dürfte das tendenziell wohlgelittene Ausplaudern von Staatsgeheimnissen ungefähr so ernüchternd schrecklich gewesen sein, wie für Büchsenbiertrinker die Dosen-Maut, für Beate Uhse das Internet und für Konni Adenauer der Euro. Nein, die Deutsche Mark. Nein, die nicht. Man liegt verflucht schnell daneben mit seinen

Metaphern! Die Hitze! Jedenfalls, dank Eddie-the-Freedom-Eagle kann keiner, der noch für einen Cent ernst genommen werden will, behaupten, der Westen könne eine Information von Belang für sich behalten. So besehen hat der junge Mann einen Riesenbeitrag zur abendländischen Debattenkultur geleistet! Alles eine Frage des Durchblickwinkels."

Doro hält dagegen: "Verschwörungen sind Quadratquatsch. So stupideresk funktioniert er nimmer. Der Siegeszug des Fortschritts. Ja, die Erklärung ist. Ist seit vielen Monden simpel. Simpel, einfach und schlicht: Die Verächter aller Tradition träufeln. Träufeln das per Eigenermächtigung zum Guten Erklärte. Träufeln das in die Hirne der Meinungsmächtigen. Das macht den Propagandisten der eigenen Sache zum Aktivisten der guten Sache. Mit der daraus gewonnen Superpower werden alle anderen Interessen. Anderen Interessen und Ansichten als böse gelabelt. Schwupps - deren Vertreter werden fortschrittsfeindliche Simpel. Lobbyisten. Leichtes Spiel. Für die Befreiungstiger im urbanen Milieu-Dschungel Besser-Welt!" Zac ist wenig beeindruckt: "Du weisst schon, wenn du so sprichst, dann klingst du selbst wie ein Verschwörungstheoretiker. Das mit dem Wandel zum Aktivisten, du meine kleine, befellte Gesprächspartnerin, darüber solltest du unbedingt erneut nachdenken. Klingt unlogisch." Die Dackeldame bellt ein wenig und spricht gelassen: "Was soll's? Wer sollte mir hier. An mein kurzes Dackelbein pinkeln? Und dein Datenschutz. Ist bei uns auch ein Thema. Na klar. Heisst bei uns Tarnung. Tarnung vor Greifvögeln und Schakalen. Die wollen an unsere wichtigste Info. Wo wir sind. Unser Datenschutz heisst Camouflage. Also, ob ausgerechnet ich antworten sollte? Bin als Hündin genetisch prädisponiert. Bin sozio-biologisch berufen. Nachwuchsgewinnung hat Vorrang. Vor absolut allem anderen. Gilt für Dackeldamen. Für Dackeldamen in fragilen Populationen besonders."

Zac sinnt ein wenig, schaut lange und konzentriert auf das sprechende Fell neben sich. Ist es richtig, mit einem Tier, und sei es auch ein klug sprechendes solches, über so fundamentale Themen zu sprechen? Zac kennt sie kaum, wenig mehr als eine Stunde! Aber ignorieren kann er seine sonderbare Bekanntschaft nicht. Zac entsinnt sich, was er einst in einem feucht-fröhlichen Kommunikationskurs gelernt hatte. Drei Strategien lernte er, um unangemessen tiefschürfende Gespräche elegant auf unverbindlichere Gleise zu schicken: Erstens über Privates reden! Zweitens über das Fernsehprogramm reden! Drittens noch was! Zac versucht es offensiv mit der Nummer zwei. "Liebe bellende Dorothea, du Fabelwesen mit der natürlichen Distanz zur Spezies

Westmensch, ich merke, hier, bei der Politik, kommen wir auf keinen gemeinsamen Nenner. Nun bin ich ganz froh, mich hier mit einer Allroundauskennerin unterhalten zu können. Bin happy, mich mit einer so besonderen Dame auf Augenhöhe austauschen zu können." "Augenhöhe. Klingt albern", merkt Doro zu Zac auf. "Ich meine das nicht wörtlich, kleine Doro. Nur, wer sonst betrachtet unser diffiziles Deutschland noch aus der Froschperspektive, zusätzlich sogar aus der den Blick weitenden Halbdistanz, im Nahen Osten. Ich frage mich, was denkt man hier, wie urteilst du über das deutsche Fernsehen?" Doro strahlt Zac sogleich an. "Danke! Vielen Dank für die Frage. Hatte auf sie gehofft. Wir schauen gerne. Deutschsprechendes TV. Auch gelegentlich ORF. Oder DW. Es ist so öde hier. Nichts los. Die Oryxantilopen sind unsere Freunde. Bringen uns Fleisch und Flüssiges. Mehr brauchen wir nicht. Kein Bedarf, zu jagen. Beiwohnung bringt kaum Abwechslung. Am Tag zu heiss. Nachts bitterkalt. Wir beschränken uns deshalb. Brunft in der ersten Maiwoche. Sonst TV. Aber stets mit Kultur! Und mit Feuchtigkeit. Feuchte und Kultur." "Das mit der Feuchte verstehe ich gut, hier im trockenen Sand", freut sich Zac über den Erfolg seines rhetorischen Geschicks, "doch wo treffen sich im Fernsehen Kunst und Nässe?" Doro hilft ihm auf die Sprünge. "Wir sind Fans der 'Küstenwache'. Von 'Zur See'. Lieben 'Moby Dick' und 'Titanic'." "Auch 'Arielle'?" "Na klar. Gar die traurige Verfilmung der Tschetschen und Slowenen. Nein, Tschechen und Slowaken. 'Die kleine Meerjungfrau'" "Und wie ist es mit 'Feuchtgebiete'?" stichelt Zac. "Feuchtgebiete? Sagt mir nichts. Meinst du damit meine Nase? Auf jeden Fall 'Das Boot - Directors Cut'. Ganz klar. 'Waterworld'. 'Flipper', alle lieben Flipper. 'Der Sturm', alle lieben Clooney. 'Spongebob'. 'Der weisse Hai'. 'Traumschiff'. 'Dschungelcamp'." 'Traumschiff', das ist die schlichtweg geniale Verbindung von viel Wasser mit noch viel mehr allererhabendster Kunst, weiss Zac. Hingegen das 'Dschungelcamp'? Tropische Feuchte, ja, doch wer betrachtet diese Reportagen aus der Welt der Ruch- und Niveaulosen als Kultur? Doro erklärt: "Selten, eigentlich fast so gut wie nie. Nahezu nie schmeisst sich die Bildungsbürgerkultur. In den stinkenden, faulen Pfuhl Massengeschmack und Mehrheitsvergnügen. Über Satellit und Funk-Stream durfte ich hier. Hier in der Mitte. In der Mitte zwischen Australien und Deutschland. Durfte ich einen Fall beobachten, in dem die kritischen Gebildeten. Die Kulturbeflissenen. Einen Fall, in dem sie Objekte des minderen Geschmacks adoptierten. Es ist der Aufstieg vom 'Dschungelcamp'. Zum Pflichtprogramm. Für rechtschaffene Akademiker. Für kritische Kunstbeflissene." Zac hakt ein: "Abgesehen davon, dass diese Wüste keinesfalls in der Mitte zwischen Aachen und Adelaide, zwischen Berlin und Brisbane, zwischen Chemnitz und

Canberra." "Detmold und Darwin!" "Genau. Also, ganz egal, ob wir hier auf der Hälfte des Weges zwischen Erkelenz und Edmonton oder München und Melbourne miteinander diskutieren, frage ich mich, was deine Tirade mit ausgerechnet Australien zu tun hat?" Doro geht auf die Frage ein. "Ich darf dich stupsen. Mit meiner sogar in der Wüste noch feuchten Nase. Edmonton. Hallo! Provinzhauptstadt von Alberta. Spendiert seinen Einwohnern keineswegs staubtrockene australische Kennzeichen. Die Bewohner erfreuen sich. An ihrer kanadischen Staatsbürgerschaft. An der frischen Pracht des North Saskatchewan River!" "Oh, Doro. Ich ahnte ja nicht, dass Dackel so enervierend besserwisserisch mit ihren sinnlos angehäuften Geographiekenntnissen aus dem TV auf den, hier ohnehin fehlenden, Busch klopfen. Allein, meine liebe Kleinbekanntschaft, unser kleiner Gesprächskreis, hier, in Arabien, liegt auch auf der Strecke von Erkelenz nach Edmonton in Kanada keineswegs in der Mitte, du schlaumeiernder Wüstenbewohner mit Migrationshintergrund! Ha!" Doro bleibt unbeeindruckt. "Geschenkt, du mitteleuropäischer Nano-Geist. Der Punkt ist ein anderer. Das 'Dschungelcamp' wird für seltene Gucker gemacht. Für Zuschauer, die während des restlichen Jahres nie RTL glotzen. In Australien. Also, nicht die Zugucker. Das Camp. Tue nicht. Nicht, als wüsstest du das nicht. Sonst outest du dich. Als weltfremder Spinner. Als plumper Lügenbold. Sagt man noch Lügen*bold*?" Zac weiss es nicht so genau. "Ein Lügenbold wird heute bestimmt ganz smooth umschrieben, etwa als einer, der eine manifeste Differenz zwischen Erlebtem und Erzähltem extrovertiert, einer mit Pinocchio-Syndrom oder monosozialkausaler Wahrheits-Aversion. Eine empathische Softsentenz, die den Lügner nicht in seiner Individualität beschädigt. Lügenbold klingt in progressiven Ohren schon sehr abwertend und frauenfeindlich. Das Wort Lügenbold ignoriert vollständig unser aktuelles Trendgeschlecht. Doch was wäre frautauglich? Lügenboldin? LügenbolX? Klingt beides unelegant. Dann eben so neutral wie öde: Lügende. Als ob unsere emanzipierten Damen die Kulturtechnik Schwindeln nicht beherrschen! Die Weiber, entschuldige bitte, Doro, haben das Lügen doch erst erfunden! Der Mann ist im Grunde nicht falsch, ein grober Klotz zuweilen, aber gerade heraus, eine ehrliche Haut, unverstellt bis an die kollektive Schmerzgrenze. Die Frau hingegen, sie ist falsch. Wer, wenn nicht du, du Dame, sollte das wissen. War das gerade unschicklich?" "Unschicklich? Unschicklich ist unmännlich. Ich erzähle dir. Meine Geschichte."

Wo kommen die Wüstendackel her? Rainer-Maria Rommel kämpfte dereinst mit einem Bataillon Dackel bei Tobruk und al-Alamein gegen

Lawrence von Arabien. Nein, da verwechselt Doro Kriege und Vornamen. Aber das mit Rommel und dem heroischen Dackelbataillon 'Deutscher als der Deutsche Schäferhund!', das stimmt. Diese kleinen Hunde waren nicht besonders flink, indes ungemein wendig und flach. Dank ihrer bescheidenen Höhe, konnten sie sich in kleinsten Sanddellen verstecken, hinter dürftigem Geröll verbergen, in seichten Windspuren gen Gegner ekriechen. Ihr Äusseres, ihre Fellfarbe war wüsten*battle*tauglich. Die Damals-Deutschen tendierten wegen ihrer wahnkranken Aversion gegen alle nicht hellen Körperoberflächen ohnehin zu sehr hellen, hellbraunen Dackelmodellen. Diese konnten vor Ort flott zu sandfarbenem Tarnfell getönt werden. Den solcherweise getunten Kamikazedackeln wurde ein kleiner, kruppstahlener Kleintorpedo mit dem längst legendären Lederriemen auf den Rücken geschnallt. Ihre extravagante gestreckte Körperform scheint wie von Mars für den Einsatz als Torpedoträger erschaffen! Hingegen scheiterten die italienischen Versuche, Mopse als Träger von Landminen zu nutzen, an der sprichwörtlichen Trägheit der dicklichen *carlini*. Wie schafften es die Deutschen, die Torpedodackel in ihr Ziel zu lenken? Mit einer Lenkung. Mit einer, für die Vierziger schlichtweg revolutionären Methode, die das altbekannte Esel-Karotte-Prinzip in eine moderne Fernsteuerung überführte! An die Torpedos waren vorne Angelruten von knapp einem Meter Länge montiert. An deren Spitze hing, gewissermassen als Möhre, ein blutleuchtender Fleischbrocken, ab und an durch Pansenfetzen substituiert. In die Brocken und Fetzen hatte man einen mikrobisch kleinen Funkempfänger mit Motor injiziert. Die Lage dieser Lockstoffe konnte so über elektromagnetische Wellen, über die Kurzwellen, noch im Abstand von sieben (!) Kilometern beeinflusst werden. In einem kleinen, feinen Gefechtsstand in gehörigem Abstand zur Front sassen die Piloten, steuerten ihre Gefechtshunde. Die Piloten steuerten fern mit Vorläufern unserer Joysticks. Sie nannten die kleinen Stangen aus Bakelit, wegen ihrer von der Bauhaus-Idee inspirierten, phallischen Form, halb ironisch, halb verächtlich Killer-Lurch. Landserhumor eben.

Die Dackel aus deutschen Landen jachterten nun den ferngelenkten Lockfetzen an der Angelspitze hinterher, brachten ihre so selbst- wie überhaupt mörderische Rückenfracht zum Gegner. In Sprengweite des Feindes, taten die damals moderne Fernzündung und die altbekannten Aufschlagzünder ihr schlimmes Werk; ihre schlimmen Werke. Mit den Torpedoteckeln hatten die Deutschen weit vor allen anderen Staaten der Welt ihre nationalen Drohnen. Kampfdrohnen auf vier kurzen, krummen Dackelstelzen. Der Name dieser bionischen Kriegswaffe? Ein rätselhaftes Schüttelwort aus Teilen des Wortes elektroMAGNEtIsch.

Trotz dieses hypertollen Waffensystems scheiterte die Wehrmacht letztlich in Nordafrika noch schneller als in Europa. Was war los? Wie konnte das geschehen? Wer hat es verbockt? Der archaische Stand der damaligen Kamera- bzw. Funktechnik im Zusammenspiel mit cleveren Briten und unsere Sonne! Wie das denn? Nun, selbst wenn die Kampfzone regelmässig flach war, so sorgte die selbst hier durchaus vorhandene Krümmung der Oberfläche für den Verlust des Blickkontaktes vom Kommandosoldaten zum Kampfdackel. Befehle wurden oft blind gesendet! Versuche mit Two-way-Funk, also der drahtlosen Rückübertragung von Kameraaufnahmen des Dackels in die Zentrale, waren kläglich am Fehlen jeglichen technischen Equipments gescheitert. Mindestens zweihundert Hunde ohne sinnvolle Lenkung rannten sich alsbald über den Haufen, schossen schnurstracks samt Rückenmunition in das seinerzeit eiseskalte Mittelmeer, detonierten in der libyschen Wüste oder ertranken im Assuan-Stausee, als der endlich fertig war. Die Umstände kamen dem Gegner im Felde, kamen der britischen Armee unter Sir Ronald MacKenzie Scobie und Bernard Law Montgomery (Viscount Montgomery of Alamain and Hindhead) zugute. Der britischen Abwehr gelang es, den deutschen Geheimcode für die Funkferndackelsteuerung zu knacken. Die Kryptologen nutzten eine typisch deutsche Marotte schamlos aus: Ausnahmslos alle Militär-Dackel hörten auf den un-ungewöhnlichen Namen Waldi, lediglich durch eine individuelle Nummer ergänzt. Die deutschen Piloten begannen ihre Funkbefehle - gegen die einschlägige Dienstvorschrift - jedesmal mit den Dackelnamen. Waldi. Als eine deutschstämmige Feldküchenkraft in den Reihen der Engländer am allmonatlichen Tag des Deutschen Essens ihrem *forager* der Germanen liebsten Dackelnamen verriet, war das Dechiffrieren ein leichtes Spiel. Die Briten schafften es nun sogar ein ums andere Mal, die Steuerung der Torpedodackel an sich zu ziehen, die armen Tiere gegen ihre eigene Truppe oder abseitige Felsen stürmen zu lassen. Das so erfolgreiche Abwehrprogramm der Briten leitete ein, heute weitgehend vergessener, Alan. Alan Turing. Die offizielle Geschichtsschreibung ignoriert dieses skurrile Kapitel des Afrikafeldzuges komplett und erfolgreich.

Allein, nicht alle Torpedodackel erlagen dem fatalen Zusammenspiel von schlechter Technik und begabten Abwehr-Briten. Den endgültigen Garaus machte dem Dackelbataillon die Natur. Es muss nicht der russische Winter sein, der fremde Mächte vertreibt. Das kann selbstverständlich unser Zentralgestirn um Welten besser. Die Sonne sorgte mit ihren, in der Jahrhundertmitte äussterstordentlich kräftigen, Sonnenwinden dafür, dass die elektromagnetischen Felder südlich des Mittelmeeres komplett flurirre wurden. Der Kurzwellenfunk spielte verrückt. Dadurch kamen bei den verbliebenen Dackeln bloss noch abwegige Steuerungsbefehle an. Sie rannten zu Dutzenden und Dutzenden in einer irrwitzigen Stampede Richtung Osten, schwammen als willenlose Knechte der solaren Elektromagie durch Nil und Suez-Kanal. Erst in den wüsten Weiten Arabiens trockneten die Torpedolederriemen so aus, dass die Dackel ihre Rückenwaffen samt Angeln und Funkempfängern verloren. Nun waren sie frei. Frei. Xenophile Kamele adoptierten die bellenden Immigranten, versorgten sie mit ihren dichten Dromedar-Wimpern zum Schutz gegen den Wüstensand. Im Gegenzug unterwiesen die germanischen Einwanderer ihre indigenen Gastgeber in der Kunst des Hechelns. Eine in der Bio-Historie noch weitgehend unbekannte Symbiose.

Epilog: Die Engländer mochten das deutsche Wort Dackel wegen des zackig-knallenden 'ack' in der Wortmitte nicht. Montgomerys zuständiger Klang- und Kultur-Feldwebel, der *Sound- and Culture-Sergeant* Pepper, meinte, dass klänge wie das Aufschlagen der Knobelbecher beim preussischen Stechschritt, und als Brite sei man *ipsā naturā* jeder sinnentleerten Tradition abhold. Also vergaben die nüchternen Militärs für den kleinen Feind einen eher technischen, dezent krächzenden Namen - *dachshund*. Nicht dachsdog, nicht dachshound, nicht dadger dog, sondern *dachshund* und wegen der Wüstennähe und des britischen Rommel-Kosenamens Desert Fox eben *desert dachshund*. Epilog-Epilog: Der aufmerksame Sergeant sollte ein Vierteljahrhundert später zu besonderen musikalischen Ehren kommen.

"Was mich umtreibt, liebe Doro, ist eine Frage an dich. Ich habe mich damit abgefunden, hier einer Special Edition deiner Rasse zu begegnen. Ich wundere mich fast nicht mehr, ein echt gutes Gespräch mit einer Hündin zu bestreiten. Auch deine hanebüchene Story über Kampfdackel, zugegeben, spannend, aber, sorry, bestimmt fake history, will ich heute glauben. Muss ich für bare Münze nehmen. Faktencheck ist mittlerweile ein so schlimmes Plemplemwort, dass ich lieber deinem hinterletzten Unsinn Glauben schenke, als mich mit den oberüblen Sprarschlöchern gemein zu machen, die mit vorgeblichen Faktenchecks seriöse Objektivität simulieren. Was mir echt schmerziges Kopfweh bereitet, das ist deine Sprechweise. Deine Sätze kommen wie gehäckselt. Ich finde, wenn du als canis lupus familiaris schon reden kannst, dann solltest du etwas flüssiger rüber kommen. Das ist keine Kritik, oh nein, aber ... nein, es ist doch Kritik!" steigt Zac unerwartet unfreundlich wieder in das Gespräch ein. "Hast du nie an einen Sprachheillehrer gedacht? Gibt es keine Logopäden hier, in eurer Dackelmeute?" Doro schnappatmet heftig, hechelt, als wäre es unvorstellbar heiss ringsum. Ist es. "Sag an. Deine Worte sind symptomatisch. Typisch für westmittelzentraleuropäische Verspanntheit. Kein Staunen über einen sprechenden Dackel. Nur arrogante Kritik. Nörgeln. Wie immer. Stell dir vor. Irgendwo, superarchaisches Land. Revolution, Diktator weg. Freiheit mit Blut erkauft. Drei Tage später meldet ihr euch. Kein Geld, aber geile Ratschläge. Revolution schön und gut. Leider erst komplett mit CSD-Regenbogenparade." "Wie bitte, was soll daran falsch sein? Und wie kommst du zu dieser, pardon, Fundamentalkritik an unserer Art, zu leben? Ich tippe auf das Fernsehprogramm. Richtig?" Doro hat sich wieder eingekriegt. "Das stimmt. Ich will nicht meckern. Über euren Weltbeglückungstrieb. Will lieber das klären. Das mit eurem Wahn. Wir schauen bekanntlich viel deutsches TV." "Nichts sonst?" "Doch, unsere arabischen Sender. Deutsch-TV gucken wir aus Sentimentalität. Und wegen Sendungen mit Wasser drin. Auch wegen Koch-Shows mit Schweinefleisch. In eurem Fernsehprogramm ist die Welt heile. RTL 2, Vox, Sixx, Kabel1, Eins Festival. Überall winzigste Probleme, die keine sind. Was anziehen? Wer mit wem? Wo wohnen? Wie lieben? Was kochen? Ein von Wonne triefender Kosmos. Dann. In anderen Sendern. Schwierigkeiten ohne Ende. Problembombardement. Klimawandel. Ungerechtigkeit. Reizwortgewitter! Da muss man doch. Muss man doch verkrampfen. Warum das alles?" Zac lächelt, er kann helfen! "Ich war in einem Anfängerkurs des Kommunikationsseminars bei der parteinahen, staatsfinanzierten, trotzdem konsequent objektiven Simone Saat-Wankelmot Stiftung. Davon blieb die, wegen einiger nach starkem Alkoholkonsum zwischen den beiden Kurstagen und, dem folgend, zu grosser politischer und körperlicher Nähe zu einer halbattraktiven Kursteilnehmerin aus Unterfranken eingefangenen Feigwarzen, mit schmerzlichem Jucken bezahlte Erkenntnis: Worte als Etikett nutzen, Signalworte benutzen, dann fegt jede Idiotie ohne Widerstand übers glatte Meinungsparkett! Positiv besetzte, negativ beleumundete Worte, alles eine Sosse. Kleiner Test?" „Unbedingt!" „Kleiner Test! Ungerecht! Ist ein Reizwort. Alles, was man ablehnt oder verändern will - ungerecht. Bloss keinen Massstab der Un- oder Gerechtigkeit nennen. Dackel Willi trägt zwei 'i' im Namen, Dackel Willy bloss ein 'i' - schreiend ungerecht! Fertig. Ungerechtigkeit ist die Neutronen-Wasserstoff-Cluster-Napalmbombe im politischen Diskurs. Anderes Beispiel gefällig? Recycling! Recycling ist gut, koste es was es wolle. Recyclingklopapier schmeichelt dem Po, weil das Ausgangspapier zuvor mit allen Mitgliedern des Periodensystems der Elemente Bekanntschaft gemacht hat. Ist aber belanglos, weil, steht ja Recycling drauf. Muss öko sein. Muss guuut mit drei 'u' sein. Klappt auch mit Nachhaltigkeit. Oder mit Loriot. Sind alles Signalworte. Weil

Politiker und Kabarettlustige und andere Agitatoren das wissen, beschallt dich ein unveränderlicher Kanon von Stimulanzbegriffen." Doro bleibt relaxed. "Da hatte ich mehr erwartet. Deutlich mehr. Wie öde. Mich wundert nun anderes. Wie konntest du. Konntest dir. Konntest du dir Feig-Warzen einfangen? Bei deiner Klugness!" Zac wird ein wenig kleinlaut. "Ich muss in meiner ethisch-ideologisch wohlbegründeten Ablehnung von verbrauchermanipulierender Werbung was missverstanden haben. Ich dachte, einzig ein hyperkapitalistischer Kautschuk-Multi hätte die Mittel, alle deutschen Städte mit - vorgeblich - Anti-Aids Advertisement zu tapezieren. Unentweichbar diese Riesengesichter, überall die unerbetene Mitteilung 'Ich mag's hart, zart, sanft, spontan, brutal, kuschelig, infektiös, unbezahlt, hinterhältig!' Ein brachialer Angriff auf mein selbstbestimmtes Geschlechtsleben. Deshalb habe ich für mich, für mich ganz persönlich das ausserparlamentarische, reklamekritische Movement 'Occupy my Unterleib - OmU' gefoundet. Durch konsequenten Verzicht auf Präservative manifestiere ich exzessiv, die ungerechten Tricks der Kondom-Konzerne zu durchschauen und mich dem perfiden Sog ihrer Werbung nachhaltig zu entziehen. Veränderung beginnt bei uns selbst!" "Von wegen Datenschutz", lacht Doro, "deinen Vornamen verrätst du nicht. Datenschutz gehört zu dir. Zu euch. Zu euch komischen Westmenschen. Zu eurer persönlichen Folklore. Andererseits redest du. Frank und frei vor Fremden. Über dein Sexleben. Vor fremden Hündinnen! OmU ist hingegen eine sehr smarte Abkürzung. Bestimmt hast du dein werbekritisches *movement* per Internet beworben. Oder?" Die Antwort kommt prompt. "Na klar, aber eben ohne meinen Vornamen! Datenschutz fängt im Kleinen an. Ich hatte mit dem Gedanken gespielt, mein irgendwo radikal kapitalismuskritisches Projekt Attac Advertisement zu nennen. Das war mir, selbst mir, zu dödelig. Ich kann nämlich sogar Peinlichkeit!"

Was hat er darauf als Antwort erwartet? Jedenfalls nicht Doros Hinweis "Jan Josef Liefers ist gar nicht so toll als Schauspieler." Nach kurzer Verblüffung steigt Zac in Doros Thema ein. "Als Sänger aber nicht. Ich kann nämlich Schlagfertigkeit. Einschränkend muss ich hinzufügen, nie ein einziges Lied von ihm gehört zu haben, einen Song habe hören dürfen, ein Chanson hören habe müssen. Müssen, dürfen, können." "Dir, lieber Zac, fehlt es an der gebotenen Ernsthaftigkeit. Ernsthaftigkeit im Umgang mit deiner Idee. Eigenen, doofen Idee. Das enttäuscht mich. Sehr. Und dass du Jan Josef nicht magst. Ist schwach. Weil er aus DDR-Sachsen kommt? Hast du was gegen die DDR? Wir Dackel nicht. Unsere Brüder und Schwestern dort waren schlank. Gesund. Jagdhunde. Schlanker und gesünder als Westdackel. Als verhätschelte Westdackel. Der Jan Josef passt. Passt erstklassig zu den Ostdackeln. Der schlonzt sich auch rank und blühend durch. Durch das gesamtdeutsche Fernsehleben. Macht wichtige Musik. Wir finden den Janni super. Super mit der Frau verheiratet, die. Die, die die Anny Ondra war. Nein. Oder Lonny Kellner. Nein. Oder Beate Matteoli. Nein. Die, die die Frau Danz beerbt hat. Ja. Beerbt hat in der Band. In der Band, wo die alten Männer so lange Haare haben. Mit der Anna. Der Jan. Der Josef. Gleichfalls super in dem Tatort in München. Wenn der als Ballauf und Stoever mit dem George ermittelt. Oha. Das ist bannig lustig. Das gucken hier alle. Auf Deutsche Welle." "Moment, Moment", fällt ihr Zac ins Wort, "das ist zynisch, das ist gallig, du warst es doch, die gerade behauptet hat, der Herr Liefers sei kein guter Schauspieler. Dann outest du dich als sein Fan. Was soll das?" "Ich wollte dich anpieksen. Testen. Ob du auf jede Schmähung einsteigst. Tust du. Wie dumm von dir. Wir Dackel sind Wadenbeisser. Wie Terrier. Weiss man doch. Terrier schreibt sich wie Perrier. Perrier klingt wie Teissier. Elisabeth. Hatte eine Astro-Show. Die guckten hier alle. Früher. Bis Janni kam. Janni Liefers. Dürfen wir Janni sagen? Seine Frau darf das. Tut das. Die Anna. Die, die nicht Tamara heisst. Weiss ich alles aus 'Brisant'. Das gucken hier alle. Nichts für ungut. Ich erzähle noch ein wenig. Über das woher. Woher wir Spezialdackel kommen."

Wo kommen die Wüstendackel her? Der übervoll mit internationalistischen Solidaritätsgütern beladene DSR-Stückgutfrachter 'Frieden, Freundschaft, Fölkerferständigung - Kampfauftrag der fleissigen Werktätigen der sozialistischen DDR' brachte 1972 bei einem Besuch der Volksdemokratischen Republik Jemen, als Zeichen der Verbundenheit auf der menschlichen Ebene, sechs sächsische Teckel mit nach Aden. Es waren das Diether, Damian, Dorit und Doris sowie die Zwillinge Detleph und Doreen, alle aus dem vierten Wurf des Pirna'ischen Dackelzwingers Malcolm vom Donaustrand stammend. Allein, das südjemenitische Volk war noch nicht reif für den Sozialismus ostdeutsch-atheistischer Prägung, war an Dackelzucht wenig bis gar nicht interessiert. Sie achteten zunächst kaum auf die sächsischen Welpen, überliessen die flauschigen Racker sich selbst. Detleph und Doreen liefen noch am Tage der feierlichen Übergabe weg, schafften es bis in die Rub al-Chali. Die Zwillingshunde stritten sich indes in der Wüste so laut, dass sie, ratzifatzi, eine leichte Beute für coolere Wüstenbewohner waren: Eine autonom-nihilistische Schakalherde verspeiste die sächsischen Kleinkläffer. Den verbliebenen bellenden Geschwistern erging es mässig besser. Die sozialistischen Brüder und Schwestern vom Roten Meer konnten die vier Geschenke alsbald zu Geld, in diesem Fall zu Yen, machen, weil ein unverhofft vor Aden ankernder, aussergewöhnlich bestsituierter Japaner aus Kobe unauffällige Wachhunde für seine samtfleischigen Rinder suchte. In Japan angekommen, nervten die dusseligen deutschen Dackel Diether, Damian, Dorit und Doris die allem Stress zutiefst abholden Kobe-Rinder mit permanent-penetrantem Gekläffe. Auf sächsisch! Mit Rasanz stieg im Fleisch der Premiumrinder der Gehalt an Bindegewebehäuten, Bändern, Sehnen, Gekröse und Knorpel. Geschmack, Biss, Elastizität, Textur, Aussehen - das teure japanischen Edel-Rindfleisches stürzte durch das hündische Dauernerven nach wenigen Wochen auf das Niveau von antikem Hammel hinab. Statt Chateaubriand de Kobe nur mehr Criadillas de Carnero. Der reiche Rinderzüchter aus dem Fernen Osten war extrem beleidigt und verärgert, wie ihn die Kommunisten aus dem Nahen (VDRJ) und dem Fernen Westen (DDR) mit den Sachsen-Kötern über die Chopsticks balbiert hatten. Das war, *btw*, der Grund dafür, dass Erich Honecker bei seinem Japan-Besuch in den 1980er Jahren nicht durch Hans Modrow begleitet werden durfte. Hans Modrow? Damals SED-Chef in der Dackelheimat Südost-Sachsen. Zurück zu dem zutiefst gedemütigten Rinder-Japaner. Eine offizielle Rückgabe war unvorstellbar für ihn, den radikalen Rinder-Ronin, die Tötung der unschuldigen Dachshund-Brut für ihn, als leidenschaftlichen Tierzüchter, ethisch unvertretbar. Um die kleinen Kläffer dennoch für deren Verbrechen am superedlen Kobe-Fleisch zu bestrafen, verpasste der Rinder-Tenno ihnen den beleidigenden Namen Wursthund, der sich als *sausage dog* im englischen Sprachraum bis heute erhalten hat. Circa 1974 liess er die mitteldeutsche Brut durch die örtliche Yakuza erst sandfarben spritzen und dann am Ufer des Roten Meeres, im Hedschas, aussetzen. Um es kurz zu fassen, die kleine Dackel-Meute schaffte die faustdicke Überraschung. Die Population der Underdogs hielt sich, mit typisch ostdeutscher Zähigkeit, in der arabischen Wüste am Leben, vermehrte sich, passte sich dem trockenen Biotop an und verfärbte ihr Fell in Richtung sandtarn.

Ein Nachtrag. Hartnäckig hält sich unter einschlägig Interessierten ein diskriminierendes Gerücht. Danach seien die so nützliche Fellfarbe der Wüsten-Dackel und ihre Sandschutz-Wimpern eher Produkte der notgedrungen inzüchtigen Beziehungen der Hundegeschwister, denn Folgen evolutionärer Auswahlprozesse. Inzest statt Darwin. Vielleicht die neue, grosse Theorie für die Entwicklung aller Lebewesen?

"Verehrte Doro, du bist ein kamelhaariges Füllhorn, prall gestopft mit ausgedachtem Superquatsch!" "Lieber Zac, au contraire. Mach doch einfach den Faktencheck!" Mit diesem Tipp entschwindet der eigenartige Damenbesuch, ist nach wenigen Sekunden nicht mehr vom Sand zu unterscheiden.

Die Düne, auf der Zac die Klimarettung verhindert

Dröhnende Kopfschmerzen bei der Erinnerung an seinen letzten Auftritt vor (unfreiwilligem) Publikum. Auf dem Herflug, da hatte ein Typ mit-ohne Dialekt lautstark verkündet, er sei daheim bei Hannover, in Grossburgwedel, er sei nun unterwegs nach Indien oder Indonesien oder Indochina oder so, ihn plage aber ein schlechtes Gewissen wegen der Klimabeschädigung vermittels Kerosin, und er habe daheim auf Ökostrom umgestellt - denn er 'verspüre Verantwortung für Klimawandel und Erderwärmung'. Was dann geschah? Zac war aus seinem Sessel geschnippt, hatte sein Tablett mit Getränk und Speise zerstört, hatte sich während seines höchstpersönlichen Steigfluges um 181 Grad gedreht, um sogleich stehend auf seinem Sitz zu landen, hatte sich über die Lehne nach hinten, hin zu dem Lautsprecher in der nächsten Reihe gebeugt, hatte mit seinen Händen sehr grob dessen Ohren ergriffen, um den darob durchaus Überraschten zu sich heran zu zerren und ihn sofort - grobe Spuckebröckchen speiend - anzuschreien, mit sich überschlagender Stimme zu geifern, ohne Rücksicht auf die friedfertigen Passagiere zu brüllen: "Horche mir mal zu, du hast, hast, hast keine, keine, keine V e r a n t w o r t u n g für die Erderwärmung! Du bist dem Klima piepwurstgal. Ob du hybrid Auto rast, ob du grünen, was das auch sein mag, Strom verplemperst, ob du pupsende Kühe mit dem Bolzenschussgerät von deinem Speiseplan fegst, das interessiert das Wetter weder als Wetter noch unter dem Erfolgslabel Klima. Du hast die Verantwortung, deine Kinder - wo sind die denn eigentlich, haste keine? - gediegen zu erziehen, deine Frau nicht zu schlagen und dich nicht von ihr verdreschen zu lassen. Du musst dich mit anderen Kerlen dreschen, wenn die in deiner Nähe Schwache quälen, du musst jeden Flüchtling, der an deine einbruchhemmende Tür klopft, mit edlem Bier bewirten, du musst löschen, wenn das Nachbarhaus brennt, du musst abgegeben, wenn andere hungern, du musst morgens aufstehen und abends mit deiner Ollen ins Bett gehen, sie glücklichlieben. Aber du rettest nicht das Klima! Nicht als Avantgardist, nicht als einer von vielen Aktivisten. Die Erderwärmung wird durch deine Flausen weder befördert noch gebremst, die ist da oder ist nicht da. Das ist so. Ob die Schose gänzlich, ein bisschen oder gar nicht menschgemacht ist, kann dir doch egal sein, das doofe Sprichwortfass läuft mit und ohne dich über oder nicht über. Wenn ganz Deutschland sich in die Ozeane der

Welt erleichterte, so schmölzen die Polkappen genau so viel oder wenig, als wenn wir an und in uns halten, bis wir platzen. Ob du im Hotel dein Handtuch unverzeihlich unmoralisch einmal, frevelhaft zweimal oder vorbildlichst keinmal nutzt, ist der Umwelt egal. Dein Beitrag zur Klimaerwärmung ist wie, ähm, entspricht dem, ähm, das ist, als wenn du aus dem Flugzeugfenster *nicht* ins Mittelmeer spucktest und dann der Welt verkündetest, du hättest den Anstieg des Mittelmeerpegels, nein, des Atlantik, nein, des Pegels aller Meere und Ozeane dieser Welt abgewendet, denn du trügest ja Verantwortung für alle Wasserstände auf dem Erdenrund, du enorme Flitzpiepe. Aber das stimmt nicht! Der mittelschichtsdeutsche Crowd-Konzept-Unsinn taugt nicht für die Globalwetterrettung! Zu gerne würde ich dir dieses exklusive Spezialwissen gewalt-, aber bestimmt nicht schmerzfrei hinter die Stirn applizieren!" Pause. ... Pause Ende. "Und ich werde deine Schwippschwester nach Strich und Faden schänden! Strich! Faden! Schänden! Schwipp!" Pause. ... Pause Ende. "Feinstaubplaketten verhindern nicht das Überlaufen der Ozeane!" Die letzte Aussage war ein Hauch polemisch.

Dann war Zac völlig erschlafft zurück in seinen Sitz (Mittelplatz) gesunken, hatte unter Aktivierung seiner vorletzten Energiereserven der rechts (Fensterplatz) neben ihm verschüchert dreinblickenden, wunderschönen Perserin zugeraunt "Das Private ist nicht klimapolitisch!" Diese wunderprächtige Frau entgegnete "Anâ lâ fahimtu shai!" Hernach hatte Zac mit seinen allerletzten Ressourcen der links (Gangplatz) neben ihm selbstbewusst toupierten, wunderschönen Slawin "Das Klimapolitische ist mitnichten privat!" zugeraunt. Die entgegnete darauf mit osteuropäisch-erotischem Timbre "Menja sawut Olga!" Das hatte Zac sehr, sehr traurig gestimmt - zwo so herrliche, fremdländische Frauen, die eine gibt den korrekten Kommentar zu seinem Gebrabbel in einer nicht zu ihr gehörenden Sprache, die andere entgegnet in der ihr vermutlich zugehörigen Sprache gänzlich Unpassendes. Heiliger Bimbam: Die Globalisierung hatte sein weltklimatisches Impulsreferat ins Lächerliche gewuppt.

Hatte Zac so neunfachklug und wuselwirr gepredigt? Kaum, er halluziniert sich eine Welt einfach zupass. Zac hat Hunger, obschon obgleich obzwar er Brot im Ranzen hat, also, im richtigen Ranzen, im Märchenranzen. Hatte nicht Andersens Soldat mit dem Zippo so ein Ding auf dem Rücken, einen Tornister? Nicht im Synonymranzen, in Wanne, Plauze, Plautze, Wampe, Bauch, Wanst. Auf dem Herflug, ja, da hatte er sich den Wanst vollgeschlagen, bestes Essen in seiner mittelöstlichen Airline, er hatte sich Halal-Essen bestellt, auch wenn er anderen Glaubens ist, doch wenn er mit den Hiesigen schon Stammvater Abraham teilt, dann konnte er doch probeweise so essen wie sie. Essen. Deutsches Essen. Deutsches Brot. Zu Hause, in Deutschland, hatte es Zac alleweil genervt, wie mit atomuhriger Zuverlässigkeit jedes Quartal eine Reportage auf seine Nerven gedonnert wurde, wonach jedesjedesjedes Land unserer Galaxie irgendwann das DEUTSCHE BROT entdeckt, um sogleich 13tausend Jahre Essgewohnheit zu entsorgen, allein um Graues zu essen wie in Almāniyā. Auf die Müllhalde, in die Speckitonne der Ernährungsgeschichte: Pitatasche, Chubs, Sandwich, Tapas, Nachos, Corn Bread, Reis, Burger, Weissbrot! Das tötet ihn, diese schreckliche Selbstgewissheit deutscher Überbürger, die die Brot-Nummer beharrlich durchziehen. Interesse an fremden Speisen, ja, gerne, klar, warum nicht TexMex in der allfreitäglichen Kochrunde mit der Freunde gourmetigen Schar oder in Turkus pulsierenden Innenstadtrestaurants, interessant schmeckt auch Fugu in Tokio, gerne doch koscher kosten in Jerusalem. Doch nichts auf der Welt ist so gut, schmeckt so moralisch einwandfrei, duftet so politkorrekt, ist als Handwerksprodukt so politisch fraktionsübergreifend prima, ist so gesund, sogar für die Zähne, ist haptisch von so einer Eindrucksfülle wie – ahaptisch - das Werk von Goethe und May und Rowling in toto, dabei in der naturteignahen Herstellung und im korrekt kurzwegigen Vertrieb (Backstube > Verkaufstresen) so unfassbar ökologisch, dass jedem, dem das Schicksal der globalen Umwelt nicht total am Sterzel vorbei huscht, beim Schlucken der leckeren Leckerbissen Schauder der Wollust durch die eregierten Gedärme flutschen, ist gar so ein Weltkulturerbe-der-Menschheit-Ding. Deutsches Brot sei allenfalls vergleichbar mit naturbelassener, körperwarmer Yak-Milch, in der noch Original-Dung und Echtfell-Büschel des haarigen Wildrindes aus dem Himalaja wippern. Nichts sei so überlegen wie dunkles Brot aus deutschen Gauen! Beinahe hätte Zac, dank seines akuten Kohlenhydratmangels, Gau*m*en gedacht, doch hätte das seine jüngste Geistesleistung geschändet. So, und dieser Deutschbrotwahn ist ähnlich *strange*, wie das alldeutsche Sendungsbewusstsein, das schier unstillbare Verlangen des ExExportweltmeisters, sein ...

Zac fällt in einen tiefen Schlaf, fällt unerwartet, wie einst die Mauer (Schabowski-Day). Träumt. Träumt extrawild davon, wie fremdländische Köche sonder Zahl in Deutschland einfielen, um den lieben langen Tag lang von der Überlegenheit wie Unvergleichlichkeit wie Superiorität des, aus Sicht der Köche, heimischen Reises oder Fladenbrotes oder Couscous zu salbadern. Das war dermassen unhöflich von den Gästen, mein lieber Scholli, echt übel, total unangenehm für die Gastgeber! Recht schnell wollten die, von den klugscheissenden Auswärtigen total entnervten, Teutonen ungestört ihr heimisches Zeug, ihr Graubrot knabbern, verschmähten aus Trotz sogar TexMex, Fugu, Koscheres. Zac erwacht so unverhofft überraschend, wie 1944 die Alliierten vor Omaha Beach auftauchten (D-Day). Was mag dieser Tagtraum zu bedeuten gehabt haben? Völlig schleierhaft bleibt's ihm.

... in das sehnsuchtsvoll harrende Völkerwirrwarr zu katapultieren. Brot-Imperialismus. Eine gewagt-anheimelnde semantische Brechung durch die Kopulation von Gigagutem vorneweg mit Megamiesem hintendran. Funktioniert auch mit deutschem Bier.

Die Auto-Düne

"Das schönste Auto aller Zeiten ist der, meine Damen und Herren, liebe Geschlechtsidentitätsgeplagte und Hijras, ich öffne nun ganz sachte den Umschlag, Moment, der ist aber feste zugeklebt, ja scheiss' die Wand an, reiss' mal einer dieses Büttenpapier ein, das gibt's doch nicht, Moment, ja, jetzt geht es doch, die Siegerkarte herausgefingert, dabei jede Handbewegung und jeden Gedanken begleitend verkünden, und nun, Verblüffung in meiner Stimme, wer hätte das denn nach dem Intro gedacht, wer hätte die Courage aufgebracht, das Undenkbare zu denken, wer - ich frage Sie - ... ach, vergelts Gott, es ist, es ist deeeer ... G o l f ... Z w o !

Das war nicht unbedingt zu erwarten, das habe ich nicht kommen sehen, verehrte Damen und Herren, ich bin sprachlos, sie merken es bestimmt, mir fehlen die Worte, mir versagt die Stimme, mir bleibt die Luft weg, ich hyperventiliere, hyper, hyper! Ich fange an zu kichern, hyper, hyper. Ist denn der *Eitsch Pii* hier im Saal, ist er? Nein, na gut, ein Golf also, darum hat meine Co-Moderatorin, viele Grüsse an dich, liebe YvonneYvetteYasmin aus Berlin-Mitte, und gute Besserung, darum hast du dich lieber ins Krankenbett gelegt, war dir zu wenig glamourös hier, verstehe ich, ist es mir auch, das Siegerauto sowieso. Du müsstest mal die peinlich aufgebrezelte Dschungelcampkandidatin dort in der zwoten Reihe sehen ... nichts für ungut, also, der Golf Zwo, na, schaue ich hier, was sich die Jury gedacht hat, oder war es gar keine Jury, wurden die Deutschen Autofahrer gefragt? Werden sie doch sonst nicht, sind doch die Melkkühe der Nation, bruuaah!

Ich bin so schlecht vorbereitet, vielleicht könnte mir die Regie über den kleinen Mann im Ohr, ... ja, nein, na logisch, dass ihr nicht wisst, was in dem Umschlag steht, schon klar. Der Golf römisch zwei also. Meistens gibt es extra noch Laudatoren, irgend ein Promi-Heiopai hätte sich doch finden lassen, der mal Golf Zwei fuhr, der darin entjungfert wurde, sein höchstpersönliches Brokeback Mountain fand, in *irgendeinem* Volkswagen geknutscht hat, aber hier - null Interesse, eine lieblos hingeschluderte Gala, ein hingerotztes Programm, ein megamieser Präsentator, und dann - Golf, Golf Zwo, das saubere Diesel-Wunder vom Mittellandkanal. Aber ich bin Profi, ich rede Scheisse zu Gold, ich bin das Rumpelstilzchen unter den Moderatoren. So, hier steht es, die knappe Begründung der Jury also lautet, und ich bin mir da sehr sicher, dass sie, geehrte Herren, verehrte Damen, dass das Publikum hier im Saale, genauso darauf erpicht ist, zu erfahren, warum. Also, ich lege los: 'Der VW Golf II ist das schönste Auto aller Zeiten, weil er das entscheidende Quäntchen grösser als der ein wenig unterdimensionierte Golf I ist, und dabei nicht so kackbeliebig designed auftritt, wie die vielen Golfs, die ihm nachgefolgt sind und nachfolgen werden. Gezeichnet: Die Jury, Niedersachsen im Mai diesem Jahres.' Diese*m* Jahres? Ist garantiert falsch. Zum knackkurzen Rest der Hymne - ja, da ist was dran, trotz der Unflätigkeit im Mittelteil der Eloge, und es scheint mir doch ein sehr objektives Urteil dieses fachmännisch besetzten Gremiums zu sein. Zeitlos wohlgestalt, das ist er schon, dieser Golf der Zweite, und nun, liebes Publikum, nun darf ich doch etwas aus dem Nähkästchen plaudern, zum Golf, was da drin abgehen kann. Kathleen hiess sie, nein, Kathrein, Kathrein Knusper, ein eher mittelhübsches Mädchen aus meiner Abi-Klasse in Datteln. Die hatte vom Papa einen rotweinroten Golf zwo, mit Schiebedach, und, naja, sie wissen es, sie ahnen es, aber werfen sie nicht den ersten Stein, es war auch *ihr* erstes Mal. Hat sie gesagt jedenfalls. Wie bitte, ob man das nicht bemerke, werde ich gefragt von einem gewichtigen Herren aus Reihe eins, wer sind sie denn, Aufsichtsrat bei, ich verstehe nicht, ach, sie sind Juror hier? Sicher doch, fragen dürfen sie, ist ja ein freies Land. Aber ihnen antworten, nun, das wäre doch sehr persönlich, da kennt man mich aber recht gut, da lege ich Wert drauf, da bin ich eigen, Privates gehört nicht in die Öffentlichkeit, und Intimes schon gar nicht!

Was mag aus der drögen Knusper geworden sein? Die soll dann in den Osten rüber gemacht haben, nach Frankfurt-an-der-Grenze, soll schon mal verheiratet gewesen sein, heisst jetzt Kathrein Kröt, doofer Name, doofe Frau, nichts für ungut, wohnt angeblich wieder in Datteln, nun an der Grenze zu Oer-Erkenschwick. Formschön war die nicht, das kann ich hier, ganz unter uns, verraten, kein Arsch und keine ..., aber nein, kein Schneewittchenwortspiel, das wollen sie doch alles gar nicht wissen. Zurück zu meinem Job hier, zurück von den Peinlichkeiten der Adolo, äh, der Jugend, zum Faszinosum Automobil, zu den Autos, diesen mal über-, mal unterschätzten Kreaturen, zu unserem Laureat. Oder muss es hier Laureat*en* heissen? Ist mir egal, und ich will hier mit meiner Meinung nicht hinterm Berg halten, ich möchte jetzt und hier ein Stück weit provozieren, sie wissen aus vielen meiner Auftritte, dass ich die Dinge beim Namen nenne, dass ich nicht käuflich bin, dass ich frech bin, fast ein bisschen flapsig werden kann, also - here we go! Was lässt jede Weltengegend erstrahlen? Die vollständige Abwesenheit von

Kompaktwagen der Marke VW-Golf, dieser Plage von zum Zwecke des Entgeltens von einstmaligen Härtetrainern, zur Zahlung von Umweltstrafen und zur Förderung von Golf-Fussball, also von Kicken in der unteren Mittelklasse, sie verstehen den Scherz. Von diesen völlig überteuerten PKW, aufgedonnerten Kleinwagen, die sich selbst als Massstabsetzer und Klassenprimaten noch immer zu begreifen nicht entblöden. Abzulehnen. Mit einer Ausnahme, eben dem heutigen Sieger, besonders in der Variante mit den zwei Türen, aber nicht der mit dem Steiss, wie hiess der doch schleich, äh, gleich, Jetta, oder fast so! Hatten die damals eigentlich schon Airbags und Kats und so? Ja?

Ich schaue auf meine Uhr. Kinners, wie die Zeit vergeht, so schnell ist dieses rauschende Fest automobiler Selbstversicherung zu Ende. Ich muss zum Flieger, kleiner Schlussscherz; wetten, dass? Also: Der Golf zwo, mehr braucht man zum Thema Auto nicht zu wissen. Vielen, vielen herzlichen Dank!"

Die Düne, auf der Zac gegen Sport und Künstler wettert

Sport (und Kunst und Kunst) und Sport werden total, total überschätzt. Ausser Fussball. Fussball kann nicht überschätzt werden. Zumindest der, der von Männern gespielt wird. Zac hat seine Gedanken so im Würgegriff, dass sie nicht abschweifen in Richtung Selbstbelustigung über Frauenkicken, dem Curling der Sommersportarten, solche Gedanken sind billigster Spasstünneff für Comedy-Trollos, die Sport als Objekt ihres Unvermögens, kreativ zu witzeln, entdeckt haben. Zac geht es hingegen um die ganz grosse Nummer, um den letztgültigen, totalen Verriss dessen, was da Leistungssport heisst, nein, geheissen wird. L e i s t u n g s sport, pah! Was soll denn Sport ohne Leistung sein, nur Sport? Sport ohne Leistung meint Gammeln, Abhängen, Chillen, nur eben nicht Sport. Punkt. Umgehend fallen Zac die vielen Aussagen deutscher Spitzensportler ein, die frohgemut via TV ihren heimischen Sponsoren, den Steuerzahlern, verkünden, im Wettkampf einfach mal unverkrampft Spass haben zu wollen, um sogleich selig lächelnd im Mittelfeld, im Mittelmass zu landen. Was nervt ausserdem, warum gehört Sport abgeschafft? Doping?

Nun liebe Kinder, gebt fein Acht, ich habe euch etwas mitgebracht, etwas, was Mama und Papa leugnen werden, indes ist das Allerschlimmste am Sport das Doping, muss so sein, selbst wenn Zac im Moment einiges fur ien praa ednehcstupfua Neznatsbus, oh Gott, mehr Konzentration, Zac, du musst dich fokussieren! Selbst wenn Zac im Moment sehr viel für ein paar aufputschende Substanzen geben würde. Zum Kuckuck nochmal, Konzentration und von vorn: das Allerödeste ist gerade *nicht* das Doping! Mit der Mitteilung, Doping sei übel, würde kein Kind seine Eltern hinterm Kachelofen hervor locken. Nein, das Totalnervende ist der Contra-Doping-Feldzug, der irrwitzige Furor gegen Dinge, die Menschen sich selbst antun, ihrer Gesundheit und vielleicht noch Funktionären, Sponsoren und Sportwettern. Dafür müssen moderne Profisportakteure mittags.abends.nachts.nachmittags und früh.mittags.morgens.vormittags und so weiter unter halbstaatlicher Aufsicht pullern. Was sagen denn die Datenschützer ... na, den Gedanken drückt Zac lieber weg. Und ausser Boxen. Zurück zum Doping. Und ausser Snooker. Allsdann, dieser Antistimulanzienkrieg hat nur eine Rechtfertigung - den Schutz der strebsamen Kinder, die dem Irrsinn Sport mit Ambitionen zu Höherem, als bloss Schulmeister (was etwas anderes ist, als Hausmeister) zu werden, verfallen sind. Oder durch ehrgeizige Eltern verfallen werden. Der Rest ist egal. Was soll also die Erfindung der Straftat Sportdoping, erhält jeder olle Beruf seinen eigenen Schutz-Paragraphen? Schutz der Kollegen vor den Kollegen. Schutz der angegrauten Friseurmeisterin gegen die trendige Jung-Friseuse, die Stimulanzien - Red Bull und Kippen und House - nutzt, um schneller zu frisieren, und so mehr Trinkgeld kassieren kann? Unfaires Erschleichen von Schnippelvorteilen! Schutz gegen die junge Servierkraft, die sich aufhübscht und tiefst dekolletiert, damit mehr Tip kassiert als die verdiente, aber sichtbar ältere Kollegin? Verstoss gegen die Generationenfairness! Oder, retour im Sport, im Fussball, das vorsätzliche Handspiel, strafverschärfend, wenn im Abseits begangen, im Bobsport das Verbrechen Kufenvorglühen. Oder das Luftrauslassen im Profiradsport, was soll das (Herbert Grönemeyer)? Im Gegenteil! Ist doch Zac egal, was im Gegenteil hier bedeutet, ist heiss hier, selbst wenn die Dämmerung dräut. Ausserdem ausser Ausdauerlaufen.

Warum also will Zac den althergebrachten Leistungssport von der Relevanzbühne schubsen? Was nervt? Die Emotionen, die Begeisterung, das Mitfiebern, -leiden, -freuen, das Gesaufe, um beim Biathlon Langeweile und Kälte in bewährter Manier zu bekämpfen? Das Gegröle, um beim Eiskunstlauf Langeweile und Kälte ohne harten Alk zu töten? Oder müsste Zac dabei an Eishockey denken? Was war jetzt gleich der Sport für echte Männer? Ist doch sein hottes Hirnschmalz nicht wert, hier Worte zu klauben. Worauf Zac hinaus wollte, will und wollen wird - man muss alle Sportarten streichen und durch eine exklusive, eine allereinzigste Sportart ersetzen! Eine Universaldisziplin, in der alles steckt, eine Allrounderin für die Breite und die Spitze und das mediokre Zwischengewusel, für Frühling und Herbst und die belanglosen Minuten dazwischen. Für ihn und es und sie und alle Lebensformen, für die mit Beeinträchtigung und die ohne sichtbare solche. Für Atheisten und Deisten und alle Suchenden auf jeglichen Wegen zu Gott, für starke Arme, schnelle Beine, helle Köpfe, adlerane Augen, flächenstarke Schwimmhäute, spritzarme Eintaucher, flinke Füsse, flotte Fäuste, beneidenswerte Ballaffinität, filigrane Fingerfertigkeit, ausdauernde Ausdauer, explosive Schnellkraft. Den Ultimativglobalcontest. Folgt noch der Hammer, nein, kein Vorschlag, was die Sportfreunde in der Zukunft sportlern werden. Nein, der Austragungsmodus ist der Börner: Da soll es doch früher, dereinst in den guten alten Zeiten, im Mittelalter und ringsum, als die Ritter noch edel, das Feindbild noch klar, die Marketenderinnen noch promisk waren, als Saladin und Richard Löwenherz vor schierem Edelmut fast barsten. Dereinst soll, und es könnte ebenso später oder viel früher oder ganz woanders oder gar nicht geschehen sein, vielleicht gar bei den Indianern. Dereinst soll es sich begeben haben, dass, wenn es Anlass zu waffenstarrendem Diskurs gab, allein der eine König und der andere König sich duellierten, statt ihre Völker aufeinander eindreschen zu lassen. Der überlebende Zweikampfkönig bekam alles, einschliesslich der Witwe, oder, im Morgenland, inklusive Witwen, des Losers. Coole Sache, ressourcenschonend. Für unsere neue Supersportart ist das Duell-Modell gleichermassen geeignet, denn nun brauchte man weltweit pro Nation allenfalls einen Universalathleten. Der erledigt alle Wettbewerbe, alles im k.o.-Verfahren, aus und vorbei für alle diese von wildem Wahn gezeugten Ligen, Staffeln, Vor-, Haupt-, Endgruppen, Vereine, Verbände, Klassen und Staffeln. Häh, Staffeln? Gerade schon gedacht und gleich nochmals gedacht!? Klar, kommt unter den schicksten Scheiteln vor. Damit wären die Emotionen wieder im Rennen, jeder kann seine mentale Power, seine Gefühlsduselei und unterdrückten Triebe auf seinen einen Athleten in der einen Universalsportart bündeln, kann noch mehr als bisher, nämlich ungeteilt, mitfiebern und mitleiden. Genau genommen, und das belegt, dass in Zacs Hirn trotz Hunger plus Durst kein Raum für oberflächliches Gedenke ist, ist es keine Sport a r t, denn es gibt in dieser wunderprächtigen Zukunft nur - SPORT. Ende der Sportspinnerei.

Einstieg in die Kulturspinnerei. Künstler, Kunst, Künstlerinnen, noch ein Thema, das zu überdenken sich zwar lohnt, doch, Zac ahnt es, diese Gedanken werden keine Analgetika sein, dieser Ausflug wird kein leichter sein, dieser Weg wird steinig und schwer (Xavier Naidoo). Höchste Hochachtung lässt Zac walten vor den Schriftstellern, Schreiberlingen und Literaten, den Malern, Zeichnern und Kraklern, vor den Fotografen, Lichtbildnern und Digitalisierern, vor den Musikern selbstverfreilich, vor denjenigen, die ihr Innerstes in irgendeine Formensprache giessen und mit der Künstlersozialkasse zu tun haben. Sie alle meint Zac. Sie, die sie sich ohne Unterlass fragen, ob jeder Künstler ein Kreativer ist, oder andersrum, ob Kunstschaffen Arbeit ist und wie man sich in diesen extrem harten Zeiten, in denen lange Deck- und Barthaare die Häupter und Gesichter von, amtlich hochgerechnet, 87 Prozent aller Männer unterhalb des bundespräsidentenbefähigenden Alters überwuchern, denn überhaupt noch zum Künstlerstatus hinfrisieren kann. Da schweifen Zacs Gedanken, das ist doch trivialer Käse, Böswilligkeit von anno Dunnemals, pah, wann sollte je ein Künstler auf so schnöde Aspekte wie die eigenen Äusserlichkeiten geachtet haben - das Werk steht im

Mittelpunkt, nicht die Person. Darin gleichen sie den Politikern, die nicht müde werden, dem Volke zu tirilieren 'Es geht um Inhalte, nicht um Personen!' Doch ist es nicht dieses, über das nachzudenken Zac sich anschickt. Es ist vielmehr eine durchaus verbreitete Art von Künstler-Hoffährtigkeit, die sich ungefähr so anhört: 'Da kommt doch nach der Lesung, in der Konzertpause, bei der Vernissage so ein(e) Mann, Frau, Typ zu mir, und sagt mir: *Ich schreibe ebenfalls!* Und ich sage dann: *Ah ja, das ist aber schön*, und denke: Oh Gott, man geht doch nicht zum Richter und sagt: *Ich urteile auch!* Oder zum Bauern und sagt: *Ich ernte auch!* Oder zum Soldaten und sagt: *Ich schiesse auch!* Oder zur Pornodarstellerin und sagt: *Ich poppe auch!*' Arroganz, du bist ein Meister in deutschen Künstlerkantinen.

Was aber wäre, wenn zu diesen Schnöseln nun ein Publikumsangehöriger käme, um ihnen zu flüstern *'Ich schreibe usw. auch - und zwar besser als Sie!'* Das würde in einer ansehnlichen Zahl von Fällen sogar stimmen. Von Zac gibt es noch gratis einige ultraabgeklärte Gedanken, gedacht für erklecklich viele hybri̦se (Ja, hybrise!) Kreative. Drei kleine Merksätze sind es, zu tätowieren hinter die, idealiter abstehenden, Künstlerohren:

Drittens: Spott nur über Leute, die dafür bezahlt werden, verspottet zu werden - die Künstler selbst, Sportler, Politiker, alle Medientäter. Zweitens: Nie die Hand beissen, die einen nährt. Erstens: Man sieht sich stets zweifach. Klingt banal, ist es auch.

Denn es kann keineswegs gänzlich ausgeschlossen werden, dass der bei der Signierstunde ungefragt seine künstlerischen Ambitionen Offenbarende dereinst als Oberarzt im OP-Saal am offenen Leibe des schnöseligen Künstlers steht. Das Letzte, was unser blasierter Autor dort hört, bevor ihn ein Sud aus Anästhetika, Opiaten und Muskelrelaxantien entspannt hinweg dämmern lässt, ist: 'Drücken sie die Daumen, dass ich besser chirurgiere, als ich - jedenfalls wenn ich ihren Gesichtsausdruck bei meiner freundlichen Small-Talk-Information, diesen leicht lesbaren Ausweis ihres Dünkels, der sie Lügen strafe, der ihre scheissfreundlichen Plattitüden als Heucheleien sonder Beispiel entlarvte, platt und bar jeder Finesse, darin ihrem dünnen Werk, ihrem kläglichen Œuvre, gleichend, als Skala verwende - schreibe. Wenn sie den Satzbau nicht kapiert haben, sie Wichtigtuer, dann liegt das nicht, ich wiederhole: nicht, an den Drogen, die ihnen zu geben ich leider gezwungen bin. Aber seien sie gewiss, dass ich ausgesprochen vorsichtig dosiert habe, lieber gab ich ihnen eindeutig zu wenig Antischmerzmittel, als dass ich die Ressourcen meiner Klinik ausgerechnet an sie verschwende!' Also, ihr kreativen Freunde, Obacht, wenn euch eure Überheblichkeit anspringt!

Künstler. Kunstproduzenten haben obendrein, *mucho simpatico* Macken. Zum Ersten, dass sie sich für diesen Beruf entschieden haben. Doch Vorsicht, lieber Zac, warnt sich Zac, das schon gar stimmt nicht, stimmt gar nicht schon, stimmt schon gar nicht. Booah, war das schwer. Zurück zum Punkt, denn sie, die Artisten, haben es verdammich verdient, dass Zac Ihnen seine ganze Aufmerksamkeit, diesen perfiden Filter des Bewusstseins, zukommen lässt, seine Zuwendung ungeteilt, unshared, ja was denn eigentlich, zuwendet: Künstler wird man nicht per rationaler Entscheidung, das wird man nicht, indem man dem Finanzamt mitteilt, fortan als *artist* sein zu versteuerndes Einkommen erwirtschaften zu wollen, oder in der Weise, dass man 'nen Arbeitsvertrag mit dem zuständigen Landeskultusminister schliesst. Was sollte da auch drin stehen als Berufsbezeichnung? Künstler? Oder Schriftsteller, Schreiberling, Bestsellerautor, Hitsänger, Powacklerin, Kabarettkomiker, Raucher, Soko.Klein-bis.Mittel-Stadt.Comissario, Mit.dem.Saxophon.die.Nerven.anderer.Menschen.Töter, Popsternchen, Wissens- oder Was-mit-Tieren-Show-Gast, T. Schweiger, Surf-Poet, Schwulst-Prolet (mit kurzem u), Schwulst-Poet (nun mit langem u), Darsteller, Zirkusartist, DJ, Spinner, Bratschist, Schlagerist, Violoncellist, Harfenist, Gitarrist, Komponist, Ist-ist, Regisseur, Rockmusiker, Grungeheld, Gymnasiastenpopperformer, Burlesque-Ikone, Äquilibristin.

Äquilibristin? Das sind Frauen, die gekleidet sind wie Funkenmariechen, aber ohne deren Doofkappe, mit eher kurzem Rock über kräftigen Beinen in Strumpfhosen. Im Zirkus. Im Cabaret. Die also strecken die Arme links und rechts waagerecht weg, und lassen sich daran von Männern in etwas angeschmuddelten schwarzen Schlaghosen, mit roten Plusterärmelhemden unter silberbestreiften Schwarzwesten, in die Höhe heben. Lächeln!!! Unter die Beine der Artistin schiebt irgendein Hilfetyp kreuz und quer kurze Rollen, die ungefähr so aussehen wie das Innenleben vom Toilettenpapiervorrat für Gemeinschaftssanitäreinrichtungen, oben drauf ein glänzendes Minibrett, da drauf auf diese Wackligkeit kommt die Manegenschönheit, doch schüttelt die sogleich affektiert ihre tiefschwarze Haarpracht, will höher hinaus! Und lächeln!!! Wenn diese total instabile Rollenkonstruktion ungefähr drei Meter hoch ist, wenn der Hilfetyp oder der Zirkusdirektor mit viel Mühe den Wackelhaufen und den ungeduldig johlenden Zuguckermob - Kinder zahlen für die Spätabendvorstellung nichts - im Zaume halten kann, wenn die Löwen und Kamele in der Tiershow hinterm Zelt - Besichtigung und Fotos mit der Monsteranakonda in der Vorstellungspause für 5 Euro p.P., Erwachsene zahlen die Hälfte, Kinder das Doppelte - vor Aufregung feucht unter sich machen, dann ist es soweit: Die beiden Männer in ihren 50er Jahre-Show-Outfits heben die Hauptaktreuse auf den Riesenrollenstapel, auf das Wackelbrettchen auf dem Gipfel, ja, und lassen sie - oho, das kann doch niemals gut gehen, da gibt es einen Trick, Magnete oder so - und lassen sie ... los! Die Künstlerin schwankt etwas auf ihren strammen Waden, sie tariert sanft aus und ... und ... und vermindert geschickt ihre Volatilität, sehr konzentriert, doch dann hat sie ihr inneres und äusseres Gleichgewicht gefunden, sie hebt den Kopf, sie schaut in siebenhunderteinundsechzig schreckgeweitete und auf dreiundneunzig schreckensstarr geschlossene Augen, lächelt, und erreicht den kollektiven Klimax, wenn sie, die Arme noch immer waagerecht zur Seite gestreckt, die Hände mit der Eleganz von dreihundert Jahren Zirkuserfahrung nach hinten dreht wie Vicky Leandros, nun die Handflächen kuppelwärts gerichtet, endlich Arme und Kinn, kaum wahrnehmbar, hebt, ins orgiastische Publikum strahlt, und schreit 'Voilá!' Das ist die hohe Kunst der Eckwilibristen, nein, Äquilibristen.

Vorwärts mit der Frage nach der exakten Berufsbezeichnung: Bildhauer, Malerpapst, Photograph mit/ohne Photoshop, Beatle-Imitator, Abstraktmaler, Nacktmaler, Nackte-Maler? Zac wüsste nicht, was er als Berufsbezeichnung verwenden sollte. Unlösbares Mysterium, aber was soll's, man braucht es nicht entmystifizieren, denn Musensohn oder -tochter, das IST man. Fertig. Wenn einer ein Künstler kraft höherer Gewalt IST, dann IST er das bis zum Ende seiner Tage, dann kann die arme Suppe nicht einfach sagen, ich - ich Künstler - sattele um auf normal, bin nicht mehr Theaterstar, rocke nicht mehr die Messehallen und Stadien der Stadt und des Erdkreises. So. Zac fällt es schwer, das zu denken, was ihm in wenigen Sekundenbruchteilen durchs malade Hirn schlabbern wird: Wem die Vorsehung die Gabe gab, mit feinem Spiel die Mitmenschen an ihrer Seele zu kitzeln oder unverstanden, aber tröstlich von Drogen animiert, einfach vor-sich-hin-zu-schöpfern, dem wurde nur zu oft die flehentliche Bitte um die Fähigkeit zum eleganten *coming raus* aus dem Künstlerdasein abschlägig beschieden. Nicht allein Segen, immer auch Fluch, dieses unentrinnbar berufen-sein bis zur Urne und 70 Jahre darüber hinaus.

Was kommt dann, Zac fragt sich, was täte er dann tun, wenn er - der Herr-sei-bei-uns bewahre ihn alle Tage davor! - ein Künstler wäre, nicht so ein richtig hochwertiger Kulturschaffender, kein(e) A. Fältskog oder B. Ulväus oder C. Abbado. Oder Joopi Heesters. Auch nicht einer der Wannabes, der OneHitWonder, der Eintagsfliegen der Popkultur. Auch keiner der Öffentlichkeitsablehner, die allein auf Bühne und vor Staffelei und am Schreibtisch rumkünstlern, eher in der Preislage von ... oder ... und ... oder gar ... Nein, so schlimm nun wieder nicht; hier im Sand ist man nicht gefeit vor den abstrusesten Absurditäten. Bestimmt wäre er singender Schauspieler, das sind die Meistpeinlichen, also, eigentlich wäre er Schauspieler, doch es läuft nicht mehr so gut, die Degeto-Niveaubewahrer melden sich seit (gefühlt) der Wiedervereinigung nicht mehr, irgendwelche Produzenten rufen zwar bei seiner Agentin an, aber nicht, um ihn zu buchen, sondern ausschliesslich, um diese Schabracke zwecks Beischlaf zu daten. Vorabendserie? Tatortkommissar? Kochshow im Zweiten und den Dritten der Privaten? Rundreise durch das Sendegebiet eines ARD-Dritten einschliesslich Ranwanzerei an Dorfchronisten und offenkundig verlogenem Geschwafel über die Reize der Provinz? An Dschungelcampquatsch mag er nicht, noch nicht denken. Ein Leben als Rentier, als Renntjeh, gespeist von den Mieteinnahmen aus dem vom noch in den guten alten Zeiten unter Helmut Schmidt oder war es schon Kohl verdienten Schotter angeschafften (übrigens - der laufende Satz wird völlig ohne Komma auskommen müssen) Immobilien was freilich nicht stimmt nie hatte die Gage dafür gereicht üppig war es nie zugegangen in seiner Künstlervita aber in der Öffentlichkeit konnte er das nie zugeben deshalb so seine clevere Idee deshalb erzählt er überall dass er sein unermessliches Vermögen in bzw. mit Ost-Immobilien versenkt habe weil er wahlweise den Brüdern und Schwestern die ihn sogar früher auf dem Traumschiff angehimmelt hätten hatte helfen wollen oder ihn sein Steuerberater hinter die Fichte geführt habe und so und nun sei nein privatinsolvent war er nicht er aber doch eher knapp bei Kasse scheidet in Ermangelung von Vermietungsobjekten aus. Also vertonten Goethe-Schmonz oder Jacques 'Schack' Brel oder Bert Brecht / Kurt Weill oder Vertonungen von Popkultur trällern, zurück zu den Graswurzeln gehen, sich in den Stadthallen von Brühl, Delmenhorst und Zittau vor siebzehn bis einundsiebzig Provinzlern verkaufen. Warum denn nicht, ist doch eine so tolle Erfahrung, wieder ohne den ganzen Schnickschnack, ohne Garderobe, ohne Manager, ohne Plakatkleber unterwegs sein, wieder ganz unmittelbar vor und für die Fans spielen, im Dienste der Treuesten der Treuen, dieser so unglaublich tollen Fans, die ihr Star-Tableau vor 29 Jahren eingefroren haben. Wieder ehrlich sein, um der Kunst willen spielen, lieber ganz wenige echte Anhänger, als eine Riesenschar speichelleckender, Fanmist kaufender, pseudo-adorender, absurd-hohe-Eintrittspreise zahlender, claquerender, twitter-followernder, facebook-freundiger

Scheissfans, die von der Fanfahne flüchten, wenn sie die ganze Belanglosigkeit und Uninspiriertheit durchschaut haben und einer neuen Sau im Dorfe nachjagen. Der letzte Satz war komplett geheuchelt. Selbstverständlich würde unser Künstler ohne jedes Zögern siebzehn ehrliche, kritische, knauserige Kleinstadtfans gegen einen dieser so zahlungswilligen wie unkritischen Bekloppten tauschen, nur findet er keinen Tauschpartner.

Die Karriere also ist vorbei, man steht nicht mehr im Limelight, den nächsten Job gibt's erst zur Wiedervereinigung der beiden Koreas, das Gold-Reh für das Lebenswerk will seit Jahren nicht aus dem Tann springen, nun ist's dringend Zeit für Talkshows. Um das erste eigene Buch auf der LED-Mattscheibe zu promoten, dabei einen Tipp aus UK zu beachten: Wear black - camera adds 10 pounds! Ein Kinderbuch soll es sein. Problem des Künstlers: Keine eigenen Kinder, wegen des ausschweifenden Vita-Wandels, oder die Abkömmlinge sind schon knackalt und selber erfolgsarm. Oder kriminell. Kinderbuchschreiben hiesse für die arme Suppe also: Fortsetzung des Karriereabschwunges mit peinlichen Mitteln. Lieber etwas Engagement. Abgehalfterte Schauspieler und -innen klettern zuweilen aus dem Abklingbecken ihrer Karriere, unterstützen liebend gerne kritische Anliegen, von denen sie freilich nicht die blasseste Ahnung haben. Keinen echten Schimmer besitzen. Die öffentlich-rechtliche Television gibt diesen armen Seelen trotzdem die pralle Brust, bittet sie in Talkrunden, wo sie ihren Meinungssenf auf jedwede Politprobleme schmieren dürfen. Als ob eine Sprech- und Fecht- und Intimszenenimitat-Ausbildung zu mehrdimensionalem Denken befähigt!

Achtung! Aufgepasst! Eine Arabische Berggazelle springt über Zac hinweg. Wie aus dem Nichts. Nicht bloss sprichwörtlich wie aus dem Nichts, sondern aus dem wirklichen Nichts, kam das edle Wüstengeschöpf herbei geflogen. Warum tut sie das? Weil sie Zac zurufen möchte: "Lieber Zac, ich bin gar keine Gazelle, sondern eine Oryxantilope. Doch ist es nicht deine Unkenntnis der hiesigen Fauna, die mich zu diesem gewagten Hüpfer über dein verhülltes Haupt trieb. Ich will dich darauf hinweisen, dass sich bei euch in Deutschland nicht allein ex-angesagte Künstler in die Tagespolitik mischen. Nein. Viele alte Politiker mit Pension, aber ohne Amt, erheben ihre greisen, mahnenden Finger gegen das allwaltende Unrecht und wider die Fehlleistungen der aktuellen Politikakteure!" Zac schlagfertig die Arabische Oryx wüstentrocken ab: "Im Ohrensessel lässt's sich leicht klugschieten!" "Auch wieder wahr, il-alliqa", spricht der verständige weisse Paarhufer, um in derselben Sekunde in das reale Nichts zu springen. Verstörend.

Zac schüttelt sich, versucht, sich zu fangen. Das funktioniert aller Erfahrung nach am besten mit flachen Gedanken. Als Zac sich über die Hunde erregte, blieb Zac cool, er bellt ja nicht. Als Zac sich über die Kabarettathleten mokierte, blieb er locker, denn er predigt ja nicht. Als Zac über die Presse schwadronierte, blieb Zac entspannt, er liest ja keine Zeitung. Wenn Zac jetzt Künstler beleidigt, dann bleibt er weiter heiter, hat eh nichts mit Kultur am Hut (fast), ist von ganz anderer Profession (nahezu), ist ein unbestechlicher (beinahe), wogleich barmherziger (unbedingt) Pontius der Ehrlichkeit. Nein, Selbstgerechtigkeit kann man ihm nie und nimmer vorwerfen. Doch sein ethisch extrem oben, schon den Sternen nahes Denken ermüdet Zac ungemein. Etwas Abwechslung, ein wenig leichtestes Entertainment täte ihm gut. Ach, ihm fehlt hier in der Wüste ein Radio, keiner Fairuz auf Mittelwelle darf er lauschen, so ganz ohne Receiver. Zac stellt sich als Ersatzsound federleichten Psytrance und ein bisschen smoothes Barjazz-Geklimper vor, bis ihn loungige Wonne durchströmt. Er dämmert sanft hinweg.

Die Radio-Düne

' ... hazam halum gelum daza, niaculum lulum saza, hasum halum gelum daza, niaculum lulum saza ...'

Redakteur im Studio: "So, ich gehe hier schon rein in den oder, besser, *raus* aus dem ersten Song. Das war, die Jüngeren in meinem Stammpublikum werden ihn bestimmt erkannt haben, Sven Väth mit 'Electrica Salsa', mit frühem Techno aus dem Jahr 1986, wenn ich mich recht erinnere. In jedem Falle aus den Achtzigern. Einem Jahrzehnt, welchem am heutigen Abend noch eine gewisse Bedeutung zukommen wird.

Genug des Intros. Verehrte Kulturinteressierte vor den gemütlich klingenden Röhrengeräten, ich grüsse sie herzlich! Sie lauschen sicher via DABplus, streamen sich, wie jede Woche, meine Geistreichigkeiten in ihre digital infizierten Lauschextremitäten. Doch erzeugt solch semiironisch-nostalgisches Geflunker von Röhrenempfängern und Dampfradios ein wundervolles, wohliges Gemeinschaftssentiment. Sie dürfen sich freuen auf eine, wie gewohnt, aufregende Collage aus Klängen diversester Farben und vielen klugen, munteren, petiten Wortwechseln zwischen mir und meinem parlierfreudigen Gast, auf einen lustvoll reflektierenden Diskurs. Wie sonst auch, haben sie die Möglichkeit, uns per Telefon, per Fax, E-Mail, Telegramm oder berittenem Boten zu erreichen, uns auszufragen und sich in meine Unterhaltung einzuschalten. Freilich geht es hier und heute Abend nicht um mich, den ausnahmsweise gut gelaunten, leider weithin unterschätzten Kulturredakteur, dessen Namen sich niemand merken will, sondern um Judith Tribon. Ein warmes Willkommen und guten Abend, Frau Tribon!"

Judith Tribon: "Auch ihnen, verehrter Herr Redakteur-im-Studio, dessen Namen mir gerade entfiel, und den Zuhörern einen guten Abend. Ich grüsse sie von Herzen!"

R.i.S.: "Künstlervagabund, globetrottender Tausendsassa, arroganter Bühnen-Luftikus mit - wegen ihres Universitätsabschlusses - elitärer Attitüde, so etikettierte man sie, liebe Frau Judith Tribon, wenig genderesk und sehr intellektuellenfeindlich über viele Jahre hinweg.

Doch in den letzten Jahren ist es ruhig geworden um sie, weder Film noch Bühne sahen sie. Wie kommt's? Woran lag's? Was war los?"

J.T.: "Es war mir ein ganz tiefes Bedürfnis, meine Vita zu erweitern, sagt man so? Ich weiss gar nicht, notwithstanding, rum wie num, im Alter wird das noch schrecklicher: Mal spreche ich amerikanisch, wegen meiner Jahre mit Jazz-Dance bei Frank Hatchett und am Lee Strasberg Institute in Big Apple. Sie wissen, ich war dort erst Schülerin und viele Jahre später Lehrerin. Mal drängt ein schwacher Hauch vom Thüringisch meiner Eltern, die diesen Dialekt nach ihrer Vertreibung durch den Russen - entschuldigen Sie, darf man das denn sagen, der Russe, oder darf man es nach Gorbatschows Konterrevolution und Putins Reconquista nun wieder sagen, wissen sie das, naja, sie wollen mich interviewen, junger Mann, nicht umgekehrt, ich weiss es nicht. Verstehen sie? Nein, sie verstehen das nicht. Ihr Gesicht ist ausdrucksfrei, die Augen glasig, trinken Sie?"

R.i.S.: "Trinken? Ich? Darauf muss ich nicht antworten, Verehrteste, doch weil sie es sind - nein, ich bin trocken. Und Sie?" Der Interviewer, Feuilletonredakteur seit unvordenklicher Zeit, hofft, die vielleicht mittfünfzigjährige, deutlich jünger aussehende, sehr gepflegte, sportlich-elegante Dame mit dieser plumpen Vertrauensheischerei zu einem knalligen Auftaktgeständnis zu tricksen.

J.T.: "Saufen? Oh, no, no, nee. Ab und an einen guten Roten, um bei der Schreibarbeit zu entspannen, mehr gibt es kaum bei mir."

R.i.S.: "Geschickt, geschickt, wie sie, Verehrteste, die Rede auf die Schreibarbeit, auf ihr Buchprojekt lenken, mit so viel Finesse, wie sie in den späten Siebzigern, frühen Achtzigern ihre Frauenrollen angelegt hatten. Das waren häufig Frauen, die ihrer Zeit voraus waren, mit beiden schlanken Beinen im Hier und Jetzt stehend. Oder eben im Damals und Dort gestanden habend. Ich denke an ihre wundervolle, filigrane Odette in 'Café Odette', an die sehr sphärisch angelegte Ottilie in 'Brasserie Ottilie', an sie als feenhafte Ordula in 'Ordulas Ovarien'. Sie waren ein strahlend leuchtender Solitär am Firmament des westdeutschen Filmschaffens. Nun kein Film, nur Buch?"

J.T.: "Ach, hören sie schon auf, mit dem Buch, dass ich darüber sprechen will, das hatten wir im Vorgespräch genau so durchgeknetscht. Ge-nau-so! Und die Filme waren alle, gelinde geurteilt, Bildungsbürger-Fuckkackdreck. Bin ja deswegen dann rüber nach Amerika. Weg vom deutschen Schubladendenken. Wie gerne hätte ich mal eine billige Komödie gedreht. Der Flimm Flumders wollte lange sowas machen mit mir, so eine pornige Trashklamotte, aber, fuck you, der wollte es doch mit mir schnell mal unter der Dus"

R.i.S.: "Verehrteste, sorry, dass ich ihnen mitten ins Wort, sogar ganz exakt in die Mitte des Wortes falle. Ich will sie vor einer argen Peinlichkeit bewahren! Ältere Damen und Herren kommen auffallend oft erstaunlich schnell auf *das eine* Thema und wie begehrenswert sie einst, in ihrer lange verblichenen Jugend waren. Wird peinlich. Pause, Pause, Pause. So, ihr Buch, sie schreiben daran seit langem, es ist ihr erstes Werk, es wird ihr erstes Werk sein, einige Jahre schon beschäftigt sie dieses Projekt. Fällt ihnen das Schreiben leicht?"

J.T.: "Ich will das Süffisante in ihrer Frage geflissentlich überhören. Ja, der Stoff fliesst mir aus der Feder wie, wie, wie das Bier aus der Flasche, wenn man die volle Pulle heftig auf den Tisch knallt, *aufstukt*. Heisst das so oder drückte ich mich zu ungepflegt aus? Ich habe Durst. Craving. Wenn sie verstehen, was ich meine. Egal. Nein, gut Ding will Weile haben, Qualität geht vor Schnelligkeit, in der Länge liegt die Würze."

R.i.S.: "Und die Jüngste sind sie nun nicht mehr. Wobei man ihnen ihr Alter nicht ansieht. Verwegen, wie ich eine veritable Beleidigung durch ein nassforsches Kompliment in das Gegenteil verkehre, doch, sorry, die Meisterin des Wortes sind hier sie! Deshalb nun ein Themenwechsel. Erstmal ein kurzes, unser zweites Musikstück. Sie, verehrte Hörer und Hörerinnen, werden heute keine klassische Musik hören. Ich erlaube mir, zur Erklärung ein wenig aus dem kultusjournalistischen Nähkästchen zu plaudern. Mein Gast, Judith Tribon, blamierte sich vor vielen Jahren in einer Sendung des dazumaligen Südwestfunks, in der es galt, recht gängige Stücke aus dem Kanon klassischer Kompositionen zu eruieren. Seit dem quält mein Gegenüber eine Classicophobie. Das durfte ich, das musste ich verraten. Retour nun zum hier und heute und sogleich. Ihr Wunsch, Frau Tribon, nein, nicht 'When I'm 64', ihr Wunsch ist 'Fairground' von Simply Red, wie kommt's?"

J.T.: "Zip it!"

'Driving down an endless road, taking friends or moving alone, pleasure at the fairground on the way ... And I love the thought of coming home to you, even if I know we can't make it, I love the thought of giving hope to you, just a little ray of light shining through.'

R.i.S.: "*Schosst äh littl räy of leit tscheining sssruuh*. Das Radio-Volk kann hoffentlich hören, wie frohgemut selbstzufrieden ich dreitagegraubärtiger Moderator grinse und flachse. Ach, der gute alte Mike Hucknall, das 'alte' streichen sie einfach. Der Typ soll doch sogar eine Liaison mit Steffi Graf gepflegt haben, unserer total toughen Tennisteutonin aus Mannheim. Aus der Stadt, in der auch sie dereinst das Licht der Quadrate-Welt erblickten. Ja, wie lange ist das nun wieder her?"

J.T.: "Don't be naughty! Sie wollen hier, mir scheint es so, den rhetorischen Raufbold geben, oder warum fragen sie so unverblümt verblümt? Bestimmt kommt noch ein Spruch über meine Figur, wie, haha, gut die zu Mannheim passe, weil die so, haha, quadratisch sei!"

R.i.S.: "Wie das? Nein, nein, sie sind schlank und rank, wie man es von älteren Rotweinschwestern"

J.T.: "Such a funny stuff! But, heisst das nicht Wermutbrüder?"

R.i.S.: "Von alten Rotweinschwestern gewohnt ist. Ich darf den Kulturbrüdern draussen an den Volksempfängern einen vitalen Blick auf meine wundervolle Gästin, die schon im letzten Jahrhundert, ähm, Jahrzehnt für ihr Lebenswerk geehrte Judith Tribon gewähren. Sie hat ein feines Gläschen, nein, exakter, ein Gläschen feinsten Rotweins, einen Klischee-Chianti vor sich."

J.T.: "Merlot! Merlot ist das! Was Besseres hatte der Bahnhofsshop nicht, und so ganz ohne Roten wollte ich nun doch nicht bei ihnen im Sender aufschlagen. Hier gibt es ja nichts mit Niveau, immer bloss Kölsch, Kölsch, Kölsch. Wegen des kölschen Lokalkölschorits. Besonders albern, verehrte Hörer, besonders bescheuert erscheint es mir, ich muss ihnen das erzählen, dass hier im Sender auf allen Getränkeflaschen in der Gästegarderobe die Etiketten überklebt sind. Auf den Flaschen in der Garderobe! Camouflage aus pathologischer Urangst vor dem Product Placement. Was oder wer macht ihre Chefs eigentlich so ängstlich, ist es Transparency International oder eine grundsätzliche Ablehnung des Fetischs Markenprodukt?"

R.i.S.: "Whow, warum so angriffslustig? Eigentlich adstringieren die Tanine im Merlot-Chianti doch! Jetzt folgt keine allzu erwartbare Anspielung, kein Discount-Scherz über alten Wein. Geschenkt. Die Getränke haben abgeklebte Etiketten, weil sie vorher in der Talkshow 'Wer braucht noch Fakten - Die Talkrunde ohne Faktencheck-Sperenzchen, ohne Zuschauer-Mails und ohne diesen Einspielerquatsch!' auf dem Tisch standen. Wir müssen nämlich in grossem Masse sparen hier, so. Um den Chef zu löhnen und die KFOR, oder wie diese Kommission für das Steuersponsoring unseres Qualitätsmediums heisst, zu besänftigen. Das ist alles so hanebüchen! Nun geschwind zurück zum eigentlichen Thema, zurück zu unserer wunderbaren Gastkünstlerin - zurück zu Judith Tribon. Was ist denn das Thema ihres Buches, worauf darf sich Herr Scheck freuen, warum lassen sie uns so lange warten?"

J.T.: "Frau Tribon schraubt die mitgebrachte Weinflasche auf, um sich ihr Wasserglas voll zu plätschern. So, ja, es ist vollbracht, der Merlot ist befreit vom Drehverschluss und darf in der sanften Studioatmo, im leicht gedimmten, warmen Licht sein Bahnhofsbouquet entfalten. Ich bitte um Nachsicht, ich rede eigentlich nicht von mir in der dritten Person, aber, ihr lieben Rundfunksteuerzahler in euren SUV von auf der A 1 bis auf der A 995, ihr solltet, besser: sie sollten wissen, was ich hier tue. Sie haben schliesslich bezahlt. Also - mein Roman. Ich muss etwas ausholen."

R.i.S.: "Soll ich derweil noch etwas Wein holen? Wir haben einige Stunden leichten Plauderns vor uns."

J.T.: "Keine Sorge, liebe Hörer, ich ignoriere den frechen Radioknecht. Mein Roman, ja. Ein Sujet schwebte mir lange vor, ich wollte über das Ältern, ähm, Altern schreiben. Nichts über Alzheimer, Pflegeheim, Rente, Rentensteuern, Demenz. Eher etwas über die Lebensjahre zwischen ungefähr 47 und 59, keine pseudohumorigen Geschichtchen, nein, ein ernsthafter Roman über Jahre des persönlichen Wandels sollte es werden. Das liess sich richtig gut an, ich hatte einen Verlag, ich hatte einen Vertrag, ich hatte zwei Drittel with childlike enthusiasm geschrieben, doch als ich zu Weihnachten des vorletzten Jahres aus den Staaten heim kehrte, da lag in der Airportbuchhandlung schon ein knallig aufgemachtes Buch, reisserisch in Szene gesetzt: 'Männer wollen Philtrumsfalten'."

R.i.S.: "Der Super-Seller ihres Schauspielkollegen Olaf von Bensch."

J.T.: "Genau, vom Olaf. Obwohl, ob der das selbst geschrieben hat, ich weiss nicht, der Hellste ist er ja nun keineswegs."

R.i.S.: "Ein hartes Urteil über ihren Expartner, mit dem sie eine Tochter haben. Es ist die die den jüngeren Freunden populärer Musik bestens bekannte Cordelia von Bensch. Cordelia nicht-Tribon-sondern-von-Bensch, die meines Fachwissens neben der deutlich älteren Bernadette

Hengst einzige Frau innerhalb der, als prätentiös und männerlastig beschriebenen, Diskurs-Pop-Szene der Hamburger Schule."

J.T.: "Primary ein ehrliches Urteil über Cordelias Herrn Papa, aber bitte, es soll hier keinesfalls um mein Privatleben gehen, schon gar nicht um meinen Verflossenen. Auch mein ach so erfolgreiches Töchterchen wollen wir heute unbedingt aus dem Spiel lassen. Die junge Dame wollte nicht mal meinen guten Namen tragen, wollte lieber erfolgsarm als eine von Bensch tingeln, als als eine Tribon durchstarten. Gut. It's her choice. Jedenfalls habe ich Olafs Büchlein, denn mehr als ein kleines Bändchen ist es nicht, gelesen und wusste mit jeder der ungemein hölzern geschriebenen Zeilen mehr - mein Thema ist weg, tot, abgegrast. Ich musste mir eingestehen, der Olaf war einfach flinker, war wieder vor mir fertig, if you know what I mean. Er hatte bestimmt massig Luft, ausreichend Zeit, karriereseitig lief es doch nicht mehr. Bei ihm. Seit unserer Trennung. Für mich war es jedenfalls niederschmetternd, zwei Jahre sollte ich für nichts gearbeitet haben? Alle künstlerischen Angebote hatte ich aus Rücksicht auf mein Buchprojekt abgelehnt!"

R.i.S.: "Wenn ich hier gleich einhaken darf, Saúde übrigens, nehmen sie 'nen richtigen Hieb, also, man munkelt, dass es kaum, nein, eigentlich keine Angebote gab, die sie hätten ausschlagen können, Frau Tribun."

J.T.: "Tribon, bitteschön! Ach, was man hier in Deutschland so munkelt und schwätzt. In Amerika gab es die Angebote, logisch. Mir geht es doch nicht wie den vielen Kollegen, deren Karriere gecrasht ist, die dann Bücher schreiben, um die alltägliche Leere zuzuschütten und ihr Scheitern zu camouflieren. Denken sie an Herrn von Bensch! Es ist ein ganz generelles Phänomen, diese Sucht, sich zu exaltieren, wie in den guten Zeiten, nun in den schlechten Zeiten. Was man dann von diesen Erfolglosen für Lügen hören kann, zum Kotzen! 'Eigentlich wollte ich nicht schreiben, ich nehme mich selber nicht so wichtig, und meine Kinderfotos sind doch schon sehr privat, aber die Verleger und meine guten Freunde, die haben mich gedrängt, haben nicht locker gelassen, nänänä, haben gesagt Hajo, du musst schreiben, du kannst uns doch noch so viel geben! Du hast so viel Einmaliges erlebt, das darf nicht umsonst gewesen sein, du musst deine wertvollen Erfahrungen für die Jüngeren und deine Jünger und die Nachwelt reflektieren! Und der Zuspruch auf den Lesereisen, gerade in den neuen Ländern, der gibt mir im Nachhinein Recht, der belohnt mich dafür, dass ich die ganze Plackerei, selbstverständlich ohne Ghost Writer, auf mich genommen habe. Meine mit leichter Feder geplauderte Autobiografie heisst übrigens 'Ich wollte nie Êjiölu ñbjfzrgşzæh!', ganz egal, ich habe den Titel vergessen, der ist sowieso so banal und flach wie das Buch insgesamt.' Very spooky. Ich fremdschäme mich bei diesen billigen, peinlichen Talkshowverkaufslügen. Schlimmer sind einzig die alten Vetteln, B-Promis, die meinen, im zarten Alter von 53 endlich Kinderbücher schreiben zu müssen, weil, der Paul McCartney und der Keith Richards, die haben das doch gemacht. Weil, Kinder sind so ehrlich, die kritischste Leserschaft überhaupt! Alles Mist, als ob Kinderbücher das verwelkte Dekolleté zum Blühen bringen. Alles Mist, kannst du glauben."

R.i.S.: "Liebe Frau Tribon, das *du* scheint mir doch arg vertraulich, zu dieser frühen Stunde, lassen sie uns - nein, ich möchte keinen Wein - lassen sie uns lieber beim distanzielleren *sie* bleiben. Selbst wenn sie als die wesentlich Ältere das Recht hätten, mir das Duzen anzutragen. Wir sollten einander mit exquisiter Courtoisie begegnen. Nein, erneut danke, ich will keinen Wein!"

J.T.: "Dann eben nicht, aber ich, ich spare den Wein nicht auf für morgen, ich genehmige mir noch einen. Na zdrave! So, okay, etwas warm. Wir wollten uns doch über Literatur unterhalten, über mein kurz vor der Veröffentlichung stehendes Buch, nicht wahr. Also, ich kochte innerlich wegen Olafs Bestseller. Ich stand dann zunächst ohne Idee da, traf mich mit meiner Verlegerin, und die meinte, ich solle nun mit mir in Klausur gehen, doch wir blieben in irgend so einem in-Lokal in Neustadt hängen und ventilierten Ideen. Wissen sie, viele sogenannte Schriftstellerkollegen gehen ein und denselben Weg. Das Konzept ist billig, und ich kann mir lebhaft vorstellen, wie all die Typen und, ich bitte um Entschuldigung für diesen kulturlosen Begriff, Tussen deprimiert abhängen. Wie sie auf der Suche nach dem verflossenen Leben greinen, wieder und wieder die billigen Insignien des meistens ohnehin bloss eingebildeten Erfolges putzen. Wie sie krampfhaft Alternativen suchen, um dem Umzug in eine noch piefigere Wohnung zu entgehen, und wie sie es hinkriegen, beim Perfekten Promidinner sehr viel zu essen, aber selber sehr wenig aufzutischen. Welchen Freund sie um dessen Wohnung als Gast-Stätte für das Promidinner anbetteln könnten. Weil die eigene Behausung promiunangemessen mini und bieder ist. Fun fact am Rande: Ich kenne das, der Olaf hatte mich doch gefragt, ob ich ihm mein Haus borge!"

R.i.S.: "Verehrteste Frau Tribon, ihrem kleinen Rosenkrieg alle Ehre, aber wo bleibt der Bezug zu ihrem Buch? Über Herrn von Bensch und das Promidschungeldinnercamp - ja, ich kann Humor - darüber schreiben Sie eher nicht, oder überschätze ich sie?"

J.T.: "Was? Egal. Olaf von Bensch, der gottgrosse Olaf von Bensch, der hatte nun so eine strunzdumme Idee, hatte geplant, drei Jahre ohne Sex zu leben, total zölibatär, keinerlei Sex, kein Sex mit Anderen, kein Sex mit sich selbst, keinen, sorry, F-Film drehen, keinen, second sorry, F-Film gucken, keine erotischen Heftchen, kein Youporn oder so, keine Blicke in Richtung attraktiver Frauen. Selbst heisse Träume, sagt ihr Männer das so, oder heisst das nasse Träume, egal, will der sich verkneifen. Ein Witz in Gesundheitslatschen, eine doofe, eine peinliche Mixtur aus einem bloody willy-waver und dem Neuen Mann. Darüber wollte, nein, will er seinen zweiten Geniestreich schreiben. Verlag, Vorschuss, Vorschusslorbeeren, alles schon da. Geschenkt. Jetzt ganz unter uns Sangesschwestern: Für Olaf bedeutet das alles gar keine Entsagung, der verzichtet damit auf nichts. So weit her war das, und ich sollte das wissen, so dolle war das mit dem Sex nicht bei ihm, trotz der öffentlichen Meinung vom frauenmordenden, superpotenten Traumkerl, trotz seines anscheinend oder scheinbar unerschütterlichen Nimbus' als wilder Hengst. Wissen sie, meine so südländisch ausschauende Tochter Cordelia, die, und das habe ich jetzt nicht gesagt, das bleibt unter uns, die ist gar nicht"

R.i.S.: "Worte zerstören, wo sie nicht hingehören, welche Liedzeilen könnten besser geeignet sein, um ihnen, Frau Tribon, ausgerechnet jetzt in den Satz zu fallen. Wir müssen nämlich ein kleines, feines Musikstück aus den Siebzigern zu Gehör bringen, es ist 'Meine Art Liebe zu zeigen' von, na, wer erinnert sich? Von Daliah Lavi, genau."

'Meine Art Liebe zu zeigen, das ist ganz einfach Schweigen. Worte zerstören, wo sie nicht hingehören. ... Meine Art Liebe zu zeigen, das ist ganz einfach Schweigen. Worte zerstören, wo sie nicht hingehören.'

R.i.S.: "Ich bekenne, ich bin ein grosser Fan von Liedern, die mit der schier endlosen Wiederholung des Refrains outfaden. Lieder, bei denen der Sänger gleichsam nicht loslassen kann von seiner, im allerbesten Sinne, Kopfgeburt. Das jedenfalls war die hübsch wie einst anzuschauende Daliah Lavi, geboren in, halten sie sich fest, in Völkerbundsmandat für Palästina. Ich habe während des Liedes, während Judith Tribon sich am Rotwein labte, schnell im Wikipedia geblättert, dort steht diese wundervolle Geburtslandangabe. Toll! Von Daliah Lavi zu einer anderen nicht mehr ganz jungen Künstlerin, ebenfalls geboren in einem nicht mehr existierenden Konstrukt, nämlich in Baden. Oder gab es das schönste Land in Deutschlands Gau'n schon nicht mehr, als Judith Tribon ins Leben purzelte?"

J.T.: "Impertinenz im Rundfunk! Wenn ich nicht werben müsste, ich würde gehen, wenn ich nicht trinken könnte, ich würde verdursten. Sie sehen, nein, sie hören, ich bin dem Büttel des Funks hier ausgeliefert. Wobei ausgeliefert sein, dem anderen Wesen unterworfen zu sein, durchaus eine erotische Saite in mir anschlägt."

R.i.S.: "Ich grüsse an dieser Stelle, zu dieser mutigen These unsere treuen, jedenfalls *uns* treuen, Hörer bei der Bundeswehr!"

J.T.: "Hallo, *das* war aber lustig, ich habe ihren Spass mit der hochfein dosierten Schlüpfrigkeit kapiert. Die Bundeswehr. Früher gab es doch noch den Zwang, zu der Bundeswehr zu müssen, da konnten Schauspieler und Schreiber mit Lesungen in den Kasernen sich ein kleines Zubrot verdienen. Haben die in Ostdeutschland eine Armee?"

R.i.S.: "Wie kommen sie auf Ostdeutschland? Aber ja, die Bundeswehr haben die dort, genau wie wir hier, falls ihnen das entgangen sein sollte. Früher hatten die schon eine, die Nationale Volksbefreiungsarmee, mit eher russischen Waffen. Die sogar funktioniert haben. Wissen sie das wirklich nicht?"

J.T.: "Ach, stimmt, ja. Wissen sie, ich bin nicht so oft drüben, hatte selbst früher keinen Kontakt zu Honeckers willigen Helfern. Meine komplette Familie war doch in den Westen gegangen. Irgendwie gehören die da inzwischen zu Deutschland. Die Staatskünstler von dort standen, nachdem sie den Stasi verjagt hatten, fast alle, nein, ganz alle vor dem Nichts. Ich habe für mein Buchprojekt ein wenig in Biographien von denen recherchiert, etwas quer gelesen, über Franz Schöbel und Zitti, über Lutz Jahodan und diesen anderen Schauspieler, ach, den habe ich vergessen, Hermann Kant oder so ähnlich, auch über hierzulande völlig unbekannte Künstler, Christa Wolf etwa. Das hat mich sehr, sehr traurig gemacht, zu lesen, wie deren Abstiege liefen, rasend schnell vom gefeierten Ost-Star zum West-Honk, zum vergessenen Ex-Star."

R.i.S.: "Ja, ja, ja, es war nicht alles schlecht! Und sie scheinen allerbestens recherchiert zu haben, Frau Tribon, die DDR würde sich bei ihnen mit Orden und Ehrenzeichen bedanken, so es dieses Musterland der staatlichen Kulturförderung noch gäbe!"

J.T.: "Genau, sie sagen es. Würden sie mir bitte ein Glas Wasser organisieren? Ist das ein zu grosser Wunsch? Einfaches Leitungswasser reicht völlig aus für ein bescheidenes Wesen, wie ich es bin. Nebenbei, ich brauche einen restroom. Ich rede dann wieder mit meinen Fans, die sehnlichst auf mein schriftstellerisches Werk warten.

R.i.S.: "Gerne zapfe ich die Hauptwasserleitung des Senders für sie an. Überbrücken will ich die Suche nach dem kalten, klaren Nass, welch' ein Zufall, mit einem Lied aus der DDR. Liebe Lauschgemeinde, bleiben sie trotzdem dran! Als mein klassisches, westdeutsches Stammpublikum erwarten sie nun das einzige Lied, welches sie aus der DDR kennen. Stimmte denn die Syntax soeben? Nun, gesagt ist gesagt, weiter im Text. Sie, liebe Hörer, spielen mit dem Gedanken, um- oder auszuschalten, um nicht erneut von den sieben Brücken, über die diese Gruppe Karat gehen musste, und dem Peter-Maffay-Cover-Brimbamborium gelangweilt zu werden. Doch gemach, denn ich kann sie blankesten Gewissens beruhigen. Ich will nämlich sogleich ihre Erwartungshaltung enttäuschen, die hier üblichen rheinländischen DDR-Stereotypen brechen. Sind sie bereit für etwas Unerwartetes? Es folgt nun gar nichts von Karat, kein tot rotierter Paul-Puhdys-Paula Ostalgiesoundtrackdreck, auch City und Silly, zwei Combos, die ein Ende zu finden sich partout nicht in der Lage sehen und deren graumähnig bis haarlosen Barden deshalb ganz passabel mit ihrem, geschätzte Frau Tribon, momentanen Thema korrelieren würden, sollen doch lieber in Mitteldeutschland und im ZDF um die Gunst der Frühsenioren - nun ja - rocken. Ich will ihnen einen Song, ein im allerbesten Sinne des Wortes: Lied, der mir bis dato vollkommen unbekannten Ost-Gruppe Karussell zu Gehör bringen. Auf McDonald, Vorsicht - nicht McDonald*s*, stiess ich vor drei Tagen als Zufallstreffer. Bei meiner Ixquick-Suche. Wir kulturintellektuellen Ambitionados googeln bekanntermassen nicht. Ach, hören sie sich dieses leicht wogende, unterhaltsame Stück Musikgeschichte aus dem Jahr 1979 einfach an!"

'McDonald bringt tausend Schafe im Jahr zur Schur. McDonald bringt tausend Schafe im Jahr zur Schur. 'ne einzige Frau, die wartet zu Haus und weint sich nach ihm die Guckaugen aus. Denn nie ist er da, er rennt und rotiert, dass er von den Tausend nicht eines verliert. ... 'ne einzige Frau vergessen allein, die schämte sich sehr, so nutzlos zu sein, schor sich ihr Haar, denn lieber als keins, beschloss sie zu sein Schaf 1001.'

R.i.S.: "Tausend und eins. Ist ihnen, meinen geschätzten Rundfunk-Followern, aufgefallen, wie schwer sich meine Kollegen von der News-Front, die Anchormen und Anchorchicks, tun, wenn es um Opferzahlen geht, die auf eins enden? Waren es bei dem furchtbaren ICE-Zugunglück, in Eschede, 100 und ein Tote? Was ist korrekt bei diesen vielen Katastrophen, 1.000 und eins Opfer? 1.000 und einer Verletzter? 1.000 und eins Vertriebene? 1.000 Überschwemmungsopfer und noch eines? Fast 1.002 Opfer? Ich jedenfalls weiss es nicht. Bestimmt beten die Nachrichtensprecher nach jedem Unglück, bitten ihren Spezialgott H.-J. F. um eine Opferzahl, die besser zu kommunizieren ist. Ich schäme mich etwas für diesen Gedanken. Wir machen in diesen abendlich-beschaulichen Stunden unseres Rundfunkgeplauders den News Hype nicht mit. In meiner Sendung gibt es seit jeher keine Nachrichten, keine Verkehrsdurchsagen, keine Werbung, selbst die einst aus dem, seinerzeit noch rechtsstaatlich fragilen, Beitrittsgebiet zu uns geschwappten Radarfallenwarnungen dürfen hier unsere elaborierte Inter-Kommunikation nicht beleidigen. Für dieses, für unser allwöchentliches urban-separates Hochniveau-Habitat bin ich sehr, sehr dankbar. Wie ich dankbar bin für meinen beeindruckend hohen Testosteronspiegel, der mir in meinem recht fortgeschrittenen Alter, trotz meines regelmässigen Nikotinmissbrauchs, trotz meiner träge dümpelnden Ehe und meiner die Figur betonenden, extrem überengen Leibwäsche, jüngst noch einen prächtigen Sohn von meiner exotischen Volontärin Anja aus dem Emsland bescherte. So, nun ist das raus, war gar nicht so schwer und gehört nicht hierher. Unbedingt hierher gehört die prächtig doppeldeutige Geschichte von Frau McDonald, die, ich erwähnte es, aus 1979 stammt. Zehn Jahre sollten dann noch vergehen, bis zum ruhmlosen Ende unseres uninteressanten kleinen Staatsbruders an Oder und Spree. Die West-Achtziger werden heute noch ein wenig Thema sein, erneut versprochen!"

J.T.: "Die roaring Achtziger. Great! Und vielen Dank für das Wasser, kann ich den Roten hier etwas strecken, ihn schorlieren. Sagt man so? Das Liedchen hat mir sogar gefallen, honestly! Da sind so viele Ebenen drinne, oder?"

R.i.S.: "Das stimmt, ein jeder weiss doch, dass die Künstler in der SBZ subtextuieren mussten, doppeldeutig, meist multiple-deutig agierten, überall war eine versteckte Botschaft gegen das Erich-Hoëcker-Regime versteckt."

J.T.: "Aber nicht bei Helga Hantelmann!"

R.i.S.: "Helga Hahnemann? Weiss ad hoc nicht, ob die besonders resistant war, doch wollte ich sie, liebe Frau Tribon, erst später auf dieses Ostberliner Humorgeschoss ansprechen. ¡Vuelta! Die Frau McDonald, ihr Wunsch nach Metamorphose in eine Schafsdame kann ganz real gemeint sein, klar, vielleicht mit der unterbewussten, sehr asexuellen, aber leicht nationalistischen Sucht, von einem Deutschen Schäferhund bewacht zu werden, was dann wieder bezeichnend für die freiwillige Unterwürfigkeit der Ost-Frauen in concreto, der Damen aller Himmelsrichtungen in abstracto wäre. Kann ich das, sollte man das, müssen wir es so sehen, Frau Tribon?"

J.T.: "Don't mess with the Ladies!"

R.i.S.: "Sehr hilfreich, grossartig repliziert, danke. An dieser Stelle fügt es sich, meinen Musikredakteur kurz ins vielpolare Gespräch zu zerren. Warum? Er ist ein ausgewiesener Kenner der DDR-Musikszene von E bis U. Warum er das ist? Er stammt von drüben. Wer er ist? Er, das ist Maik Magd aus Burg bei Magdeburg. Kein Scherz! Enttäuscht von Enge, Knäckebrot und Oppression in seiner grauen Heimat, floh mein mutiger Kollege in tiefer Nacht bei suppigstem Nebel am zweiten Oktober Neunzehnneunundachtzig durch die herbstkühle Elbe in das freie Wendland. Oh, ich sehe gerade, Maik gibt mir Zeichen, was soll das bedeuten - neun Finger und dann, ich fasse es nicht, legt er die Spitzen von Daumen und Zeigefinger seiner Rechten aneinander. Was mag es bedeuten, eine subtile mediterrane Beleidigung auf Kosten meiner verehrungswürdigen Frau Mutter?"

J.T.: "Neunzig, *neunzig* soll das bedeuten, das sollte man als ein dem Schönen, Guten und schon wieder Schönen verpflichteter Kulturmensch erkennen können. Cheers!"

R.i.S.: "Cheers retour! Logisch, stimmt, mein lieber Maik ist erst Neunzehnneunzig in den Westen gegangen. Wie gesagt, am zweiten Oktober, am letzten aller Tage, wo man sein verwegenes Unterfangen noch als Flucht bezeichnen konnte. Maik, mein innerdeutscher Held! Der Maik hat mir jedenfalls erklärt, wie das im Osten mit dem ganzen verschwurbelten Geheimcodes in der Populärmusik so war. Deshalb kann ich hier zum Besten geben, dass McDonald durch das inhärente schottische Patronym zugleich für die ostdeutsche Reisesehnsucht stand, also eine Anklage gegen die Unmöglichkeit, in den Westen zu reisen, bedeutete. Kein Vergleich mit den primitiven Mittelmeersehnsuchtsgesängen unserer Schlagerbarden im Wirtschaftswunder, wenn bei Capri die rote Sonne und wie die schlimmen Lieder alle klangen. Ferner habe ich, didaktisch äusserst geschickt, bereits die phonetische Nähe von McDonald und McDonalds anklingen lassen."

J.T.: "You did it."

R.i.S.: "Ich weiss. Wenn eine ostdeutsche Rockband McDonald besang, dann meinte sie fraglos McDonalds, musste das wegen der Kulturstasi jedoch tarnen, indem einfach das Schluss-s von McDonalds weggelassen wurde. McDonald ist also ein Synonym für die im Osten offiziell als typisch us-imperialistisch verpönte, vom Volk aber als Freiheitssymbol angebetete Schnellrestaurant-Kette. McDonalds war für die da drüben the free world in a nutshell. Der soeben verklungene Song ist eine Hymne auf Big Mac und Coca Cola mit Fritten. Resistance per subtilster Fast-Food-Tempel-Verehrung, genial!"

J.T.: "Beinahe hätten sie und der schweigsame Ost-Maik das Wichtigste vergessen - die Nähe des Liedchens zu Old McDonald had a farm. Hia hia ho. Ich als Künstlerin und Mutter sehe darin so unendlich viel mehr, lauschen sie mir bitte: Die im Osten hatten doch keine richtigen Bauern, eher so Parteischafe, Stasikühe und so Staatsäcker. So. Auch das ist bestimmt gemeint, diese DDR-Band protestierte gegen die Abschaffung der *traditional farms*, der traditionellen Bauernhöfe durch die Kommunisten! Das wussten sie wohl nicht, das haben sie trotz ihres Gehilfen-Maik nicht spitz gekriegt, was! À votre santé! Come on, ist alles Quatsch. Selbst wenn sie es als Kulturjournalist unter sieben Bedeutungsebenen bestimmt nie machen dürfen, da ist nichts weiter in dem Liedchen. Nichts. Lustiger Text, netter Takt, das ist alles. Hia hia Schluss. Da können sie noch so viele Locken auf der Glatze des Frosches drehen, ein Liedchen ist ein Liedchen bleibt ein Liedchen. Basta."

R.i.S.: "Ist gut, danke, genug, sie hatten mich schon beim ersten *-chen*, Judith Maguire. Also voran mit ihrer Werbesuada, sie wollen schliesslich zum Schotter."

J.T.: "Gerne, zu liebenswürdig, ich weiss ihr fancy cineastisches Gepläkel zu schätzen, sie können es einfach nicht lassen. Actually, ab und an hat es bei Ex-Prominent-Künstlern in deren besseren Tagen für ein kleines Butzhäuschen in einer - zumindest sprachlich - markanten Gegend gereicht, einige konnten ihre Anwesen sogar am Insolvenzverwalter vorbei in die Restschuldbefreiung hinüber retten. Das ist gut, sehr gut, so verschafft *er* sich, so organisiert *sie* sich ein wenig Zubrot, und zwar durch das Erbrechen von geographischem Schundgeschreibe, sowas wie die unsäglichen Regionalkrimis. Bestürzend ist das. Für diese armen Tröpfe und um einiges mehr für uns arme Konsumenten. Na, für mich nicht, aber ihr da draussen, ihr müsst den Mist kaufen, ihr müsst das in den Bücherschrank oder in den Kindle und das Tolino und in sonstwelche Reader quetschen. Der ganze Quark mit verstörenden Titeln wie 'Fischtreppe - Der Unterlauf-der-Zwickauer-Mulde-Roman', 'Ballerei auf Norderney - Eine-Ostfriesische-Inseln-Krimi-Groteske', 'Metropolregion - Das Region-Rhein-Main-Neckar-Erotikon' dient dazu, die Angst vorm leeren Portemonnaie und vor dem Vergessenwerden zu dämpfen. Die ganz schlichten Gemüter ziehen sogar noch zu Poetry-Slams, allein, um vor Publikum zu sprechen. Mir wäre diese Anbiederei extrem, extremst peinlich. Slàinte!"

R.i.S.: "Sie sind, Verehrteste, ein wenig auf Krawallo gebürstet, gehen wenig zimperlich um mit den Kollegen, richten kleine Massaker in deren Refugien an. Etwas Musik? Etwas Musik, und ein klitzekleines Rätsel dazu: Was verbindet die Interpretin des sogleich folgenden Songs, oder sind es mehrere, was verbindet sie mit meiner Gästin, der so reizenden wie streitbaren Judith Tribon?"

J.T.: "Judith Trib*u*n!"

R.i.S.: "Trib*u*n?"

J.T.: "So sorry, Trib*o*n is quiet right."

R.i.S.: "Noch ′nen Schl*uuu*ck, Frau Trib*ooo*n? Musik ab!"

'I was five and he was six, we rode on horses made of sticks, he wore black and I wore white, he would always win the fight ... Bang bang, he shot me down, bang bang, I hit the ground, bang bang, that awful sound, bang bang, my baby shot me down.'

R.i.S.: "'Bang bang, my Baby shot me down, um etwas konservierten Sechzigersound erklingen zu lassen. Von Cher gesungen, einst, bang, bang, vielleicht in Erinnerung an die Schläge ihres Ehemannes Sonny Bono. Quentin Tarantino, der wirkmächtige Kinozauber-Regisseur, liess Nancy Sinatra ein Cover in 'Kill Bill' singen, nun, korrekter wäre, dass Tarantino die Sinatra-Version als einen von vielen tollen Soundtracks in 'Kill Bill' Teil eins oder zwei verwendet. Das scheint mir eine Zutat zum Erfolgsgeheimnis von Tarantino zu sein, dass er stets leicht abseits vom herrschenden Zeitgeschmack liegende

Musikrichtungen kongenial mit seinen Filmbildern verschmilzt und so in das verdiente Rampenlicht zerrt. Erinnern sie sich noch an die Motown-Musik, zu der Pam Grier in 'Jackie Brown' glänzt? Nein? Dann trotzdem eine Testfrage auf allerhöchstem Niveau: Cher und Pam Grier und Judith Tribon, was haben diese Damen gemeinsam? Na? Sie weiss es nicht, Frau Tribon weiss es nicht, hohoho. Ich verrate es ihnen, wer hätte das gedacht, alle drei mehr oder minder Grazien haben ihre besten Jahre hinter sich! Oh Gott, totaler Blackout. Künstlerisch, ich meine künstlerisch, allein und einzig künstlerisch meine ich das! Sonst steigt mir der Generationenbeauftragte des Senders aufs Dach. Die Parität schickt mir Hassmails wegen vorgeblicher Altersdiskriminierung. Die Frauen-Union ruft beim Intendanten an, aus der politischen Ecke dräut also ebenfalls Ungemach."

J.T.: "Na, Herr Redakteur, nach dieser Beleidigung droht ihnen noch viel mehr Übel. Stellen sie sich vor, ein Indianer in der Karl-May-Gesellschaft hört, bei einem guten Schnäpschen der Marke Feuerwasser, in seinem Einfamilienwigwam - witzig, was? - ihre billige Beleidigung, der wird doch immediately sein Kriegsbeil aus dem Waffenschrank graben, um ihren Skalp zu erhaschen. Schliesslich fliesst in den Adern der bewunderungswürdigen Cher Cherokee-Blut! Einen kleinen Dank schulde ich ihnen aber dafür, keinen verschnarchten Witz über Chers Schönheits-OP eingebaut und nicht 'If I could turn back time' gespielt zu haben."

R.i.S.: "Aber gerne, gern geschehen. Genauer gesagt - gern *nicht* geschehen. Muss ich denn wegen der imposanten Pam Grier mit Strafaktionen aus einer einschlägigen Community rechnen, ist sie doch wundervoll dunkelhäutig? Nein, ich schwöre selbst der kleinsten, als unangemessen zu qualifizierenden Bemerkung von gestern, heute und morgen ab: Sie sind alle drei atemberaubende Damen, ihre, unter Garantie jugendlichen, Alter will ich vorsorglich gar nicht kennen. Ganz sicher teilen sie das Geburtsjahr der globalberühmten jüngeren Schwester von Vanessa Johansson, nie und nimmer jenes von Brigitte Bardot, Sophia Loren, Charles Manson und Carmen Nebel. Denn sie drei glorreichen Stars befinden sich gerade in den Zeniten ihrer, ohnehin beachtlichen, Können. Sie, verehrte Frau Tribon, stechen gar noch hervor, denn bei ihnen ist es so, dass sie, um nun alpin zu metaphern, sich auf einem Berggrat bewegen, auf einer ununterbrochenen Gipfelkette des Erfolgs wandern. Wandeln. Ein Gipfel alleine, das hiesse doch, es gibt Täler, Schluchten, Karrierespalten. Sowas kannten sie überhaupt nicht. Heimsten sogar zwei, in Worten: zwei, Goldene Hennen ein."

J.T.: "Zwei Tiefpunkte meiner Karriere, machen sie mich ruhig runter. Oh, das war schrecklich, diese furchtbaren Dinger zu kriegen! Goldene Henne, oh Gott, keine Palm d'or, nein, eine Poule d'or, warum nicht gleich eine Concombre d'or. Wegen Spreewald und so. Einmal DDR, immer DDR."

R.i.S.: "Der Macher der Henne-Skulptur soll verkündet haben, seinetwegen könne man die Goldhühner ruhig in den Preisträgervorgarten stellen. Ostdeutschen sagt man ja viel Sinne für das Praktische nach."

J.T.: "Meine Hennen. Zwei Batzen billige Bronze mit Goldfarbe bepinselt. Eine traumatische Erfahrung. Jedenfalls, vorher, vor dieser tief traurigen, elfstündigen Show bekommt man, auch noch beim zweiten Auftritt, schriftliche Instruktionen von dem Ostsender, was es mit jener ominösen Henne auf sich hat und warum man, sogar in Mannheim, Helga Hansmann, nee, Hahnmann oder so, egal, warum man die schon früher total knorke fand, selbst dann, wenn man nie was von ihr gehört hatte: Nämlich, weil die eine so tolle, freche Berliner Schnauze hatte. Ich kannte die früher gar nicht, und was ich mir von der anschauen musste - 'Das wollen sie ganz bestimmt sehen, Frau Tribon, ihre Eltern, also sie damit ebenfalls, stammen aus dem Osten, da gehört es zur Staatsraison, unsere göttliche Henne ganz toll zu finden! Es war nicht alles schlecht!' Das war aber schlecht, schrecklich, awful. Unwitzig, verschnarcht, dopey. Ich habe diese monsterig-fetten Ost-Viecher gleich nach den Verleihungen weggeschmissen. Die hatten mir die Goldhennen eh bloss wegen meiner Exost-Eltern, wegen meines innerdeutschen Migrationshintergrundes, hinterhergeschmissen. Wo waren wir noch?"

R.i.S.: "Sie spielten selbst dann noch in der allerersten Reihe deutscher Schauspieler, als sie über Jahre den Mittelpunkt ihres Lebens nach New York verlegt hatten. Eine Flucht? Nein, das hatten sie schon angerissen, das soll unser Thema heute nicht sein. Allerdings endete ihr Erfolg abrupt vor doch mittlerweile einigen Jahren. Ihre bis dato letzte Rolle war jene der Bonnie Tack, die auf der grossen Anti-Pershing-Demo im Bonner Hofgarten - war es 1981, war es 1982 oder 1983? - den weit älteren, vierschrötigen, beinamputierten Curt 'Ho' Bolscheff kennen und lieben lernt. Ich darf hier den Plot des mit Preisen überhäuften Filmes 'Bonn/Hofgarten/Bonnie' etwas ausgiebiger skizzieren. Es ist die Story eines Filmes, der mich und meine Generation extrem nachhaltig berührt hat und der als einziger, ja, Kultfilm noch nicht vom schlimmen Achtziger-Retro-Trend vereinnahmt worden ist. Es ist dies der Film, der nicht allein in der links-erotophilen Freigeist-Szene rituell verehrt wird. Worum geht es? Bolscheff, Apparatschik der imaginierten Gewerkschaft DIGO, gespielt vom, kurz nach Drehende, bei einer überbordend gewalttätigen Rooibos-Absinth-Séance ermordeten Cnuth Bunselmann, hatte sein rechtes Bein verloren, als er in den späten Sechzigern an der Seite der guten Nord-Vietnamesen gegen die Phalanx aus Süd-Vietnamesen und US-Amerikanern focht. Aus dieser Zeit rührt auch sein Spitzname, Ho. Sie, also Bonnie Tack, Kind aus der Liaison einer Würzburgerin mit einem US-Offizier mit deutschem Migrationshintergrund, sehen Ho und es macht rumms, wumms und bäng - sie sind ihm stante pede geradezu sklavisch hörig. Das geht so weit, dass Bonnie sich bei einer aussergewöhnlichen erotischen Präferenz ertappte, den Amelotatismus, also das Verlangen, Sex nur mit Personen mit fehlenden Gliedmassen zu haben. Habe ich das richtig beschrieben? Haben sie sich eigentlich dieses erotische Spiel per method acting angeeignet?"

J.T.: "Beschrieben richtig, Rest ist Quatsch. Ceterum senseo: Terviseks!"

R.i.S.: "Dieser Deformationsfetischismus war ein Tabu, der Film öffnete eine Tür, die, seien wir ehrlich und ich hatte es sowieso schon kurz erwähnt, direkt in die Inklusion, also in die aktuelle Schulpolitik führt. Das konnten wir freilich nicht ahnen. Im Film, um zurück zu kommen, gibt es einige extrem explizite Szenen, in denen zu sehen wie zu hören ist, wie sehr Bonnie Bolscheffs Beinstumpf begehrt. Dieser Stumpf, einst zu einem rechten Bein gehörig, ist hässlich wie nur was, ist bedeckt von schlottriger weisser Haut mit dreckigen Mitesserlöchern, wie man sie ansonsten von den riesenporigen Knollennasen alternder Alkoholiker kennt. Die blasse Haut ist jedoch über den vorstehenden Knochen zum Zerreissen gespannt und zeigt, dank pergamentener Durchsichtigkeit, Adern, Sehnen, Knochen. Und die Form erst! Der bald sprichwörtlich gewordene Ho-Stumpf ist kein Stumpf wie in unseren Weltkriegsgräuel-Film-Erinnerungen, oh nein, er ist zunächst eine recht breite Hand breit exakt zylindrisch, um dann in die Form eines auf der Spitze stehenden Rundkegels zu wechseln. Das Teil erinnerte eher an einen schon sehr lange in Gebrauch stehenden, dicken, inzwischen extrem kurzen, aber bestens gespitzten runden Bleistiftstummel. Ja, nicht allein Cineasten werden sich erinnern, wie die, dank fernöstlicher Amputationsfertigkeit überraschend scharfe, Spitze, ungefähr knapp oberhalb der Stelle des, in irgendeinem Winkel des vietnamesischen Dschungels vermoderten, rechten Knies, entweder auf die Prothese oder in Bonnies Schoss ... sie, nein, nein, Bonnie, das waren Szenen, oh Gott, Mischungen aus hot, hot, hot und extrem verstörend, bis an die Grenze des Erträglichem, Erträglichen. Dabei waren die Pixeltrickser noch gar nicht so weit, konnten nicht buchstäblich jede Körperstelle digital erschaffen. Body-Doubles lehnen sie bekanntlich ab. Also, mein lieber Scholli, den Film zu drehen, das war extrem tapfer von ihnen. Von ihrem eigenen Sohn, dem Regisseur, so eingesetzt zu werden, das war extrem mutig von dem. Ich muss schon sagen, mit FSK 18 war das Werk noch günstig taxiert."

J.T.: "Sie scheinen vom, übrigens unechten, Stumpf noch Jahre später richtig angetörnt zu sein, sogar nach so vielen Jahren noch. Sollte sie armen Tropf das nicht extrem nachdenklich stimmen? Schlummert tief in ihnen womöglich ein Faible für eine Perversion jenseits von gesellschaftlich Anerkanntem? Wie lange wollen sie sich hier eigentlich noch ausbreiten? Wird ihnen nie der Mund trocken? Kippis!"

R.i.S.: "Das, verehrte Frau Tribon, lassen sie nun tunlichst meine Sorge sein! Sie hatten Glück, sich mit einem solchen Meisterstreifen in die cineastische Ewigkeit zu, sagen wir es freundlich, spielen; das war etwas ironisch. In 'Bonn/Hofgarten/Bonnie' verstand es der junge Autorenfilmer, und ich lasse jetzt die Katze für die Wenigen, die es noch nicht wussten, aus dem Beutel, nämlich ihr Sohn, der mittlerweile allbekannte Ferdinand Z. Tribon, oh, sorry, ihr Sohn Ferdinan ohne End-d, die Spannung ihrer Zweierbeziehung mit unser aller grossen Themen jener Jahre zu melangieren: Mit der Friedensbewegtheit, mit der Dissonanz zwischen dem kleinen Demonstrations-Bonn samt seinem Hofgarten und dem ganz grossen, grüngefärbten Gesellschaftsaufbruch, mit dem temporären Sieg der Neuen Deutschen Welle über Schlager und Punk, mit dem Sieg der schwarzen Reaktion in Gestalt von Kohl über die rote Reaktion in Person von Schmidt - wer hat uns verraten, Liberaldemokraten! Ihr Sohn, der, ich darf das kurz einflechten, mich mit ausdauernder Penetranz anflehte, sie endlich einzuladen."

J.T.: "Was ich ihm minütlich mehr arg nehme!"

R.i.S.: "Gern geschehen! So. Bolscheff jedenfalls erweist sich bald als Doppelagent des belgischen und des, dank Ali Agca traurig-berühmten, bulgarischen Geheimdienstes. Er soll das deutsche Gewerkschaftsleben samt Friedensbewegung vermittels Infiltration wahlweise in den Dienst wallonischer Separatisten bzw. bulgarischer Klerikal-Kommunisten stellen, die in den deutschen Ostermärschen Symbolprozessionen zu Ehren einer orthodox-kyrillen Fruchtbarkeitssekte erblicken. So organisiert Ho, mal als Beispiel, in 1983 die eindrucksvoll lange Menschenkette von Stuttgart nach Neu-Ulm, mit einer Viertelmillion Menschen als Geburtstagsgeschenk für seinen bulgarischen Führungsoffizier. Wegen logistischer Problem, sprich: wegen des hellen Tageslichtes, reicht es nicht für eine Kerzenkette, nicht für die lichterleuchtende Variante dieses Sakralhappenings. Ihr Sohn, verehrte Frau Tribon, schaffte es in überwältigendster Manier, in der ersten Hälfte des 151-Minuten-Meister-Opus die gebieterische Reminiszenz an das verdienstvolle Friedensbemühen mit gewaltiger Erotik, ich referierte just diesbezüglich, und sogar mit kleinen Momenten spinnwebfeinsten Humors zu verbinden. Ja, das Komödiantische kommt im Film keinesfalls zu kurz. Das ist ein elaborierter Humor, der nie zum Selbstzweck degeneriert, nie bloss plumpe Masche, stets Metapher und Paradox zugleich ist. Damit steht er der körperlichen Lust des Werkes in nichts nach. Wir erinnern uns an die zarten, neckischen Wirrungen, die aus der gleichmächtigen Zuneigung der beiden Geheimdienstoffiziere, des Belgiers und des Bulgaren, zu Bonnie und, später, sogar zueinander folgen. Die Spione, die sich lieben, was für ein starkes Bild! Beide Agenten dürfen ihre urgewaltigen Gefühle entdecken, als sie beobachten, wie Bonnie, fast nackert, auf einem Siebengebirger Eselhengst, wie einst Europa auf dem Zeus-Stier, durch die Rhein-Auen reitet. Da war nichts von den klamaukigen Witzen in Spielfilmlänge, wie wir Deutschen es von Rühmann, Waalkes, Schweiger kennen. Aber eben auch nicht die unerträgliche Bedeutungsschwurbelei bei Fassbender, Wenders und Kertzer-Modrig. In summa war der Film stilistisch und inhaltlich ein Aufbruch! Es ist dieser Dreiklang von 'Blechtrommel', 'Boot' und 'Bonn/Hofgarten/Bonnie', der uns vom Ende der Siebziger bis zur Wiedervereinigung cineastisch prägte, der an keinem von uns spurlos vorbei ging, den wir Westdeutsche als vergewissernde Selbstverortung in der ferneren und näheren Geschichte brauchten."

J.T.: "Ganz schön dick aufgetragen, lieber Kulturredakteur! Fehlt nur noch, dass sie über die auffällige Häufung des Anfangsbuchstabens B in diesen Spielfilmen schwadronieren."

R.i.S.: "Tue ich nicht, allweil das bestenfalls ein schwacher Aufguss dieser zur Genüge durchdiskutierten Absonderlichkeit werden könnte. Ritorno. Bolscheff scheitert letztlich mit seinem Doppelspiel genau so kläglich, wie sein Stumpf anzuschauen ist. Bonnie wird desperater, zerbricht endlich am erbärmlichen Versagen ihres politisch-erotischen Gebieters, versucht sich mit hälftigem Erfolg an einem rituellen Doppelselbstmord, gemeinsam mit Bolscheff, öffentlichkeitswirksam auf den Schienen der Kölner Hohenzollern-Eisenbahnbrücke. Bonnie springt von einem Geländer auf der Brücke vor den herannahenden D-Zug aus Oostende, doch rutscht sie auf einem herumliegenden, belgischen Vorhängeschloss aus, und stürzt in einem unwahrscheinlich hohen Bogen rücklings in den Rhein. Bolscheff springt, trotz seiner Prothese, deutlich geschickter in Richtung Gleis, versucht im Sprung, leider ungelenk und erfolglos, Bonnie vor ihrer Rettung zu erretten, landet deswegen knapp vor den Schienen. Er verliert sein zweites Bein, nun an die Deutsche Bundesbahn statt an amerikanische Invasoren, greift sich schmerzverzerrten Gesichtes wie zufällig das Unglücksschloss, wird von einem bulgarischen Geheimdienstoffizier zur Rheinpromenade gezerrt und verblutet, auf dem Rücken liegend, am linken Rheinufer. Die Arme hat er, als letzte Geste seines Widerstandes, steil empor gereckt, den glotzenden Rhein-Flaneuren provozierend entgegen ragend, wie die Domtürme im Hintergrund. Er umklammert eben jenes verhängnisvolle flämische Vorhängeschloss mit der stolz gen Himmel gestreckten linken, einen Petting-statt-Pershing-Button mit der schwach zuckenden, wiewohl an ein Friedenssymbol gemahnenden rechten Hand. Diesem sehr speziellen Liebesdrama entspringt die wundervolle Tradition Jungverliebter, ihre ewige Liebe durch kunstvoll verzierte Vorhängeschlösser an der deutschkinogeschichtlich so bedeutsamen Kölner Eisenbahnbrücke wenig kreativ zu exaltieren. So, ich muss einen kräftigen Schluck Wasser zu mir nehmen."

J.T.: "Kanpai! "

R.i.S.: "Domo arigatou! So, ich habe einen Schluck Wasser zu mir genommen. Zum Film. Wie ein Menetekel wird Bonnie der Umstand anhaften, auf der rechten - sic! - Seite, der schäl Sick, aus dem Rhein gekrochen zu sein. Diese unglaublich berührende, metaphorische, kameratechnisch perfekt austarierte Szene, wie sie Richtung Kölner Messe - Stichworte: Handel, Wandel, Kapitalismus - aus dem damals dampfend-verseuchten Fluss amphibiengleich an Land kriecht, während Bolscheff unerreichbar auf der guten, linken Rheinseite nahe dem Dom - Stichworte: Glaube, Liebe, Hoffnung - dahin scheidet, wird später in 'Titanic' eher schlecht als recht, genau genommen: gar nicht, kopiert werden. Jedenfalls, sie, Frau Tribon, alias Bonnie Tack, retten sich vor dieser Schande in eine Ehe mit dem erfolgreichen, blassen, deutlich jüngeren Industriespion Max von Bon, aus Bonn, und werden, über die Jahre, für jedes ihrer gemeinsamen fünf Kinder diesem farblosen, politisch total desinteressierten Max einen Finger absägen. Für ihre beiden Jungs von der linken, für die Mädchen von der rechten Hand - wir erinnern uns, der schäl Sick - des solcherweise der

Erwerbsunfähigkeit entgegen taumelnden, landadligen Industriespions mit der Villa am Rande des Hofgartens. Diese erneut erotisch ungeheuer aufgeladenen Kleinamputationen, nahe dem Ort ihrer ersten Begegnung mit dem später zu einer Galionsfigur von Occupy aufgebauschten Bolscheff, sind Bonnies symbolischer Mindesttribut an ihre grosse Liebe Ho und stehen gleichsam für die deprimierende Ankunft der überdimensionierten, unerfüllbaren Erwartungen der frühen Achtziger in der kleinen, familiären Welt der eigentlich späten Kohl-Ära, kurz vor dem Unglücks-Fall der Mauer. So. Ich bin ganz groggy!"

J.T.: "Sie sind ja ganz geschafft, mein Gott, wie nahe geht ihnen diese ab gefrühstückte Kamelle denn noch immer? Peinlich! Wussten sie, dass es innerhalb von Occupy-Irgendwas Überlegungen gab, nicht die Grinsemaske des Parlamentsattentäters Guy Fawkes, sondern einen Beinstumpf á la Bolscheff, den Ho-Stumpf, zur Kultikone dieser ausserparlamentarischen Bewegung zu machen? Um gleichzeitig den Vorwürfen der Parlamentsfeindlichkeit wie der Behindertenausgrenzung zu entgehen und zudem ein Symbol für die endgültige Überwindung der endgültig überwundenen Ost-West-Spaltung Europas sowie für die Unverzichtbakeit kleiner Länder mit B zu setzen? Kleine Länder mit B wegen *B*elgien und *B*ulgarien. Das Vorhaben scheiterte unter anderem daran, dass viele Occupysten Guy Fawkes gut kannten, doch von Onkel Hồ Chí Minh nie das Geringste gehört hatten."

R.i.S.: "Nein, so leid es mir tut, das wusste ich nicht; Quatsch, selbstverständlich wusste ich das! Was soll übrigens eine Kultikone sein, der Superlativ von Ikone? Sogleich zu ganz anderem: Wissen sie, dass mittlerweile vier Promotionen, die die Bedeutung des Buchstaben B in 'Bonn/Hofgarten/Bonnie' zum Gegenstand haben, von Plagiatsjägern gecheckt wurden?"

J.T.: "Davon höre nun wiederum ich for the very first time. Ich ahnte bis eben nicht, wie schlicht das Thema einer Doktorarbeit heutzutage sein darf. Wie ist es, wurden die Plagiats-Sniper, diese schakaligen Zeitgenossen, fündig?"

R.i.S.: "Nicht, dass ich wüsste. Ich möchte doch sogleich dieses seichte Geplauder nutzen, um einen anderen, unbedeutenden Aspekt ihrer Vita auszuleuchten. Es ist die grosse Frage der Trennung von schnödem Film und blutvollem Leben, oder, wie es viele ihrer Kollegen und Kolleginnen sehen, von lebendigem Film und tristem, anämischen

Leben. Sie flohen vor Jahren aus dem Film-Hype als eine Frau in ihren allerbesten Jahren, eine Dame, die sich mit einer sehr speziellen Spielart des Kopulierens semidokumentarisch überzeugend beschäftigt hatte und sich politisch weit, fast schon extrem linkspazifistisch verortet hatte. Frau Tribon, ich könnte mir sehr gut vorstellen, wie man auf sie einst zuging, es womöglich noch tut, um ihre Meinung zu deutschen Militäreinsätzen, zu den Fragen von Krieg und Frieden, ihre fachfundierte Haltung zur sexuellen Inklusion zu erfragen. Man kennt das, ein Schauspieler, eine Schauspielerin wird in und von der Öffentlichkeit so mit einer Rolle identifiziert, dass sich weniger helle Gemüter vom Künstler einschlägige Ratschläge erhoffen. Viele Künstler entscheiden sich sogar bewusst für diese Masche: Mehr oder minder zufällig Nebendarsteller in einem Stasidrama geworden, schnell sieht man sich so gerne wie oft als DDR-Kenner in allen, in allen Talkshows. Wenn's mit dem Verkauf selbstgeschriebener belletristischer Bücher nicht, nicht mehr gar so top klappt, wird mit der letzten Restpopularität schnell was zur, hier als zufälliges Beispiel, Di-Do-Datensicherheit publiziert, und subito wird man, mit bedeutungsschwerem Stirngekräusel garniert, zum omnipräsenten Streiter wider Staat und Schmidt, Eric Schmidt. Wie war das bei ihnen, gab es Anfragen von vormals Friedensbewegten, von Amputisten und Amelotatisten?"

J.T.: "Nein, was für eine alberne Vermutung. Diese Geschichten mit so called Stars, die irgendwann nicht mehr trennen können zwischen ihrer, vorzugsweise, Serienrolle und dem Leben, also zwischen ihrer Kunst und der realen World, finde ich besonders gelungen abstossend. Das kann nur selten unterhaltsam sein, ich habe hier den guten alten Professor Brinkmann im Sinn, der auf der Strasse den Leuten medizinische Ratschläge aufschwatzte."

R.i.S.: "Einspruch, Frau Tribon! Ich entsinne mich different. Sie tun dem guten alten Professor Wussow selig bitteres Unrecht an, wenigstens war es so, dass Menschen und Fans der Schwarzwaldklinik im Alltag bei ihm ärztlichen Rat nachfragten. Nicht umgekehrt. Als jungem Kulturredakteur war mir, und musste mir, die Serie fremd sein, doch durfte ich auf ausdrücklichen Wunsch der Intendantin dieses Klaus-Jochen-Wussow-Phänomen recherchieren. Was ich da für einen Menschenschlag antraf, ich sage ihnen, gruselig, die hatten bestimmt nie mein wertreiches Kulturgut in der Feuilleton-Nacht gehört. Leider war in den Achtzigern der Begriff des Prekariats noch nicht eingeführt. Unterschicht oder Arme oder Anspruchlose, auf diese noneuphemistischen Gattungsbezeichnungen zurückzugreifen war ich dereinst gezwungen."

J.T.: "Gut möglich, dass die von ihnen, lieber Redakteur, Geschmähten zumindest den korrekten Vornamen vom Wussow kannten. Der Klausjürgen hatte durchaus anspruchsvollere Rollen im Repertoire, war ein Charakterdarsteller ohne Frage, gab den Raskolnikow an der Schaubühne, durfte mich in meiner Rolle als Wucher-Alte sogar brutal töten. Hat uns beiden viel Spass gemacht. Eine erfrischend neue, stolze fünf Stunden dauernde Inszenierung von 'Schuld und Sühne', postmodern interpretiert als 'Strafe und Wiedereingliederung'. Klausjürgen brillierte mit seinem augenzwinkernden Spiel, trotz seiner bekannten Probleme ... nein, dazu will ich mich nicht äussern, wer wäre ich denn, würde ich beim Thema Alkohol den ersten Stein schleudern. Mahalu!"

R.i.S.: "Und de mortuis nihil nisi bene sowieso!"

"J.T.: Sie sagen es. Jedenfalls: Wenn die Künstler nicht aus ihrer Rolle heraus finden, sorry, das zeigt entweder, dass sie etwas wirr und verrückt sind, kein Problem, muss jeder Künstler sein, otherwise ist er ein arroganter Handwerker. Oder der verehrte Kulturmensch wird nicht mehr verehrt, ist nicht mehr angesagt, ist unhip, erhält keine Rollen, wird selbst von tumben Talkshows tapfer ignoriert und von der scene gedisst, wie wir jungen Menschen heute zu sagen pflegen. Dann fliehen einige dieser Ex vor der beschämenden Bedeutungslosigkeit der eigenen Person, der Privatperson in die bunte Scheinwelt ihres Filmcharakters, ihrer Hauptrolle, ihres Alter Ego."

R.i.S.: "Aha, das haben sie erforscht? Haben sie Beispiele, Namen? Wie kamen sie denn darauf, zwischen Merlot und Dornfelder? Ceterum censeo: Şerefe!"

J.T.: "Das mit dem Wein ignoriere ich, jedenfalls den Dornfelder. Wie daneben muss man sein, um solchen Unter-elf-Euro-Wein zu konsumieren. Aber selbstverständlich habe ich Beispiele, was denken sie denn! Wenn man, wie ich, im Kulturbetrieb unterwegs ist, dann trifft man, wie ich, unentrinnbar solche Kollegen. Bitte haben sie, liebe Hörfunkfreunde, Verständnis, dass ich hier niemand nenne, um etwas Spannung für mein Buch und die üblichen Vorabauszüge in der Zeit, nein in Bild zu bewahren. Cin cin!"

R.i.S.: "Wenn ich ihnen so beim Rotweintrinken zuschaue, bekomme ich Heilbuttheisshunger!"

J.T.: "Wenn ihnen ich so beim Klugschwatzen zuhöre, bekomme ich Dujardindurst!"

R.i.S.: "Unser Gespräch droht öde zu werden. Selbst in der Kulturpartition unseres ehrenwerten Senders wollen wir die Menschen draussen nicht langweilen. Was hölfe nun besser, als muntere Musik. Eine solche habe ich hier, eine heiter-beschwingte Weise, fast ohne Bezug zu ihnen, abgesehen von der leicht angekratzten Stimme des Sängers. Dieses Rauchige könnte vom Rotwein kommen, wird jedoch eher walisischem Whisky geschuldet sein. Band ab für, nicht erst morgen sondern schon heute, 'Maybe Tomorrow'!"

'I've been down and I'm wondering why. These little black clouds keep walking around with me with me. ... So maybe tomorrow, I'll find my way home. So maybe tomorrow, I'll find my way home.'

R.i.S.: "Die Stereophonics sangen dieses luftige Liedchen, ich hörte es in dem wunderbaren Film 'Beverly Hills Cop' aus 1984. Neben 'Axel F' von Harold Faltermeyer. Ich fand 'Neutron Dance' von den Pointer Sisters die beste Filmmusik, diese Szene, wie Freddie Mercury, ein Scherz, selbstverständlich Eddie Murphy hinten in dem Truck hin und her geschleudert wird. Zum Piepen! Aber zu 'Maybe tomorrow', da ist mir keine Szene momentan. Nein, ich will sie nicht mit Achtzigerjahre-Retro-Quark anöden. Frau Tribon, sie grinsen? Kann es sein, dass es gar nicht in Beverly Hills sondern irgendwie woanders in Los Angeles war, wo dieses feine Liedchen als Soundtrack lief?"

J.T.: "'L.A. Crash', aus 2004! Direkt Filmredakteur sind sie jetzt aber nicht, oder?"

R.i.S.: "'L.A. Crash', genau, der war es, aus 2004. Sagt man 'aus 2004', oder ist das wieder so ein Flachsinn, so eine Inklusion aus dem Englischen? Nun, Inklusion ist das Thema unserer Tage, doch dürften sie, liebe Frau Tribon, all die Diskussionen um schulische Inklusion kaum interessieren, oder gibt es schon Enkel?"

J.T.: "Da blinkt was!"

R.i.S.: "Was blinkt? Meine elektronische Fussfessel? Ihr Promilletester? Ach, nein, hier auf meinem Desktop, das ist der kleine Ticker, der informiert mich, dass wir einen Call in haben. Zu der Zeit, zu der ein

Gespräch noch Gespräch hiess, nicht Interaktion, da hiess das Konzept, Hörer anrufen zu lassen, noch Hörertelefon. Früher hatten wir viel mehr Anrufer."

J.T.: "Und 'nen Kaiser!"

R.i.S.: "Wie bitte? Jedenfalls, heute sind es auffallend wenige Anrufe, die hier eingehen. Anerkennung, Frau Buschbaum aus Ulm, sie haben Erbarmen mit Frau Tribon, sie haben unsere kostenfreie Nummer gewählt, sie wollen interagieren mit uns, herzlich willkommen in meiner Sendung! Was möchten sie wissen? Was darf Judith Tribon über ihr Buchprojekt berichten? Was soll mein Gast über sich ausplaudern?"

Änne Baumbusch: "Baumbusch aus Neu-Ulm mein Name, oh, ich bin ein wenig aufgeregt - aus Neu-Ulm ist freilich nicht mein Name, nur Änne Baumbusch, Baumbusch heisse ich, sie hatten Buschbaum gesagt, ist aber nicht schlimm, ihren Namen habe ich mir gar nicht erst gemerkt. Von Neu-Ulm war vorhin ja schon kurz die Rede. Zu Frau Tribon, ich freue mich so sehr, dass ich endlich die Chance habe, mit ihnen, mit der grossen göttlichen Ikone meiner Kindheit und Jugend sprechen zu dürfen! Ich wäre ihnen sogar fast nach Amerika gefolgt, wollte bei ihnen studieren, sogar selber spielen. Ich hatte sie auf den sprichwörtlichen Sockel gehoben gehabt, hatte sie zutiefst verehrt. Gehabt."

J.T.: "Vielen Dank, Frau Buchsbaum, ihre Worte berühren mich sehr!"

Ä.B.: "Nun warten die doch ab, bevor sie ihre Standardfloskeln zum Besten geben! Ist ihnen denn nicht die Zeitform meiner Worte aufgefallen?"

R.i.S.: "Vorvergangenheit, Plusquamperfekt, wenn ich mich als kluger Redakteur kurz einschalten darf. Was ist nun ihre Frage, Frau Bulmbaum? Darf ich auf, endlich, etwas Hate Poetry in dieser elaborierten Sendung hoffen?"

Ä.B.: "Na bitte, wenigstens er hat es geschnallt. Doch auf eine kunstvolle Beleidigung hoffen sie vergebens. Der Gebrauch der Vorvergangenheit beinhaltet, dass meine Verehrung lange verflogen ist! Sorry."

J.T.: "Wie meinen sie das?"

Ä.B.: "Wie ich das meine? Wie wohl, die Verehrung ist weg, ist nicht mehr da."

J.T.: "?"

R.i.S.: "?"

Ä.B.: "Nun schweigen sie bitte nicht so betreten. Das mit der sich verflüchtigt habenden Verehrung stimmt doch nicht, nicht mehr, ich bin noch ihr Fan, liebe Frau Tribon, ich wollte kurz eine Schockwelle ins Radio schicken, weil ich mich so sehr geärgert hatte, wie schoffelig sie den Herrn von Bensch haben abblitzen lassen! Das war nicht fair, Frau Tribon, das hatte keinen Stil, das war von Übel!"

R.i.S.: "Das ist doch eine interessante Geschichte, ich habe so ein Gefühl, heute geht hier doch noch was. Frau Tribon, trinken sie, trinken sie! Und sie, Frau Braunbuch aus Neu-Ulm, was hat sie umdenken lassen, warum mögen sie meine Studiogästin wieder, womit fasziniert dieser Tage Judith Tribon Anne Baumkuch?"

Ä.B.: "Änne Baumbusch hat ganz einfach in Judith Tribons Fotobiographie geblättert, in 'Judith T. - Ein Fotoleben in Schönheit'. So banal war das. Dort bin ich auf das wunderbare Mittelfoto gestossen, jenes, welches sie, Judith Tribon, so feminin-germanisch am Herrmannsdenkmal bei Detmold zeigt. Um es kurz zu machen, diese Mischung, ihr Aussehen als Melange aus Romy Schneider, Julia Timoschenko alias Annette Frier und Jelena Katina."

R.i.S.: "Wer, um alles in aller Welt, ist Jelena Katina?"

Ä.B.: "Das ist die eine von der postsowjetischen Frauenkuss-Popband tatu, die, die mehr so russisch aussieht. Zurück zu ihnen, liebe Judith Tribon, ihr unglaublicher Anblick unterm Herrmann hat mich wieder schwach werden lassen. Verstehen sie richtig, ich bin nicht LL oder so, aber das Foto, nein, ich sollte nicht darüber reden, hier, im Radio. Punkt."

R.i.S.: "Oho, das ist eine so überraschende wie einleuchtende Erklärung eines Sinneswandels, von dem wir noch vor wenigen Minuten nichts haben ahnen können. Mir bleiben dennoch zwei Fragen, die zu stellen es mich rein menschlich drängt: Was ist, nein, was steckt hinter LL und, schlussendlich, welche Frage will Anke Braunkuch Frau Tribon stellen?"

Ä.B.: "Nichts einfacher als das! LL steht für LesbLight, ein aktueller Megatrend von sportlichen Mittelstandsschnallen im besten Alter in besten Gegenden in langweiligen Mittelstädten im Südwesten. In diesen Kreisen kennt man eben Jelena Sergejewna Katina. Nun zum eigentlichen Grund meines Anrufes. Frau Tribon, sie sind der Jüngsten keine mehr, haben zwei Kinder geboren, ein forderndes Leben gelebt, waren dem Feiern und dem Wein nicht abgeneigt, dennoch sehen sie noch phantastisch aus, grossartig, superklasse. Wie machen sie das?"

J.T.: "Danke für das mit einem zarten Hauch Häme gespickte Kompliment, sehr freundlich. Nun weiss ich nicht, hier, in dieser traditionsreichen Kultursendung, sollen wir wirklich über mein Aussehen sprechen, über mein Surface schwatzen, statt über mein Buch zu diskutieren? Aber be as it may, letztlich will ich hier - ihr merkt, Rotwein löst die Zunge – promoten. Womöglich ist es dafür nützlich, mich euch als eine selbst im vorgerückten Alter, im Alter meiner künftigen Leserinnen, besonders passabel ausschauende Schriftstellerin zu präsentieren. Ich merke gerade, ich bin ins Duzen abgerutscht, sorry. Actually, Frau Baumdusch, die Gene sind es, die meine Haut straff, meinen Körper aufrecht und meinen Busen fest halten, die guten Thüringer Gene meiner Eltern. Ich will für mich doch gar nicht ausschliessen, später etwas schönheitschirurgisch an mir werkeln zu lassen. Man will doch attraktiv bleiben, schon für sich selbst, für das eigene Ego. Cher war vorhin bereits Thema. Wer tauscht schon gerne junge Haut gegen Altersweisheit!"

R.i.S.: "Toller Bonmot! Von ihnen?"

J.T.: "Tolles Bonmot; und freilich von mir. Zurück zu Botox und Dr. Mang und Schönheitsoperationen, den überflüssigen. Jetzt ist es eben noch nicht so weit, wissen sie. Die Hormone, aber bitte sehr, sogar nach dem Klimakterium spukt mir noch das eine oder andere Östrogen durch Hirn und Haut und Abdomen. Ausserdem trinke ich ausschliesslich, trinke ich konsequent nach sehr strengen Regeln, z. B. habe ich aus der Modebranche eine rough rule of thumb übernommen: Never brown after six! Also, Weinbrand und Whiskey gibt es bei mir nicht mehr am Abend. Punkt. Keine Diskussion. Da bin ich sehr stählern! Ist doch die erste Lektion, die man als angehende Schauspielerin lernt - eisern sein, knallhart sein, gegen die Kollegen, klar, gegen die lieben Kolleginnen, aber sicher. Auch gegen sich selbst, das besonders. Ich meine jetzt nicht allein den Zwang zu absoluter Disziplin, etwa beim Drehbuchbüffeln, nein, das ganze Leben jenseits der wenigen Stunden von Kamera wie Bühne ist extrem selbstbestimmt. Welche Rolle nehme ich, was schlage ich aus, welche Regie-Willis und Produzenten-Wichte sind es wert, beschmeichelt zu werden, mit wem solltest du intimer werden, wen kannst du links liegen lassen, was darfst du essen, bei welcher Party ist wie-viel-trinken angebracht? Welcher Einflusshaber will von dir, der Frau, ganz spezifisch als Mann beachtet werden, welcher Kultur-Fuzzi steht neuerdings einzig auf Künstler, also auf *ers*, mit wem solltest du, trotz echten Ekels, drehen, welcher eigentlich sehr sympathische Kollege ist so abgesagt, dass du mit ihm nie mehr gesehen werden darfst? Immer und immer musst du auf dem Kiewief sein, dich anpassen, und dennoch exakt die eigenen Prinzipien einhalten, nie darfst du dich gehen lassen, ergo ist Selbstorganisation der Kern des Erfolges, ganz klar. Ja. Nun zu ihrer Frage, Frau Buchsbusch. Ohne angeben zu wollen, ich trage diese Gabe in mir, es ist ein Geschenk, ich wusste allzeit, was ich wollte und was ich dafür tun oder lassen musste. Künstlerisch, zwischenmenschlich, körperlich. Ich weiss das noch! Glauben sie mir, das ist keine, wie sagt man, keine self evidence bei Künstlerkollegen! Gerade wenn deren grosse Zeit vorbei ist, ohje, dann beginnt der Leichtsinn."

R.i.S.: "Entschuldigung, ich bitte um Nachsicht für meinen radiophonen Widerspruch. Sollte spinnerter Leichtsinn nicht eine der vorzüglichsten Eigentümlichkeiten eines jeden Kreativen sein? Gehört Grundverwirrtheit nicht zu den unveräusserlichen Basics jedes halbwegs unfrisierten Künstlers? Muss man nicht ein bisschen *banane* sein, damit das Finanzamt einen nicht als, wie sagten sie, profanen Handwerker einstuft? Sie sagten es vorhin doch selbst!"

J.T.: "Hilarious! So geht sie, die Mär vom durchgeknallten Künstler, doch wenn's überhaupt zutrifft, dann betrifft's nicht uns luschige deutsche Durchschnittstypen. Für uns ist Disziplin die erste Daseinspflicht, you know!? Aber ach, an Selbstbeherrschung fehlt es inzwischen leider, leider recht häufig, und zwar fataliterweise gerade dann, wenn der Karrieremotor bereits stottert. Doch ist es gerade dann knallhart an der Zeit, die letzte verbliebene Kraft und allen Residual-Stolz darauf zu verwenden, durch Selbstregulierung für Masse und Medien unsichtbar zu werden, abzutauchen. Doris Day macht oder machte das ganz und gar beispielhaft so. Sie und ihre freckles, ihre Sommersprossen. Verschwinden. Verschwunden, um Jahrhunderte später in der Tagesschau, kurz vor dem Wetter, als 'bereits vor drei Tagen verstorben' letztmals erwähnt zu werden. Dann wird die eine Hälfte der Schauerschaft raunen 'Wer ist gestorben? Bruno Bruellcock? Bescheuerter Name, nie gehört!' Die anderen Gucker aber sollten flüstern 'Guck an, der Bruellcock, wusste gar nicht, dass der noch lebt.

Lange her, Bruellcocks grosse Zeit. Hatte der nicht was mit dem Brecht oder so? Schön war es, damals, als *der* total berühmt war und *wir* unser Leben wie einen Kirschblütentraum genossen haben. Nun - tot, das ist der Lauf der Welt, ach ach, ja ja ...' So und nicht anders muss man eines Künstlers gedenken. Leider können das die allermeisten von uns nicht, nirgends sehe ich protestantische Disziplin, keine katholische In-sich-Ruhe, nur plumpestes Dasein als alternder Celeb."

R.i.S.: "Residual-Stolz - tolle Melange aus einem noch nicht durchgenuddelten, noch nicht in Blogs und launigen Intros abgewetzten Fremdwort und einem vorbildlich positiv besetzten Wort unserer heimischen Sprache! Spontan gesprochen oder vorab einstudiert, Frau Tribon? Nein, ich erwarte keine Antwort, ich möchte kurz darauf hinweisen, dass ihre Worte im Moment eher narkoleptisch denn muntermachend wirken, eher Baldrian als Red Bull. Selbst Frau Badepunsch hat sich schon vor Minuten ausgeklinkt. Verstehen sie, ich sehe mich hier durchaus in der Robe, nein, Rolle des Anwaltes unserer Hörer, bin sozusagen deren Medienanwalt. Deshalb plädiere ich, nein, das Bild stimmt nicht, ich bitte um Nachsicht, was soll's, also - kommt noch was Interessantes, oder darf ich uns geschickt-unauffällig zu einem spannenderen Thema hinführen?"

J.T.: "Actually, sie sind mir da gar zu eifrig, dabei sollten sie doch dank ihres Berufes Bekanntschaft gemacht haben mit der Fremdscham für die ihrer verflossenen Bedeutung hinterher Hechelnden! Ich rede doch nicht bloss von den Autobiographie-Nervensägen. Nicht von diesen tragischen, alten Rock-Sack-Figuren, die seit 13 Jahren abschiedstouren und jeden Interviewer dreist anlügen - 'Da ist diese unglaubliche Energie, die wir vom Publikum, von unseren Fans erhalten, das trägt uns so ungemein, da sind die schier unerträglichen Rückenschmerzen ganz ohne Alkohol verschwunden - dem Kokain hatten wir ja schon vor langer Zeit abgeschworen, einst, als unsere Enkel sich an unserem Kreativpulver zu schaffen machten!' Nicht von den euphemistically called Altstars, denen jedes Mittel in den Kram passt, um es ins Mittagsmagazin oder zu dieser blonden älteren Dame in RTL oder in die Beilagen des Qualitätsboulevard oder in die kostenlose Wochenendwerbekäsepostille 'Ihr wunderhübscher Sonntag' zu schaffen. Da hilft es, die superselbstkritischste, höchst eigenste Läuterung vom Alkohol, von Kokain, sogar von Drogen, von genialistischer Selbstüberschätzung, von dramatischster Gefühlskälte, von künstlerischster Wirklichkeitsferne als Sendeminuten-Füller und Zeilenschinder zu verhökern. Flott geht es fort in Talkshows, um sogleich Convenience-Antworten auf vorgefertigte, vorbesprochene

Fragen in die Sennheiser zu babbeln, um mit halb erfundenen Anekdoten völlig überzogene, gekünstelte Lacher zu erschleichen, trunken von der Erinnerung an die eigene Einstwichtigkeit, öffentlichkeitsgeil um Betroffenheitsaufmerksamkeit winselnd. Oder die einst so Kreativen blamieren sich als Juror in Deppenshows, als Depp in Jurorenshows, als Depp in Deppenshows, als Juror in, ach, vergessen wir es."

R.i.S.: "It isn't over until the fat lady sings!"

J.T.: "Ganz genau, Mister Oberschlau. Gānbēi!"

R.i.S.: "Gānbēi! Ich will nun einen etwas langsameren Titel einbauen. Den Titel verrate ich nicht, nur so viel, gewünscht hat ihn sich und ihrem lieben Ehemann die Margit aus Mosbach am Neckar. Bei diesem vortrefflichen Lied hatte ihr der liebe Hartmut dereinst den Hof gemacht. Nicht wörtlich, auch wenn das durchaus vorstellbar wäre, denn Margits Gemahl Hartmut ist Inhaber einer sehr gut laufenden Firma für Naturstein- und Basaltpflaster. Vor 31 Jahren, so hat es mir die liebe Margit geschrieben, lernten die beiden sich bei einem ökumenischen Schwof ihrer evangelischen Gemeinde am grünen Ufer des blauen Neckar erst kennen und später lieben. Drei bestens geratene Kinder sind dieser wundervollen Liebe von Margot, ich korrigiere: Margit, und Hartmut entsprungen. Manfred, Ingrid und Charlene sind lange aus dem Hause, einzig und allein die Liebe, die Liebe zwischen Margit und Hagen, ich korrigiere: Hartmut, ist noch da, frisch wie am ersten Tag. Dieser prächtige Traum von einem erfüllten Leben begann einst mit einem Klammerblues, bei just diesem unvergesslichen Lied. Spitzen sie ihre Ohren, das Lied lässt sich ganz ohne neumoderne Beatbox 7.1 gut hören!"

'No one knows the side of you that I know, no one gets to see, to feel you. To hear you when they call, I'm the only one you answer. ... When I need you, I just close my eyes and I'm with you baby. And all that I so want to give you. Is only a heartbeat away.'

R.i.S.: "Ich fade uns etwas früher out. Ein bisschen Rätsel soll noch bleiben. Haben sie es erkannt?"

J.T.: "Klar habe ich dieses Schmachtteilchen erkannt, 'When I need you' von Leo Sayer war das, sein mit grossem Abstand miesester Song. Der Leo, genau. Er konnte musikalisch so wahnsinnig viel mehr als diese tumbe Ballade. Ich kenne Leo, by the way, persönlich. Sehr persönlich. Lief der Song extra deswegen?"

R.i.S.: "Nein, von ihrer Bekanntschaft wusste ich nichts. Woher denn. 'When I need you' ist ein Wunschtitel. Von mir persönlich gewünscht, wie sie meiner spontan kreierten Fake-Anmoderation entnehmen konnten. Ich wollte mal ein Beispiel für Trivialästhetik spielen, wollte mit ihnen einfach einige Minuten runter vom Parnass, mit grande vitesse rein in die Welt der Oldiesendungen für die Generation fivtyplus. Was wäre dafür prädestinierter, als, pars pro toto, einer der vielen, von Albert Hammond geschriebenen Pophits, nicht wahr? Leo Sayer, super Typ. Darf ich was aus dem Intimbereich unserer Sendung berichten, etwas, was ihnen und ihnen und gar ihnen Schweissperlen auf ihre Jochbeine zaubern wird: Maik, mein Musik-Maik verriet mir bei der Vorbesprechung der Musikauswahl, Leo Sayer habe in Ute Freudenberg seine Gesichts- und Frisur-Doublette gefunden! Ungeheuerlich. Ute Freudenberg! Ich bitte sie. So, das musste ich loswerden. Leo Sayer also. Den Leo kennt Frau Tribon also in natura? Nun, erzählen sie!"

J.T.: "Es war im Hyatt-Hotel in Köln. Ich mag mich täuschen, doch es könnte bei den Dreharbeiten zu 'Bonn/Hofgarten/Bonnie' gewesen sein. Ich wohnte im Hyatt, liess den Tag in der Lounge bei einem smoothiestrongen Long Island Iced Tea ausklingen."

R.i.S.: "Ich bitte um pardon, wenn ich an dieser Stelle frech insinuiere. Waren sie zu jener Zeit nicht guter Hoffnung, wenige Monate später kam doch ihre schon erwähnte Tochter Cordelia zur Welt?"

J.T.: "Mag sein, dass ich schon ein klitzekleines bisschen schwanger war, bereits das verehrte Fräulein von Bensch im Kleinstformat unter meinem Herzen trug. Darum geht es hier aber nicht, ich soll doch von Leo Sayer berichten. Der war doch im besten Mannesalter, war mit seinen curls, seiner Lockenpracht, seinen knallengen leuchtebunten Hosen sehr, sehr angesagt. Sein Konzert - ich meine, er hatte soeben auf den Rhein-Terrassen vor zig Tausenden gespielt gehabt - muss ein gewaltiger Erfolg gewesen sein. Nun kam er an, the great emporer of Popmusik. Bestimmt flutete eine Mixtur aus Endorphinen und Testosteronen und dem einen oder anderen Drink durch seine Adern, als er die kölschen Groupies, die alle wie diese rheinische Frohnatur aussahen, wie, na, sag schon, nicht die forsche Kebekus, die andere Sirene."

R.i.S.: "Die köstliche Sinnen, Hella von."

J.T.: "Exakt, so wie die von Sinnen sahen all die Groupies aus. Keine Konkurrenz für mich. Jedenfalls, daran erinnere ich mich noch sehr gut, wie wie wie, ja, raumgreifend Leo auf mich zuschritt. Very straight! Er ist recht gross, was der Tollkühnheit seines Auftritts zusätzlich zuträglich war. Long Leo kam zu mir, sagte 'Hi, you look very nice, nicer as the fan-slunts. I'm very interested in to learn you knowing much nearer. Let there be zero distance from me to you. You make me feel like dancing!'"

R.i.S.: "So also sprach Herr Sayer zu ihnen? In diesem allerfeinsten Stil, in gehobenstem BBC-English? Ich bin exzeptionell beeindruckt!"

J.T.: "Faszinierend, nicht wahr! Dazu noch mit der ganzen Inbrunst eines grosswüchsigen Megastars. Was er von mir wollte war sonnenklar. Leo war weiss Gott nicht der einzige, der ... ich kann mich noch heute nicht beschweren über zu wenig Interessenten, die mich als Frau wollen, mich heftig begehren, kennen sie zum Beispiel"

R.i.S.: "Nein, kenne ich nicht, will ich nichts von wissen, ihre Amouren sind nicht Gegenstand unseres Hochniveaudiskurses. Ich denke zudem, dass ihre verstörende Leo-Sayer-Story weitgehend fiktional ist. Meines Wissens eröffnete das Hyatt in der Rheinmetropole erst Ende der Achtziger, zu der Zeit war Sayer lange kein Pop-Potentat mehr, dürfte er kaum noch grosse Konzerte mit Heerscharen weiblicher Fans gestagt haben. Überdies ist der Sayer nie und nimmer von grosser Statur, wie sie mehrfach explizit implizierten. Er ist eher Philipp Lahm als Jonas Reckermann."

J.T.: "Who is Jonas Reckermann? Muss man den kennen?"

R.i.S.: "Absolut, selbstredend muss man das, jedenfalls als Frau von Welt. Herr Reckermann hechtete sich in London zum Olympiasieg im Beachvolleyball, der Sportart mit den knappen Höschen. Herrn Reckermanns lichte Höhe beträgt näherungsweise das Anderthalbfache von jener des Herrn Lahm. Deswegen habe ich die beiden als Contrapositum verwendet, verstehen sie? Zudem habe ich eine Trope genutzt, womöglich eine Synekdoche, indem ich jeweils eine Person für die Gruppe, der die Person zugehörig ist, verwendet. Lahm für die Gruppe der relativ kleinen Menschen, zu der eben der Leo Sayer zählt. Verstehen sie das überhaupt? Als angehende Schriftstellerin stehen sie selbstverständlich auf du und du mit allen literaturwissenschaftlichen Kategorien. Nun, eben nutzte ich gar das Stilmittel der Ironie."

J.T.: "It's hilarious! Sie gelehrter Naseweis, ich meine, sie sollten hier weniger grosssprecherisch angeben. Überhaupt gehört der Sport, gehören Sportler nicht in Kultursendungen. Es ist eine moderne Unsitte, Sport als Teil der Kultur zu verkaufen. Hätten sie statt Lahm und Reckermann doch lieber Steffen Mensching und Hans-Eckardt Wenzel genommen, die kennt sogar mein Sohn. Glaube ich. Oder Horst Schroth und Achim Konejung. Oder Herbert Feuerstein und Harald Schmidt. Die kenne ich aus the German broadcasting. L'chaim!"

R.i.S.: "Cin cin! Was das Thema Sport anbelangt, da muss ich ihnen, durchaus geschätzte Frau Tribon, zwar mit Bauchgrimmen, doch trotzdem zustimmen. Wie leicht begibt sich selbst ein erfahrener Kultur-Redakteur wie ich es bin, auf historisch dicht vermintes Terrain. Sport war in Deutschlands dunklen Vergangenheiten unanständig eng mit kampfeslüsterner Körperkultur und kriegsdienlichem Körperkult verquickt. Da heisst's geschickt zu lavieren, um radikalpazifistischen Shitstorms aus dem Wege zu gehen. Ich lotse uns deshalb mit spinnwebfeiner Eleganz in ungefährlich seichte Gewässer. Der Jonas Reckermann gewann nämlich in London zusammen mit Julius Brink. Nun schaue ich, welche Treffer die Suchbegriffe *seicht* und *Brink* ausspucken. Kaum zu fassen, mein imaginäres Internet bietet mir *Bernhard Brink* an! Der gross gewachsene Schlagermann Bernhard Brink, zu ihm passt unser Leo Sayer weit weniger als zu, ich sage mal, Tanja Hewer. Michelle. Uuii, jetzt habe ich schon wieder, gleich dreifach ein granitenes Kulturradiogesetz gebrochen, habe drei Unaussprechliche im Feuilleton erwähnt. Schnell, stechen sie mir drei Holzkreuze ins Herz! Ein Scherz. Das einzige, was an ihrer Leo-Beschreibung stimmte, war der Hinweis auf Leos Locken. Sayers Haarpracht erinnert eher - was soll's, ich bleibe tollkühn - an die blonden Locken von Bernhard Brink als an Klaus Meines hyperpeinliche Lederkappe. Die Welt ist gefüllt mit Paradoxien. Worüber sprachen wir eigentlich vor unserem Ausflug zu ihrer irrealen Begegnung mit dem lieben Leo?"

J.T.: "Das wissen sie unter Garantie selbst am besten. Trotzdem, ich nehme den Ball auf. Wir sprachen über die Kollegen, die mit ihrem Schicksal hadern, weil sie nicht mehr gefragt sind. Diese Künstler-Darsteller - sagt man so? - können zu oft nicht lassen von der morbiden - sagt man so? - Idee, wichtig zu sein, lassen nicht ab von dem absurden Gedanken, der Welt etwas von Relevanz - sagt man so? - geben zu müssen. Ich merke gerade, etwas im Rotwein löst mir ungemein die Zunge! Sagt man so."

R.i.S.: "Das ist gut, das ist sehr gut, das ist sehr, sehr gut! Wir sind im Radio, in dem Sprechmedium par excellence! Anrufe haben wir keine. Desgleichen sind Fragen an sie, Verehrteste, auch nicht via Social Media ins Haus geflattert, also sprechen sie einfach, reden sie, unterhalten sie wir, nein, *uns*!"

J.T.: "Nasdrowje! Sie sollten wissen, ich trinke Rotwein, also, am liebsten trinke ich Roten. Doch tue ich das nicht einfach so, nein, ich saufe als Synästhetikerin."

R.i.S.: "Welch ein hanebüchener Unsinn!"

J.T.: "Gemach, schön langsam. Sie sind kein Mensch der Kunst, sie sind bloss ein, vermutlich dramatisch überbezahlter, Erklär-Sklave. Ich hingegen, ich als Vollblutkünstlerin erlebe alles ganz körperlich, ganzkörperlich, wenn sie dieses hauchfeine Wortspiel zu erkennen in der Lage sind. Eine Frau der Omnikunst wie Judith Tribon will mit Wein nicht allein Geschmacksknospen und Geruchstentakeln kitzeln, oh nein. Ich höre den Wein, ich *höre* ihn, verstehen sie das? Ich lausche seiner tiefen Farbe, sein Rot spricht zu mir. Incredible! Ich kann riechen, wie er wispert und versonnen lächelt. Ich schmecke, was der Rote flüstert und singt. Ja, ich spüre, dass das ölige Traubenblut spielt, schauspielt, tanzt, grimassiert, mir gegenüber seine trunkenene Seele offenbart. Der Wein lebt, hat Geist und er zeigt sein Wesen allen meinen Sinnen. Ich rieche, schmecke, höre, sehe sein betörendes Wesen. In vino mens. Jámas!"

R.i.S.: "Mon Dieu, liebe Madam Tribon, das wird mir und den Hörern zu spinnert. Die Welt kennt genug Theorien, die das Saufen rechtfertigen sollen. Sie brauchen sich nicht zusätzlich um eine eigene Tribon-Theorie bemühen. Begeben wir uns also gemeinsam mit den Lauschern draussen im Lande zu dem Thema, welches uns der schillernde Gevatter Zufall auf das Gesprächstableau expedierte. Es geht um die Tipicii der früher erfolgs*ver*-, nunmehr erfolgsentwöhnten Kulturschaffenden. Kulturschaffende klingt wenig nobel, ach, der Partizipienfuror bedrückt mich. Deshalb pflegte ich einst mein Faible für die Begriffe Kultur*arbeiter* wie Kunst*arbeiterinnen*. Leider stahl mir die verheerende Ubiquität der sprachlich evident ähnlichen Sex*arbeiterInnen* jegliche Unbekümmertheit im Umgang mit meinen artifiziellen Begriffskreationen."

J.T.: "Wissen sie, was mich in den Staaten fasziniert? Der Mangel an Blasiertheit. Selbst Fachleute sprechen meistens gut verständlich, ohne dass es zu Lasten ihrer Reputation ginge. Wie kam ich gerade auf diesen Gedanken?"

R.i.S.: "Genau, genau so sehe ich mich: Volkstümlich im Ton dozieren, doch in der Sache ausschliesslich höchstes Niveau. Das ist mein Markenzeichen. Davon werden sie, liebe Hörerschaft, sich in der Sendung der kommenden Woche überzeugen können, in der es um die menschheitsalte Koexistenz von Sexarbeit und Kulturarbeit gehen soll. Als Gesprächspartner werde ich einige illustre Experten bzw. Expertinnen begrüssen dürfen. Zugesagt haben Selma Lautrec, Denisé Dick-Desire und Dr. Edleff Swensless. Nehmen sie nächste Woche gerne teil an unserem Parabelflug in den Makrokosmos von Trieb, Prostitution und Kunst!

Noch aber bleiben wir bei dieser besonderen Challenge für die Kreativen, die Jahrzehnte zwischen Bühnenabtritt und Renteneintritt mit limitierten Finanzen und gebrochener Seele halbwegs stilvoll zu absolvieren. Haderndes Wehklagen über die Transistenz von Felicitas und Prosperitas unter dem volatilen Firnis des Kulturbetriebes - das will mir ein belastbares Charakteristikum dieses sonderbaren Menschenschlages scheinen!"

J.T.: "Volkstümlich im Ton, wer wollte daran zweifeln. Sie sprechen sogar den billigsten Slang des German White Trash. Amazing!"

R.i.S.: "Zu meiner Einschätzung passen die gerne para-psychotischen Erwerbshandlungen und Kompensationsaktivitäten der im Imperfekt Angesagten, dann Aussätzigen. All' diese Klischees, Auto- und Möbelhauseröffnung, Couchgast in Panelshows, Best of - Album, Interview in der Spalte 'Was macht eigentlich ...?', Möbel- und Autohauserweiterung, 'Best of – unplugged' - Album, Faltiger-Hals-Gast in der allwöchentlichen One-Hit-Wonder-Show auf RTL, 'Best-of-Mit-den-Wiener-Philharmonikern'-Album, Tatortkommissar. Es ist so wenigen von ihnen gegeben, in Würde zu entschwinden und dabei doch in der Welt zu bleiben, so, wie es einst dem wundervollen DeLorean-Flügeltürer gelang."

J.T.: "Der DeLorean aus 'Zurück in die Zukunft'?"

R.i.S.: "Genau der, aber ich meine hier das reale Modell. Modell. Real. Herrje, jetzt haben sie mich aus dem Takt gebracht. Finalmente, teilen sie als semigefährdete Kulturschaffende meine expertöse Analyse?"

J.T.: "Nicht schlecht, Herr wie-auch-immer, fein gesprochen, selbst wenn ich das mit dem DeLorean nicht verstanden habe. Anyway, deprimierend zu beobachten: Absturz, und im Moment des freien Falls gleich die Selbstlüge - nur kurz durchatmen, dann gleich wieder durchstarten. Absturz. Exprominente Celebrities. In ihrer Spättragik sind die allenfalls mit unsouverän gealterten Sportstars vergleichbar, doch wird es diese Heroen, so hörte ich aus gewöhnlich unterrichteten Kreisen, in naher Zukunft so nicht mehr geben. Weil der Sport abgeschafft werden wird. Ist eine andere Baustelle. Hier geht es aber noch weiter mit meinen herrlichen Kollegen! Sie haben prima analysiert, toll, Reflektion ist für sie als Kulturintellektuellen eine angemessen Form. Aber ich bin nicht nur Hochschulabsolventin, sondern primary artist, Entertainerin, habe die Gabe, ohne Ende zu reden. Das werde ich. Pröschtli!"

R.i.S.: "Etwas Musik? Ein kleiner Song gefällig?"

J.T.: "Nein, jetzt nicht. Wo war ich? Zu guter Letzt die vorletzte Massnahme der einst Kreativen wider das Vergessen. Die hat was mit Gesundheit zu tun. Nein, ich meine hier nicht die aufopfernde Hingabe gegen seltene Erden, sorry, selbstverständlich gegen seltene Krankheiten. In der Siech-Alpha-Steoporoderusin-Vorsorge. Das alles ist wenig nervraubend, allenfalls tedious, fast sympathisch. Richtig amüsant-penetrant sind die komplett öffentlichen Krankmeldungen der Altstars, auf allen Kanälen und Titelseiten, verbreitet per Facebook, Twitter, Instagram, Bildschirmlaufband, StudiVZ, ARD-Brennpunkt, Amazon-Rezension und Tinder. Klar, es ist keine schwere oder infektöse Krankheit, die so publik gemacht wird, ist weder AIDS noch SARS oder MERS oder ADHS, nein, nur eben schnell mit dem Notarztwagen zur Routineuntersuchung, aber man weiss ja nie. Nach dieser, von niemandem erbetenen, Informationsoffensive, dem Eilmeldungs-Bombardement, dem Breaking-News-Overkill, dauert es Minutenbruchteile, wenige Sekunden, dann schwirrt eine Armada von Helikoptern über Deutschland, um Milliarden leaflets ins Land zu pusten, mit denen der exprominente, medizinisch angeschlagene Kunstmensch um die unbedingte Achtung seiner Privatsphäre fleht. Kennen sie doch alle, oder, Herr ...? Excuse me!? Der feine Herr Rundfunk-Schnösel blättert in der Auto-Bild. Nein, so sorry, er blättert im besonders grossformatigen Magazin der Kulturstiftung des Bundes.

Was es nicht alles gibt, whow, ist trotzdem sehr unhöflich. Was soll's, ich bin hier im Dienste meiner Fans, meiner treuen Anhängerschaft. Deshalb wird mich ein Alkohol verachtender, desinteressierter Gastgeber nicht aus dem Konzept bringen. Prost, sie da im Radio. Gab es nicht vor Jahrzehnten dazu einen Hit von Ralf Zuckowski, die Kassette hörte meine Tochter rauf wie runter: Du da - im Radio, wie geht's dir denn heut' morgen? Du da - im Radio, wie war denn deine Nacht?"

R.i.S.: "Du da - vorm Radio, auch ich habe meine Sorgen. Du da - vorm Radio, ich bin schlecht aufgewacht! Kenn' ich, kann ich. Eigentlich heisst R*a*lf Zuckowski R*o*lf."

J.T.: "Tell me about it! Ich zarte, unschuldige Frau mittleren Alters wollte mit diesem kleinen Vokaltausch die Aufmerksamkeit des grossen, weissen, wichtigen Mannes in front of me erringen. Was mir gelungen ist. Cheers - und retour zum content meines hier-seins! Was geht noch? Ein bisschen Charity, eine Prise Kulturrettung per extrem unaltruistischem Engagement für die deutsche Höchstkultur, für die supersubventionierten Kleinstadttheater in der deutschen Pampa, exemplarisch für die Schiller-Bühne oder das Büchner-Theater in der eigenen Geburtsstadt des Altkünstlers, damit die 33 Provinzhonoratioren nicht auf ihren Alibiklassiker verzichten müssen. Vehement ist er nun, der alte Kunstarbeiter; unter vollem Einsatz seiner frühmorschen Gebeine zieht er in den unerbittlichen Abwehrkampf gegen die Begehrlichkeiten der kulturfernen Unterschichten und die schrecklichen Auswüchse des US-amerikanischen Kulturimperialismus, der die supertolle europäische Kultur mit billigstem Trash-TV-Internet-Pfusch, also mit TTIP, ersticken will. Selbstverständlich hat das nie, nie mit eigener Erfolgslosigkeit im globalen Filmgeschäft zu tun, oh nein, oh Prosit! Was noch, was bleibt noch jenseits der lange entschwundenen Grimme-Zeiten? Etwas Synchronarbeit, mit juvenilen Outfits die Öffentlichkeit verstören, ein Yogafilm für DVD, selbst wenn alle Welt sowas heutzutage auf Youtube glotzt, gerne mit traniger Onkel- oder Tantenstimme ein Hörbuch bzw. ein Audio-Book sprechen, die Fotografie bzw. das eigene, gar nicht vorhandene Talent fürs Fotografische bemerken. Alles unerträglich, alles aus lauter horror vacui - sagt man so? Die finalste, letzte, würdeloseste, gänzlich apokalyptische Rache alter artists ist das alles noch keineswegs. Die definitive, die grottenübelste Schrecklichkeit ist nicht die karrierespäte Entdeckung der unbändigen Liebe zum anspruchslosen Gesang. Nein. Der Horror, das Grauen naht in Gestalt von Pinsel und Leinwand: Die Entdeckung der Malerei durch alternde Schauspieler und Sänger!"

R.i.S.: "Warum denn nicht? Malerei ist zwar eine andere, aber ebenfalls seriöse Art von Kunstschaffen, das wollen selbst sie nicht bestreiten."

J.T.: "Nein. Doch. Stellen sie schlichter Mensch sich ganz banal vor, ein Friseur verkündete: Heute back ich, morgen brau ich, übermorgen verlege ich bei der Königin ein Heizungsrohr, sind ja alles seriöse Arten von Handwerk! Kapiert? Er nickt, Herr Redakteur nickt. Malerei soll es nun also sein. Was der Grass Günter konnte und dieser andere Zausel ebenfalls, na, wie heisst der, Heinrich Mann, nein, Manfred Mann, nein. Gott, der Wein schafft mich - Klaus Mann, nein, Thomas Mann, neineinein. Diesen Erst-Ost-Kundschafter-Schauspieler, Dann-West-Mann-Darsteller mit dem Doppel-Namen meine ich, den, der als einer der wenigen deutschen Movie-Weltstars befeiert wird, ach ja, Armin Meier-Stahl."

R.i.S.: "Müller-Stahl! Einer der wenigen deutschen Stars, die es auch in Amerika, die es sogar in Hollywood geschafft haben."

J.T.: "Müller? Versteh' ich nicht. Für den Rest fünf Centgroschen in die Phrasenkuh. Was soll das denn überhaupt heissen, 'es in Amerika geschafft'? Geschafft, nicht auf dem elektrischen Stuhl zu enden? Geschafft, das Gewicht zu halten? Geschafft, sich die German-Überheblichkeit *zu* bewahren? Fragen sie doch in den Staaten, ob da ein Einziger diese Leute kennt, den Stahl oder diesen Eisbärenfilmer oder die Berger mit dem Vornamen. Senta. Vor einem dreiviertel Jahrhundert mit dem Oberwaffennarren Charlie Heston gedreht, trotzdem oder deswegen bestimmt, vermutlich, wahrscheinlich die SPD gewählt und ergo berufen und befähigt gewesen, bei der grossen Eva-Hermann-Vergrämung mitzuwirken. Prösterchen. Wo waren wir gerade? Ja, genau, alte weisse Männer. Die sind wie alter weisser Wein, weil, irgendwie langweilig, unbesser und ungesünder als sein kluger, sinnlicher, guter roter Bruder. Verstehen sie das? Nein? Damn it! Zurück zu den älteren Künstlerversagern und deren Kampf um ein Minimum an Aufmerksamkeit. Da gibt es das Modell Martin S., was meint, für irgendwas mit viel Tamtam in den Knast zu ziehen. Auf der zweiten Bahn des bedrückenden Peinlichkeitsparcours werden offene Briefe ins Nichts verschickt, um gesellschaftliche Missstände zu geisseln - der alternde Kreative betätigt sich als kritisches Korrektiv von Politikirrungen. Daneben, auf Bahn drei, wird im künstlerischen Alter, im Einzelfall also bereits ab 37, sehr gerne das Familienleben bemerkt. Als Inspirationsquelle, als Ausrede entdeckt. Dann kann die siebenundvierzigjährige Erstgebärende gleich ein Ratgeberbuch für unerfahrene Dreikind-Berufstätige mit tausend tollen Erfahrungs-Tipps zur Vereinbarkeit von Job und Kind schreiben."

R.i.S.: "Oh Gott, ist das langweilig! Die erzählt so Banales. Oh Gott, oh Gott, ist das Mikro etwa offen?"

J.T.: "Überhaupt Bücher, oho, darauf ein Fingerhütchen vom Roten, ich komme zurück auf dieses bereits vorhin angeschnittene Thema, einverstanden? Bücher - Achtung bitte, liebe Radio-Gucker: Ich klugscheisse, sorry, hier nicht von *Literatur*, denn das ist samt und sonders keine Literatur, die diesen Namen verdiente – die, sorry, Belletristik ständig in linearer Erzählweise, ohne zweite Ebene, keinerlei Abstraktion, keine interessanten Stilmittel, alles schrecklich deskriptiv, falls sie, lieber Rundfunk-Beamter, das Wort kennen. Ooch, nun schauen sie nicht so pikiert, war nicht so gemeint, sie - sie sind der Klügste hier im Land. Der gute Wein, sie verstehen, ich muss den ganz alleine beseitigen. Also Expromi-Bücher. Bücher zu schreiben ist der individuell beste Ausweg, weil der nicht-mehr-gar-so-gut-im-Geschäft-seiende Künstler einerseits seine massenhaft vorhandene Tagesfreizeit füllen kann. Das schützt vor dem Verlottern, freilich nicht vorm Suff. Andererseits kann, in absehbarer Zeit, etwa zum Erscheinen des vermeintlichen Meisterwerkes, vielleicht mit einer Einladung in ein Kulturmagazin und oder zu Herrn Lanz und zu ihnen, hier zwischen die kleinen Transistoren, gerechnet werden. Eingeladen, um dort dreist belogen zu werden, wie über die Massen sehr dem host das Buch gefallen habe. Kleiner Tipp - nie testen, was der Moderator wirklich weiss aus dem Buch! Erspart Enttäuschung und Peinlichkeit und rote Ohren."

R.i.S.: "Cunt! Nein, oh my god! Cut! Endlich Zeit für ein Zwischenspiel, einverstanden?"

J.T.: "Einverstanden, na sicher. Es drohte trockene Textlastigkeit, nun schaffe ich es, meinen Schlund zu nässen. Egészségére! "

'Und die Sonne geht auf, und die Erde geht unter, ganz oben steht der Mond. Und er schaut jeden Tag auf die Erde herunter, von seinem Blick bleibt nichts verschont. ... Und die Sonne geht auf, und die Erde geht unter, ganz oben steht der Mond. Und er schaut jeden Tag auf das Erbe herunter.'

R.i.S.: "Fluffig-flottes Liedchen, wie ich finde. 'Der Mond'. Ich habe nichts zu sagen, ich will kein Urteil geben, das singt Rocko Schamoni, der singende, schreibende Tausendsassa aus Deutschlands Norden. Wir beide, liebe Frau Tribon, wir haben was zu sagen, wir urteilen. Oder?"

J.T.: "Das haben sie Hörfunk-Domestik eine, für ihre Verhältnisse, fast kaum gestelzte Überleitung fabriziert. Danke und flugs zum Thema zurück. Nun, was sind das für Bücher, die diese Frühsenioren aufs Papier schleudern, nein, quälen? Es sind Lebensbeichtebücher, ist Voyeurismusprimitivkost, ist Regionalkrimimist, ich sprach es schon an. Daneben und dazu kommen Racheschmöker zum Schutz der Verbraucher. Rache? Ja, Rache an den dämonischen Konsumgüter-Unternehmen, an Nestlé und Procter und Gamble und Müller und Milch, an allen, die dem armen Schauspieler seit Jahren schon keinen Werbevertrag mehr geschenkt haben. Völlig überflüssige Ratgeber. Investigativ-Quatsch-Bücher, die auf einer beliebigen, exorbitant steilen These - etwa 'Abstinenz - Alkohol ist doch für alles die Lösung' - fussen oder was zwanghaft Ironisches mit 'Ich bin dann mal ...' im Titel führen. Oder deren Untertitel besonders kindisch, ja primitiv sind, etwa 'Wieso Lebensmittelkonzerne total fies sind', 'Warum Dekolleté-Schminken no longer Sinn macht', 'Warum Bücher mit langen Untertiteln, die zusätzlich noch mit einem Fragewort beginnen, absolut total völlig unkaufbar sind'. Gerne werden in diesen schändlichen Machwerken die allerprofansten Lebenserlebnisse, z. B. das Stillen, in den Rang religiöser Erweckungserfahrungen gepfuscht. Ausserdem kauern Horden von Hobbylosen in speckigen Strassengräben, lauern auf das eine, noch nicht zu Schundlektüre verwurschtete Tabuthema. Dazu Marotten-Bücher. Erfahrungsschundwerke! Vor lauter Frust sucht sich der ältere Mitbürger irgendeine Absonderlichkeit, irgendeinen aus der Norm fallenden Supermist. Er oder sie tritt in einen Trallala-Streik, verzichtet ein Jahr lang auf etwas, auf das Internet oder sein cell phone oder auf Wurst oder Veganes oder - wie der Bensch - auf Sex oder auf Kein-Sex oder Transpiration oder Unterwäsche oder Facebook oder seine Familie oder Körperhygiene. Alternativ tut er oder sie was total Mutiges, er trägt 53 Wochen lang Vintage-Slipeinlagen, sie geht mit 53 noch tagtäglich bedröhnt zum Techno-Rave, er lebt 53 Monate in einer portugiesischen Ökokommune mit traumatisierten Exdiakonissen, sie lässt sich von 53 erektil dysfunktionierenden Männern in kurzer Zeit nacheinanderweg lieben. Im Anschluss müssen dann 353 Seiten über diese unglaublich intensive Zeit vollgepinselt werden. All das einzig und allein, um den eigenen Abstieg zu camouflieren. Wie viel mehr könnten diese arme Wichte und Schrauben der Welt geben, wenn sie uns stattdessen mit einer veritablen Macke beglückten! Die könnten mit groteskem Outfit, mit elektrofarbigen Florence-Griffith-Joyner-Fingernägeln und tiefschwarz geölten Augenbrauen zu schlohweissem bzw. keinem Haar, in einer weltmusikorientierten Theremin-Combo musizieren. Als Beispiel.

Die armen ollen Dösbattel! Die Geister der Erinnerung an die guten Jahre mit Glamour und Glanz haben sie fest im Griff. Jetzt sind da nur noch Flops, jetzt ist da bloss noch fear, Angst davor, von der medialen Bildfläche zu verschwinden, zu ersaufen im Schlund lonelyness. Es ist die Furcht vor dem Vergessenwerden, letztlich vor der Einsamkeit, solitude, dem allein-sein, der Alleinsamkeit, aloneness. Panischer Bammel vor der Vergänglichkeit, von der verschont zu werden meine Künstlerkollegen meinen, einen naturgegebenen Anspruch zu haben. Traurig. Irre. Freaky. Mitleid erregend, doch nicht verdienend. Zum Schluss, zum 53. oder 31. Geburtstag gibt es als finale Beleidigung die Goldene Kackbratze fürs Lebenswerk. Kackbratze wird zusammengeschrieben. Zusammen!"

R.i.S.: "Frau Tribon? Frau Tribon! Oh Jesses, leider videostreamen und periscopen wir unser Gespräch nicht. Deshalb muss ich für meine, unsere Radiolauscher kurz anmerken, dass meine verehrte Gastlady, dass Frau Tribon - Judith Tribon! Judith! Frau Judith! - in schauderhafte, katatonische Zuckungen verfallen ist. Wäre mein Gast mir sympathischer, würde ich jetzt Musik über diese peinliche Szene legen. Tue ich aber nicht, ich bin unerbittlich wie Marietta Slomka! Wann darf ein Radiokulturredakteur schon noch gnadenfrei investigieren, seinen Gast richtig blossstellen, ganz aufrichtig zu seiner Verachtung gegenüber all diesem Künstlerpack stehen? Raubkünstler, allesamt, weil, sie rauben meine wertvolle Zeit, saugen mich aus mit ihrem bedeutungshuberndem Getue, machen mich alle, quetschen mit ihrer niemals erlahmenden Selbstreferentialität die letzten Tröpfchen Zukunftsglauben und Lebenssaft aus meinem schrumpelnden ... Frau Tribon? Ich hechte flugs um den Tisch, biete in dieser Sekunde Emphase und Empathie, so, ja, bitte, ich giesse Frau Tribon frischen Wein nach, ich führe ihr das Glas an den wirklich totalemente faltenfreien Mund. ... Das gibt es doch gar nicht, schon wieder entfleucht mir ein fargoeskes Jesses, hier realisiert sich ein Mirakel! Die noch in höherem Alter entzückend prallen, angeblich botoxverschonten Lippen sind kaum benetzt mit der hellroten Billigplörre, schon entspannt sich mein Gast, im Moment ist der Blick ihrer braunen Augen unter den voluminösen, ungezupften, schwarzen Brauen wieder frei und klar, der ganze Habitus wieder geschlechtsgerecht und altersangemessen! Die Dame hatte bestimmt Durst?"

J.T.: "Die Dame hat ein Alkoholproblem, sie süffisanter Schleimvulkan! Tchin-tchin! Mir geht es trotzdem gut, wirklich sehr, sehr gut. Für die Hörer draussen im Lande erlaube ich mir die Erinnerung daran, dass really great artists ihre Kunst ever and ever körperlich erfahren, so erging es mir eben, eben. Wir Spitzenkünstler sind, nun ja, Derwische, unsere ästhetisch-mentale Trance ist indivisible, actually inseparable vom Körperlichen. Haben sie je einen Spitzenmusiker gesehen, der seinen Pop, Rock oder Krach unbewegten Leibes performt? Abgesehen vom älteren Bob Dylan, aber der ist trotzdem nett, wie er so neverendingly global good-bye-tourt. Wissen sie, dass ich ihn in meiner Jugend in München traf, weit nach Mitternacht kamen wir an der Hotelbar des global berühmten 'Atlantic' ins Gespräch und der gute Robert flirtete heftig mit mir, baggerte mich an, so sagte man, und chop-chop"

R.i.S.: "Ich ahne es, ich ahne es, verschonen sie mich und die letzten Verbliebenen, wir möchten von Judith Tribons, 'tschuldigung, prähistorischen Amouren nichts erfahren, wir sind hier Feuilleton, nicht Boulevard. Bis eben wusste ich übrigens nicht, dass das berühmte 'Atlantic' von Hamburg an München ausgeliehen worden war. Geographie, meinethalben Geografie, ist schlichtweg keine besonders frauenaffine Wissenschaft, oder ist eine Weltenentdeckerin der Welt bekannt? Jamie Cook? Nein. Sie, Verehrteste, sind ergo exkulpiert. Nun, meine liebe Frau Tribon, zurück zum Thema mit einer Frage, die meinen stets um reinraumreinste Klarheit bemühten Geist seit einigen Minuten umtreibt: Woran erkennt ein armer, unwissender Tropf, wie ich es bin, bei einem Kunstschaffenden den Beginn des Karriereendes, den Einstieg in den Abstieg? Passiert das mit einem Donnerhall? Ausnahmsweise, etwa bei extrem unappetitlichen Enthüllungen. Doch wenn die Kulturleute an herbsttrüben Tagen mit ihrem langsam matter werdenden Schicksal hadern, so geschieht das gewöhnlichhin fern der Öffentlichkeit. Dieses Wegsiechen einer Künstlerbiographie scheint mir eher von schleichender Natur, von wenig fassbarer Konsistenz zu sein. Unmerklich wird alles, was an ihren Beruf erinnert, von Spinnweben überzogen. Am Ende steht die Kurzehrung in einem Dritten, die Möglichkeit, vor Publikum auf jahrzehntealte, faltenfreie Filme und Shows zu schauen und beim peinlich berührenden Blick auf die verdunsteten besseren Tage die Schauderhaftigkeit des öffentlichen Alterns zu leugnen. Wie gesagt, das ist der Beweis für das absolute Ende aller Tage. Aber, was ist das unwiderlegbare, unimponderabile Zeichen für die erst beginnende, inrevertibile Karrieredämmerung? Mein, gewiss platter, Vorschlag wäre das unter Akademikern so überaus gut reüssierende Dschungelcamp. Stimmt bestimmt kaum.

Nicht, dass mir an einer Antwort gelegen wäre, Gott bewahre, doch will die Sendezeit gefüllt und Interesse an ihrer Person wie ihrem Projekt geheuchelt sein. Bitte sehr!"

J.T.: "Nun, das ist eine gute und wichtige Frage. Ich konnte viele Indizien bei meinen Kollegen erkennen, die auf das baldige Ende hindeuten, doch sie sind durch die Bank nicht one-to-one. Sagt man das so? Na, geschenkt, es gibt auf jeden Fall eine typische Begleiterscheinung des decline bei Musikern: Ihre CD wird als Album der Woche, oder so ähnlich, auf Pro 7 und Sat 1 beworben! Dort laufen Musik-Werbefilmchen ausschliesslich für dürre Newcomerinnen mit magerem Stimmchen und für unumkehrbar abgehalfterte Musikanten. Untrügliches Zeichen, lieber Herr in front of me und liebe Radiolauscher, untrügliches Zeichen, no doubt!"

R.i.S.: "Das überzeugt mich, liebe Frau Tribon, selbst wenn ich diese Sender selbstverständlich allein aus meinem Aktienportefeuille kenne. Ist eigentlich nicht ganz korrekt, in meinen Kreisen, Aktien zu haben, dann noch solche von Sat1Pro7, und dann noch darüber zu reden. Fast so schlimm wie Aktien von Lebensmittelkonzernen, Rüstungsfirmen oder gar vom Beelzebub daro selbst, von der Deutschen Bank. Künstler wollen Geld als Fördermittel, von der öffentlichen Hand untertänigst rüber gereicht, frei von jeder Bedingung überwiesen, alles andere wäre Prostitution. Künstler und Geld - da müssten wir auf jeden Fall über das Unwesen sprechen, dass einige der erfolgreicheren artists ihr erarbeitetes - darf man bei denen erarbeitet sagen, oder ist das beleidigend? - ihr verdientes Vermögen in Weingüter investieren, zum Winzerimitator mutieren, um mit quatschnamigen Promiweinen Euros zu scheffeln. Oder um ihre Alkoholsucht zu kaschieren. Sensibles Thema, was, Frau Tribon?!"

J.T.: "More or less. Kull sanneb wa enteh salem!"

R.i.S.: "Sollte das syrisch sein? Lächerlicher Versuch, hier weltläufig rüberzukommen. Alle mir bekannten Damaszener stossen mit 'Kull sinneb wo enteh salem!' an. Sorgen sie sich nicht, es wird stantepede unverfänglicher. Künstler und Geld - ein lauschiges Thema für ein wertiges Feature oder eine scheinheilige Diskussionsrunde, wenigstens für einen Kurzbeitrag in Aspekte. So. Ich wechsele zu einem anderen Aspekt. Was, liebe Frau Tribon, unternehmen gescheiterte Künstler, um ihren Abstieg zu erklären? Woher bezieht sie einen Hauch Reststolz trotz Erfolglosigkeit? Wie bringt er seinen Bedeutungsverlust mit seinem Ego in Konkordanz?"

J.T.: "Konkordanz? Hat das was mit dem Papst zu tun? Egal. Actually, ich wüsste nicht, wie ich in solcher Situation agieren täte, werde dort nie landen, sorry. Doch habe ich einige typical Verhaltensmuster beobachten können, dürfen, sogar müssen. Ich reiche die hier weiter. Als proppere Tipps für womöglich Betroffene, dort draussen, an den Aktivboxen. Aktivboxen heissen die Lautsprecher heutzutage doch, oder?"

R.i.S.: "Kommt drauf an. Aktivboxen unterscheiden sich von tradierten Lautsprechern, insoweit"

J.T.: "Nein, lassen sie, ich will keinen technischen Angebervortrag von ihnen. Zu den Rechtfertigungsstrategien. Am besten funktioniert die Sache so: Man suche sich einen vorgeblichen, persönlichen Mangel, günstigstenfalls etwas, was einen guten Leumund hat, zum Beispiel besonders engagiert, ungeduldig oder gerecht zu sein. 'Ich kann einfach meine Klappe nicht halten, wenn ich Ungerechtigkeit sehe!' Diese eigentlich tolle Eigenschaft wird aber von der Schar der Böswilligen, also allen Kollegen und Entscheidern, aus niedrigsten Beweggründen verkannt, ignoriert, bekämpft. Deshalb gibt es von jetzt auf gleich keine Engagements, keine Rollen, keine Konzerttermine, keine Einladungen zu den Promispecials dumpfer stupid-ass-shows mehr. Klappt toll mit vielen Eigenschaften, die als Entschuldigung für sich und alle anderen taugen: Zu westdeutsch für den MDR, zu ostdeutsch für den WDR, zu links für den BR, zu familienkonservativ für alle, zu weiblich, zu männlich, zu kritisch gegenüber verknöcherten Strukturen. Zu nackt für die verklemmten Spiesser an den Schalthebeln, zu wenig nackt für die hedonistische Jugend, also ein Fall von Altersdiskriminierung. Heroism, that's it! Der arme Absteiger muss seine Schussfahrt in die Vergessenheit frech heroisieren. Hilfsweise klappt der Selbstbetrug noch mit den Methoden 'Flucht vor dem Quotenirrsinn', 'Wegen des späten Comingout vom Establishment geschnitten' oder 'Auszeit vom Burnout genommen'. Das ganze proaktiv aufblasen, dann kriegt man auf jeden Fall Zuspruch von irgendwem. Die Frage, ob persönlichen Unfähigkeit und oder oder Versoffenheit zum Abstieg führten, ob die Karriere der Unfall war und das Karriereende der Normalfall ist, wird dann keiner stellen, der noch alle Birnen im Kompott hat. Sonst outet der freche Frager sich als ein besonders Böswilliger und bestätigt die Anklage. Salam ati!"

R.i.S.: "Das überzeugt mich, so arbeiten die Verschwörungstheoretiker sehr, sehr erfolgreich. Ich bin extraordinär beeindruckt, danke bis hierher. Das klingt insgesamt schon einen kleinen Hauch verwegen, wie sie hier ihre Künstlergilde in den Senkel stellen. Auch das vorhin, das mit dem spät entwickelten Interesse an der Politik. Es ist augenfällig, wie linkslastig das ist, war schon vor Siggi Pop so. Katja Ebstein, die Senta Berger von gerade eben, Konni Wecker, Nanny Saalfrank, allzeit auf der linken Seite der Macht. Die Prinzen, freilich eine Band, die zu kennen sich wenig lohnt, mochten einst für die Sozialdemokraten schmettern, weil das Konzertpublikum ohnehin identisch mit jenem der Wahlkampfauftritte war. Ist. Schlimm. Die Künstler, die Intellektuellen und ihr links-bürgerbewegtes Dasein während ihres Abstiegs. Ob sich der Brandt, der Willy das einst so hatte träumen lassen, als er linksliberale Geistesschaffende zu einem guten Gläschen einlud, ran an die politische Macht bat, zum augenhohen Mittun bei der grossen Sache Weltbessermachung rief? Na, zumindest die Ostpolitik vom Willy, derentwegen muss man unbedingt nachsichtig sein. Mit seinen Adepten."

J.T.: "Should I? Ich habe keine Ahnung von Ostpolitik!"

R.i.S.: "Ich doch genau so wenig, aber hallo! Es gehört hier im Hause und in meinen Kreisen jedoch zu den eisernen Regeln, zu den unverhandelbaren Grundkonsenstatsachengesetzen, dass Egon Bahr (requiescat in pace) persönlich in Neunzehnsiebenundachtzig die Mauer zu Fall brachte, indem er, weil leider der Sprache Tolstois nicht mächtig, in Berlin rief 'Mister Gorbatschow, tear down this wall!' Ostpolitik eben. Zurück zu meinem prächtigen Gast. Frau Tribon, Verehrteste, wenn ich noch ein letztes Mal einhaken darf, wir wollen die ästhetischen Melodien schliesslich und endlich nicht ganz vergessen. Auch wenn ich ausserordentlich gebannt an ihrem ungespritzten Mund hing, ganz klar. Schade, schade dass meine Hörer nicht sehen können, wie sie nach jedem Schlückchen ihre jugendlich-prächtigen Lippen schürzen. Ja, ja, ist ja gut, das Thema ist eigentlich durch, ja, sie sind natürlich natürlich-schön! Retour zur Musik. Ich hatte mir bei der Vorbereitung auf diese recht besondere Sendung überlegt, als letzten oder fast letzten Song einen exzeptionellen Höhepunkt zu setzen. Dafür kommen nur zwei Bands in Betracht. Zwei Formationen des Alternative Rock mit der zusätzlichen signifikanten Gemeinsamkeit, nicht mehr aktiv zu musizieren. Ach ja, beider Namen fängt mit einem R an. Doch die Unterschiede überwiegen. Frau Tribon? Frau Tribon! ... Ein kleiner Hinweis für sie, liebe Enthusiasten des Nachtradios, wir sind doch eine eher intime Runde, nun, wo es auf Mitternacht zu geht, Frau Tribon bringt noch schnell ihren Wein weg. You know what I mean.

Das gibt mir die Chance, sie noch mehr an meinem profunden Kulturwissen teilhaben zu lassen. Die erste Truppe, ein Haufen von inzwischen dem Rentenalter nahen Amerikanern, aus Georgia, wenn mich meine Erinnerung nicht trügt, erinnert mit ihrem Namen an Augenbewegungen im Schlaf. Zudem haben sie den fast besten Filmsong aller Zeiten eingespielt, es ist, und ich täusche mich nicht, 'Man on the Moon' für 'Man on the Moon'. Obendrein gab der Sänger vor vielen Jahren dem Spiegel oder dem Stern, bestimmt war es der Spiegel, denn den Stern liest man als echter Kulturnik nicht, ein Interview. Darin las ich die beste Antwort, die je auf die Frage nach der Bewältigung von zu viel Tagesfreizeit gegeben wurde. Werde ich hier nicht verraten, es ging um das Tabuthema ... nein, nur so viel, als dass man die Antwort durchaus als easy Überleitung zur zweiten Band hätte nutzen können. Tue ich aber nicht! Übrigens sieht der Sänger unserem Heiner Lauterbach immer ähnlicher; das am Rande. Die andere Truppe ist, nein, war eine englische Nymphomaninnen-Combo, die ihr bemerkenswert unverkrampftes Verhältnis zu allem Geschlechtlichen in den späten Neunzigern auf deutschen Bühnen zelebrierte. Eigentlich hatten die zuletzt sechs, ich meine zumindest, dass es sechs waren, auffallend zarten Musikerinnen ihre sexualmagischen Bühnenrituale als moderne feministische Protestperformances begriffen, lebten ihren Traum von der ce-uh-en-te-Revolution sogar - angeblich - gemeinsam in einer Kommune in Frankreich. Ihr Femme-Rock-Projekt hatte alle Ingredienzien, um im deutschen Mainstreamfeuilleton zu reüssieren, denn wir Berufskunsturteiler waren und sind ohne Pause auf der Jagd nach der letzten Grenze, dem einen noch nicht begangenen Tabubruch. Allerdings bremste die gesamtdeutsche Spiessigkeit die Karriere der offenherzigen Damen aus. Vor jeder Vorstellung gab es ordnungsamtliche Restriktionen, wurden in nüchternstem Bürokratendeutsch die unterschiedlichsten Sexualpraktiken, sowohl der Künstlerinnen untereinander als auch mit Interessenten aus dem Auditorium, von der Bühne verbannt. So blieb am Ende an Stelle von lustfeministischer Radikalität bloss nackte Frauenhaut mit ein bisschen Anfassen. Statt ttt bloss RTL. Zwei. RTL Zwei. Ich darf Frau Tribon wieder hier am Mikrofon willkommen heissen, Frau Tribon in Begleitung von drei Piccolos, Piccoli, sieh an, sieh an. Wo haben sie die zu so später Stunde hier im Funkhaus aufgetrieben?"

J.T.: "Die sind nicht für mich, nicht alle jedenfalls. Ich war kurz in der Kantine nebenan, konnte dort lauschen, wie sie hier ihr albernes Mitternachts-Musikrätsel zelebrieren. Lassen sie mich raten, ihre erste Rockgruppe sind die Red Hot Chili Peppers, habe ich in den Staaten kennen gelernt, tolle Truppe, zur zweiten Band fällt mir nichts ein.

Wenn ich überhaupt eine Ahnung hätte, ich würde es hier nicht eingestehen. Nach ihrer verstörenden Beschreibung!"

R.i.S.: "Na, trotz des ganzen Alkohols und ihres, 'tschuldigung erneut, Alters haben sie eine Hälfte fast richtig getippt, haben lediglich Anthony Kiedis mit Michael Stipe, R.H.C.P. mit R.E.M. verwechselt. Die andere Band, die Frauencombo, das sind Rockbitch, circa 1999 sogar hier im Sendegebiet auf Tour."

J.T.: "*Die* kennen sie? Über eine Schlampentruppe wissen sie Bescheid, doch Jelena Katina kennen sie nicht? Mein Gott, peinlicher geht's nimmer."

R.i.S.: "Ein weiser Kommentar, Frau Tribon, sie sind bekanntlich besonders prädestiniert, über mich zu urteilen. Nun gut, in summa ist das eine Generationenfrage. Mit dem Alter wächst die Geschmacksfreiheit. Ich meine hier nicht die Freiheit *von*, sondern die Freiheit *im* Geschmack. Ceterum censeo: Prost!"

J.T.: "Das mit dem Geschmack könnte ich fast teilen, das mit der Generationenfrage ist doch Quatsch, wer geht denn heute in den Staaten oder hier in der Alten Welt zu den grossen Open-Air Konzerten von Marvin Gaye, George Harrison, Kurt Nirvana, Hans-Rudolf Kunze und den anderen Hitparaden-Heroen? Das ist doch eher meine Generation! Und so viel jünger scheinen sie mir nicht zu sein. Nein, es ist eine Niveaufrage, bestenfalls eine Geschlechterfrage, welche Musik man mag, Herr wie-auch-immer."

R.i.S.: "Geschenkt! Allerdings trifft ihre Generation ein schwerer Schlag, wenn ich das so sagen darf, denn die von ihnen ins Feld geführten Musiker sind lange tot."

J.T.: "Alle tot? Sogar der Kunze?"

R.i.S.: "Nein, jedenfalls nicht im biologischen Sinne. Der *Heinz*-Rudolf, nicht Hans-Rudolf, ist nicht nur ziemlich so alt wie Madonna, nein, der lebt sogar noch. Er lädt sich gerne in meine Sendung ein und spielt seit mehr als 23 Jahren, in Heavy Rotation, seinen grossen, altruistischen Megahit 'Das deutsche Radio muss mehr deutschsprachige Musik spielen!'"

J.T.: "Ein *altrussischer* Megahit? Sorry, ein Scherz!"

R.i.S.: "Einen herzlichen Dank an meinen Sekundenschlaf, der mich vor Judith Tribons trunkenem Humor bewahrte. Zum Heinz, dem Rudolf, dem alten, nun ja, Kämpen. Das ewige Lied, die alte Klage. Der Hörfunk in Deutschland spielt viel zu wenig Musik in der Sprache Goethes. Wir brauchen die Radioquote! Die deutsche Zunge wird total unterdrückt von den amerikanischen Musikmultis, zum Beispiel Sony aus Minato / Tokio, die den Hörfunkveranstaltern in Deutschland die englische Musik aufzwingen. Stattdessen sollte 'Dein ist mein ganzes Herz, du bist mein Reim auf Schmerz' oder sonst ein Betroffenheitsschlager vor jeder Wettermeldung gespielt werden müssen."

Wetteransager: "Nicht vor meinem Wetter!"

J.T.: "Wer war das denn? Ist jetzt aber egal. Der Herr Kunze ist mir willkommener Anlass, back to Thema zu kommen. Was machen die Sänger, die Rocker und Musikanten, was machen die also heute, wenn der letzte Hit noch von Ron Reagan als amtierender Präsident, huch, muss ich sagen 'als amtierendem Präsidenten', nein, 'als amtierender Präsident' scheint mir richtiger, ich nehme dann einfach F. J. Strauss, also - wenn von Strauss der letzte Hit hätte mitgesummt werden können?"

R.i.S.: "Ich will, statt ihnen auf diese bloss rhetorische Frage zu antworten, doch noch etwas Rockbitch einspielen. 'SNAFU', der erste Song auf 'Motor Driven Bimbo', fängt dezent ordinär und leicht gezupft an, wie ein Song der ihnen bekanntlich bekannten Red Hot Chillies, um dann in einen packenden, schweren, bassigen Sound zu sacken. Here we go!"

'One, two, three, fuck you! It's what you want it to be, it's what you wanted to see, Situation normal all fucked up, escaping a bad location, with a madman in a hole ... Stare!'

R.i.S.: "Na, so kurz vor Mitternacht darf man solches durchaus spielen, den Slang im Song hat meine zwar bestens gebildete, im Schnitt"

J.T.: "Im Schritt?"

R.i.S.: "Im Schnitt eher ältere Hörerschaft ohnehin nicht übersetzen können."

J.T.: "Ich hätte jetzt Appetit auf einen edlen Calvados, gemixt mit einem Schuss Apfelwein. Lecker, aber hier, in diesem Trockenbau unerreichbar. Trotzdem muss ich sie loben, lieber Freund, loben für ihren Musikgeschmack, ihre Titelwahl heute Nacht, weil sie mich und uns bisher von fair gehandeltem, indigenen Fusion-Jazz-Gypsy-Crossover-Ethno-Sambo-Tanga-Mamba-Latino-Latina-Metal-Klezmer-Lindihop-Weltmusik-zweipunktnull-Klangbrei verschont haben. Ich musste diese atonale Rhythmen-Pampe bei meinen liberal-linken Künstlerfreunden in New York und Friedrichshain-Kreuzkölln ständig ertragen. Kindergarten! Jámas!"

R.i.S.: "Oh, danke für diese unerwartet kritikarm-geistreiche Hudelei! Ich darf mich revanchieren mit einem, mit meinem Dank für ihren Schlürf-Verzicht. Getränkeaufnahme vor dem Radiomikrofon, ich kann ihnen sagen, also, man wähnt sich unbeobachtet, und zutscht das Getränk geräuschvoll durch die Lippen. Das Radiovolk lauscht und grinst. Fragen sie mal den Herbert Grönemeyer nach seinem Earl Grey im Deutschlandfunk! Der Herr Grönemeyer, daheim in Berlin wie in London, lässig, ein Weltmusiker im wirklich aller-, allerbesten Sinne. Apropos, was haben sie denn gegen Weltmusik? Ich schätze jede gute Musik. Schon lange vor der, von euch Künstlern so vehement wie maliziös beschimpften, Globalisierung, kannte die Welt der Noten keine Grenzen. Ich selbst bin bekennender Amante des Fado, liebe ausnahmslos alle Fadista, bin deshalb sogar des Portugiesischen mächtig! Wenn sie jetzt einen locker-leichten Vinho Verde, zum Beispiel von Quinta da Lixa, statt ihrer Billiggetränke hätten, ich würde fraco, würde schwach werden."

J.T.: "Fado. Fado. Das ist als Sound, als Stimmung, als Musik so furchtbar fade. Sorry für das Wortspiel, war so billig wie mein Sektchen. Ich bekomme von Fado goose pimples, äh, wie sagt man, Gänsehaut!"

R.i.S.: "Bumps!"

J.T.: "Wie jetzt, Bumps? Worauf wollen sie denn nun schon wieder hinaus? So scheint das mittlerweile im Radio gang und gäbe zu sein - besser irgendwelchen Mist quackeln, als gar nichts sagen!"

R.i.S.: "Ach, liebe verehrte Frau Tribon, sie kokettieren dermassen penetrant mit ihren Jahren in den USA, verkünden, wie sehr sie die Zeit geprägt habe, und dass ihnen der eine oder andere deutsche Begriff in der Hitze eines Gefechtes wegen ihrer ach so immensen amerikanischen Prägung entfalle. Gut. Sie habe die gängigen, verwechslungsgefährdeten Begriffe vermieden, toilet und restroom, bill und check, football und soccer, ladybird und ladybug. Doch nun plappern sie goose *pimples* statt goose *bumps,* reden englisches Englisch statt amerikanisches Englisch. Also, so erlaube ich mir flugs zu kombinieren, haben sie sich ihr Englisch-Stückwerk daheim drauf geschafft, mit einem Personal-Trainer oder mit Sprachlern-Kassetten. Mir scheint es sehr, dass sie sich aus ihren wenigen Monaten in New York eine Riesennummer ertricksen und erschwindeln!"

J.T.: "Whow, sie sind very, very investigativ, a bloody Sherlock!"

R.i.S.: "Oh ja, unterschätzen sie mich nicht. Wie ist es denn nun mit ihrer US-Zeit, ihren gerne erwähnten Jahren im Land der Tapferen und Oberflächlichen? Waren sie überhaupt dort? Oder habe ich sie einer haarfein gesponnenen Schwindelei überführt? Erleichtern sie ihr Gewissen! Machen sie sich leichter! Beichten sie! Gestehen sie! Gestehen sie?"

J.T.: "Um es zu slangen: Nope!"

R.i.S.: "Das ist alles? Sie waren doch bisher so redeflüssig! Ich konfrontiere sie mit einer Idee, die sie der Lüge zeiht. Ich beleidige sie mit meinem Rechercheschluss, überrolle sie mit einer Logiklawine, erschlage sie, Angeklagte Tribon, mit meinem kulturjournalistischen Mega-Scoop. Dann nur ein mageres *nein*?"

J.T.: "Stop, stop, my ears are bleeding. Aber: Ja!"

R.i.S.: "Ich besitze die Grösse, dieses *ja*, welches ein *nein* ist, zu akzeptieren. Das fällt mir umso leichter, als unsere gemeinsame Sendung sich leider abrupt ihrem Ende zuneigt. Es war interessant, phasenweise hochinteressant, ich bedanke mich zugleich im Namen meiner, scusi, unserer treuen Radiofreunde! Mir bleibt nur mehr die Zeit für eine letzte Frage. Was, liebe Frau Tribon - nein, ich möchte ihr Pfützchen nicht austrinken - was soll eigentlich das Thema ihres heute ausführlichst beworbenen Buches sein? Worum dreht es sich? Was dürfen meine treuen Hörer erwarten?"

J.T.: "Das haben sie noch nicht geschnallt? Oder bereits wieder vergessen? Was für ein schlechter Literaturredakteur sind sie denn!? Darum geht es in meinem kommenden Bestseller - Künstler in Zeiten ihrer Karrieredämmerung. Also um mich, mich, mich! Aber das haben sie lousy snorer bis jetzt nicht geschnallt, oder? Und nun ist's gut hier, ich hau' ab. Prost, prost, meine Herren, prost, prost, mein Herr, mit tschingdarassabum-fallera zieh ich jetze noch an die Hotelbar im 'Maritim' und schnaselle einen! Aber ohne sie, ohne dich, ohne du, du"

R.i.S.: "Jetzt bitte nicht diese KiKa-kompatible, saftlose Beleidigungsfloskel Vollpfosten!"

J.T.: "Nein! Ich werde ohne dich saufen, du - Arschloch!"

R.i.S.: "*Damit* kann ich leben."

'... - ... ' ('Wind' von Brian Crain)

(Beide ab.)

Eine Fazit-Düne

Die besseren Künstler trinken sich, als flamboyante Diven, in allergrösster Würde ins ewige Delirium.

Die Düne, auf der Zac dem Dschinn Djafar begegnet

Zac erwacht, er reibt sich die Augen auf diese anrührende Kleinkindweise. Das bedeutet, nicht die flachen Hände, also die Handflächen wie schmierige Lappen durchs halbe Gesicht zu ziehen, womöglich zuvor noch, wie einst beim Bund, in sie zu spucken, um biologisch korrekt eine Anmutung von Feuchttuch zu produzieren. Nein, er dreht seine Handballen sanft auf seinen Augen. Allerliebst, das bei einem erwachsenen Mann zu beobachten! Sieht hier jedoch niemand. Deshalb ist es nicht unmanierlich, dass ihm beim gähnenden Recken und Strecken ein krachender Rülpser entfleucht. Wie lange er geschlafen haben mag, fragt sich Zac. Er hatte diesen verstörenden Tribon-Traum, hat nun kein Zeitgefühl mehr. Judith Tribon. Eine tolle Frau, kompliziert, aber unvergleichlich, man kann sie eigentlich nur lieben. Zac wird es sich besorgen, ihr Buch, ein Sachbuch, doch ist das allemal besser, als wenn sich inspiratorisch unterversorgte, erzählerisch Minderbegabte als Romancier betätigen, womöglich gar versuchen, witzig-essayistisch zu schreiben. Überflüssig in fast neun von gut neun Fällen. Dann lieber was zu handfesten Themen, gespickt mit selbst erprobten Ratschlägen für suchende Lesende bzw. lesende Suchende. Sind diese Partizipien korrekt? Wer, ausser Frau Fichtwald, weiss das schon? Die Welt lechzt nach Ratgabe!

Gartentipps. Rhetoriktricks. Erotikleitfäden. Patchworkfamilyfibeln. Politikverstehbücher. Hochbegabtenhilfen. Spiritualitätsratgeber. Geldscheffelanleitungen. Kindererziehungstraktate. Kochkompendien. Körperpflegehilfestellungen. Sexpraxistutorials. Veganprogramme. Underperformerhilfen. Survivalguides. Büroratschläge. Ratgeber auf jedem Speichermedium, Tutorials und Geheimtipps für jeden Bedarf und jedes Bedürfnis. Dem mittelprächtigen Mitteleuropäer fehlt es, so will es Zac scheinen, an den grundlegenden Fähigkeiten zur Bewältigung seines überaus gefährdungsabstinenten Lebens. Kann man doch vorsorglichst gucken, was zum belanglosesten Problem im Internet zu finden ist! Ratgeber. Überall Ratgeber, als Blog, als Youtube-Clip, ... gerne auch als eBook bei Amazon und via neobooks und für den tolino. Ah, oh, unversehens peinigen stechende Schmerzen Zac nahe seiner Halswirbelsäule, denn er hat an den Gottseibeiuns der Schriftkultur gedacht. Mit dem Erwerb eines Kindle von Amazon wird man des Teufels Buhlschaft! Wer sein eBook bei Amazon veröffentlicht, der reitet am 30. April auf seinem Kindle auf den Blocksberg. Fragt Goethe! Jeff Bezos ist Urian! Schnell, schnell, zur Reinigung seiner Seele muss Zac sogleich an freundliche, allein dem Kundeninteresse verpflichtete, Profit verachtende einheimische Buchverschicker bzw. eBook-Distributoren denken, an ..., oder ..., oder ..., oder ..., oder ..., oder auch ..., sogar an ..., zwar nicht an ..., jedoch an ... Oder ...

So, jetzt dürfte kein relevanter Internetbuchhändler und eBook-Dealer unbedacht und ungedacht geblieben sein. Zur Absicherung seiner Seelenheilung denkt Zac zusätzlich flugs an alle ausschliesslich dem Wahren, Guten, Schönen und Fortschrittlichen, der Anti-TTIP/CETA-Bewegung und dem Gerechtigkeitskultur-Gedanken verpflichteten Literaturhersteller und Literaturkritiker, also an *fast* alle. Und, sicher ist sicher, noch ein warmer Gedanke an das alternativlos altruistische deutsche Verlagswesen. Mit den deutschen Buchverlagen und -händlern sollte sich einzig derjenige anlegen, der den Pass eines atomar hochgerüsteten, weit ab der Europäischen Union prosperierenden Landes mit robustem Kriegsminister sein eigen nennt. Die Literaturarbeiter sämtlicher Berufe im Volkseigenen Literatur-Kombinat haben das Gute adoptiert, sind durchweg Schild und Schwert der überlegenen heimischen Kultur. Zu Recht, völlig zu Recht!

Das ging gerade noch gut, Zac ist mit seiner spontanen Lobpreisung aller Amazon-Feinde dem bachmannpreisjurorkalt lächelnden Literaturtod von der Schippe gehüpft. Wie könnte sich Zac noch dichter an die Grosskopferten der germanischen Litkult ranschleimen? Er könnte gedanklich in die örtliche Literaturfiliale schlendern. Wen würde er dort treffen? Herrn Hugendubel und Frau Thalia. Nicht schon wieder, die waren doch vor Amazon das Feindbild. Feindbild 1.0. Wäre eine Idee für das gehobene TV - statt 'Western von gestern' im Vorabendprogramm: Herr dctp oder Frau Phoenix zeigen ab sofort 'Feindbilder von gestern'. Perfekt ausgewogen, na freilich, in der ersten Staffel: 'Die DDR als Feindbild von Gerhard Löwenthal', 'Gerhard Löwenthal als Feindbild der Linken', 'Die Linken als Feindbild von Axel Springer', 'Axel Springer als Feindbild der Linken und der 'DDR" ... und ab der siebten Staffel wird über ausländische Feindbilder schwadroniert; als Konzept wird 'Concept of the enemy' oder 'Yesterdays Bogeymen' ein medialer Exportkracher. Zac hat im Augenblick das Perpetuum-Mobile des polit-historischen Qualitätsfernsehens nach dem Ende der Hitlers-Helfer-Saga erfunden.

Leider ist keiner hier, dem er diesen Geniestreich verticken kann. Schade.

Also vorwärts, hin und rein in einen echten Buchladen mit seinem knorrigen Händler, der lieber verhungert, als seinen Kunden einen Qualitätsroman vorzuenthalten, der nicht allein '100 Jahre Einsamkeit' im Original gelesen und den 'Turm' auswendig gelernt hat, sondern Uwe Tellkamps putzige Mütze trägt. Der seine Kinder - die er seiner Berufung wegen leider selten sieht - Haruki, Halldór und Tom-Coraghessan benamst hat. Nicht zu vergessen Elfriede, sein Nesthäkchen, einst gezeugt mit Maaria Mahdokht, als die noch nicht *die* Nachwuchshoffnung migrationshintergründiger Diversity-Literatur war. In seinem Buchladen. Hier als Ort der Zeugung erwähnt, in der Ecke mit der Thomas-Mann-Gesamtausgabe, wie unpassend. In seinem Buchladen. Nun geht es darin weiter mit Zacs Gedankenausflug. Im Buchladen findet man alles und alles. Kraft der weltkulturerbewürdigen Buchpreisbindung kreist so viel Geld im heimischen Buchwesen, aus Angst vor den digitalen Eigenverlagsbüchern ist die Buchbranche so aufgescheucht, dass keine Schrift gewordene Absurdität unverlegt und ungedruckt bleibt.

Absurditäten, Abstrusitäten. Horrend ist schon die schiere Menge an ratgebender Literatur. Wer liest das? Wer will wissen, wie er sich möglichst qualvoll ernähren kann, damit keine Pflanze leiden muss? Warum lesen Menschen, wie sie sich davor bewahren können, Psychopathen zu werden? 'Serienmörder durch Dachschaden? Du hast die Wahl!' Auf die Idee, freiwillig gemütskrank zu werden, kommt ein Leser doch allenfalls, nachdem er sich halb amüsiert, halb verstört Traktate aus der Ratgeberreihe 'Gesunder Kopf' zu Gemüte gezogen hat. Die anderen Bände der Reihe handeln die Themen 'Schniefnase / Schiefnase / Triefnase', 'Kopfhaare weg - Nasenhaare da: Die Summe macht's', 'Hörprobleme trotz Trichterohrmuscheln' sowie 'Karies, Kopfläuse & Krähenfüsse' ab.

Am allersuperfürchterlichsten sind die vielen Schund- und Schandwerke, die das vormundhafte Ratgeberunwesen mit dem schlüpfrigen Drang verbinden, Intimstes der Autoren unter die Sonne zu zerren. Als Antrieb kann dafür nicht Geldgier, denn wer sollte diesen Quack kaufen, sondern allein eine Mischung aus übersteigertem Sendungsbewusstsein, permeabler Schamgrenze und schädlicher Tagesfreizeit vermutet werden. Was liest der, wider alle Vernunft, diesem Genre zugeneigte Konsument? Auf welche Weise es einem prominenten Helden gelang, die lange verdrängten mentalen Folgen seiner Tonsillektomie in den Griff zu bekommen: 'Meine Mandeln gehören mir!' Wie eine fernsehbekannte Siebeng`gscheite ihrer Privatinsolvenz durch Talkshows und Bücher über ihre Privatinsolvenz entkam: 'Schulden als Chance – I_make_U_ziemlich_rich_dot_com'. Berichte, wie man es geschafft hat, als katholischer Priester eine Frau zu lieben oder, düsterer, einen Mann zu lieben, oder, noch finsterer, als Frau als katholischer Priester mit einer Frau ... und dennoch von der Gemeinde von ganzem, glaubenden Herzen geliebt zu werden: 'Vier stehen hier und Ihr seid anders!'

Im Moment dieser Gedanken schiesst direkt neben dem darob erschrockenen Zac ein Geschoss senkrecht aus dem Dünensand. Es ist eine kleine graue Rakete, etwa so gross wie ein Haushaltsentsafter für einen 4-Personen-Haushalt und mit CO-Zwo-neutralem Solarantrieb, die sich eher gemächlich als explosiv gut 97 Meter in die Höhe schraubt, sich dann, mit dem dezenten Ploppsound einer professionellen Sektpullenentkorkung, öffnet, einen klitzekleinen oranjen Fallschirm mit einem Röhrchen dran ausspuckt. Dieser Röhrchen-Schirm segelt sogleich los, ist dem urkräftigen, wilden Zweikampf zwischen dem grandiosen Warmluftauftrieb und der nicht minder bewunderungswürdigen Schwerkraft ausgeliefert, wippert hilflos einige Meter zu Zac runter, nur, um alsbald wieder himmelwärts gerömt zu werden. Zac schaut sich das zunächst interessiert, dann erregt, sodann gelangweilt, nun wieder schwach interessiert, dann beleidigt und, zu guter Letzt, verwirrt an. Nach einer Zigaretten(Ernte 23)länge gewinnt die Gravitation gegen die Thermik, das Röhrchen stürzt, nein, es schwebt vor Zacs Füsse.

Was ist das für ein seltsames Ding, ein Röhrchen, gut zehn Zentimeter lang, eines, wie es sein Omchen zu Hause im Bad stehen hat, um daraus allabendlich den Gebissbrause-Tab für die nächtliche Besprudelung ihrer Dritten zu fingern, staunt Zac. Verrückt, auf der Röhre vor seinen Füssen erkennt er den verblichenen und verkratzten, doch noch lesbaren Schriftzug 'Kukident'. Das erstaunliche Ding war von dem grossen, oranjen Schirm gebremst worden, der mit acht feinen Schnürchen am Mittelteil der Kukident-Röhre befestigt ist, und auf dem Zac blass die Buchstabenfolge Rijkaar... erkennen kann. So, so, sinnt Zac, wenn das der Völler sähe! Tut der aber nicht. Jedenfalls, bei der weichen Landung im warmen Sand hatte sich das Deckelchen der Röhre etwas gelockert. Nun bewegt sich diese kleine Kappe langsam, sehr unheimlich ist das Zac, stetig weg von der Röhre, rollert dann die Düne runter. Dann schiebt sich ein kleines Köpfchen mit grünen Haaren aus der Öffnung. Ganz draussen, sieht das Seltsamsel aus wie ein klitzekleiner Pumuckel. Mit grünen Haaren eben. Mit einer sandbeigen Dischdascha. Aber im Kern wie Meister Eders kleiner Kumpel. Der Wüstenpumuckel hüpft in den Stand, schüttelt sich etwas, grinst, holt eine Rolle Papier unter seinem langen arabischen Gewand hervor, entrollt diese, hält den Bogen nun wie ein Märchenherold mit einer Hand oben, der anderen Hand am unteren Rand in Armeslänge vor sein Gesicht, räuspert sich und hebt an, mit warmer fester Stimme zu verkünden "Merhaba und Hallo! Wie ich, der Dschinn Djafar, dank meiner telepathischen Fertigkeiten weiss, denken sie deutsch. So, ich möchte ihnen in ihrer Muttersprache eine Petition der unterirdischen Wüstenbewohner vortragen. 'Wir, die Dschinni in den Dünen 17.373 bis 18.013 zuzüglich Nr. 18.351, bitten sie inständig: Psalmodieren sie künftig nicht solche plumpen Gags über ihre heimische Literaturwelt. Ihre flachen Spässe eignen sich bestenfalls für Abendveranstaltungen in Frankfurt oder Leipzig, sind gedacht für die seichte Unterhaltung von Buchmessenhostessen und Verlagsdienern, bevor diese mit hoffnungsfrohen Jungautoren und Jungautorinnen zum nächtlichen Lektorieren entschwinden! Wir unerbittlichen, feuergeborenen Dämonen dieser extrem trockenen Gegend fordern, - Moment, hier hat sich ein überflüssiges e eingeschlichen, ich streiche es flugs - fordern mehr Niveau von ihren Ideen, sonst schicken wir unsere Raketenwürmer. Gezeichnet: Unleserlich.'"

Zac ist baff, so etwas hat er nicht erwartet, arabische Dämonen drohen auf gut Deutsch mit Raketenwürmern. Er wähnt sich in einer Groteske aus Hollywood, Bollywood, Unterföhrung/Babelsberg. Kein B- oder C-Movie-Regisseur hätte es je gewagt, eine Gebissreinigerverpackung als bemannten Flugkörper einzusetzen. Es meldet sich erneut der grünhaarige Kobold: "Bitte schmunzeln sie nicht über diese lächerliche Röhre, es ist die Ersatzkapsel. Seit das unferne Dubai von westeuroasischen Rentnern als seniorengeeignete Destination aufgestöbert wurde, verirren sich mehr und mehr Insignien des euro-demographischen Wandels bzw. der Überalterung der Westwelt hierher. Wir konnten uns deshalb von der reinen Autarkiewirtschaft lösen, nutzen inzwischen, was den Tagesausflüglern so aus den Taschen purzelt." Zac wundert sich über die prompte Erklärung des Pumuckel-Dschinns, doch, schon klar, der hat gerade erwähnt, dass er Gedanken lesen kann. Das bedeutet für Zac: Vorsicht beim Denken, Hirn-Heucheln ist das Gebot der Stunde, Sanddämonen mit Raketenwürmern sind nicht zu unterschätzen! Mist, das hat der nicht laut gesagt, der Dschinn hat es dennoch gehört. Heisst es überhaupt *hören*, wenn jemand Gedanken *liest*?

Zac streicht sich über sein mittlerweile stoppelbärtiges Gesicht. Es ist eine Qual, sich mit Gedanken lesenden Kleingeistern zu unterhalten. So wird das irgendwann in naher Ferne Usus sein, wenn der Gegenüber eine Telepathie-Brille, Made by Google-Nachfahren, trägt. Gedankenleser sind wenig sympathisch. Gott sei Dank, denkt Zac, was er die restliche Zeit hier grübelt und heimlich spinnt, werden vielleicht die Dschinns, wird aber nie ein Erdenbürger ausserhalb dieser Wüste erfahren. Die Gedanken sind noch frei, juchhei. Doch wie wird er im Moment den Hirnbelauscher auf seinem Knie los? Sollte er offiziell fragen oder reicht Wegwünschen? Oder an Langweiliges denken, an ein Müdemacherthema, an etwas, was keinen der Dämonen im Umkreis interessiert? Wie viele mögen das sein? Gibt es auch Dschinn-Frauen? Ob alle Dschinns so aussehen wie der Pumuckel-Mini vor ihm? Ob sie alle grüne Haare haben? "Nein, haben wir nicht. Wir - von uns gibt es sehr viele und unser Plural lautet Dschinn*i* - sehen fast identisch aus. Egal, ob ein Dschinn oder eine Dschinna, alle leben seit Jahrtausenden in Gleichheit. Allein und einzig die Haarfarben unterscheiden uns. So, wie ihr Menschen euch am Gesicht, der Stimme und so Sachen auseinander halten könnt, können wir das ausschliesslich mit den vielen Farbnuancen unserer Haare. Das scheint überraschend bei Wesen, die, wie wir, eher unter Tage leben. Noch mehr dürfte es sie in Erstaunen versetzen, dass mit der Haarfarbe die Fremdsprachenfähigkeiten verknüpft sind. Wir Grünhaarigen aller Schattierungen sind für die indogermanischen Sprachen aller Schattierungen zuständig." Qtsch, nd d mt glbn Hrn snd fr chnssch zstndg, denkt Zac. Er fantasiert ganz schnell, damit der Dschinn ihn nicht abhören kann. Falsch gedacht: "Nein, nein, kein Quatsch und so billig und vordergründig rassistisch ist das ohnehin nicht geregelt, für Chinesisch und ähnliche Sprachen sind nicht die Dschinni mit gelben Haaren, sondern die Blauhaarigen eingeteilt. Vermutlich meinen sie sowieso eher Hochchinesisch bzw. Mandarin. Kleiner Spass am Rande, lieber fremder Freund. Wir haben sogar Dschinni mit violetten Haaren. Diese Aussätzigen sind nicht schon genug gestraft mit der typischen Haarfarbe von beautyseitig überambitionierten Seniorinnen, nein, sie sind ausserdem zuständig für die finnisch-ugrischen Sprachen. Zum Trost dürfen die Angehörigen dieser randständigen Haarfamilie als einzige Dschinni Alkohol trinken. Was sie zu unser aller Betrübnis gerne tun. So. Das ist mehr, als je ein Mensch vor ihnen über uns erfahren durfte. Bitte behandeln sie ihr Wissen streng vertraulich! Sie durften diese Dschinn-Top-Secrets erfahren, weil ich als Gegenleistung eine bombastische Auskunft erwarte, erbitte, erflehe: Wer, zum Cuckoo, ist dieser Pumuckel, mit dem ihre Gedanken mich allweil vergleichen?" meldet sich der unerwartet redselige Djafar. Also hebt Zac an. Er erzählt dem aus dem

Wüsten-Basement emporgeschossenen Wesen von Pumuckel, Meister Eder und Hans Clarin und dann überhaupt von den Kinderserien im deutschen TV, von Michel und Yakari samt Kleiner Donner und Luzie, dem Schrecken der Strasse, und dem Spuk unterm Riesenrad und Phineas mit Ferb und Wickie mit den starken Männern und von dieser Biene, von der er meint, dass sie Maja heisse. Djafar lauscht gespannt, will ständig mehr wissen: Ob Luzie Friedrich und Friedrich an deren unterschiedlichen Haarfarben auseinander halten konnte, warum es keine Serie mit arabischen oder türkischen oder persischen oder kasachischen Hauptdarstellern gebe, ob die Wickie jene Wickie sei, die - singend - vollständig unlogische Grüsse an Sarah ausrichten lässt? Zac erzählt munter plätschernd, entspannt, beantwortet beflissen alle Fragen, erläutert den Unterschied zwischen Wikinger-Wickie und Griechen-Vicky, packt bei den Kinderserien sogar noch eine Bibi Blocksberg und drei Damen vom Grill drauf.

Träumt er? Zac zweifelt an seinen überhitzten Sinnen. Ist das Zentralgestirn schuld, ist's die seine Neurotransmitter verschmorgelnde Sonne? Ist er noch strack vom im Flugzeug reichlich genossenen Alkohol? Mindestens sieben samtweiche Weinbrand Conde de Osborne Cristal hatte er im Fluge gekippt. Nach dem dritten Glas in ganzen elf Minuten, hatte der so liebreizend lächelnde wie lauflahme südostasiatische Steward Sonchai die halbvolle Brandyflasche bei Zac am Platz gelassen. Deshalb hatte Zac das teure Zeug bis zur Landung ungehemmt in seinen gewaltigen Party-Cognac-Schwenker der Marke Papstar schütten können. Die feengleichen Schönheiten zu seiner Rechten (die Iranerin) wie zur Linken (die Olga) hatten sich vom friedlich Trinkenden pikiert abgewandt. Doch das ist unendlich lange her, diese Promille dürften lange verdampft sein. Andere Drogen hat er nicht, hat er nie genommen. Vielleicht sollte er das nun probieren ... jetzt ... zur Leistungssteigerung ...

Oder zur Schmerzlinderung, denn - aua, aua, aua - der Dschinn tritt mit seinen kurzen Beinen auf Zac linkes Augenlid, wieder und wieder, dann träufelt er dem fassungslos erstarrten Zac ein wenig Sand auf die Pupille, zerrt das Augenlid drüber, reibt das Auge sogleich druckvoll, genussvoll, mit teuflischem Grinsen. Was soll das nun wieder!? Zac ist sich nicht sicher, ob passiert ist, was passiert ist. Desert disease. Wie kann er der drohenden Wüstenmacke, der Hitzeidiotie entgehen? Nein, das träumt er alles, das spinnt er vor sich hin, während sein Mund unentwegt für den mittlerweile auf seinem linken Knie sitzenden Djafar weiter plappert, im Moment über Benjamin Blümchen und Nils Holgersson.

Was hilft gegen die Wüstenmacke? Zac erscheint auf wundersame Weise die geeignete Impfsubstanz: Ernsthaftigkeit! Woher er dieses Wunderpulver gegen den Dünenkoller kennt? Simpel, Zac hat die beobachtet, die es wissen müssen, die, die alle Tage den hiesigen Fährnissen trotzen - die Wüstennomaden. Wer hat jemals gesehen, dass Beduinen feixend durch ihr Wüstenreich ziehen, dass sie lachend vom Dromedar fallen, dass Tuareg anders als ernst und erhaben in ihre prachtvolle Welt schauen? Na bitte! Unter der Sonne Arabiens immunisiert Basis-Seriösität gegen jeden psychisch-mentalen Verfall. Das funktioniert sogar bei den Klassikern anspruchsvoller Abendunterhaltung, den immergrünen Witzen über Sachbücher! Also: Als Sachbücher sind ausschliesslich Geschichtsbücher akzeptabel. Neben Philosophieschwarten. Die sind auch nützlich, auf ihre sehr eigene Weise. Sie enthalten zwar viel Abstruses, doch zumindest bewahren all die letztlich untauglichen Welterklärungsmodelle von Aristoteles bis Sloterdijk den normalen Leser davor, seine höchstpersönlichen Privatschrullen und Egomacken als pathologische Exzesse oder als neue Heilsideologie zu missverstehen. Diese geistige Frische, das angenehm kühle Gefühl im eigenen Hirn, wenn man ein als philosophisch verbrämtes Seitenkonvolut aus der erschlafften Hand in den Strandsand oder die blaue Papiertonne rutschen lässt - unbezahlbar! Das war se(h)riös. Einem ernsten Zac geht es wieder gold, er ist schmerzfrei, er ist ausgeglichen, er ist geheilt.

Moment, Zac hält inne, hatte er nicht eben schimpfliche Dinge über den Dschinn gedacht? Dass der ihn fast blind malträtiert hat? Auch an Bücher hatte er wieder leicht ironisch gedacht. Trotzdem hatte der Kleine nicht protestiert, war ihm nicht in den Gedanken gefallen. Sollte das die einfache Lösung sein, können Dschinns keine Gedanken lesen, wenn sie parallel dem gesprochenen Wort folgen? Djafar hatte die ganze Zeit Zacs banalen Geschichten über deutsches Kinderfernsehen gelauscht. Zwei Sachen zugleich, das können selbst Dämone nicht! Zac müsste also fortfahren zu erzählen, etwas Banales, wofür er nicht nachdenken muss, etwas, was ihm automatisch aus dem Mund quillt, z. B. könnte er über das deutsche Wetter (schlecht) oder das deutsche Fernsehprogramm (schlecht) oder deutsche Grossbauprojekte (schlecht) schwätzen. Mist, Zac stockte, er hatte seit einer Minute nicht mehr geredet, hat ungetarnt nachgedacht. "Sie haben mich, sie haben uns, sie haben die Dschinni durchschaut! Wir können bedauerlicherweise nur eines, entweder wir telepathieren oder wir hören zu. Vielen Dank, unser Nimbus ist damit perdu! Naja, nicht so schlimm, dafür bin ich nun im Bilde, was ihr Kinder-TV angeht. Schade, dass die Grill-Damen Färber keine Currywurst mehr verkaufen und Günther Pfitzmann tot ist. Berlin soll ja trotzdem janz knorke sein. Nichts für ungut, ich verschwinde einstweilen. Den Dschinni aus der Region gebe ich Bescheid, die lassen sie nun in Ruhe. Das mit den Raketenwürmern war nicht böse gemeint. Tschö und Atschüs!" So einfach war das also, staunt sich Zac ein drittes Nasenloch.

Die Düne, auf der Zac tolle Vorschläge unterbreitet

Zac ist wieder allein. Die Dackeldame war umgänglicher als der Dschinn. Obgleich Doro sich über den Datenschutz lustig gemacht hatte. Warum, das fragte sich Zac schon beim Warten in der Zollschlange und während des Dackel-Dialogs, ist das Thema Datenschutz daheim so vordringlich ein Thema des Feuilletons? Anderwärts nix los in der Welt, worüber zu empören sich für Kunstsachverständige lohnt? In der Deutschkultur passiert seit Peter Maffays erster Single, der dritten Hochzeit von Gerhard Richter und der feierlichen Eröffnung der Neuen Frankfurter Schule nichts mehr. Ausser der Erscheinung von Charlotte Elisabeth Grace Roche, dem Triumphzug der Kochshows und von Köln 50667 sowie dem pompösen Debüt von Jo Hannssen. Könnte man sich als Künstler oder Kunstgelehrter oder Kunstquasseler doch ausnahmsweise im ureigensten Metier empören! Aber nein, wenn das Wort zum Sonntag fast nicht vom Glauben handelt, warum sollten Kulturredakteure dann ausschliesslich Kulturdinge bekakeln? Mal ab und an ein paar kleine Scharmützel, wenn ein besonders polit-irrelevantes Buch eines grauen Zausels oder ein Gedicht von Günter Grass durch die Redaktionsstuben hüpfte. Das war es. Sonst ist seit dem Atomausstieg auch nichts los jenseits der Kultur: Ersetzung des menschlichen Genoms durch das Erbgut von Genmais: Mit knapper Not durch Verbot der Mendelschen Gesetze verhindert! Gleichbehandlung unterschiedlichster Lebensentwürfe: Alles geregelt, erlaubt ist, was gefällt. Bleibt das Verbot der Massenpflanzenhaltung. Hat sich bisher niemand daran gestört, wie gedrängt die Mais-etc.-Pflanzen ihrem brutalen Ende, dem würdelosen Messerschnitt harren? Wie sie dem veganen Schächten, im Interesse renditewütiger Fruchtfolgelandwirte, entgegenkümmern? Es sind sich als Bauern tarnende Agrarspekulanten, die die Getreidehalme in Klaustrophobie verursachende Ackerfurchen quetschen! Bis dereinst, in einer besseren Zukunft, an dieser Front gekämpft wird, bietet eben der Datenschutz alles, was das Kulturiat (Josef Joffe) braucht, um seinen Relevanzverlustängsten durch kulturbürgerschaftliche Aufopferung entfliehen zu können.

Zac ist nun ganz bei sich. Hier im heissen, heimatfernen Feinstoff, hier, an dieser Wallfahrtsstätte der Kontemplation, hier vermag er eiseskalt nüchtern zu denken. Er ist nicht - wie sein literarischer Papa Hannssen - ein Obrist des Anstands, doch zum Stabsgefreiten der unbedingten Neutralität hat es gereicht. Daneben ist Zac noch Timur der Menschlichkeit, Samurai der Nachhaltigkeit, Abraham der Buchkultur, Feldmarschall Schulz der Intimhygiene, Vicky Leandros der Höflichkeit, Wutz der Wahrheit, Dschingis Khan des Feminismus, Schah-in-Schah des Satzgesangs, Mandela - der Madiba, nicht die Winnie - der Gerechtigkeit, und Tigermücke der Bescheidenheit. Toll, wie in einen überdimensionierten Bottich hat der grosse Schöpfer in Zac das Beste geschüttet, was an gloriosen menschlichen Eigenschaften auf dem Schöpfungsmarkt zu bekommen war. So kann Zac von seinem moralhohen Sockel herab integre, scheuklappenfreie, extrem inspirierte Premiumideen, wogegen oder wofür ein jeder sich künftig empörgagieren sollte, verkünden. Jeder darf hernach im allerstintimsten Kämmerleinklein mit seinem Gewissen ausbaldowern, worauf er seine Empörungsressourcen fokussieren könnte, ob er vehement pro oder ungestüm contra ist. Eine kleine, feine Auswahl der Angebote schiesst durch Zacs Hirn:

Austritt aus G7, Beitritt zu BRIC, daraus wird *BRD*IC. Wenn noch die Türkei oder Taiwan oder Tirol beitritt, wird daraus sogar ein lyrisch-doppelsinnig klingendes, teilphonetisches Akronym: *BR*DICT. Das machte Hoffnung auf prima Wortspiele und launige Karikaturen.

Austritt aus der NATO, Einführung der 24-Monate-Wehrpflicht für ausnahmslos alle jungen Deutschen; die beiden Wehrpflichtjahre werden bei Gymnasiasten durch den, ohnehin sinnvollen, Rückschnitt von G9 auf G7 gewonnen werden. Die Schaffung einer Fremdenlegion mit Quotenfrauen-Bataillon bleibt fakultativ.

Austritt aus der EU und umgehender Beitritt zum bereits vorab aus Europa geflohenen Vereinigten Königreich, welches durch den dann doch noch folgenden Verlust Schottlands - eben wegen des Abschieds des UK aus der EU - arg klein geworden sein wird. Schottland muss dafür in der EU sämtliches Europapersonal Deutschlands, incl. Martin Sonneborn, übernehmen. Advantage Germany: Neue, extrem angesagte und bestens behutete Staatsoberhäuptin. Oder Deutschland erhält bereits H.R.H. King Charles, der käme mit seinen speziellen Bio-Cookies dem German Öko-Furor extremly entgegen.

'Austritt aus dem Euro'. Beitritt zu einer Sprache, in der eine solche Schmerzens-Formulierung unmöglich ist.

Austritt aus der christlich-abendländischen Tradition, dann Konversion. Bedenken: Das ist erst möglich, wenn die Katholiken, die offiziellen Protestanten und die Freikirchler wissen, wohin genau sie jeweils konvertieren müssten, um ihre unökumenischen Differenzen bis zum Jüngsten Tage kultivieren zu können. Zusätzlich wäre zu prüfen, wohin mit den Ostdeutschen und anderen Atheisten.

Wiederbelebung des Königreiches Preussen und Verschmelzung der deutschen Länder zu diesem Staat. Wegen der Erbmonarchie könnte die Bundesversammlung entfallen, die endlosen Diskussionen über die Nachteile des Föderalismus für die Bildungspolitik entfielen. Bonus: Die Trikotfarben der deutschen Fussball-Nationalmannschaft würden besser zu den Farben der neuen, alten Nationalflagge passen.

Verbot von klassischen Papierbüchern, Gebot von Hybrid-Büchern bzw. eBooks. Das gilt nicht für Amazon-eBooks, denn wichtiger als die Schonung der globalen Holzressourcen ist der supergerechte Kampf gegen diesen Handelsmulti, Buchhändlertöter, Verlagskiller, Literaturknechter, ...

Bewerbung um Olympia 2031. 2031? 2031?? Was sind das für Jahreszahlen, da stimmt was nicht, zweifelt Zac an sich. Er zweifelt zu Unrecht, er bleibt fraglos der klügste Kopf auf dieser Düne, es hat alles seine Richtigkeit. Da einerseits nicht mehr genug Bewerber für die sterbenslangweiligen Winterspiele vorhanden sind, andererseits kein Sommerspielbewerber den grünen, gerechten, gnadenlosen DemocracyDiversityResponsibility-for-environment-and-sustainability-Check durch das Weltgewissen (Claudia Roth) übersteht, sollten die Olympischen Spiele vereint und im späten Herbst eines Zwischenjahres veranstaltet werden. Deutschland sollte sich mit dem Austragungsort Neustadt bewerben. Die Bewerbung würde auf Jahre hinaus Stoff für Bürgerbewegungen, Protesthashtags, Umweltinitiativen, Dagegenaktivisten, Wahlkampfstreitereien, Talkshows und Wortkreationen mit 'Occupy-' bieten. 2031 sollte Deutschland endlich ein Spätherbstmärchen feiern dürfen.

Auf den maroden deutschen Strassen steht die Ablösung von 130/100/50 durch 90/60/90 an. Damit könnte es Deutschland als erstes Land der Welt schaffen, mit Regeln zur Höchstgeschwindigkeit die Aktivistinnen von Femen zu deren blankbusigem Protest zu animieren.

Kein Wahlrecht für Rentner, Verbot von launigen Doppelmoderationen in Funk und Fernsehen, Einführung von Schuluniformen, Abschaffung des Gymnasiums als Schulform, Einführung des Abiturs mit individueller Flexi-Dauer, Einführung von Alltagsuniformen (Kulturrevolution), Ersatz des Eigentums (Egoismus) durch Sharing (Moral), Verbot von Im- und Export, Einführung der Subsistenzwirtschaft.

Das sind Angebote, mein lieber Kokoschinski, denkt sich Zac. Wie soll das weiter gehen? Nun täte externer Sachverstand bitter not. 'Alla, wersch wofür, wersch wogegen?' fragt ein grüner Bewohner des Innovationsstandortes Baden-Württemberg, womöglich Winfried Kretschmann. 'So, lieber Leser, was soll denn nun dein Herzblattprojekt sein?' flüstert anheimelnd Susi Müller aus dem Off. 'Mit Gott zua Arbäd nun voran, was getan ischt, ischt getan!' kräht der schaffiche Ehemann der schwäbischen Hausfrau. 'Empört Euch!' schmettert Stéphane Hessel. 'Oben bleiben!' skandieren 21 edle Stuttgarter. 'Auf, auf zum Kampf, zum Kampf!' befiehlt eine rote Thüringerin im Saarland. 'Sorry, I am not convinced!' dämpft Joschka Fischer alle Empörungserwartungen. 'Bahne frei, Kartoffelbrei!' fällt Zac dazu nichts mehr ein.

Die Düne mit Frau Loder

Warum ist Zac hier im Sandasyl? Flucht vor dem Winterwetter in Neustadt? Tausch der heimischen Tristesse gegen heisse Leere? Ausgebüxt, weg von der überkandidelten Durchgeknalltheit des Gutlebens mit seinem rappeligen Irrsinn? Zac denkt an seine Heimat.

Einstieg. Der *consumer citizen* und seine Ohnmacht oder Macht, ein unkaputtbares Thema des Feuilletons. Der moralisch-ethisch-nachhaltig konsumierende Verbraucher. Allzeit bereit, auf den hysterischen Zuruf einer selbsternannten Moral-Katjuscha irgendeinen Irgendwen und irgendein Irgendwas dreizehn Tage und länger zu boykottieren. Moral-Katjuscha? Hier meint Zac freilich nicht die schön besungene, junge, zarte Russin. 'Leuchtend prangten ringsum Apfelblüten, still vom Fluss zog Nebel noch ins Land, durch die Wiesen kam hurtig Katjuscha, zu des Flusses steiler Uferwand.' Er denkt nicht an ihre wundervollen, slawisch-markanten Gesichtszüge, sondern an die heulende Orgel J. W. Stalins. Die Dschugaschwili-Orgel, wie sie die Grusinier einst in subtilem Protest gegen die Russifizierung ihres totalitären Landsmannes nannten. So wie die Katjuschas die Wehrmacht pfeifend niederpenetrierten, so ballert es heute aus den sperrangelweiten Mündungsmündern der Konsumentenbeschützer auf die Globalkonzerne hernieder. 'Schafft eine, zwei, viele Brent Spars!' Das sei das Motto beim Verbrauchen. Besonders beim Einkauf, dort ist noch extrem viel Luft für moderne Formen des Tuns, des Gutes-und-Richtiges-ohne-Anstrengung-Tuns. Der moderne Konsum-Knaller: Statt Megaschnäppchen zu jagen, schlägt der moralaffine Konsumist den Schweinekonsummultis ein Megaschnippchen mit einer fast kommunistischen Idee: Share Economy - kollaborativ konsumieren, teilen statt erwerben, ein pompöser pseudononkonformistischer Zeitgeistscheiss. Zeitgeistscheiss, ein Wort mit dreimal 'ei', sehr selten. Zurück zum Fight gegen Ressourcenverschleuderung, rücksichtslose Ausbeutung und einfältige Konsumtion. Share Economy, Sharing Economy, S. E., so kann ein jeder Winzling dem Stamokap ans rheumatische Knie pinkeln. Eigentum - eine 19tes-Jahrhundert-Erfindung des Kapitalismus und eo ipso schlecht, denn den Menschen ging es zuvor viel besser, weil sie einfach alles teilten: Aberglauben und Armut, aus dem Fenster auf die Strasse gekippte Fäkalien,

Getreidepampe und Gonokokken, Keimfleisch und Kindersterblichkeit, Pestbakterien, Prekariatssumpf, schmutzig-trübes Wasser. Erst Kapitalismus und Eigentum vertrieben das Prekariat aus diesem frohmachenden Schlaraffenparadies des Teilens. Nun endlich heisst es zurück in diese Idealwelt, jetzt sogar mit Internet. Das Finanzamt guckt auch in die Röhre. Mit Share Economy hat man gleich die Beste aller Ressourcen, nämlich sein Gewissen geschont, dabei den Hl. Martin veräppelt und selbst dem Staat ein Schnippchen geschlagen. Dabei noch einige Euro für's Konto ergeizt. Für seinen post-postmodernen Altruismus muss der S.-E.-Jünger leider auch kleine Opfer bringen, ihm haftet der unappetitliche Ruf an, nicht aus überbordender Liebe zum Menschen, sondern aus schnöder Liebe zum Mammon zu sharen. Das nimmt man als Gesinnungstäter gerne in Kauf. Also, Share Economy ist prima, vom prähistorisch-avantgardistischen Carsharing zur globalen Wohnungs-Klo-Ko-Nutzung - für wenig Geld darf jeder Fremde in das Schlafzimmer des Sharing-Jüngers, darf via Airbnb den Nachttisch nach anstössiger Erbauungslektüre für Erwachsene und strafbaren Druckwerken durchkramen. Bei der Gelegenheit die bescheidene Kondomgrösse des Wohnungsbesitzers belächeln. Spielt keine Rolle, die gläsernen Gastgeber machen sich für ein paar Cent nackig vor Wildfremden. Wer keine Angst vor der neo-neoliberalen Teufelsfratze des kollaborativen Konsumierens hat, im Himmelreich des Teilens ist er bestens aufgehoben! Hauptsache, im Netz bleibt alles schnaffte superintimgeheim. Das ist so porno.

Etwas ist porno - ein lächerliche, eine extrem scheisse Marotte ist das. Oder tönt hier Jugendsprache? Dann wäre es ein frifrafröhlicher, von den Kultureliten allerunterthänigst vergötterter Zukunftstrend, Substantive so billig zu adjektivieren. Wäre gold. Kommt ja von der Jugend, ist jugend, muss also zukunft sein, der Trend. Dadazu - Zac denkt vor Aufregung stotternd - noch ein Hauch iron-sarkast-arroganter Provo, und hoppeldihopp, der Trend wird zum Megatrend, wird megatrend. Muss also unbedingt in den Sprachgebrauch aller, aller, aller Generationen hinein zwangsadoptiert werden. Wenn gelbe Brause fanta ist, dann sollte der von sparsamen Rentnern geschlürfte saure Wein eben saaleunstrut sein. Zac ist jetzt gut dabei, ihm schiesst es unter die Schädeldecke: Wer gerne liest, ist buch, wer gerne säuft, ist bier, wer zu viel isst, ist kalorie, wer viel weiss, ist brille, wer gut aussieht, ist schönheit, wer zu allem eine Meinung hat, ist journalist, wer keine Meinung hat, ist wetterhahn, wer gerne den holden Damen nachsteigt, ist schwanz, wer breiten Kreuzes fest im Leben steht, ist schrank, was leer ist, ist brandenburg. Danke, Rainald Grebe. Wer intelligent-unterhaltsam ist, ist grebe. Gern geschehen, Herr Grebe.

Wenn einer richtig an Gott glaubt, dann ist er baptist, wenn eine(r) eher so ambivalent-rational-gefühlig an Frau Gott glaubt, dann ist sie/er protestant, wer tot ist, ist grab oder leiche, und, und, und ... Zac kann eigentlich gar nicht so schnell denken, wie er in diesem Moment denkt. Und alles was so ist, wie es hier rings um Zac ist, ist wüste. Nicht wüst. Nicht Wüst - das, so fällt es Zac in diesem eisenbahnarmen bis -freien Weltenpartikel ein, meint gänzlich Verschiedenes.

- 'Wofür steht das Akronym *Wüst,* welchen Begriff aus der Welt des Transportwesens kürzen diese wenigen Buchstaben ab? Nun, Zac, weisst du es, oder träumst du schon wieder; meinst du denn, ich hätte nicht bemerkt, dass und wie du mir auf die Brüste guckst, in den Busen gaffst, auf die Titten stierst!? Aber ich bin Frau Loder, kleiner Zac, ich bin deine milfige Lehrerin für Englisch und Netzkompetenz, und du bist dreizehn!'

- 'Ja, Frau Luder, sorry, Loder, nie wieder will ich glotzen auf Ihre wunderbaren Zwei, diese wohlgestalten Emporkömmlinge, auf Fuji und Ol Doinyo Lengai, die mich in meiner frühpubertären Phase schon durch dies und das begleiten. Ich will hoffen, dass es Sie und sie erregen wird, zu erfahren, wofür Wüst steht, *kicher wegen steht.* Also, Wüst heisst Warenübernahmestelle!'

- 'Prima, Zac, das zeugt von evident profundem Wissen, und im Gegenzug bin ich sehr gerne bereit, fürderhin offiziell deine Coming-of-Age-Jungsphantasien virtuell zu upgraden!'

Dieses Angebot hatte Zac später intensiv genutzt, und die adoleszentesten Träume waren eben frauloder.

Das erste Wort dieser Adjektivierungs-Welle scheint Zac das makellose Wort *scheisse* gewesen zu sein, was nicht stimmen muss, aber innerhalb dieses Gedankens stimmig wäre. Adios (spanien).

Die Literaturpreis-Düne

Zac erinnert sich an eine Bekanntschaft mit einem Ostdeutschen, einem Neubürger aus dem falschen Frankfurt an dem falschen Fluss. Der hatte sich bei ihm wieder und wieder ausgekotzt und ausgeheult. Grund der, nun ja, Tränenfluten von Frank (Name ausgedacht) war, so Zac sich präzise erinnert, wie einseitig dessen Erachtens die Literatur und Kunst über die Achtzigerjahre waren. Frank hatte die allein richtige Weltsicht gepachtet; na klar, wer meint das nicht von sich, abgesehen von Zac, nur ist die bald sprichwörtliche Bescheidenheit des Sandsitzers nicht Gegenstand seiner Reflektionen.

Auf dem Herflug hatte Zac einen imponierend langen Roman gelesen. Ein Lutz-Uwe hatte es geschafft, ausnahmslos alle Worte der deutschen Bildungsbürgersprache auf gezählt 1.500, gefühlt 5.100 Seiten in eine aussergewöhnlich anstrengende Reihenfolge zu setzen. 'Ein Wurm namens Robinson', nein, 'Ein Sturm namens Clueso', nein, 'Ein Turm namens Kruso', exakt, so hiess der opulente Schmöker. Untertitel: 'Der weisse Hirsch äst den Zauberberg vor Hiddensee.' Zacs Dreamliner hatte in der Luft nachbetankt werden müssen, damit er diese wuchtige Literatur über die letzten zehn Jahre, besonders über die letzten intensiven zehn Monate der DDR, in Ruhe zu Ende durcharbeiten konnte. Ein Kraftakt! Der mit Preisen bekippte Literaturkoloss strotzt nur so von Problemen. Alle Probleme ausnahmslos aller DDR-Bürger in den Schicksalsjahren der kleindeutschen Republik werden von Lutz-Uwe verhandelt. So viele Worte! So viel DDR! Zac hätte sämtliche Literaturpreise über dieses Wortungetüm geschüttet. Endlich werden die DDR-Achtzigerjahre nicht mehr schamhaft beschwiegen.

Nein, Zac kann doch nicht heucheln. Keiner braucht so viele Worte, das wusste schon Frank. Frank, was der inzwischen macht? Frank, Spitzname: Frank, also scheinbar kein Spitzname, aber der heisse Zufall wollte es, dass Zac als Decknamen ('Frank') für Frank dessen realen Spitznamen (Frank) verwendet. Frank war so ein kleiner Schmalhans gewesen. Riesige Birne, der Rest zart gebaut, feingliedrig, festes schwarzes Haar, überraschend feminine Rehaugen, ebenmässige, weisse Zähne, schmale, unbehaarte Füsse. Sein erstes Westgeld hatte sich Frank als Intradeutscher Familientherapeut und Systemischer

Erotikpädagoge im vorpommerschen Wolgast verdient. Beides ehrbare Tätigkeiten, die Frank, wegen fehlenden Bedarfs bzw. mangels Zuspruch der vorpommerschen Landbevölkerung, ausreichend Zeit für die ersten Überlegungen zum Exposé des Vorentwurfs vom Manuskript zur Rohfassung seiner vorläufigen Steilthese zur Wunderwelt der DDR-Reflektions-Literatur liessen: Wer wissen will, wie die Achtziger in Ostdeutschland waren, der lese Christoph Dieckmann. Oder gucke alle Folgen dieser Jahre von 'Der Staatsanwalt hat das Wort', im Hessen-TV im Nachtprogramm. Oder er hätte Gerhard Löwenthal fragen müssen. Das gilt auch für den weit grösseren, literarisch erwiesenermassen unergiebigeren Teil Deutschlands. Wer wissen will, wie die Achtziger in Westdeutschland waren, der lese irgendwelche zufällig gegriffene Zeitschriften, etwa alle Dezemberausgaben der St. Pauli Nachrichten oder des Vorwärts. Oder er gucke 'Bonn/Hofgarten/Bonnie', vielleicht bald im Nachtprogramm des WDR. Oder er hätte Eduard von Schnitzler fragen können. Aber nein, dieselben öden Versatzstücke all überall, in jeder Literatur zur poppigen Zeit zwischen '80 und '89, immer Helmut Kohl und Grüne und Westberliner Szeneleben und Stasi und Wende und Ende. Zac würde, nun ungeheuchelt, den Deutschen Buchpreis gleich drei Jahre, hintereinander weg, dem einen Roman zuschustern, der die deutschen *eighties* frischer, ganz grundverschieden beschreibt. Der ganz grosse Wurf über Menschen in Ganzdeutschland in der Zeit vom 2. Oktober '82 bis zum 8. November '89 muss es werden. Die Grosse Erzählung, die sich nicht im Geringsten bei den gängigen Schlagworten und Themen bedient. Kein Reizwort soll die Handlung als brd oder ddr infizieren. Kein Signalwort darf eingeschummelt werden. Die Leser und Kritiker sollen sich nicht die dicken Gurgeln zerbeissen über schmal-kariertes, west-östliches Kleinklein: 'Das Buch ist unglaubwürdig, Tempo-Linsen waren teurer als Tempo-Bohnen, Rondo-Kaffee hingegen billiger als Mona-Kaffee! Die Puhdys haben als Frontmann Maschine, nicht Pupsi. Wenn all das der werte Herr Autor nicht weiss, dann hat er nicht bei uns gelebt, dann kann er nie und nimmer *den* DDR-Roman schreiben!' 'Unglaub*würdig* kann bloss ein Subjekt, keineswegs ein Ding, wie dieses brillante Buch, sein. Da reichen die einschlägigen Kenntnisse der deutschen Sprache beim armseligen Leserrezensenten offenkundig nicht aus. Was will man erwarten von jemandem, der vermutlich bei Margot Honecker in die Schule ging. Meinungspluralismus ist für die Ausgeburten des kommunistischen Bildungshorrors Teufelszeug. Wer sich über solche Kleinigkeiten, wie es die Preise für Kaffee und schonend vorbehandelte Hülsenfrüchte oder der Kosename vom Chefpuhdy nun mal, im Eigentlichen und Weiteren, sind, erregt, der hat von Literatur, der hat vom Wesen dieser Kunst nichts - in Worten: null - verstanden! Man kann sehr gut einen DDR-Roman als Wessi schreiben. Der Autor dieser titanischen, dieser prallen, dieser preiswürdigen 1.500 Seiten beweist das eindrucksvoll!'

'Die Friedensbewegung hat mit ihrer entschiedenen Ablehnung der imperialistischen Pershings den 3. Weltkrieg verhindert. Die Grünen haben die Umwelt und den bürgerschaftlichen Engagementsgedanken gerettet. Der feine Herr Schriftsteller findet in seiner ganzen konservativ-blasierten Borniertheit kein Wort für diese unumstösslichen Wahrheiten. Stattdessen: NDW statt Anti-AKW. So kann man mein persönlich wichtigstes Jahrzehnt, die grandiosen Jahre unter Kohl, die grünalternativen Jahre noch ohne die Nervtöter vom Bündnis 90, nicht in hohe Prosa giessen!' 'Atomkraft-Nö-Dankeschön!, Ostermärsche, die Grünen und Deutschland (BRD) gegen Argentinien (Argentinien) 2:3. Das soll Deutschland in den 1980ern sein? Das ist unvollständig, Deutschland war schon damals mehr als der Westen! Vergesst nie Deutschland (DDR) gegen Niederlande (Holland) - 0:1. Wozu bin ich denn von Parchim in die Prager Botschaft gemacht, wenn dieser Schriftsteller nun ein exklusives literarisches *West-wir* zelebriert. Damit werden ostdeutsche Biographien ausgegrenzt. Das ist Stacheldraht aus Buchstaben. Eine Mauer aus Prosa. Im Jahre 25 nach der Wiedervereinigung darf man so nicht schreiben!' Und so wird man sich streiten, streiten, streiten. Was soll das? Nein, Begriffe und Abkürzungen und Namen, die so schreiend plakativ für DDR- oder West-Deutschland stehen, dass noch der kleinste Hinweis jeden halbwegs gebildeten Leser beleidigen würde, gehören nicht in gute Literatur. Meint jedenfalls Frank.

Frank. Crazy, crazy Frank. Der hatte in seinen besten Jahren zu schwarzen Flip-Flops und einer Bert-Brecht-Kappe, denn er musste dem grössten aller Augsburger Dramatiker sichtbar Tribut zollen, ausschliesslich schwarze Rollis getragen. Dazu schwarze Leggins und oben drüber, als Kontrastprogramm, einen neon-türkisen Stretch-Minirock von H&M oder C&A oder K+S, der im Falle einer/seiner (Franks) Erektion eine die guten Sitten gefährdende, gemeingefährliche Stretchbeule ermöglichte. Frank hatte damit so manche Dame dazu gebracht, sich mit seinem Genitalpilz zu infizieren. Obendrauf hatten die willigen One-Night-Holden vor dem infektiösen Akt noch Franks literarische Flitzideen über sich ergehen lassen müssen. Geschadet hatte das dem weithin gellenden Ruf von der vollblütigen Frankschen Männlichkeit nicht. Frank. Geraume Jahre nach der Wende war er frustrierter Lektor für einen frühhipstereskten Social-Life-DarkErotic-Verlag in Werneuchen bei Berlin geworden. Der von 'Fiffti' Schade und

'Off' Grau gegründete Verlag gewann seine, vorzugsweise, Ost-Leser durch hemmungslose Schwärmereien über das supi DDR-Speiseeis und durch das Verschicken von Eg-Gü-Retro-Pröbchen. Zusätzlich entschuldigten sich die beiden Gründer und Herausgeber bei allen Ossis ständig für das Fehlen von Hardcore-Erotik, aka Porno, in der jüngst verröchelten DDR. All' das vollbrachten die pfundigen Buch-Kapitalisten als in dem richtigen Frankfurt an dem richtigen Fluss, zudem erst Anfang der Siebziger geborene Hessen! Eigentlich sollte dieses primitive Ranschleimen an die erotikaffinen Buchverbraucher zu deprimierend für den gewaltigen Intellekt des Frank von der Oder gewesen sein, um in dieser Verlags-Klitsche anzuheuern. Doch hatten die Herausgeber und ihr wilder Haufen von Ex-Das-Magazin-Lustmolchen, Vormals-Sankt-Pauli-Nachrichten-Redakteuren und Ex-Ex-Eulenspiegel-Witzbolden verführerisch geringe Ansprüche an das Konfektionsgebaren neuer Mitarbeiter gestellt. Einzige Bedingung der Anstellung war gewesen: Der Stretchrock hatte fortan blutlippenrot zu leuchten. Frank hatte sich widerstandslos dem schier unerhörten Modediktat der Softporno-Schmiede unterworfen. Mit den Jahren sah man seine, nun rote, Stretch-Standarte immer seltener. Ein ostdeutsches Erotikliteraturkombinat hatte Frank entmannt.

Warum blickt Zac just im Moment auf Frank, hier als Spitzname verwendet, zurück? In echt, im Original waren dessen in genialer Langsamkeit, nein, kongenialer Hast zusammengekloppte Literaturdiagnose und Belletristiktherapie ungemein strahlender, faszinierend-stringenter, mathematisch schlüssiger, perfekt wie der Schrifttyp Arial und von leuchtender, selbsterklärender Komplexität. Schrecklich-schöne Frank-These: Es gab bereits seit 1982 einzig ein einheitliches Deutschland! Deswegen darf, so 'Frank', im Buch keine Teilung erwähnt werden, der Leser darf davon reineweg nichts merken. Franks Aufruf:

Bitte alle West-Ost-Verortungsvokabeln weglassen, mindestens: Zwei Nasen (tanken Super); Zonenrandgebiet (Hund begraben); ZESt (Salzgitter); 32-16-8 (die ganze Nacht.); 3. Generation (RAF); Yvette (Intim); XI. Parteitag (Enthemmter Beifall der auf ihren Stühlen stehenden Delegierten); XIV. Olymp. Winterspiele (Gewinner: DDR); XXIII. Olymp. Sommerspiele (ohne DDR); WBS 70 (Plattenbau); WAA (Wackersdorf); Wetten, dass? (muss zum Flieger); Vespa (Schwalbe); Vermummungsverbot (Porsche-Sonnenbrille); VKSK (Datsche); Uwe Barschel (Ehrenwanne); Uta Schorn (Wunschbriefkasten); Uwe Hohn (104,80 Meter); Tapezieren (Honecker); Tagebücher (Hitler); Tausend und eine Nacht (und es hat

Zoom gemacht); Strichtarn (ein Strich / kein Strich); Schwarzwaldklinik (Schwester Christa); Schwalbe (Schwester Agnes); Ramstein (nur ein m); Rust, Mathias (nur ein t); Rondo (kein Mona); Q (Qualitätssiegel); Qualispange (NVA); Quermann (Zwischen Frühstück und Gänsebraten); Pershing (II); Privatfernsehen (Schwarz-Schilling); PA (ESP, TZ, UTP); Ostermarsch (kyrillisch-orthodoxe Symbolprozession); Ost-Schnaps (Blauer Würger, Goldi, Nordhäuser); Ovosiston (Ovum = Ei); Nachrüstung (schlimm); Nena (schlimmer); NVA (preussisch); Momo (Film); Mitropa (AG); Mondos (Kautschuk); Lindenberg (Lederjacke); Lindenberg (Oberindianer); Lindenberg (Schalmei); KKW (Bruno Leuschner); Kommunalwahlen (Krenz); Krenz (FDJ); Joschka (Joseph Martin); Jugendobjekt (BAM); Junge Welt (Unter vier Augen); Intelligenzija (Von der Sowjetunion lernen, heisst siegen lernen!); Importablösung (Autarkie); ICC (Asbest); Hausbesetzer (Alternative in Deutschland); Hofgarten (Bonn); Herbert Grönemeyer (Bochum an die Macht!); Grüne (Linke, ÖkosozialistInnen, RadikalökologInnen, Realos); Geld oder Liebe (Hans-Jürgen Hubert Dohrenkamp); Graf (Steffi & Peter); Fehlfarben (NDW); Flüstern (und Schreien); Feldmann (AK-Klaus); Erich (Mielke); Ein Kessel Buntes (Der graue Osten); EWG (Kulenkampff); Doping (DDR); Dederon (Kittelschürze); Dosenbier (pfandfrei); Doppelnamen (nerven); CDU (CSU); CSD (LSBTTIQ); CDU (BLOCKPARTEI); Botschaften (diverse in Osteuropa); Bruce Springsteen (feat. Kati Witt); Birne (H. K.); Alf (Melmac); Antifaschistischer Schutzwall (The Wall); Atomkraft (Nein danke!).

Anderes muss auf jeden Fall rein, oh ja, Regenwetter und Psychosen, Bundesoberliga, verlieben und entlieben, der ganze Kram mit Mann und Frau und Frau und Mann und mittenmang, zur Arbeit und baden gehen, das erste Mal und der 3000. Schuss, Pickel und Pansen-Igel. Musik darf drinne sein, wenn sie aus England kommt, Literatur darf es auch sein, deutsche Klassiker, Russen und Amerikaner und Harry Potter. Nee, der nicht, der ist kein Kind der Achtziger. Obwohl, das dürfte die 'Blechtrommel' der deutschen Gegenwartsliteratur werden - ein pseudorealessayistischer Roman über die Rezeptionen der spinnerten Hogwarts-Gesellschaft durch Pubertanten und Pubertanden in Ost und West. Zac wechselt zu realistischeren Vorstellungen von Franks Wunschroman. Na klar, Gewalt und Niedertracht, Altersklugheit und Adoleszenzdemenz, Euphorie und Dysphorie und noch angeberischere Fremdworte, Heimwerkern und Handarbeiten, Ahrtal und Fichtelberg, Verhütung und Krankheit, Tod und Kopfschmerzen, vermatschtes Hirn ~~und pürierte Genitalien~~, fast alles kann, nichts muss rein in dieses Buch der Deutschen. Bloss kein Roman mehr aus dem

West/Ost-Freiheit/SozialeSicherheit-Klischeepampe-Zutatenmorast. Wenn ein Schriftsteller oder eine Autorin oder ein ErzählerInnen-Kollektiv es schafft, die Existenz von zwei deutschen Staaten vollständig auszusparen, dann gibt es zur Belohnung noch einen schwer erotischen - schwerotischen - Klapps auf den festen Künstlerhintern. Auf das breite Schreibergesäss. Auf die plattgesessenen Dichterbacken.

Und Frank, der zarte Frank mit dem grossen Hirn und dem zuletzt beulenlosen, blutroten Stretchrock? Hatte er Erfolg, bettelten die grossen Verlage um seine Dienste, überhäuften sie den grossen, klugen Kopf mit Deutschmark und Euro? Aber nein, doch nicht mit seiner ostdeutsch-kritischen, Billig-Erotik, Schlecht-Ausseh-Vergangenheit! War Frank deshalb sauer? Aber nein, ein Mann, und sei er begnadet wie Frank, der sich von simplen Erotikproduzenten den neon-türkisen Rock verbieten lässt, der übt schon von Natur aus kniefallende Unterwürfigkeit. Er suchte sich eine Flucht-Nische, verriss in erstklassiger Manier zweitklassige Bücher in drittklassigen, ähm, dritten Programmen. So verwuchs sich mit den Jahren sein neurotischer Knacks. Frank gelangte mit seinem transantlantikkritischem Motto 'Ex oriente sapientia!' zu einer peinlichen Halbberühmtheit. Aus dem blitzgescheiten Freigeist wurde ein verblasener kleiner Fettklops mit gewaltiger Birne, ein sexloser Literatur-Granteler mit unerfüllten Ambitionen. Der Einzige, der die Literatur über die späte DDR und die Kohl-BRD so zutreffend wie ewigaktuell-globalrelevant zu analysieren vermocht hatte, endete als billige Dirk-Bach-Kopie in der Welt der Panelshows und dritten Programme. 'Hessens hässlichster Hesse' (HR), 'Brandenburgs berückendste Brüste' (RBB) und 'Niedersachsens niedlichster Null-Checker' (NDR in Kooperation mit N24 und NZZ), so hiessen nun seine Arenen. He's livin' la vida loca (Ricky Martin). Die Wüste ist so heiss wie ein Vulkan, oho, aha, und heute verbrennt sich Zac daran (Rex Gildo).

Die Düne mit der Drei

Hier ist es warm, sehr sehr warm, aber nicht heiss, nein, heiss ist es nicht, jedenfalls nicht mehr, heute war es schon unerträglich heiss, ja, doch, es war hot, very hot. Hot? Heisst bestimmt anders in echt-englisch, roasting vielleicht, oder burning. Egal. Zac mag diese trockene Hitze. Selbst wenn damit Schädelschmerz verbunden sein mag. Ist das einzig akzeptable Wetter, nein, stimmt nicht, es gibt zwei akzeptable Wetter, jenes im Hochsommer und die trübe Feuchte des insgesamtenen Restjahres. Wenn es ein gutes Jahr ist. Mehr ist da nicht, Schnee wird überschätzt, unheisses trockenes Wetter desgleichen, beides am *derrière*! Man sollte das unbedingt simplifizieren (Dr. Hannibal Lecter zu Agent Starling). Zac jedenfalls reichen die beiden Wetter. Es verbleiben noch zwei, na gut, drei Jahreszeiten. Wenn, dann richtig vereinfachen: Erstens der Sommer. Start mit der Sommersonnenwende am nördlichen Wendekreis, jenem des Krebses (Henry Miller). Zweitens der Winter. Beginn mit der Wintersonnenwende am südlichen Wendekreis, dem des Steinbocks (Henry Miller). Als dritte Jahreszeit das Niemandsland mittenmang, der Frübst. Die Sonne schlurft in diesen trüben Wochen durch die Tropen, mit den üblichen Äquatortaufen, erst von Süden, dann aus dem Norden kommend, oder umgekehrt, sehr unspannend - das reicht nicht für zwei eigenständige Jahreszeiten. Nein, der Frübst bildet die schlaffe dritte Jahreszeit. Komischer Frübst, zersplittert in zwei nicht verbundene Halbzeiten, zwischen Sommer und Winter, zwischen Winter und Sommer. Zerstückelt wie Palästina. Hier im Sand ist der Wetterlauf noch schlichter gestrickt, eine ganzjährige Jahreszeit mit spinnenbeinfeinen Temperaturnuancen bespielt die Wetter-Bühne. Zac gefällt das allerbestens, ringsum ist alles trocken, so arid, so dry. Oder so drei?

Ertappt, so sieht's aus, Zac, das war vom Anfang seiner Reise an klar, doch hatte er es bis justament jetzt verdrängt. Verdrängung, unsere wichtigste Überlebenstechnik, als Survival-Ding fraglos ein Wüsten-Ding. Nun aber, irgendwann musste die existenzielle Frage gegen seine Stirne hämmern: Wie-nur-wie-nur-wie funktioniert das bei einem inneren Monolog, wenn Worte gleich klingen, doch nicht gleich geschrieben werden, von ganz differenter Bedeutung sind? Man *denkt* doch nicht in Buchstaben, da rattariert kein Schriftlaufband broadwaylike hinter der Stirn von Schläfe zu Schläfe, oder? Wunderwelt der Homophonie. Isst und ist, arm und Arm, Rad und Rat, Code und Kot, Sämann und Seemann, but und butt, nein und nine. Dry und drei. Wofreilich könnte es sein, dass sich die Zahl, also 'drei', trotz fehlenden Wüstenbezugs in seinen Stirnlappen eingeschmuggelt hat, weil die liebe '3' jede Möglichkeit wittert und nutzt, aus der Ignoranzritze heraus ins helle Spotlight zu klettern, um auf ihre, von signifikanten Peer-Groups oft verkannte, Relevanzimmensität zu laserpointern. Denn trotz aller Digitalität: Am wichtigsten ist die DREI. Vielleicht weil es die erste ungerade Primzahl reinsten Wassers ist und sich darin eine, wenn nicht *die* Evolutionsprägung überhaupt manifestiert?

Die dominante Drei ist ubiquitär, multilokal, omnipräsent. An jeder Strassenecke Tricola: Hop, step, jump; Gold, Silber, Bronze; go, went, gone; Testikel, Penis, Testikel; MiB I, MiB II and MiB III; Gold, Weihrauch, Myrrhe; er, sie, es; wir, ihr, sie; nach 3tausend Schuss ist Schluss; Marie, Luise, Marjan; Phalanx I, II und III; tirili, tirilo, tirila; MP3; eins, zwei oder drei; ménage à trois; la, le, lu; Bonn/Hofgarten/Bonnie; Blechtrommel, Boot, Bonn/Hofgarten/Bonnie; denn dein ist 1. das Reich und 2. die Kraft und 3.(!) die Herrlichkeit; veni, vidi, vici; Dig, Dag und Digedag; Tick, Trick und Track; Cäsar, Kleopatra und Asterix; aller guten Dinge sind drei; Breite mal Höhe mal Tiefe; Einleitung, Hauptteil, Schluss; Caspar, Melchior, Balthasar; Caspar, David, Friedrich; Grundmoräne, Endmoräne, Sander; drei Mal ist Bremer Recht; Gas, Bremse, Kupplung; 3nage; Nord-, Süd-, Mittelamerika; drei-mal-drei-macht-neune; Die ???; Kindheit, Jugend und Erwachsenheit; drei Haselnüsse für Aschenbrödel; Dreisatz; dreier Zeugen Mund tuen stets die Wahrheit kund; drei Kreuze schlagen; dreist; schwarz, rot, gold; schwarz, gelb, rot; grün, gelb, rot; drei Jahreszeiten; AAA (SuperSolventerStaat), BBB (Bagger-, Bugsier- und Bergungsreederei), CCC (CarnevalsClubCarl-marx-stadt, oh je, Chemnitz); ... (nicht zwei, nicht vier, nein - drei Auslassungspunkte); blau, weiss, rot; rot, weiss, blau; weiss, blau, rot; tha-la-ta (arabisch: drei); Vater, Sohn und Heiliger Geist; Vera, Ljubow, Nadeshda (Glaube, Liebe, Hoffnung); aller guten Dinge sind drei; ABC, B2B, M4Y; SOS = drei Punkte, drei Striche, drei Punkte; nichts sehen / sagen / hören; Koh-i-Noor, Ko-li-bri, Ko-i-tus; aller guten Dinge sind drei (zum 3. Mal); Die 3 von der Tankstelle; Mumien, Monster, Mutationen; Goethe (Schiller), Mann (alle), Berg (Sibylle); Marx, Engels, Lenin; Athos, Portos, Aramis; Willy, Helmut, Gerhard (in order of appearance).

Selbst Fast-Food hängt an der dollen Drei. Wie ist ein Sandwich gebaut, wie ein Burger, wie ein Döner? Bei allen gibt es oben, unten und das dazwischen. Merke nun zum Schlusse: Aufzählungen funktionieren generell am besten im Muster 'dieses, jenes und das auch noch'. Abkürzungen bestehen in fast drei von wenig mehr als drei Fällen aus drei Buchstaben: PSA, USA und KSA. Alliterationen klingen, wenn überhaupt, als 3-Wort-Girlande: konsequenter Kreml-Kritiker, Brustkrebs-Beauty-Bloggerin, Tausend Takte Tanzmusik; Last (1) not (2) least (3!): Aufzählungen, Abkürzungen und Alliterationen. Oh ja, 'die Drei ist für mich persönlich eine ganz, ganz wichtige Zahl. Auf die scheisst niemand ungestraft!' (Uli Hannemann). Das ist doch Wahnsinn $^{\text{hoch drei}}$! Doch bevor Zac überschwänglich wird, bevor er die kopernikanische Wende weg von der digitalen, hin zur dreizentrierten Welt verkündet - wobei hier auf der Düne der Mangel an Verkündungsjüngern augenfällig ist - , kommt er willensstark zu Sinnen. Dieses Dreierding ist ein soziolingualmelodisches Ding, kein Universalgesetz. In der Natur, selbst hier im Sand, gab und gibt es wenig bis sehr wenig mit Dreier-Bezug. Vielleicht der Triceratops, aber der könnte, wie bestimmt 33 Prozent (eher mehr) aller Urviecher, eine Schöpfung der Saurierforscher sein, eine Frucht der gigantosaurischen Phantasie jener Paläontologen entsprungen, die aus jedem 3-Gramm-Knochensplitterfund den nächsten 33-Tonnen-MegaSuperSaurier kreieren (Kreationismus). Dreiblättriger Klee? Eine Downgrading-Mutation des vierblättrigen Glücksbringers. Daneben ist nichts Markantes, nichts Dreistichiges in den Flora- und Fauna-Habitaten zu bestaunen. Dreiäugige Grottenolme sah man nie, kein Herbariensammler fand dreiblättrige Tannen, dreibeinige Fische - Fehlanzeige № 3! Die '3' erhält kein BIO-Siegel. Die '3' wird auf lange Sicht aussterben.

Die Düne, auf der Zac den Sand beehrt

Keine Aussicht, mangels Licht, nichts zu sehen unterm inzwischen besternten Himmel. Schon klar, Sternenhimmel und nichts sehen, ist doch Stuss, entweder die Gestirne spenden den Wüstensöhnen ein beruhigendes Nachtlicht, etwa für den Weg zur Latrinendüne bei schwacher Blase trotz reduzierten Wassergenusses, oder es ist stockduster, was aber wegen Wolkenarmut selten bis kaum vorkommt. Also, es ist so mujebubuh - das 'j' denkt Zac nicht als 'sch', sondern wie das 'G' in Gendarm oder das 'J' in Jeanne d'Arc oder das 'J' in Tarzans Dschungelweib oder vielleicht das 'G' in Geronimo, keinesfalls wie die J in Jenseits, Jena, Jekaterinburg. Am aktuellen Wüstenbaldachin scheint jeder zweite Stern erloschen. Diese halbseidene Ausleuchtung vermag keine Kontraste zu zeichnen; welche sollten das denn sein, es gibt hier ausschliesslich Sand in kleineren und grösseren Wellen. Spät ist es geworden, dabei sehr warm geblieben, Zac sitzt von jetzt auf gleich in der Dunkelheit. Dieser kompromisslose Übergang vom Tag zur Nacht gibt der Wüste eine sonderbare, südliche Erotik. Das törnt Zac seltsam an. Verstörend. Eigentlich sitzt er seit einer Weile nicht mehr, vor Stunden schon hat er sich hingehockt, gerade so, wie er es bei den asiatischen Expats am Rande der Ausfallstrassen gesehen hatte. Nun legt er sich gar. Der Wind tut es ihm gleich. Sollte Zac einschlafen, würde er nicht zugeweht werden. Das beruhigt ihn, obgleich sein Geistesleben im Moment nicht von übermässig logischen Gedanken bevölkert ist. Die Hitze, der Durst, das Alleinsein; die, der, das, toll, ein Dreier-Pasch. Auf der Düne Gedanken über die Düne. Zac beobachtet im fahlen Licht seine Drumrumgebung. Man sagt, dass in der Wüste die Philosophie zuschlägt, Gedanken-Weiterung durch Horizont-Weiterung, weil dieser leere Megasandkasten seine Insassen nicht bedrängt, seine silikaten Polygone niemanden ablenken, einfach so, ohne jede Absicht da sind. Die Wüste *ist*. Ob Zac nun, zu später Stunde, was Anspruchsvolles durch die Synapsen rasen wird? Zac ist spitz drauf, meint zu spüren, wie warmes Olivenöl unter seiner Haut schliert. Er müsste rumillern, ob er einen Vollwinkelrundblick schafft, ... nein, es reicht nur für einen überstumpfen Panoramablick. Immerhin, Sand. Sand, lockeres Sediment, ein Mineralzustand gelistet zwischen Silt und Kies bzw. Schotter, erstaunlich, je kleiner das Sediment, desto kleiner das Wort, der Klang korreliert ausserordentlich positiv! Silt, kleinstkörnig gesiebt, kleinstkörnig gar gesprochen und gedacht, nämlich 'Slt', so ganz ohne Vokal, und es klingt dennoch wie das feinstkörnige Original. Nun das Wort nahe der Mitte, knapp links vom Zentrum der Skala der Partikelgrössen - Sand. Eine Vokabel, die ohne ihr Vokalunikat schon doof klänge, 'Snd', nein, ohne 'a' fehlte hier was, das 'd' mutierte zum 't', ein peinliches Wortmachwerk wäre es. Wenige Nuancen rechts von der Mitte der Körnungsskala behauptet sich das fast Grösste an Lockersediment - Kies. Bescheiden in der Schreibweise, vier Zeichen, aber der Klang, das lange 'ie', sein phantastischer, breiter Sound kickt Kies in die oberen Regionen der Silikat-Klangcharts. Ganz oben im Lockersediment-Ranking thront der stolze Schotter - eher schon Stein, grosses Korn, langes Wort, kein Kommentar. Gut zu wissen, doch hier im Wüstensand gibt es bloss Sand. Fein-, Mittel-, Grobsand, mühselig, wiewohl alle Mühe lohnend, von vielen emsigen Händen zu gelblichen, selbstredend sandfarbenen Dünen gestapelt. Naturgezeugtes, windgeformtes Schüttgut und Haufwerk. Überkront von Rippelmarken, von Minidünen auf der Dünenhaut. Die Gänsehaut der sandigen Epidermis sozusagen, Metadünen *so2say*.

Überdies heisst Silt, so fällt es Zac in Erinnerung an ausgedehnte Spaziergänge mit seinem Auskenner-Papa durchs heitere, heimische, heimelige Neustadt-Umland ein, gleichermassen Schluff. Zwei Begriffe für ein Einwas, gleichberechtigt nebeneinander, doch kein flottes Paar, das fetzige Slit und das schlurfige Schluff. Endlich ein 'u', noch ein Vokal! Doch ach und weh, warum hatte der nervende Allwisser-Papa ihn, Klein-Zac, so sehr mit Wissen verwöhnt? Nicht allein hatte er, der Zac, vom einzigartigen Schluff hören dürfen, sondern er, der Papa, hatte es ihm, dem Zac, nicht erspart, einzubläuen, dass unterhalb von Slit bzw. Schluff noch der Ton im Körnungsranking siedelt. Ton! Gar nicht toll, *Ton*, Freude kann Zac bei diesem Rückblick auf seine Vater-Sohn-Wanderungen nicht empfinden. *Ton*, ein Wort, welches in seiner Zweitbedeutung so dicht am Thema Melodie und Klang ist, dennoch das wundervolle System der Beziehung von Wortsound und Primärpartikelgrösse zerstört, *Ton,* wozu hatte sich Zac vor Minuten derartig verausgabt, wenn popelige drei Buchstaben sein eigentlich stimmiges Modell keulen, schreddern, zu Staub zermahlen? Ob *Staub* einen noch kleineren Körnungsgrad beschreibt? Zac will es nicht mehr wissen.

Es hat so viel Deprimierungspotenzial, zu wissen, wie schnell Systeme implodieren, schon durch drei billige Buchstaben, wie just eben geschehen. Oder gar zwei Buchstaben. C und D, und die wundervoll duale Musikwelt - Vinyl + Magnetband - ist perdu. Oder dreiundzwanzig (Михаил Сергеевич Горбачёв) bzw. einunddreissig (Michail Sergejewitsch Gorbatschow) bzw. fünf (Gorbi) Buchstaben, und der Platz zwischen Erster und Dritter Welt verwaist. Eine ganze Welt, mit der Silbermedaille im Weltenlauf bedacht, nahezu verschwunden durch die Kraft fitzelweniger Schriftzeichen! Zumal kyrillischer Zeichen. Fazit: Systeme, Welterklärungs-Systeme, sind seit der Antike nicht den Sandstein wert, in den sie gekratzt werden. Na bitte, für ein wenig sinnloses Philosophieren hat es am Ende noch gereicht. Die Wüste inspiriert. Nun ist aber Schicht im Schacht. Gute Nacht.

Die Kopfüber-Düne

Ein hässlicher Traum: Zac liegt bäuchlings auf dem Hang einer schier riesigen Düne, bestimmt einund3ssig Meter hoch. Er liegt hangabwärts, kopfunter, fussüber, die Nase im und voll von Sand. Bekleidet ist er mit tiefdunkelblauen, übergrossen Bermudashorts aus enorm fester, dicker, schwerer Baumwolle. Die Hose hat zwei riesige, aus dünnem Netz gefertigte, eingenähte Seitentaschen, die frei in der Hose hängen. Etwas Mittelgrosses darin, er merkt das, drückt ihn am Oberschenkel, sperrt in seiner Leistengegend, zwirbelt den linken Adjutanten seines kleinen Hosengenerals, doch was ist es? Er kann es nicht erforschen, kann nicht dorthin greifen, weil er beide Hände braucht, um sich gegen das Abrutschen am steilen Hang zu wehren. Beide Arme hat er nach vorne gestreckt, die Handballen in den Sand gepresst; wer ihn sähe, würde ihn für einen bäuchlings gestürzten Gefallenen halten. Und täte recht daran. Es war kein Traum.

Die Frankreich-Düne

Zac sass allein in einer Gaststätte. In Frankreich, so viel war sicher, irgendwo dort, es sollte für den Fortgang keine Rolle spielen, wo genau dieses Restaurant belegen war. Ebenfalls ohne Bedeutung war es, dass er sich hatte etwas servieren lassen, nun speiste und trank. Uninteressant für die Geschichte ist letztlich, welche Usancen in französischen Lokalen anders sein mögen als in Deutschland. Dem Publikum nach war Zac in gehobener Gastronomie gelandet. Im Lokal sassen durchweg sehr gut gekleidete Damen und Herren von, geschätzt, vierzig aufwärts. Kinder, überhaupt jüngere Gäste waren im Saal nicht zu sehen. Die Einrichtung wollte nicht so recht zum gehobenen Niveau der Gäste passen. Der eher längliche denn quadratische Raum, genau konnte es Zac nicht erkennen, war ausgestattet mit einem schmalen, durchgehenden Mittelbord aus dunklem Holz, nur so hoch, dass man sitzend problemlos drüber schauen konnte, und ersichtlich bar jeder Funktion. Im rechten Winkel zu und verbunden mit diesem Teil, fanden sich auf beiden Seiten lange, derbe, tuchlose Holztische, jeder der dunkel gebeizten Tische für ein Dutzend Gäste ausreichend. Die Gesamtkonstruktion erinnerte Zac sehr an den Chemieunterrichtsraum seiner Kindheit, mit den Gas- und Wasserhähnen an den leicht schmuddeligen Abflussbecken der Mittelkonsole. Das ging Zac beim Gästebeobachten durch sein Oberstübchen. Trank er klischeeerfüllend Rotwein? Er wusste es nicht. Unklar ebenfalls, ob Zac als *er selbst* oder als eine andere, fiktive, respektive reale Person dort weilte. Er sass jedenfalls an einem der beiden Tische in der vorletzten Quergruppe, ganz am Rande und ganz allein. Von den sechs Stühlen ihm gegenüber waren allein die drei inneren, nächst zum Mittelstreifen stehenden Holzstühle mit, in der Erinnerung, gesichtslosen Menschen besetzt. In seiner Reihe waren es zwei ältere Gäste. Alle sonstigen Tische waren komplett belegt. Aus dem allwaltenden Gesprächshintergrundgesäusel konnte Zac nicht filtern, ob die Restaurantbesucher vornehmlich Französisch parlierten, vermutlich war es an dem. Dann bekam er mit, dass auf den, wie Zac nun bemerkte, einzigen Sologast neben ihm, der spiegelbildlich zu ihm jenseits des Mittelkonstrukts sass, mehrere Herren in dunkelsportlichen, hier eher deplaziert wirkenden, Jacken zutraten. Die drei bis sieben Männer redeten auf den mittelalten Anderen ein, minutenlang und subtil aggressiv. Zac beobachtete diese

Szenerie, sah, dass die Herren dem Sitzenden ans Revers fassten. In diesem Moment erster Handgreiflichkeiten, setzte sich eine seltsam schöne Frau zu ihm, zu Zac. Er registrierte es erst im Moment ihres Setzens, bemerkte, dass sie unfeminin gross war, und wunderte sich über ihre aus der Zeit gefallene, strassenköterblonde 80er-Jahre-Lockenfrisur, Stil aufgeplatztes Sofakissen. Diese eigentümlich Attraktive begann sogleich ein Gespräch mit ihm, keine Erinnerung, zu welchem Thema. Dennoch schaute Zac rüber zu dem Handgemenge, und nun begann die Schöne, ihm ihre zarte Hand ins Gesicht, gar über seine Augen zu legen, die Innenfläche seinem Gesicht zugedreht. Ihm dämmerte flott, dass Hand und Frau zu den aggressiven Herren nebenan gehören mussten, ihn am Beobachten hindern sollten. Er war verwirrt, weniger wegen der Gefährlichkeit der Situation, eher wegen der Absurdität, dass Madame Lockenpracht die Finger über seinen Augen breit fächerte, so dass er problemlos zusehen konnte, wie der Andere erst geschlagen, dann weggezerrt wurde.

Die Hand duftete sehr gut, es war ihm nicht unangenehm, von einer aparten - vermutlich - Französin im Gesicht begrabbelt zu werden, aber der Zweck der Abschirmung wurde doch total verfehlt, er sah durch schmale, lange Finger barrierefrei die Verschleppung wenige Meter entfernt, was sollte diese zarte Attacke also? In etwa so etwas ging Zac minutenlang im Kopf herum, die Frau tätschelte ungerührt fort, das Opfer am anderen Tisch war weg, die anderen Gäste, selbst jene an seinem Tisch, ignorierten Zacs Not, so, wie sie zuvor die Entführung teilnahmslos übersehen hatten. Er fragte weder die haptisch aktive Agentin nach dem Sinn ihrer fingerfertigen Massnahme, noch bemühte er sich im Geringsten, zu entfleuchen, tagträumte sogar, mit der Rätselhaften 'was anzufangen', ja, träumte davon mit genau diesen doofen Worten. Auch könnte er seine Zunge durch einen Fingerschlitz stecken und ihr damit obszön zuhecheln. Er könnte ihren Handteller auslecken. Tat er nicht, tat was anderes, sammelte und sammelte Speichel im Mund, um seine Speichelbombe dann ganz langsam in die Hand der Dame zu drücken. Nein, doch nicht, das hätte den seit Minuten anhaltenden Moment entweiht. Madame bewegte ihre Finger, manchmal so, dass sie diese immer wieder, recht langsam, dabei gleichmässig und beruhigend wie das Uhrwerk einer Standuhr, in der Waagerechten aneinander drückte, dann wieder auffächerte, schloss und spreizte. Hin und wieder spielten diese zarten, langen Glieder Klavier in seinem Gesicht, ein ruhiges, getragenes Stück. Sehr friedstiftend war es, wie ihre Fingerkuppen lind auf Mund, Nase und Augenlider pochten. Am Nachbartisch sass mittlerweile der, vorhin weggeschaffte, Mann wieder auf seinem Platz, obschon Zac sich nicht sicher war, ob es wirklich derjenige war, den die Kollegen seiner betörenden Schergin malträtiert hatten. Ab und an zog diese Fremde ihre Hand so zusammen, dass für Sekunden einzig fünf Fingernägel auf seiner Stirn, seiner Nasenspitze oder seinen Lippen ruhten. Die Fingerspitzen waren angeordnet wie die fünf Punkte eines Spielwürfels, nicht, wie er es zu erwarten gewesen wäre, als Ecken eines Pentagons! Erst das verstörte Zac zutiefst. *Das* war sein Traum.

Die Reportage-Düne

"Liebe Zuschauer, verehrte Zuschauerinnen, ich melde mich hier aus Neustadt, dieser prächtigen Mittelstadt mit Oberzentrumsfunktion am Ufer ihres berühmten Flusses. Ich darf sie bei den Deutschen Team-Meisterschaften im Bowlinton herzlich willkommen heissen. Wir verfolgen heute, in Kürze jedenfalls, die ersten Semifinalbegegnungen in der aktuellen Megatrend-Sportart. Ein hipper Sport, der ja, liebe Zuschauer, die meisten von ihnen wissen es längst, aus den Staaten zu uns rüber geschwappt ist. Für die Zuschauer, die Bowlinton noch nicht kennen, ein ganz kleiner Tipp, ein fröhlicher Hinweis zur Beschreibung dieses, nun ja, coolishen Sportes. Diese neue, groovige Disziplin hätte selbstverständlich Badming heissen können. Na, sie ahnen es, Bowlinton ist eine Komposition aus Bowling und Badminton, oder, etwas volkstümlicher, aus Kegeln und Federball. Es gab ja schon viele *tryings*, die Rückschlagsportarten zu pimpen, zu modernisieren, mit Speedminton oder Volleyball am Strand oder Polosquash oder Golfballpingpong oder Squash mit Lacrosseschlägern oder Racketlon oder Quidditch. Alles mehr oder minder missgestaltene Fehlgeburten. Bis auf Bowlinton. Hier, und das macht ja den nachhaltigen Erfolg dieser tollen Disziplin aus, bewegten sich beide Sportarten aufeinander zu. Bowling und Kegeln, beide gaben ein wenig ab von ihrer jeweiligen Eigenart, ein bisschen wie die Partner einer extrem gut laufenden Ehe, die Kugeln wurden ein wenig kleiner, die Schläger ebenfalls, weil die Schlagpower dadurch fokussierbarer wird. So ward eine perfekte Simbise, Simbyse, Symbiose dieser beiden Urgesteine des Freizeit- und Leistungssports gezeugt. Sie merken es, dieser Sport weckt den Lyriklöwen in mir, doch lasse ich mein leider abgebrochenes Germanistikstudium gerne unerwähnt. Uuups, nun ist es doch draussen. Es sind nicht viele deutsche Sportreporter, die ein Studium vorweisen können, vor allem keine Hochschulausbildung mit echtem Bezug zu ihrem anspruchsvollen Sprechberuf. Was deren Sprachleistungen keinen Abbruch tut! Meistens jedenfalls. Ja, Bowlinton, die Fans sprechen gerne liebevoll von *Bowl*, gar von Super-Bowl. Aber gegen diese Wortkombi hatten US-amerikanische Fans etwas, wilde Anhänger einer obskuren Randsportart ohne jede Spannung, einer Sportart, bei der sich - geschätzt - vier Dutzend Schulterpaare auf die Dauer von - geschätzt - ein dutzend Stunden um - ungeschätzt - einen

Rotationsellipsoid streiten. Oder müsste ich hier das wurschtige Ding einen Rotationsellipsoid*en* heissen? Genau deswegen habe ich meine Germanistikschuhe nach fünf Semesterrunden an den Sprichwortnagel gehängt, weil die verknöcherte Universitätsschickeria nie lehrt, was man wirklich braucht! Von wegen Exzellenzuniversität, alles Schaum und Rauch und ... *Bowl* ist also der Nickname, die Spieler gehen, was im Alltag total irritierend sein kann, *bowlen*.

Liebe Zuschauer, liebe Sportinteressierte und Politikjunkies, es ist wahr, sie träumen nicht, um einen Kollegen aus der Riege der hochwohlgeborenen Fussball-Kommentierer zu zitieren, sie haben den richtigen Sender zur korrekten Zeit eingeschaltet. Ich habe heute überraschend die Chance, ihnen etwas mehr zum Bowlinton zu erzählen. Warum das? Viele werden uns aus einem ganz anderen Grund eingeschaltet haben, wollten eigentlich die Pressekonferenz der Ministerpräsidenten und -dentinnen von Brandenburg, Niedersachsen, Sachsen, Thüringen und der ersten Ersten Bürgermeisterin der Freien und Hansestadt Hamburg schauen, die sich gemeinsam zur Auflösung des Bundeslandes Sachsen-Anhalt äussern wollten. Zur Aufteilung und Verteilung des Landes zwischen reissendem Aland und weinseliger Unstrut. Zur beabsichtigten Zwangszuordnung der früher werbeträchtig früh aufstehenden Leute. Diese Pressekonferenz verzögert sich leider. Weil, die Ur-Enkel Bernhard Vogels in Erfurt vermögen sich mit den Ur-Enkelinnen Gerhard Schröders in Hannover nicht über die künftige Zuordnung des Oberharzes zu einigen. Womöglich sollte man mal die Harzer, das kleine Bergvolk vom Brocken fragen?! Aber hier ist ja nicht Phoenix, mit politischen Kommentaren will ich mich explizit nicht hervortun. Lieber wechsele ich zum Bowlinton. Vielleicht kann ich den Zufallszuschauern, die sich eher für das klanglose Verschwinden dieses nie ernsthaft-emotional existierenden Bundeslandes interessieren, in den folgenden Minuten einen Hauch von der Faszination dieser frischen Form der Leibesertüchtigung vermitteln. Über das Geschehen in Sachen Ex-Sachsen-Anhalt halte ich sie gerne auf dem Laufenden. Versprochen.

Was kann ich ihnen erzählen, wo sie ausser dem leeren Feld und Reklametafeln noch nichts sehen können? Die Meisterschaft wird fulminant gesponsert von einer kleinen Bank aus der Gegend. Sonst investiert ja dieser österreichische Energiebrausebrauer, der in der persönlichen Begegnung übrigens extremst sympathische Dietrich Mateschitz, bei jedem neuen Sport seine Taurin-Milliarden. Hier steht aber die ausschliesslich regional bedeutende Doppelkopf-Bank in der Bütt. Ja, sie hören richtig, Doppelkopf-Bank, und klar doch, sie sehen ja ohnehin überall den Schriftzug der Bank. Sehr penetrant. Das erinnert mich daran, dass in den guten alten Zeiten, als Uli Wegner auch schon alt war, bei den Samstagnacht-Boxfights gelegentlich der Name eines Provinzlikörs aus dem Harz den Ring schmückte. Der Harz ist ja heute dank Sachsen-Anhalt - R.i.P. - ohnehin Thema. Nun diese Bank aus der niedersächsischen Pampa, die Doppelkopf-Bank, wer benennt eine Bank schon nach einem Kartenspiel, naja, es gibt schon die Deutsche Skatbank. Nun, der Werbeslogan dieser sympathischen Bank, einer Bank, die tagtäglich beweist, dass schlechter Service und mangelnde Leistungsfähigkeit nicht an Grösse und Metropollage gebunden sind, lautet 'Doppelkopf - denn zwei Hirne sind klüger'. Nicht zu fassen, was sich diese Advertisementwichser, ... nein, nein, das ist ein grossartiger Slogan, ein geiler Claim.

Bowlinton also. Bowlinton vereint als Sportart ja keinesfalls allein Beweglichkeit und Reaktionsschnelle des Badminton mit dem Konzentrationsvermögen und der Präzisionskraft des Bowling, nein, hinzu tritt der Kollektivspirit und, und, und noch irgendwas eines Mannschaftssports. Das macht das Faszinosum aus, doch, mir schiesst das spontan in das Mikrofon, das ist es: Bowlinton hebt die archaische Trennung zwischen Team- und Singlesport auf! Und tritt damit dem gesellschaftlichen Trend zur Vereinzelung des Einzelnen unter der Fuchtel der Globalisierung entgegen. Ohne das Individium in der Gesellschaft ersaufen zu lassen. Verzeihung, es heisst Individuum, Versprecher sind hier nicht gut gelitten. Was ich sagen will: Individualität versus Volksgemeinschaft. So, ich nehme schnell einen Schluck. Wasser. Sabbelwasser, oh, es stammt aus dem sonnigen Spanien. Aqua con gas. Im Moment bekomme ich einen Anruf meines geschätzten Kollegen Johannes K. Berner durchgestellt, aha, aha, so so, so so, Eklat, Eklat. Wenn ich erneut den Begriff Volksgemeinschaft verwende, dann lade er, der Johannes, mich gemeinsam mit Eva Hörmann und Henri Ac. Bremse und Senta Schreinemakers in seine Show ein. Die, also Johannes K. B. und Senta Sch. und Eva H., würden dann mich verkloppen, ähm, mich und den Henri Ac. Bremse, und uns live aus der Sendung expedieren. Oh Gott, das verstehe ich nicht, hat der Herr Berner wieder eine Show mit schwadronierenden Gästen? Wer ist Senta Schreinemakers? Eva Hörmann quién? Wenigstens soll ich nicht solo, sondern común mit el Compañero Señor Bremse verhauen werden; es para mí un honor! Dentro de todo ist das eine verrückte Drohung, una loca amenaza, die ich mir indes spontan ausgedacht habe, um die zäh dahin fliessende Zeit zu füllen. Oder, wie meine Schwiegermutter zu sagen pflegt: No hay mal que por bien no venga. Volviendo al partido Bowlinton. ¡Yo no hablo español!?

Ich bekomme gerade eine kleine Meldung über die künftige Verteilung von Sachsen-Anhalt auf mein Ohr. Konkret ist es das linke Ohr. Danach steht eine Mischung aus Landtausch und alpinem Infrastrukturprogramm im Raum. Moment, Moment, doch, doch, nein, nein, ich habe mich nicht verhört. Niedersachsen verzichtet auf den bisher sächsisch-anhaltinischen Teil des Oberharzes, sogar auf den Brocken, diesen über tausend Meter hohen Walpurgis-Berg. Der wird von Thüringen übernommen, aber, nun kommt's, die mitteldeutschen Bratwurstesser müssen den Brocken obenrum so abtragen und den weniger hohen niedersächsischen Wurmberg, was für ein doofer Name, so lange aufschütten, bis *der* zum Tausender und höher als der Schrumpf-Brocken wird. Was für ein Mist! Politiker! Da fragst du nichts mehr! Wo findet man noch klarsten Sinn für das, was wirklich zählt? Im Sport!

Im Bowlinton! Come on! Die den Bowlingkugeln nachempfundenen Bälle, *balls* genannt, weisen deren drei typischen Einschusslöcher auf. Ein Scherz, es sind selbstverständlich einfach Löcher. Schon wieder ein Joke, Bohrungen ist der Fachterminus. Diese erzeugen eine beim ordinären Bowlen sehr gewollte Unwucht. Was für das Bowlinton hingegen extrem unvorteilhaft ist, weil die ganze Aerodynamik ins Schlingern kommt. Es gab einige Versuche, die drei Löcher abzuschaffen, echte Vollbälle, nein, nicht Voll*ey*bälle, da haben sie sich verhört, das Ohr hört ja bekanntlich, was es hören will, und ein jeder, der eben Voll*ey*ball bzw. dessen Plural verstand, scheint mir zumindest nicht zu den Bowlinton-Ultras gehörig. Womöglich in Wolmirsleben, Wolmirstedt oder Wolfen wohnend. Also Sachsen-Anhalter und deswegen heute gedanklich entschuldigt. Egal, heim zum Sport. Die Vollball-Versuche scheiterten an der, untypischen, Abwehrallianz der beiden Bowlinton-Weltverbände. Nichts Neues probieren, das scheint das Motto der verknöcherten, korrumpierten Funktionäre von WBF und GLOBAL zu sein. Die meisten von euch, ähm, ihnen wissen es vielleicht, die WBF, die World Bowlinton Federation, die GLOBAL, die Global Liberated Onecensus Balls and Art League sind einander spinnefeind. Sind verspinnefeindet, seit die GLOBAL die Bedeutung ihres B von Bowlinton in das politisch völlig unmögliche balls änderte. Beide Organisationen haben ihren Modus vivendi gefunden, akzeptieren weiterhin weithin identische Regeln.

Diese Regeln sind verdammt einfach. Das ist ja einer der Gründe dafür, dass Bowl in allen Schichten des deutschen Volkes, natürlich bei nahezu allen Migrationshintergrundmitbürgern, so phänomenal reüssiert. Reüssiert? Fremdwortbingo! Gespielt wird im Einzel-Bowlin

Mann gegen Mann oder eben Frau gegen Frau. Im Double-Bowlin spielen geschlechtlich homogene oder heterogene Miniteams gegeneinander. Übrigens, einigen Zuschauern wird es aufgefallen sein, es gibt einen haarfeinen Unterschied zwischen Bowlin*ton*, der Sportart, und dem entspannten Bowlin, womit die drei oder vier Subkategorien des Bowlinton bezeichnet werden. Ob diese Wortkastration Sinn macht, sorry, Sinn ergibt, daran hege ich Zweifel. Nun gut, die Krönung ist auf jeden Fall das Team-Bowlin, whow! Die sechsköpfigen Teams, hier *squads* genannt, sind augenfällig unüblich besetzt, bestehen zwingend zur Hälfte aus Männern, und zur anderen Hälfte, welche Überraschung, aus Frauen! Das ist, wie könnte es anders sein, auch in unserer Nationalmannschaft so. Trainerin der Nationalmannschaft, wohlgemerkt, der Mannschaft der Frauen und Männer, ist seit Ewigkeiten die weiss Gott nicht unumstrittene Frieda Krada. Die Krada triezt und quält ihre Sportler, wie einst die Offiziere unter Napoleon ihr Fussvolk. Immer wieder trieben die ihre kleinen Franzosen die vielen Stufen des Völkerschlachtdenkmals hoch, um Leipzig von oben zu visitieren und so fit-for-fight zu werden. Weiss man doch! Zurück zur Krada. Sie gilt ja als legitime Erbin - Erbin im nichtwörtlichen Sinne - von Felix Magath, wird halb ängstlich, halb ehrerbietig Felicia Magath genannt, im Flüsterton, im kleinsten Kreise, im Krada-Kader. Aber der zunehmende Erfolg der deutschen Bowlinton-Spieler gibt ihr und ihrer Drillmasche ja unbedingt Recht. Die knallharte Frieda ist in der persönlichen Begegnung übrigens extrem sympathisch.

Gespielt wird ausschliesslich auf dickem Sand. Ich meine auf einer dicken Schicht Sand, der Sand selbst darf gerne fein sein. Beim Bowlinton ist das, und ich als ein alle Übersexualisierung des Alltages sehr kritisch Hinterfragender begrüsse das explizit, kein fadenscheiniger Vorwand, um junge Menschen in knappen Beach-Outfits präsentieren zu können. Nein, für die recht schweren balls wäre jeder andere Spieluntergrund ungeeignet, würde entweder unter der Wucht aufschlagender Bälle reissen oder die balls gefährlich hüpfen lassen. Sand ist ein leicht verfügbares, preiswertes und zauberkräftiges Material, das die extreme Energie selbst lasch geschlagener balls hoppeldihopp in eine ungefährliche Delle verwandelt. Einfach so, eben noch perfekte Bewegung, nun schon eine unscheinbare Kuhle, verrückt, erst Luft, dann Sand, idiotische Welt der debilen Physik, oder der dusseligen Philosophie, ich muss damit aufhören, ich muss, ich muss, muss, muss, muss, ... Viele Jungstars trainieren mittlerzeit, meint mittlerweile und jederzeit, im algerischen Outback, südlich des Atlas, dort ist es das ganze Jahr bestens temperiert, das Ablenkungslevel ist weit unten und es gibt Sand noch und nöcher! Der Sandplatz heisst mittlerweile ja übrigens nicht mehr *dune*, sondern sogar offiziell *The Badlands*, weil schon ein Match dort auf alle Ewigkeit selbst primitivstes Leben verunmöglicht.

Mir flattert gerade ein von Hand beschmiertes Fax von unserem Mecklenburg-Korrespondenten in Wismar neben meine halb befüllte Kaffeetasse. Hier seine neuesten Wasserstandsmeldungen. Der - noch - unblutige Kampf um ein Minimittelgebirge steuert auf ein bizarres Zwischenhoch zu. Hier die Fakten: Thüringen und Niedersachsen verzichten beide, gegen einen Bundeszuschuss im unteren vierstelligen Euro-Bereich, wollen sich statt dessen die kommenden Jahre um die Neuaufteilung des Eichsfelds zoffen. Der Harz soll hingegen zum autonomen Gebiet erklärt werden. Dort sollen, mit Geldern der EU, deutschstämmige Ewenken, Nenzen und Burjaten mosaischen Glaubens aus den sibirischen Weiten eine neue, für ihre Rentiere bestens geeignete Heimat erhalten. Auf diese Weise, so angeblich ein Tweet vom mir bis dato völligst unbekannten Bundesminister für Demographie und Immigration und Nochwas, könne das Aussterben der indigenen Harzbewohner sehr chillig überkompensiert werden. Darüber hinaus soll dem starken Moosbefall des Harzes durch die Beweidung mit diesen, im persönlichen Kontakt übrigens extrem sympathischen, subpolaren Paarhufern der Kampf angesagt werden. Ich leite schnell über zu meinem eigentlichen Thema, dem Sport, mit 'Whazzup?!' 'Whazzup?!' ist der ungewöhnlich lässige Gruss ungewöhnlich lässiger Hooligans zur ungewöhnlich lässigen Sportart, dabei Anfeuerung und Gegnerbeschimpfung zugleich. Allein die Wortmelodie entscheidet. Ein Triumph der Ambiguität. Wenn sie verstehen, was das heisst. Bajuwarische Ultras brüllen häufig zusätzlich 'Hackozack?!' Weiss man auch nicht, was das heisst. Egal.

Die Spielkleidung ist weitgehend ein Plagiat der Textilarmut beim Beach-Volleyball. Darf ich das so formulieren? Sie kennen das, die Herren tragen nur extrem kurze Shorts. Eigentlich sind das zu enge, zu kurze Sporthosen, aus denen gerne die eine oder andere glattrasierte Männerpobacke blitzt. Dazu die passenden Muscle-Shirts, fertig ist die gewollte *street credibility*. Die Damen quetschen sich in extrem kurze Höschen, *sextrem* hatte die ja vor drei Monaten Landessportminister Dassler genannt, und musste deshalb seinen Hut nehmen. Ob das andersrum dito so gelaufen wäre, also, wenn eine Ministerin über die knappen Männerbuchsen gelästert hätte? Ich frage doch nur, man wird doch noch fragen dürfen! So. Zum Sport. Obenrum *wearen* diese Amazonen so Dinger, die aussehen, wie etwas überdimensionierte Sport-Büstenhalter. Die heissen, nebenbei erwähnt, *bowl-bra*, was doof klingt, weil, auf Deutsch heisst das doch Schüssel-Büstenhalter. Oder Becken-Busenhalter. Oder Napf-BH. Ich insinuiere an dieser Stelle, selbst im Sport sollte ja weniger kritiklos aus dem Amerikanischen abgekupfert werden! Ich schweife ab und habe leider bannig Zeit dafür, in Ermangelung von des berichtens Wertem auf dem Rasen, ähm, im Sand. Auf'm Sand. So war das gewollt. So. Ja. Das Wesentlichste des Outfits, und sie wissen bestimmt, hier wie überall steht das Wohlergehen der Sportler im Mittelpunkt, das Wesentlichste ist der Schutz der Athleten. Deswegen gibt es Interessantes von den beiden Enden der Bowlinton-Spieler zu berichten. Eigentlich müsste ich ja sagen vier Enden. Wie das, twittern sie völlig zu Recht. Viele, und ich darf darauf hinweisen, dass es noch nichts Neues in Sachen Sachsen-Anhalt-Aufteilung gibt, viele werden nicht wissen, wie das Spiel läuft und warum ich von vier Enden sprach. Es gibt nämlich zwo Männerenden und zwo Frauenenden, jeweils Kopf und Fussbereich. Ja, ja, kommen sie mir nicht mit dem Hinweis auf zwei Füsse pro Athlet, was dann im Endeffekt sechs Enden bedeuten würde! Was soll's, kommen sie mir doch ruhig damit, ist mir egal. Vier Enden wollen von mir beschrieben werden, ich muss hier ja *content* in die nachmittägliche Sendezeit plaudern.

Wir dürfen hier ja erneut beobachten, wie Sexyness als Werbeträger von Sport gebraucht, oder sollte ich besser sagen: missbraucht, wird. Nicht, dass ich etwas dagegen hätte, wie hier die jungen Bowlintonister und Bowlintonistas so fröhlich und freizügig agieren. In so manchen Momenten erinnern sie in ihrem sportlich-ungezwungenen Tollen ja an die inszenierten Körperwelten und Leibeshymnen von Leni Riefenstahl oder gar Arno Breker. Beides Künstler, die ich zutiefst verachte. Ich bin ein tumber Sportreporter, bestimmt waren das überhaupt keine Künstler, aber war da nicht, gab es da nicht, lief da nicht was zwischen Leni Riefenstahl und Mick Jagger? Sorry, ich massakriere hier gerade meine Sportreporterkarriere, rede mich um Kopf und Kragen, muss zur Strafe wieder zurück in ein drittes Programm, um Regionalligatristesse zu moderieren. Wie bloss komme ich vom Kreuz wieder runter? Ich palavere wieder über Sport. Ja, nein, eine gewisse Körperlichkeit ist jeder Sportart eigen. Es ist unter Garantie besser, wie die sportlichen Leiber hier gezeigt werden, als wenn alle Jahre wieder, im Winter, junge Menschen in straffen Rennrodel-Wurstpellen ihre Würde gegen einige Silberlinge aus der Sportförderung tauschen.

Zurück zum Bowlinton. Die Männer müssen Vollschutzhelme tragen. Sehen aus wie Trooper in der Star-Wars-Saga. Den Frauen ist, auf deren ausdrücklichen Wunsch hin, eine abgespeckte Helmversion gestattet, eine schicke kleine Schale, die weniger martialisch wirkt. Sieht ein bisschen wie die ledernen Radfahrerhelme der Sechziger aus. Gestattet es den gepflegten, langen Haaren der Bowlintonistas, munter im Spielwind zu flattern, fröhlich, wie die roten Sturmfahnen an den von DGzRS ja so zuverlässig beschützten deutschen Nordseestränden. Die Füsse der Bowlintonister, also die dritten Enden, stecken in fettschwarzen Stahlkappenschuhen, wie wir sie von alter Industriephotographie kennen. Die Stahlgiesser und Eisenbieger in Deutschlands Hütten trugen solche Botten, damals, vor der Konversion des Ruhrpotts zum grünen Paradies. Grün meint hier das Grün der Natur, nicht das Grün von Frau Roth und dem blonden Langhaar-Parteichef. Ja. Am vierten Ende, an den Frauenfüssen, finden sich ganz erstaunliche, fast überirdische Sandaletten, bei denen statt der üblichen Lederriemchen extremst stabile, dünne Streifen aus einer Molybdän-Vinylacetat-Polyferromerase-Legierung die dreissig fragilen Knochen des Frauenfusses vor den zudringlichen balls schützen.

Ich bitte um ihre Nachsicht, soweit sie Fan des Bowlinton sind. Für sie tut es mir ausserordentlich leid, ich muss erneut einen kleinen Ausflug in die Niederungen der Politik unternehmen. Unser Sender hat einen Informationsauftrag vom Bundespropagandaminister ihro selbst. Ein neues Gerücht macht angeblich im politischen Wismar die Runde. Hamburg, die stinkreiche und backsteinrote Stadt am Unterlauf der Elbe, soll einen Riesendeal eingefädelt haben. Danach geht der Brocken an Hamburg! Nach diesem Geschäft dürfte die von allen beneidete Stadt Hamburg nicht allein eine entfernte Nordseeinsel, sondern zusätzlich den höchsten Berg Norddeutschlands ihr eigen nennen. Von wegen hanseatische Bescheidenheit! Mit Helmut Schmidt hätte es das nicht gegeben, der hätte seine Sturmflut gerufen! Niedersachsen soll als Ausgleich die hamburgischen Mini-Eilande Nigehörn und Scharhörn erhalten, um den völlig aus dem Lot geratenen ostfriesischen Seehundbestand dorthin scheuchen zu können. Hamburg und Hannover haben ja angeblich schon im letzten Jahrhundert mit unbedeutenden deutschen Erdenwinkeln gemauschelt. Das chronisch klamme Ländchen Thüringen erhält einen Klumpen Gold und ... nichts weiter, der Batzen Edelmetall ist alles. Wie komme ich von Batzen zu Bowlinton?

Gar nicht. Ich erkläre einfach die *uniforms*. Zwischen Knöchel und Stirn der Spieler und Spielerinnen ist die Freiheit zu Hause, die internationalen Regeln fordern hier lediglich Höschen und Hemdchen, ich durfte ihnen diesen less-is-the-new-more-style bereits beschreiben. Abgerundet wird das Outfit durch ungemein riesige, dennoch zart gearbeitete Schulterschützer. Die sollen den gefürchteten Schlüsselbeinbruch, die Geissel des Bowlintons, von den Spielfeldern der Welt verbannen. Manche Spieler tragen zusätzlich Handgelenk-Unterarm-Stützen, weil, die mit enormer Wucht geschlagenen Angriffsbälle, *offense balls*, brachen in der Vergangenheit die eine Speiche und die andere Elle. Gibt es da überraschende Neuigkeiten in Wismar? Nein, dort scheint noch weniger zu laufen als hier. Meine geschätzten Kollegen dort brauchen nicht pausenlos die Zeit totquatschen. Die haben es gut, ich bleibe bei den Offensivbällen. Angriff ist im Bowlinton das Nonplusultra aller erfolgreichen Mannschaften, da gibt es kein Vertun. Wir wollen uns die Spielwiese in der Königsdisziplin etwas genauer betrachten, folgen sie mir in die unglaublich Mut heischende Welt des Team-Bowlin. ... Oh, vielen Dank für den Kaffee, den mir meine Assistentin, die leicht üppige, reizende Rosa aus Rinteln rüber reicht. Also, Rosa stammt aus Rinteln. Nicht dass man mich missversteht, nicht, dass irgendein Willi oder Heinz protestpostet, ich hätte gesagt, Rosa hätte den Kaffeebecher aus dem fernen Rinteln zu mir nach Neustadt vor die - weiterhin leeren - Studiomonitore gereicht. So. Aua, aha, aua, heiss, der Kaffee isss noch brühheiss, passss doch auf, Rosssa, du tumbe Niedersssachsssentusssssi, sssoll ich mir die Tssunge verbrennen, willsst du hier meinen Job machen? Ist doch wahr, was erlauben Rosa? Ein kleines Spassbömbchen zur Versöhnung in Richtung Rintel-Rosa. Mein Handy schnarrt, Entschuldigung. Heute läuft es super, ganz klar, haste Dreck an den Pumps, haste Dreck an den Pumps - nun ruft sogar meine Intendantin Ina-Anna an. Moment bitte.

So, da bin ich wieder, war nicht schlimm. Frau Intendantin mag die Rosa ebenfalls nicht. Nicht mehr. Mir zu heissen Kaffee reichen, das - ich zitiere die Ina-Anna - 'geht gar nicht!' Der wahre Grund für den Anruf meiner Chefin war allerdings, dass ich ganz vorhin Spielwiese statt Spielweise gesagt haben soll. Das - und ich zitiere erneut Anna-Ina - 'geht gar nicht!' Bei uns im Sender passieren Versprecher so selten, wie Verspätungen beim Shinkansen. Obendrein heisst sie keineswegs Ina-Anna, sondern Anna-Ina. Peinlich. Für mich. Nein, für die Eltern von Ina-Anna; fuck, von Anna-Ina. Zurück zum Bowlinton. Was prägt dieses Spiel? It's not so difficult to summize: Attacke! Ich erwähnte es bereits vor dem Heissgetränk-Desaster. Offensive! Das Feste muss ins Sandige, die balls müssen in den gegnerischen Sand. Das Spielfeld. Es ist ein Quadrat von 400 mal 400 inches, also etwa 10 mal 10 Meter. Dieses Feld, The Badlands, wird diagonal, ich betone das: diagonal, geteilt. So entsteht für jedes Team sein Dreieck, sein *triangle*! Ach, danke, ich bedanke mich bei Marvin, meinem Bildregisseur, der unsere

Kamera gerade slowly über das leider leere Feld gleiten lässt. Sie sehen, wie beide triangles sich nach hinten verjüngen und in einem *nook* enden. Sie sehen es, ein dreieckiges Netz, das *jib*, teilt das Quadrat diagonal. Das Netz ist an den Stellen, an denen es über die zwei Winkel des Feldes ragt, noch 100 inches, also etwa zweieinhalb Meter, hoch. Die Ausläufer des Netzes reichen rechts wie links weit hinaus. Schauen sie, liebe Zuschauer, die auslaufenden Enden bilden eine Art Barriere zwischen den Fans beider Teams. In der Mitte des Spielfeldes spannt ein senkrechter Kastanienholzmast die Spitze des jib auf die Höhe von 140 inches, also etwa dreieinhalb Meter. Dieser Mast, der *stator*, wird von der GLOBAL als *stiffy* bezeichnet. Mein Geschmack sind solche bemühten Schlüpfrigkeiten nicht.

Gespielt wird ein einzelnes Spiel, ein *buffflap*, in vier Vierteln, die aus unerfindlichem Grunde *thirds* heissen. Die Amis, da machste nichts dran! Zwischen den thirds von jeweils 1.213 Sekunden gibt es 367 Sekunden Wechselpause. Die ungewöhnlichen Zeiten sind, sie ahnen es, der Umrechnung aus den US-amerikanischen Spielzeiten geschuldet. Die Amis dort drüben über dem atlantischen Teich lehnen mit ihrer unilateralen Weltsicht das metrische System ja bekanntlich ab. Gar nicht unilateral sind die Fans beim Bowlinton. Die Wechselpause, die *change break,* nutzen nämlich - diese Info will ich ihnen, den vom Bowlinton angefixten TV-Guckern *in addition* bieten - auch die Zuschauer an den Badlands. Müssen sie. Die ziehen alle in jeder Pause auf die jeweils andere Seite des jib. Ein Heidenspass, wenn bei den letzten Spielen, den letzten thirds, sich die Wirkungen vieler Fanbiere mit der ständigen Umzugshektik mischen und die Angeschickerten dazu noch über die Ränder des jib klettern müssen! Dann wird die Zuschauertribüne zur Heimstatt von karnevaleskem Irrsinn, das darf ich ihnen versprechen!

Die Spielaufstellung, na klar, die folgt der Dreieckform der Spielhälften. Gebowlt wird im drei-zwei-eins-System. Die Teams haben am Netz, am *jib,* eine *front line* von 555 inches. Die erste Kampf-Linie verläuft meistens knapp drei Meter hinter diesen 14 Netzmetern. Hier fighten die *frontschweine.* Zur Abwechslung treffen wir hier ein Lehnwort aus dem Deutschen. Erstaunlich, mit welcher Lockerheit die Amis deutschgeschichtlich anrüchige Worte verwenden! In der Mitte agiert die *frontsau,* will heissen, eine der drei Bowlintonistas spielt zwingend hier im *schutzschatten* des Netzes. Moment, holla, holla, schauen sie, gucken sie, das wild weinende Wesen, welches ihnen Marvins Kameraführung dort auf dem rechten triangle zeigt, hört auf den schönen Namen Rita. Heult, als ob *sie* sich am Kaffee verbrüht hätte! In der zweiten Reihe, im Mittelfeld, ungefähr dort, wo Rita gerade ihr Schuhe hin gepfeffert hat, kämpfen die beiden *etappenhasen*. Oder *bunnies*, wie sie bei GLOBAL heissen. Der von den sechs Spielern verbleibende Bowlintonister steht im nook, er ist *The Bugger!* Wer ein wenig in der angelsächsischen Gossensprache bewandert ist, wird überrascht und erfreut sein, dass der bugger hier ausnahmsweise eine hoch angesehene Zentralgestalt ist. Wenn sie, verehrte Zuschauer, sich eine Mischung aus Torhüter, Mittelfeldregisseur, Torjäger und Beckenbauer vorstellen, dann nähern sie sich der Bedeutung von The Bugger an. Legen sie gerne Bastian Schweinsteiger noch drauf! The Bugger dirigiert sein Team. Er schlägt auf. Er verteidigt den wertigsten Winkel des Feldes, denn ein im nook landende gegnerischer ball bringt die zweikommadreifache Punktzahl. Diesen Treffer, den im nook, nennen die Fachleute etwas anzüglich *shag*. Solche, sorry, Kolloquialismen sind im Bowlinton weit verbreitet, vielleicht rührt daher die hysterische Begeisterung junger Männer, die den Begriff Kolloquialismus unter Garantie nicht kennen. Also retour zu The Bugger. Von ihm geschlagene Treffer bringen eineinviertel Punkte. Die ungewohnten Punktzahlen resultieren, sie werden es erneut erraten haben, aus der Umrechnung aus dem nordamerikanischen, nichtmetrischen Punktesystem. Die Bugger müssen, nebenbei, die Punkte ihres Teams verwalten. Der berühmteste aller Bugger ist der grosse Brite Stephen 'Superbug' Spooge. Ein Kleiderschrank, dem leider ein eigener, zu steil geschlagener ball den linken Arm aus der Schulter schlug und zersplatterte. Nun gut, der Profi Superbug hatte bereits zuvor ausreichend verdient. Er ist jetzt Co-Kommentator bei Al Jazeera. Nein, bei Sky Sport.

Ich bekomme hier gerade einen Kommentar meines sprachbegabten Kollegen Jokolaus Blomstein, zum Vorlesen herein gereicht. Was soll's, hier also sein Gesinnungsessay: 'Die landgierigen Ländervertreter haben sich zu ihrem Bärenfellverteilungsbasar also in der kleinen, durch eine ZDF-Soko bekannt gewordenen Stadt Wismar getroffen. Eine neutrale Gegend sollte es sein, Heilbronn, Guadalajara und Strasbourg hatten sich ins Spiel gebracht. Alle abgelehnt. Eine neutrale Gegend sollte es sein, die dennoch von Hamburg aus gut erreichbar sein müsse. Das hatte viele verwundert. Nun nicht mehr. Hamburg hatte die Ermordung von Sachsen-Anhalt an vorderster Front betrieben. Vorgeblich, weil deren Hauptstadt Magdeburg sich hatte die Bezeichnung Elbphilharmonie vor den ach so cleveren Hanseaten schützen lassen. Man hatte sich in den letzten Monaten schon sehr gewundert, woher diese Vehemenz der kühlen Norddeutschen mit ihrer ersten Ersten Bürgermeisterin kam, warum sie mit Millionen und

Abermillionen die an der Zerlegung Sachsen-Anhalts arbeitenden Partisanen, Freischärler und separatistischen Anhaltiner hätschelten. Nun weiss die interessierte Öffentlichkeit endlich, wer diese schweigsamen Männer mit Südwester und Faschingskapitänsuniformen, ohne Rangabzeichen usw. waren, die 'Moinsen!' murmelnd in den mehr oder minder verwaisten Innenstädten von Halle/Saale, Halberstadt, Haldensleben und Hansestadt Havelberg flanierten, um bekennende Sachsen-Anhaltiner und Sachsen-Anhaltinerinnen zu schänden. Der ultrakapitalistische Yieper auf einen halbhohen Berg hat die Hansestadt Hamburg das trauliche Miteinander der deutschen Bundesländer in einen Kindergeburtstag der Gier und in ein Stelldichein von Immobilienjägern verwandeln lassen! Die deutsche Länderpolitik hat ihre Unschuld auf dem Altar der Eigennutzmaximierung verloren. Die neoliberale Ewige Kanzlerin hat es zugelassen. Schande, ich sage Schande!' Soweit der Kommentar meines naturgemäss unparteiischen Kollegen Jokolaus Blomstein mit dem ungetarnten Swing zum linken Mainstream. Jokolaus ist übrigens im persönlichen Umgang extrem sympathisch.

Da lobe ich mir den wundervoll neutralen Sport. Bowlinton, oh, Bowlinton, ich könnte dich knuddeln, so geil unpolitisch bist du! Entschuldigung. Ich war eine halbe Sekunde emotional derangiert. Jetzt bin ich wieder ganz Herr meiner Sinne. Bei einer gemischten Disziplin muss es ja neben dem Manneshelden einen weiblichen Star, eine Topspielerin geben, ganz klar. Es ist die Tochter eines Augsburger Kroaten und einer russischstämmigen Isländerin, die seit zwei Jahren für die New Jersey Noodles bowlt. Sie hört auf den erstaunlichen Namen Siski-Grudis Bublur, wird jedoch von den Fans, seit ihrem Gastspiel bei den Tokio Ramen, bloss Chi-Chi gerufen. Chi-Chi bowlt auf der besten Quotenposition, also als frontsau. Auf dieser Position, zentral und eher knapp vor dem höchsten Punkt des jib, kommen die gegnerischen balls meist senkrecht-rasend von oben, als *speedy fallout.* Die frontsau muss diese extremen Highspeedkugeln annehmen. Sehr gefährlicher Job, aber Teilzeit. Wichtiger und vermutlich der wahre Grund für Frau Bublurs Popularität nicht allein bei jungen Männern, dürfte ihr Hauptjob sein. Mit dem Rücken zum stator oder stiffy stehend, verteilt sie die balls unter ihren Mitspielern. Dabei präsentiert sie ihre Spielkunst und, schade, dass sie das heute bei den Deutschen Meisterschaften nicht werden erleben können, präsentiert vor allem sich. Die eigenen Fans haben den fast frontalen Blick auf Chi-Chi, auf deren *gorgeous facciata,* die tolle Fassade dieser superben Mischung aus Balkan-Feuer, Island-Geysir und einem Hauch russischen Winters. Chi-Chi gilt ja als die Helene Fischer des Bowlinton. Sie merken es, selbst ich, der zu professioneller Distanz verpflichtete Sportreporter, bin atemlos dem Chi-Chi-Charme erlegen.

Um wieder zu entspannen, greife ich das Stichwort Angriff erneut auf. Die *offense*, der *raid* wird meistens blitzschnell vorgetragen. Die Schläger, *coccyx* genannt, sind ja kürzere, kleinere, superfest bespannte Badmintonkellen. Die schaffen turbige, turbane, turboartige Vortriebsgeschwindigkeiten der schweren balls. Ausserdem verbieten die Regeln beider Weltorganisationen mehr als vier Abgaben, also Schläge innerhalb des squads. Das erinnert an Volleyball. Die angreifende Seite wird *firing squad* genannt. Etwas makaber, oder, liebe Zuschauer? Noch eine kleine Feinheit prägt jede Offensivaktion: Mindestens einer der voraus gehenden internen Schläge muss durch eine Spielerfrau ausgeführt werden. Die *Raid-Quote*. War eine Forderung der griechischen EU-Sportfrauen-Kommissarin Birte Radrachaniotis. Brüssel ist schuld, ganz klar. Frau Radrachaniotis ist übrigens, bei allen Vorurteilen gegen die verknöcherten Eurokraten, in der persönlichen Begegnung aussergewöhnlich sympathisch. Habe ich gerade Spielerfrau gesagt? Das könnte missverstanden werden. Ganz klar, hier sind die spielenden Frauen, die Badmintonistas, angesprochen, nicht die Frauen der Spieler. Die gibt es so, als Klischee, beim geschlechtlich eher langweiligen Fussball. Es wird leider noch mindestens, ach, bestimmt Monate dauern, bis der prägende Einfluss des Fussballs auf unsere Alltagssprache zugunsten des Bowlintons zurückgedrängt sein dürfte.

Auf dem Spielsand passiert im Augenblick wenig bis nichts. Bei den Verhandlungen, wie Sachsen-Anhalts Leichnam gefleddert werden sollte, passiert so wenig, wie in Wismar im ganzen Jahr. Nichts. Ich darf daher etwas Lokalkolorit ins Gespräch haubitzen. Also Wismar. Nicht Heiligendamm. Wenn sich fünf deutsche Landeschefs treffen, dann ist das eben nicht G 7, allenfalls K 5. Dann bedeutet das dreibesternte Hotel Garni 'Zu Störtebeckers Schädel' im submondänen Wismar-Wendorf statt 'Grand Hotel Heiligendamm'. Naja, jedenfalls wartet das kleine, gastfreundliche, preiswerte Haus mit dem keineswegs vollständig entfleischten Schädel vom berühmt-berüchtigten Anführer der Vitalienbrüder auf. Der beinerne Seeräuberkopf mit seinen originalen Haarresten auf der originalen Schwarte strahlt den Hotelgast aus einer Glasvitrine neben dem traditionell fischlastigen Frühstücksbüffet an. Woher ich das weiss? Die Liebe trug mich einst an der Wismarer Bucht hellen Strande. Nein, nie war ich einer mecklenburgischen Maid zugetan. Meine Eltern stammen von dort, die Stasi hatte sie aber in den Endfünfzigern vertrieben, weil sie auf

Flugblättern den im Vergleich zur Nordsee niedrigeren Salzgehalt des Ostseewassers als Beleg der realsozialistischen Mangelwirtschaft anprangerten. Nein, das stand in meinen Bewerbungsschreiben beim Rundfunk. Zutreffend ist die folgende Story: Ich durfte vor Jahren von der Zwei-Jahres-Tagung des Karriere-Netzwerkes 'Bisexueller deutscher strukturkonservativer Männer und Frauen im mittleren Unternehmens-Management auf dem Sprung in die Top-Etagen', dem BDM, berichten. Bruder Zufall wollte es so, parallel zum BDM traf sich dereinst die TCS, die Seilschaft, das Network 'Trisexual CEO of SME in Germany' zu deren Drei-Jahres-Treffen. Wer von ihnen, liebe Zuschauer, mit SME nichts anzufangen weiss, der mag nicht im Videotext blättern, der sollte im Internet *suchmaschinen*. Um nicht googeln zu sagen. Ein Scherz. Ich hatte jedenfalls die seltene Ehre, mir über diesen Doppelkongress in Weimar, nein, Wismar einen Dreiminüter aus dem Allerwertesten zu schwitzen. Wie komme ich auf das dito tote Weimar? Um Wismar geht es, um den *W*-Ort ohne Goethe, Schiller und Wieland. Als Kommune im Schatten von Weimar. Was bei einem einzigen Buchstaben Unterschied schon ungerecht daher kommt. Nun *der* Ort deutscher Innenpolitik. Nun der Schicksals*ort* für den deutschen Schicksals*berg*. Nach der Weimarer Republik dräut die Wismarer Republik. Wenn das mal alles ohne Bürgerkrieg über die nordmitteldeutsche Bühne geht! Ich bin heute so exorbitant eloquent, bestimmt darf ich die Aktuelle Schaubude moderieren. Oder das Neo Magazin Total. Banal. Frontal. Neo Magazin Royal. Sowas eben.

Bowlinton. Ja, ja, liebe Zuschauer, ich könnte nun noch einiges zu diesem grandiosen Spiel theoretisieren. Könnte zum Beispiel verraten, wie viele Punkte zum Sieg reichen, warum die Netz- und Linienrichter, die *drunchies,* per Gesetz keusche Veganer sein müssen. Allein, mein Martyrium strebt der Erlösung zu. Urplötzlich, nein, es hatte sich angedeutet, einerlei, ist nun total egal, es ergiesst sich ein sintflutiger Wolkenbruch, es schüttet der wolkige Himmel Sturzströme auf die Badlands. Mein Gott, die ganze künstliche Wüste wird geflutet. Arme Rosa, sitzt dort unten, heult nun ins Regenwasser. Wasser an Stelle meiner Lieblingssquads, Sandschlamm statt der Paderborn Pedejos, der Jever Jerks, der Duisburg Douchebags und der Stuttgart Stronzos. Mit den Meisterschaften wird es ja hier und heute unter Garantie nichts mehr. Und das ist auch gut so. Ein kummervoller Augenblick für sie, die sie gespannt auf tolle buffflaps warteten. Nicht so traurig, wie dieser Tag es für viele künftige Ex-Sachsen-Anhalter war. Vorbei. Ich bin groggy, ich bedanke mich für ihr ausdauerndes Interesse. Bin nun raus.

Scheisstag, dazu noch die bescheuerte Intendantin. Bowlinton kotzt mich an. Ein bekloppter Sport für unterforderte Kackvogelopfer auf Stütze. Ich gehe mich abreagieren, verdresche wieder die nasse Rosa. Rosa. Rosa!!! Uuuups! ¡Joder! Fuck, fuckinger, am fuckingsten, das Mikro ist ja noch offe"

Die Düne, auf der Zac fast nicht Gevatter Tod denkt

Einsamkeit. Warten. Worauf? Wonnige Glückseligkeit durch Abwesenheit jeden Zieles. Zac hat keinen Plan, keine Absicht. Oder? Vielleicht den letzten Gang, seinen lüsternen Lebensschluss. Könnte er drüber sinnieren, hat doch viel Zeit. Okay, Heinz Tod, du hast zuvörderst einen wundervollen Vornamen: *Heinz*, einer der wenigen altertümlichen Namen, die die nie verebbende Retrowelle noch nicht in die Spitzengruppe der Hippe-Vornamen-Charts gespült hat. Heinz Tod, du wurdest vor vielen Jahren von der fetzigen Peggy Bundy, aka Katey Sagall, dargestellt; das war, jenseits aller okkulten, düsteren Sexpraktiken, der antörnendste Tod aller Zeiten. Okay, Schnitter, wann wird du Zac besuchen, ihn ereilen? Zac dürstet. Zugegeben, ihm ist doch nicht mehr ganz trocken im Schlund, in einem der, ungewöhnlich zahlreichen, unbeobachteten Momente der letzten Stunden, hatte er genippt am Wasser, hatte er seine schrundigen Lippen benetzt. Trotzdem, Zac würde vielleicht sterben, zumindest dann, wenn er hier auf der Düne sitzen bliebe. Wen würde das interessieren, wen jucken, wen anheben, wer würde es bemerken? Seine Mutter, na klar, die würde ihn vermissen, und C., die würde trauern. Langweilig. Mit dem Denken an die Daheimgebliebenen könnte er den Zustand der absoluten Leere nicht erreichen, er hatte Deutschland nicht als Ausgestossener verlassen. Zwar per Flucht und nach Tagen mit fast ohne Schlaf, einer L-Arginin-Kur und ganz schlechten Werten beim Gegenverkehrsfrauen-Merken, aber er hätte zu Hause bleiben können. Nun jedoch ist er so müde, oh, schlafen, sterben, nichts weiter. Ja, da liegt es, das Sterbethema, das sollte jetzt durchdacht werden, gilt doch die Wüste als lebensunfreundlich, gar lebensfeindlich. Ein Vorurteil? Wo sind denn die Weltversteherinnen, die, die ihre Brüste frei legen gegen die Benachteiligung der Wüstenwelt im Ranking der beliebtesten Gegenden der globalen Wohnwelten? Minderheitenschutz? Paah! Weil die Grünen sich das Grün aus einer Ampel geklaut haben, promoten die nun Natur einzig, wenn sie grün ist. Grün ja grün ist alles, was sie schützen, grün nur grün muss sein, was die den atomaren Klauen des Realkapitalismusmonsters entreissen wollen: Der Wal(d), der Baum, der Hering, die See, die Scholle, das Great Barrier Reef, das Ökosystem, das Tier. Hilfsweise: Was sich von Grünzeugs ernährt, zum Beispiel vegane Säugetiere. Aber die Wüste? Die ist nicht grün, als

Sandwüste eher so gelbstichig, gelegentlich dunkelrötlich, und damit politisch unrettbar, gleich doppelt falsch koloriert. Nix, nie sah man eine besetzte Oil Rig in Middle East, gekapert von feschen Grünfreunden mit Schlauchboot oder Hybridjeep. Keine deutsche Bierflasche wurde je zur Rettung der Wüste gegen ihre Urbarmachung, gegen Sandraub und Gentrifizierung getrunken. Eine klare Benachteiligung gegenüber dem Regenwald (Biotopgerechtigkeit?). Mag sein, dass dereinst Guido Knopp, nein, Manfred Rommel, Quatsch, Manfred Krug, nochmal Quatsch, aber jetzt hat er es, dass Erwin Rommel einem jeden guten Deutschen jedwedes Wüstenengagement auf ewig belastet hat.

Zurück zur Wüstengegenwart, zurück zur Vernachlässigung der Wüste in den Biotoprettungssystemen der Welt und Deutschlands. Das ist ein wodka-klarer, ein wolarer Verstoss gegen jeden Gleichheitsgrundsatz. Rettung naht von nirgends her, im Gegenteil, die Wüste soll zurück gedrängt werden. Soll zwangsbegrünt werden. Unbestätigt, aber bestimmt unwahr ist es, dass ein vielbeschäftigter deutscher Umweltaktivist persönlich die Sahara taufen, zur blühenden Landschaft nässen will. Nein, Hannes Jaenicke ist´s nicht, der rettet eher filmogene Tiere. Und Verbraucher.

Komisch, selbst gravitätische Allestester wie der ADAC, die Stiftung Warentest oder WISO haben bisher nicht geprüft, ob die Wüste ihrem schlechten Lebensraum-Ruf gerecht wird. Nie zeigte der WDR das grosse Biotop-Duell 'Jungle vs. Desert'. Selbst Ökotest hielt sich bis eben zurück. Also, grübelt Zac, also sollte er sich der Sache annehmen und die Lebensfeindlichkeit testen. Radikal checken. Bevor Zac mit dem Faktencheck loslegt, muss er die Aufgabenstellung ergebnisoffen formulieren. Denn, so Zacs überlebensgrosse Sorge, Lebensraummobbing und Biotopdissen sind Vorwürfe, die ihm - selbst hier in der weiten Leere - niemand machen soll können. Getestet werden soll also die Lebens*feindlichkeit* oder -*reundlichkeit*! Los geht es.

Mors certa, hora incerta. Würde Zac in den nächsten Tagen sterben können, indem er auf dieser Wüstendüne einfach sitzen bliebe? Ist dieser Erdenfleck wirklich so inhuman? Zur nächsten, bestens asphaltierten und halbwegs frequentierten Strasse sind es vielleicht dreiunddreissig Minuten Fussmarsch. Eher weniger. Oder etwas mehr. Ganz sicher viel mehr: Hierher hatte Zac, vom Zuschlagen der Autotür an und inklusive einer Orientierungsminute gestoppt, mit halbflottem Schritt eine Stunde und elf Minuten gebraucht. Auch würde er, dank

GPS und der waschbrettgleichmässig ausgerichteten Dünen, auf seiner Flucht die Richtung nicht verfehlen.

Waschbrett. Lustiges Wort. Kennt die verfuckte Jugend daheim doch nur noch in Verbindung mit -bauch. Man sieht heute nie, dass junge Damen, dass die Teilnehmerinnen an der verhätschelten Generation W-L-B, der Generation Work-Life-Balance, also der Generation Arbeitsleben-Lebenleben–Balance, am Freitag runter zum wolaren Fluss gehen. Um ihre Paillettenschlüpfer und Trendpants und Sexynesssocken erst im hölzernen Zuber zu waschen, und dann auf einem Waschbrett zu schrubben. Dabei den schmerzenden Rücken wieder und wieder aufrichtend, um bei der Gelegenheit mit dem anderen, dem nicht nassen Unterarm eine kapriziöse, blonde Strähne von der schweissfeuchten Stirn zu wischen. Hernach die Lingerie im Strudel-Sprudel-Plätscher-Bach spülen, um zum Fastschluss die Textilien unter kollektivem Klagegesang auf den seit Jahrtausenden genutzten Waschsteinen im Rhythmus des Klageblues trocken zu klopfen, und dann - Finale - die Wäsche durch gemeinschaftliches extremes Verdrehen derselben zu mangeln. So, wie es die Kolleginnen aus seiner Alterskohorte allwöchentlich taten, tun und getan haben werden. Alle diese nicht ganz dürren, mitteljungen Frauen, die mit dunklen Liedern auf den blutvollen Waschweiblippen ihr schweres Reinigungswerk erledigten, erledigen und erledigt haben werden. Schöne, dralle Frauen, gewandet in feine, weisse Kleider. Nein, grobe, leinene Kittel sind es, deren Knöpfe es nicht schaffen, ihre beiden lebensbejahend grossen ... in diesem Moment unterbricht kein Regentropfen seinen libidinös aufgeladenen Wüstentagmännertraum. Gut so.

Also, welche Gefahren, abgesehen von der Taugenichtsjugend in Deutschland und den Schmerzen im Kopf, drohten ihm hiero unter der zu dieser Jahreszeit, im Februar, durchaus erträglichen Sonne Arabiens? Eine gefährliche Dünenverschiebung! Vielleicht sind diese Sandzüge leicht magnetisch, und wenn die Sonne spontan flurirre oder eine ortsnah gelegene Mega-Induktionsspule 'andersrum gepolt' wird, dann richteten sich alle Dünen neu aus. Zac bekäme das gar nicht mit, weil seine optischen Bezugspunkte samt und sonders eben jene Dünen sind. Jeder Fluchtweg im rechten Winkel zu ihnen führte Zac dann in die weite Irre. Sollte er nicht unterschätzen, diese Magnetismussache. Magnetfeldtherapie. Magnetarmbänder. Alles magnetomanisch dangerous. Oder der Akku seines Phones ermattet so sehr, dass Zac auf GPS oder Glonass, dem Sowjet-GPS, oder Galileo verzichten würde müssen. Schon eher möglich. Oder ein Hitzschlag brennt die grosse

Richtungs-Kakophonie-Verwirrung in seinen, dann vormaligen oder ehemaligen oder damaligen oder ehedemigen oder einstmaligen, jedenfalls in den dann unbrauchbaren Orientierungssinn. Vgl. zum unkorrekten Gebrauch der Begriffe ehemalig usw. alle - alle! - Nachrichten, in denen es um das Geschehen in der einst-, da-, ehe-, dazu-, vor-maligen seinerzeitigen, weilandigen, sogenannten, verblichenen Ex-'D.D.R.' geht. Nun, Zac trägt einen Hut aus Stroh, denn der schützt vor Hitze-k.o. Das war aber holprig, grinst Zac. Stimmt nicht, feixt Zac. Macht doch nichts, gickelt Zac.

On and on, weiter im Survival- oder eben Nichtsurvival-Test für einen Kein-Rüdiger-Nehberg. Was könnte er noch versuchen, fragt sich Zac. Hilfsmittel zum gepflegten Dahinscheiden sind hier rar. Da heisst es, den eigenen Willen beherrschen, um sich selber zu Tode zu zwingen. Lebensverneinende Sitzblockade gegen die eigenen Lebensfunktionen. Wo, wenn nicht im womöglich extrem lebensfeindlichsten Flecken der Welt? Abgesehen von der Tiefstsee, einigen Kriegsgebieten und allen Kochshows. Tod durch selbst gemachte Bradykardie mit rhythmischen Synkopen, mit Parästhesien, Halluzinationen und Purpura. Der Tod ist ein Meister des Beipackzettels. Tod, nunmehr nicht als metaphorische Person verwendet, Tod durch mentalen Zwang, sich schwer zu fühlen, durch die blosse Einbildung, die Gedärme voller Gewichte zu haben, voller Blei und Bleisand, pickepacke Quecksilber in den Lymphen, kiloweise Ölsand in der Lunge, tonnenweise Ambosse im Bauch und dann nicht mehr fortbewegungsfähig. Die Verabschiedung von der eigenen Existenz per psycho-physischem Experiment erscheint Zac schwerer, aber weit interessanter und preiswerter, als die langweilige Schwerkraft oder die primitive Geschossballistik zu nutzen bzw. flugs und flockig einen Krieg als Selbsttötungswerkzeug(kasten) zu veranstalten.

Ja, wie mag das Hinübergleiten hier geschehen, wie ein Urlaub auf Island, dem Höhepunkt des Erdenlebens der gebildeten Kreise, nach dem kaum etwas noch kommen kann? Würde er eine Nahtoderfahrung machen, eine, die unbeeinflusst wäre von den bizarren Mediencomingouts diverser Fastverblichener? Geschwafel über schweres, weisses SED-, nein, LED-Licht, das Leben als turborasende Power-Point-Präsentation, orgastische Wonnesekunden zwischen Leben und doch-nicht-Sterben ... Klingt immer wie kurz vorher in 'Volle Kanne - Service täglich' erguckt. Aber Zac könnte das testen. Zwar hatte er gehört, dass der Tod durch Erfrieren im kalten Wasser geiler wäre, weil dabei irgendwelche Botschafter, ähm, Botenstoffe in den Schädel rasen, körpereigene Infochemikalien, die bei anderer

Gelegenheit durch koitale Aktivitäten in Schwung gebracht werden. Nur mangelt es hier im heissen Sandmeer an zwei von zwei der Voraussetzungen des kalten Genusstodes im bibbereisigen Wasser. Also Tod durch suboptimale Nährstoffversorgung oder durch zu viel Celsius und Fahrenheit. Würde er sich dazu zwingen können, Vernichtung der höchsteigenen Existenz vermittels nachhaltiger voluntativer Präponderanz in Bezug auf die Physis? Gott, ist das heiss hier, hat sein Abnippelungsprozess schon begonnen? Bescheuerte Gedanken mit doofen, aus dem Pschyrembel gerissenen, bestimmt unzutreffend verwendeten Fremdworten als Nahtoderfahrung, damit bekäme Zac never, never, never eine Invitation in die angesagten Talkshows; vielleicht noch zu Frau Maischberger, dort gacksen oft ganz besonders schrille Schrille und ausserordentlich dröge Dröge durcheinander. Zur Sandra will Zac nicht. Mutiger freilich wäre es, sich zu töten durch Nutzung traditionsreicher Hinrichtungsinstrumente, etwa die Garrotte, mit der sich einst der erst ostdeutsche, hernach westdeutsche Georg Michael W., quasi über Bande, in Spanien selbst tötete? Als technisch zu anspruchsvoll streicht Zac diese Methode. Wie wäre es mit dem edlen Tod per Sepukku, vulgo Hara-Kiri? Schliesslich, so nähert sich Zac der exotischen Idee, ist er hier im Osten, wenn auch nicht im Fernen. Eigentod im Japan-Style per Eigenbauchaufschlitzen, schnell und schmerzhaft, das könnte sich sehen lassen. Ein klitzekleines Fahrtenmesser sollte sich in Zacs Kleingepäck finden lassen. Aber ach, wenn er diese Art des sich aus dem Leben Verdrückens stilvollendet durchziehen wollte, dann bräuchte er einen Sekundanten, der das Bauchaufschlitzen durch geschwindes Durchtrennen der Halsschlagader unterstützt. Das ist für seine Einsamkeit deutlich zu personalintensiv. Gestrichen! Oder Zac verschluckte sich zu Tode, so, wie es der Leadsängerin der Mamas and Papas nachgesagt wird. Erstickungstod durch einen Todes-Sandwich, zur Sicherheit mit überaltem Fisch belegt? Zac bunkert leider ausschliesslich kleinteilige Nahrung im Rucksack. Zudem kann es gut sein, dass diese Verschluck-Story der Cass Elliot eine pophistorische Legende ist. Das sollte sie bleiben. Ach, wäre er doch im Gebirge, packt Zac eine letzte, hauchzarte Todes-Sehnsucht nach dem Alpinen. Da könnte er sich in jede Schlucht stürzen, könnte er die Eiger Selbstmordwand sinnvoll nutzen. Aber hier? Wird er leben müssen, keine Chance, kurz rüber zu machen in die Prachtgärten des Paradieses. Diese so verdammt lebensfreundliche Wüste reicht nicht für einen Kurztrip zu seiner Postexistenz-Existenz. Was dort kommt, ob ihn das Paradies erwartet, zumal das lebensfrohe Jenseits Arabiens, oder das politisch korrekte Nichts des glaubensverachtenden Westens, er wird es nicht erfahren.

Was also ist das Testergebnis? Zacs Überlebenstrieb ist der Norm gemäss ausgeprägt, ja. Vor allem aber gibt sich die Sandwüste überraschend, sogar sagenhaft lebensfreundlich. Bitte sehr, ihr Damen und Herren Politikwissenschaftsstudenten ohne Aussicht auf einen fair bezahlten Job, schnell eine Nichtregierungsorganisation zur Rettung der Sandwüste gegründet, dann Fördermittel und Spenden eingesackt, Sendezeit und soziale Anerkennung eingeheimst! Dieser Wohltätigkeitstruppe, ob '@sandwatch.de' oder 'pro Wüste' oder 'Occupy sand dune' oder 'No Desertploitation!', würde Zac sofort sein Hab und Gut, seine Drehbücher und viele Baisa schenken!

Nachgedanke: Zac hatte sich so fest vorgenommen, bei gegebenem Anlass zwar über sein Dahinscheiden nachzudenken, doch unter keinen Umständen *Gevatter Tod* zu denken ... autsch, nun ist es doch passiert.

Die Düne, auf der Zac an Kuba, Nordkorea und Japan denkt

Okzident, Orient, hier im Morgenland gefällt es Zac trotz seiner, hoffentlich temporären, Einsamkeit, sehr. Und doch, falls er das Dünenleben überleben sollte, will er zurück ins Abendland. Nach Westeurasien. Retour in das abendländische Deutschland zieht es Zac ganz schlicht deswegen, weil er bannig Bierdurst hat. Für eine Naher-Osten-Ferner-Westen-Soap braucht er nicht extra in Arabien verweilen, die läuft seit Jahren daheim. Dort, in Deutschland, tobt ein Kinderzimmer-Zoff, eine Fortsetzung der Teilung mit albernen Mitteln. Da gibt es auf der einen Seite der imaginierten Grenze die durchaus nicht extrem-exotische Ansicht, das eigentliche Deutschland solle noch in alle Ewigkeit mathematisch definiert sein per Subtraktion JetztBRD minus ExDDR. Damit einher geht ein lächerlich besonderes Selbstverständnis, dessen Träger jede Fahrt von München oder Mülheim/Ruhr nach Berlin als eine Fahrt durch fremdes Land empfinden. Heimelig wärmend, die Erinnerung von heute Zwanzigjährigen an ihre schaurigen Begegnungen mit den Ost-Grenz-Vopos, damals, auf dem Wege gen Berlin (W), das wohlige Grausen vor diesen streng Uniformierten, denen man sich dank West-Patte so lässig überlegen fühlen konnte. Qua Westalgie bleiben die 'Ungeliebten Fünf' bis in alle Ewigkeit Neue Länder, da mag Duisburg ausschauen, als hätte Dresden die städtischen Wohnungen nicht verkauft, sondern die kommunalen Slums an Ruhr und Rhein verschifft - aus einem Opel Kadett mit Kennzeichen DU schaut man auf jeden - z. B. - Porsche Cayenne mit Kennzeichen DD herab! Das war polemisch. Auf der anderen Seite der gefühlten, der Phantasy-Grenze gibt es genug Leute, die die hyperkomplizierte Gegenwart lieber vorgestern als übermorgen für ein Revival ihrer vermeintlich - tja, wie nun - *gemütlichen* DDR-Welt mit deren endgültigen Gewissheiten hergeben würden. Vielleichtwomöglichkannsein lief es 1989/90/91 für manch einen zu leicht? Alles war so friedlich! Wenn, mutmasst Zac, wenn Lenins Mannen (Bolschewiki, Stalin, Trotzki) oder die rebellischen Franzosen (Jakobiner, Kommunarden, L'Équipe tricolore in Südafrika 2010) die Wende hätten bewerten müssen, die hätten sich vor Lachen in die Hosen und in die Füsse geballert. Jeweils mit unterschiedlicher Munition; hoffentlich. Ehrlich, Zac stampft sinnfrei mit dem rechten Fuss auf, das war zu easy, der gewaltige Umbruch lief zu schlankfüssig durch die ostdeutsche Historie. Sonst hat jede halbwegs gelungene Revolution hinterm verrosteten Eisernen Vorhang Oligarchen gezeugt - ruchlose Geldscheffeltycoone, die den Kapitalismus so tief auf Lunge inhaliert hatten, dass sie bei der postsozialistischen Transformation vom Folxeigentum in Privateigentum zu märchenhaftem Reichtum gelangten. Fast nichts davon findet sich auf der Ostseite der Ex-Mauer, kein Abramowitsch, nichts mit Yachten, Milliardärs-Ranking, krachteuren Scheidungen und FC Chelsea, hie und da ein wenig MBO vormaliger volkseigener Direktoren. Darauf ein lautes, verächtliches 'Pffft!', eben deutsche Langeweile in ihrer märkisch-uckermärkisch-platten Ausprägung. Eine verbreitete Eigenschaft mag Zac an den 1990 so unvermittelt Zugezogenen - ihre regimewechselerfahrungsgeborene Skepsis gegenüber den gesalbten Verkündern des ganz grossen Glücks. Das hatten die schon gehabt. Respekt!

Oho, die Hitze, was kocht die Sonne für ein malignes Süppchen in seinem Schädel!? Oder sind es vom fast verblichenen Weltkommunismus intrakutan injizierte, nun durch Wüstenwärme ausgebrütete, postsozialistische Indoktrinations-Larveneier-Nissen? Warum entschwand die DDR so urplötzlich? Zac ist das eine viel zu anspruchsvolle Frage. Wenn diese Wüstenglut seinen Cortex cerebri unterm Palischal so brutzelt, wie sie ihn gerade brutzelt, dann kann er nicht verschärft denken. Dann bleibt er der rurale Simpel, der er trotz Geburt und Job in kulturell gehobenen Kreisen ohnehin ist. So fällt ihm bloss eine strunztumbe Erklärung ein: Schuld trägt die geplante technische Obsoleszenz! Die sozialistischen Politbüro-Waldsiedlungs-Schrate wohnten nicht in Häusern, die Ceaușescus monströsem Palast vergleichbar gewesen wären, doch zumindest mit westdeutscher Heim-Elektrik unter den Wandlitzer Kiefern. Was sie beim Erwerb der Elektrogeräte per Katalog (Neckermann, Quelle), trotz ganz bestimmt überragenden Kenntnisse der Ökonomie des vom Marx zum Aussterben verdonnerten Kapitalismus, nicht bedacht hatten, war die jeder Erderwärmung trotzende Eiseskälte, ja Skrupellosigkeit der Neckermänner und Schickedanzer. Die hatten in die Heim-Geräte nämlich klammheimlich Schwachstellen einbauen lassen. Mit Absicht! Das haben die kapitalistischen Verbraucherblutsauger nicht getan, um irgendwie sympathisch menschlich fehlerhaft zu wirken oder um ihren Vorsprung vor der Osttechnik künstlich klein zu halten. Nein, damit sollte der schändliche Konsum-Kreisel am profitösen Dauerdrehen gehalten werden. Die von der unschuldigen Perfektion der schlichten DDR-Produkte geblendeten Politbüroapparatschiks konnten mit so viel imperialistischer Fiesheit nicht rechnen. Ausserdem blieb diesen Herren, trotz des 1988er Depeche-Mode-DDR-Konzertes, die urkapitalistischste Erkenntnis überhaupt versagt: Things get damaged, things get broken. Entweder, weil sie seit Walter Ulbricht die *Beatmusik* verachteten, oder, weil Martin Gore und Dave Gahan das erst 2005 sangen. Ist nun ohnehin belanglos: Als im Wandlitzer Sozialismus die präparierten Geschirrspülmaschinenheizstäbe durchbrannten, als im Westimport-TV-Gerät der Schwarze Kanal nur noch in schwarz-schwarz lief, hob ein grosses, scheinheiliges Wehklagen an. Ersatz-Bildröhren für die kaputten Palladium(Neckermann)fernsehempfangsgeräte und Reparatur-Heizstäbe für die futschen Privileg(Quelle)geschirrspüler der Wandlitz-Schickeria mussten her! Wie bezahlen, F. J. Strauss war soeben auf ewig entschwunden, neue Milliarden oder Sponsorenverträge für den gemarterten Kleinstaat wegen dessen lausiger Schufa-Auskunft unerreichbar. Die Devisenreserven der D.D.R. waren erschöpft, das Pankower Regime hatte keinen müden Westgroschen mehr, es gab nix mehr zu verscherbeln. Alle ostdeutschen Antiquitäten standen schon in westdeutschen Wohnzimmern, verramscht von Schalck-Golodkowski, gekauft von asketischen Studienräten, die ihr per frugaler Zimmertemperierung auf durchschnittlich 15 Grad runtergekühlten Reihenendhäuser mit nostalgisch-teurem Wohntünneff aus den guten alten Zeiten, als der Rohrstock noch sinnstiftend die Humanistischen Gymnasien regierte, ausstatteten. Erworben mit den heizkostenersparten, den von der gesamten Familie erfrorenen Deutschmark. Was gab es noch, was die überforderten, untersympathischen ZK-Alten zu Westgeld machen konnten? Ihr Land, ihre possierliche DDR! Ein dreiviertel Jahr später gab es bereits die ersehnten Devisen, ein letztes Quartal später, und für den ganzen Staat war der Fuffzehnte der Erste. Ein komplettes Land samt Nationalmannschaft (BFC Dynamo) und Nationalhymne (Instrumental) - weg. Weg für Neckermann-Bildröhren und Quelle-Heizstäbe! Obsoleszenz, geplant in der Technik, ungeplant im Staat. How bizarre, how bizzare (OMC).

Zacs kluge Gedanken tragen wie von selbst wissenschaftliche Züge, er bewegt sich in diesem Space der empirischen Exaktheit wie ein erfahrenes Shot Girl auf dem von Schnapslaken triefenden, megabreiten Kirschbaumholzthresen des 'The Coconut Blue Inn by Schwoozz', einer herrlich ungrooven Bar in Eisenhüttenstadt, als diese ost-ostdeutsche Stahlmetropole noch Stalinstadt hiess. So lief das mit dem Entschwinden des Sozialismus in den Farben der DDR, Zac weiss es. Er kann sogar die Zukunft des Restsozialismus vorhersagen! Wer's nicht glaubt, schaue nach ... nach ... genau, nach Kuba, auf die Zuckerrohrinsel, in Fidels und Rauls Reich! Kuba wird alsbald der vollwertige 51. Bundesstaat der USA werden, knapp vor der Krim, njet, vor Puerto Rico selbstverständlich. Warum? Letztlich wollen die Kubakommunisten, wie wir alle, in Sawgrass Mills oder einem anderen urkapitalistischen Intershop in Florida shoppen. Oder bei Amazon. Womit die karibischen Genossen bezahlen werden? Mit Begrüssungs-Dollar? Oh nein, eine soziale ist die nordamerikanische (ex Kanada) Marktwirtschaft nicht, die Kubaner werden nicht gehätschelt werden! Zac weiss es dennoch: Das Geld wird von Ebay via Paypal kommen, denn die Kubaner werden den Nostalgiespinnern in the whole wide Welt das Beste aus den 50ern, 60ern, 70ern und 80ern verticken. Riesige Containerschiffe der Emma-Mærsk-Klasse, werden, beladen mit Oldtimern von Buick bis Moskwitsch, mit BRT und TEU voller altem Fluffzeug durch die Weltmeere kraulen. Mangels Elbausbuddelung werden diese Giganten der Weltmeere ihren Trödel im traurigen Tiefwasser des JadeWeserPort an Land schmeissen. Überraschend viel Socialismo-o-muerte-Plunder werden die, dank Süddeutschland zahlungskräftigen, Nostalgierentner aus Berlin/Hauptstadt der BRD/Ost ordern und später jeden Sonntag ab 9 Uhr mit typische berlinerischem Händlerhumor anderen gelangweilten Hauptstadtbewohnern und -besuchern auf dem Antikmarkt am Ostbahnhof verschachern. Ein Glücksfall für Günthers Nacktflohmarkt und alle Gebrauchtkrempelverhökerer zwischen Breege und Scheer. Endlich keine der - konservativ geschätzt - 77 Trillionen Original-NVA-Uniformteile mehr, endlich keine Ost-Orden und West-Schultheissmemorabilien mehr. Die Sozialistalgiker werden sich auf die 77 Millionen Andenken an den karibischen Kommunismus mit den Antlitzen von Zuckerrohr, Rum, Cohiba und Stevenson, Teófilo stürzen. Allweil besser als der dröge ostelbische Sozialismus mit Zuckerrübe, Goldbrand, Juwel 72 und Maske, Henry. Zac sieht sogleich, von seiner vegetationsfreien Düne aus, blühende Landschaften voller Antikhandel! Das am Rande. Wie Nordkorea. Zac meint die Randlage Nordkoreas, nicht den dortigen Antikhandel. Ob im glamourösen Norden von Spalt-Korea mit Antiquitäten gehandelt wird? Ob dort überhaupt gehandelt wird? Das Land ist weltbekannt als Schurkenstaat. Obgleich der ferne Staat uns Durchschnittsmittelmassmitteleuropäern nichts getan hat. Wenn man von den Italienern, die wenig gerne an die Fussball-WM 1966, den 19. Juli in Middlesbrough, England, denken, absieht. Indes, irgendwoher muss dieser schlechte Ruf als Staat der Schurken stammen, fragt sich Zac, kann doch sein, dass ein jeder Nordkoreaner jeden anderen Nordkoreaner ohn' Unterlass beim Handel mit Kram und Krempel betuppt?! Den besten Ruf haben Gebrauchtwarenhändler nirgends, womöglich sind sie in der Demokratischen Volksrepublik Korea noch üblere, noch schlitzohrigere Schurken? Was aber nutzen Antikwaren dort, wenn Ebay seine segensreiche, jedoch ur-US-kapitalistische Mission der Verehelichung von Angebot und Nachfrage der Vintage-Waren nicht vollbringen darf? Gibt es dort unten überhaupt Nachfrage nach Altwaren oder nur Angebot? Warum sieht Gross-Korea aus wie ein Teil aus dem Nationalwappen von Zacs ungemein schönem Gastgeberland Oman, wie ein Handjar, wie ein Krummdolch? Zac weiss das alles nicht, er ist ein eurozentrierter Geoschlawiner. Aber dass die schlecht beleumundete Volksrepublik geographisch wie politisch am Rande liegt, das ist Zac geläufig. Allein darauf kam es ihm bei seinem soebigen Kleingedanken an. Wobei Südkorea noch ein bisschen dichter am Rand des eurasischen Doppelkontinents klebt. Wenn Zac sich richtig an den Globus erinnert, dann fehlt es aber selbst der südlicheren Republik Korea an der absoluten Randlage. Hinter den Koreas, fern im Osten, wippert noch etwas im Pazifik: Nippon. Das Land der Sumōtori, Sushi, der Samurai, Sashimi, Sake und der Mumins und Mangas. Gehören denn diese Kirschblüteninseln von Rechts wegen noch zu Asiropa, oder klafft da irgendein tiefer Graben im Japanischen Meer, der die Inseln der Ronin und Cosplayerinnen bei genauerem Hinsehen in eine ganz eigene geographische Liga schieben würde, zum Kontinent befördern könnte? Der auffälligen Häufung des Buchstaben 'A' in den Erdteil-Benamsungen trägt Japan bereits plakativ Rechnung. Ja, ja, **Japan**. Wie gefährlich es ist, wenn Inseln nicht fest genug am kontinentalen Hauptmassiv vertäut sind, mag sich Japan bei Grönland (Dänemark), bei den Spratly-Inseln (Diverse) und - Zac kann es nicht unterschlagen - bei Sansibar (Oman) anschauen. Japan. Womöglich hindern allein die Kurilen das Land von Sony und Toyota am Abdriften Richtung Kalifornien? Eine politisch nicht unumstrittene Inselkette dient als zuverlässige Festmachtrosse für gut 120 Millionen Japaner! Zac ist sich keineswegs sicher, ob diese Idee geo-wissenschaftlich haltbar ist.

Die Düne, auf der Zac die Musik desavouiert

Zu Hause würde er, ganz old school, TV schauen. Wie lange noch könnte er das? Wenn die wuselwilden Vernetzungsapologeten sich durchsetzten ... Gott bewahre, Tablet-TV-Netz-eBook-Kühlschrank-richtigesBuch, alles querfeldein verwoben und vernetzt, es wird gestreamt, was die Glasfasern durchlassen, Windows fehlt der Start-Button, digitale Daueraufregung. Beim Romanlesen bekommt jeder sieben Hypertextebenen und elf Links untergejubelt. Wenn er dann - zum Beispiel - den 'Garp' aufschlägt, muss der Leser dank algorithmischer Vernetzung entscheiden, ob er sich auf der Smart-Watch die Verfilmung draufschafft, um sich seine Lesephantasie durch einen drögen Hauptdarsteller verleiden zu lassen. Oder der Leser verliert sich aus so einem einfachen Spielfilm heraus in irgendwelche spinnerten Netzspiralen zum Film, zur Hauptdarstellerin-Homepage, zum jüngsten Nacktfoto vom Schenkeldouble der Hauptdarstellerin, zu des Regiemannes Database, zur des Regiemannes Frau Online-Spendengala, zum neuesten Crowdfundingprojekt des Produzenten, zu Trivia und Kockolores im Deep Web, im Depp Web. Ist alles beherrschbar, über diese Seite flankt Zac nicht, das waren allein Ablenkungsgedanken, da ist nichts Arges. Das wahrlich Böse an dieser Entweihung und Profanierung des linearen TV per Netzwerk und Online-Videothek und Filmstreamingdiensten und so Interaktivitätszeugs ist der Verlust des altbackenen, altbewährten Ausgeliefertseins. Zac müsste dereinst als Konsument der Schönen Neuen Multimedia-Medien immerfort entscheiden, was er jetzt oder nachher oder vorhin oder doch lieber später und dennoch womöglich aber keinesfalls zu gucken gedenkt. Er müsste auf so viel Schönes verzichten, könnte nicht mehr - beide Füsse auf dem Tisch, beide Hände im warmen Schoss - seine Abende einem unabänderlichen Programm überantworten. Er würde so viel verpassen! Nie mehr Schräges aufoktroyiert erhalten, kein Interview mit Wolfgang Niedecken, keine verstörenden Dokus über die sexuellen Perversionen nordwestdeutscher Robben oder über die fiesen Machenschaften der Süsswarenindustrie, keine vor Selbstbewusstsein strotzenden Politikbewerter. Keine selbstverliebten Nabelschauen von gescheiterten Existenzen, in Quatschsprache von borniertem Schranzen in Kameras gerotzt, zuverlässig als Kunst oder Provokation betitelt und distribuiert.

Das Prächtige am klassischen Fernsehgucken ist es doch, ausgeliefert zu sein und willenlos bestrichen zu werden. Warum denn nicht? TV ist wie Muzak, wie diese Musik im Fahrstuhl und im EDEKA-Lädchen, nichts gegen zu meinen, ab und an schnippt was Tolles raus, sonst *isse eben da*. Hintergrundmusik läuft heute bei jeder medialen Aktivität, ohne Pause, bei Mini-Videos auf Youtube und allen Netz-Einspielfilmchen, Jingles im Radio vor, während, nach den Nachrichten, vor allem bei jeder, jeder Fernsehaktivität. Auf Phoenix und Bayern3Alpha mag es noch kleine, stille Butzenfensterchen im Programm geben, die ohne Musikgedöns überlebt haben. Sonst wird alles besoundtrackt. Diese Allgegenwärtigkeit von enervierenden Melodeien ist kaum besser, als in ARD wie ZDF jeden zweiten Tag Wolfgang-Karl Lauterbos-Bach, aka Wolfgang Kubicki, als Talkshowgäste bestaunen zu müssen.

Zac zwingt sich nun auf den eingeschlagenen Denkpfad zurück, er sinnt schliesslich über Musik. Der Punkt ist der folgende: Ist dieses musikalische Dauerplätschern der populären Musik als Kunstform so abträglich, wie es das eine träge Lied ist, welches die deutschen Pennälerpop-Vollbartbarden seit Jahren zum Vortrag bringen? Oh Gott, Zac hat seine eigene Frage nicht verstanden! Also stellt er sie sich einfach erneut. Ganz langsam: Ist dieses eben bedachte musikalische Dauerplätschern der populären Musik, der Popmusik als Kunstform, genauso abträglich, wie es dieses einzige, träge Lied ist, welches die deutschen Diskurs-Musiker, die Pennälerpop-Vollbartbarden seit Jahren zum Vortrag bringen? So, jetzt hat Zac verstanden, was er von sich wissen will! Die spontane, dabei wohlüberlegte, heilige Antwort lautet: Nein, denn diese gern geschmähte, vollkommen textfreie Dudeldei-Dudelei berücksichtigt die wichtigste, globale, genre- und sprachübergreifende, unaustricksbare Grundregel aller Musik: Entweder der Text ist gut - oder Melodie, Harmonie und Rhythmus sind es. Alles gut? Nie! Ausnahmen gibt's leider keine (Die Ärzte). Fast keine (Der Zac). Oder alles ist mau, die Melodien etc. sind betulich, die Texte grauslich eindimensional. Politische Tendenzliedermacherlieder. Woran mag das liegen, die Liedermacherliederanliegen sind doch stets von erhabenstem Anspruch und grösster Gravität? Zac weiss es nicht, er kennt nicht ein Lied dieser edlen Barden, keinen einzigen Song von ... oder von ... oder gar vom König der rechtskritischen Salonachtundsechziger, von ... Nichts und nischt! Sein Urteil ist also falsch. Dazu kommt noch das Kopfweh. "'tschuldigung, ich habe k e i n e Ahnung und mein Kopf schmerzt arg!" brüllt Zac um Vergebung in die anonyme Umgebung. In Richtung Nordwesten. In die Wüstenstille.

Gerne würde Zac nun über Musik-Ikonografie sinnen, allein, er weiss nicht, was das ist. Jedenfalls nicht der Sound der Kamelzäune am Wüstenrand. Der kommt vom feinen Sand. Eben dieser feine Sand wird unablässig vom sachten Wüstenwind empor- und durch die Gegend gepustet. Wenn auf der Flugroute der Silikatkörnchen ein überraschend grosses Stahlgerüst auftaucht, ein Kamelzaun eben, dann krachen die windgetriebenen Körnchen dagegen, stürzen, wegen ihrer sprichwörtlichen Leichtigkeit, nicht auf ihre bodenständigeren Artgenossen, sondern schmirgeln sich am Stahl entlang, womit dieses verstörende Dauergeräusch verbunden ist. Zac vermutet das so. Wird er jemals wieder nach Deutschland kommen, so wartet ein gewaltiges Experiment auf ihn: Er wird sich ein extremst lange, besonders ruhige Strasse suchen, an der die Anrainer-PKW militärisch exakt längs zur Fahrtrichtung aufgereiht stehen. Militärisch exakt meint preussisch exakt, nicht, wie in den Schluffi-Armeen unserer Tage üblich, drillos weggeworfen. So. Nun wird er unauffällig auf der Fahrbahn die PKW-Reihe entlang schlendern und die zur Strasse ragenden Spiegel abbrechen, nee, anklappen. Geschafft. Hernach wird er zurückjoggen, zu seinem am Anfang der Strasse im Startloch hockenden, mit den Gummireifen-Stahlfelge-Hufen scharrenden, lampenfiebrigen, aussenspiegelteilamputierten Fiat-Ritmo. Dann gilt es. Zac wird erst einen Sedierungs-Ramazotti stürzen, um sich sogleich mit seinem italienischen Designer-Gefährt an den ersten parkenden PKW zu drücken. Dann wird er, mit leicht variierender Schrittgeschwindigkeit sowie mit hauchfeinem Blechkörperkontakt zwischen seiner rechten Ritmo-Seite und den linken Flanken der aufgereihten Karossen, die Strasse runter fahren, entspannt cruisen. Wer dann aus dem geöffneten Fenster staunend oder auf dem Fussweg stehend lauscht, wer bereit ist, seine siedende Wut über diese Kratz-Orgie im Zaum zu halten, der bekommt eine Ahnung vom Reibe-Sound des Wüstensandes an den Kamelzäunen. Doch schaffen es selbst die fluglahmen, rumliegenden Sandkörnchen-Geschwister, die nicht durch die Luft zu den Stahlzäunen reisen, in die Hitlisten, in die Bass'n'Drums - Charts: Sie kriechen in überüppiger Zahl, auf der Flucht vor Zacs Füssen die Dünenhänge hinab, ihre massenhafte Reibung erzeugt das tiefe Dröhnen eines altmodischen Propellerflugzeugs. Die Dünen singen magischen Wüstensound. Die musizierenden Wanderdünen werden irgendwann alle Saxophone der Welt übertönen und begraben. Nicht morgen, nicht übermorgen, aber irgendwann ganz sicher, es muss so kommen, wenn der Gott der Gerechten wenigstens etwas Musikgeschmack hat. Soundgerechtigkeit. Dieses Wissen hält Zac alive.

Bleibt noch zu sinnen über Nörgelrock. Ist nicht von Zac, hatte er aufgeschnappt, einst, zu Hause. Weinerliches JammerRappen ohne Sinn und Sound. Gefühlsdus(s)eliger Stadionrock. Kennt Zac alles, hat er satt. Nichts ist neu, nichts wird je neu sein. 'Musik machen kann so einfach sein!', 'Jeder kann singen!' - alles Quatsch. Weghören ist erste Bürgerpflicht. Hingegen: Ein Verbot mit allem strafrechtlichen Rumtatta muss umgehend verkündet wie gnadenlos vollstreckt werden, betreffend den Gesang - meist junger - Männer mit hohen Fistel-Stimmen. Ausnahmen gibt es nur eine, Neil Young steht, trotz seiner Stimmhöhe, als kanadischer Waldschrat und Weltkultur- wie Weltnaturerbe unter verschärftem Blauhelmschutz.

Und das Dauerthema Liebeslieder. Allweil von derselben Drögnis. Auf ihren Song-Beipackzetteln stehen stetständig die nämlichen Ingredienzien, selten als homöopathisches Spurenelement, meist als Giga-Dosis. Was *ich* für *dich bin* (lustig/doppeldeutig: Achselhaar, Waschlappen, Ohrstöpsel, Tampon, Zelt, Passwort, Anspielung auf Fernsehsendung aus der Zeit, als die PLZ noch vierstellig war, z. B. 'Ich bin dein* Joachim Bublath oder Ramona Leiss!'; romantisierend: Ritter, Retter, Firewall; lebenstüchtig: Waschlappen, Zahlemann, Goldesel, Sponsor, Trottel, underpant, Wegwerfwindel, Hörnerträger, Stecher, Laber-Opfer, Kreditkarte), was *ich* für *dich* zu *tun* gedenke (Bankkn - acken, Accounth -acken, Hirnzul -öten, Mathelehrert -öten, Headb - angern, meines Freundes Freundin schw -ängern), was *du* für *mich bist* (Rose von Malaga, Bärlauch von Bonn, Drosera von Erkelenz). Das war es. Sick and tired. Dabei um tausend Akkorde besser als Lieder mit Relevanz, als Songs, die was bewegen wollen. Was bei aller Hinwendung zum Text, aller Orientierung auf die Worte, gerne allzugerne vergessen wird: Musik bedeutet doch zuvörderst Rhythmus, Takt, Beat, Drum & Bass! Dito leicht-all-zu-leicht verschwindet im Hinterzimmer, woher das Wort Musik stammt - nämlich aus dem Späthethitisch-Frühpersischen. Mit Mûysÿck umschrieb man die, in melodisch wechselnden (!) Rhythmen geschlagenen, Trommeltakte, mit denen die Gottkönige, allen voran Darios I., ihre Landser während der Feldzüge gegen Babylon (Irak) und die EU (Hellas) in ekstatische Kampfeslaune brachten. Dabei improvisierten die usurpierten Kriegstrommler, unter dem Einfluss ihrer heimischen Klänge bzw. der variierenden Volksweisen eroberter Landstriche, immer häufiger wechselnde, frische Tonfolgen, um der zuvor bestürzend drögen Langweiligkeit des althergebrachten Marschgestampfes - vgl. die Trommeleintönigkeit, die noch bis 1997 auf den italienischen Galeeren üblich war - zu entfliehen. Die so aufgepeitschten Heereskräfte verwandelten sich im Rausch der rasenden Rhythmen in schwere Eisen

(Heavy Metal) schwingende Kampfmaschinen (Hools). Der Begriff 'Mûysïçk' für diese fabrikneue Kunstform ist ein durch mangelnde Sprachkenntnisse der zumeist prasseldummen Militär-Schlagzeuger verursachtes Lehnwort der für den Sturmbefehl 'Hurra-Angriff!' stehenden hethitisch-persischen Wortkombination 'My-Sïçć!' Zugleich gerieten die Angriffs-Oper(!)ationen durch diese neuartige, extrem melodische Taktgebung zu choreographierten Ensembleperformances, die durch die Vermengung von gesungenem Befehlstext mit sehr manieristischen Militärszenen eine Gattung der Kunstfamilie Musik schufen und benamsten. Leider fällt Zac nicht ein, welche Gattung das war.

War nur Quatsch, eben, das mit der Erfindung der Oper.

Selbst als rein theoretische Überlegung nicht unterschlagen darf Zac hier, so nahe dem Iran, die andere, von Herodot, der weder identisch noch verschwägert oder verwandt mit Herodes war, sondern ein halbgarer Historiker, der beharrlich seinem grossen Vorbild Guido Knopp nacheiferte, überlieferte Variante. Mûysïçk war nach dieser Historienalternative das Mittel der Wahl, um abgefallene, sich verschanzt habende Satrapen vermittels Geräusch wieder gefügig zu machen. Diese Satrapen, Statthalter Persiens, wurden dann, wenn sie versuchten, sich vom König zu lösen, in ihren Provinzpalästen von den Königstreuen belagert und mit Geräuschen beschallt, erzeugt von indienstämmigen Klang-Berserkern auf hunderten Tombaks. Üblich gewesen war, bis ins letzte Halbjahrhundert vor Christus, ein extrem gleichmässiges Schlagen dieser lauten Holztrommeln, kaum akzentuiert, eher Trance als von melodischer Volatilität. So. Damit hatten die monarchistischen Belagerer die Palastbewohner wegen des schon bekannten Gewöhnungseffektes jedoch nicht in die gewünschte Ge-/Entnervtheit treiben können. Das Jericho-Krachkonzept (Joshua 6,20) erwies sich als untauglich, denn letztlich waren es die eigenen Mauern, die man belagerte und nicht schleifen wollte. So. Ein findiger Sklave, ein ungewöhnlich lebensfroher Ex-Spartiat, hatte die die Welt verändernde Eingebung, den Gleichklang zu modulieren, die Töne nicht allein laut und leise, sondern dabei noch hoch und tief, eher kräftig oder eher zart, in schneller oder in langsamer Abfolge, nach vorgegebenen Zeichen (Nøtęñ) und also reproduzierbar in die antike Luft zu jagen. Dieser neue Sound gefiel den Satrapen freilich, sie blieben gerne in ihren Räumen, tanzten und feteten (persisch: Şąûşe) und liessen ihren König König sein, 'Persien ist gross und der GottKönig ist weit' wurde für einige Jahre zum Provinzmotto. Deshalb erfand der Ex-Spartiat wenig später mit dem Free Jazz - freilich ohne diesen Begriff zu verwenden - einen Belagerungssound, der in der Folge noch jeden untreuen Statthalter zur Aufgabe bewegte. Oder zum Selbstmord. Dieser rührige Kreativ-Sklave nun, dieser frühe Bach, dieser Schönberg-Coltrane der Antike hiess - na? - Mousikē! Und weil die Perser einesteils diese Form der Inneren Kriegsführung als sehr schonend für ihre Ressourcen, mit Ausnahme der Nerven, schätzten, andererseits seit einigen, nun ja, unglücklichen Schlappen die griechischen Nachbarn respektierten, und den dank der Nøtęñ noch vorhandenen Sound der Şậûşen hatten schätzen gelernt, adoptierten und transformierten sie den spartanisch-griechischen Künstler-Namen als Name einer ganzen Kunstgattung ins Persische. Mit dem Ergebnis: Mûysïçk - ein Kunst-Begriff mit Migrationshintergrund. So.

Musik, wie sie Zac gerne hätte hören wollen während der schier endlos sich ziehenden Minuten der Sound-Berieselung im Flugzeug, bevor dieses endlich seine endgültige Parkposition erreicht hatte: Hochartifizielle und tanzintelligente Klangskulpturen! Musik, die Zac hatte hören müssen, während er fiebernd darauf lauerte, sein *carry-on baggage* aus dem *hand-luggage compartment* zerren zu dürfen: Schneidendes Saxophonschmeichelgewimmer. Saxophon-Musik, Musik mit Gänsehautfaktor pur, mag sein. Gänsehautsound, weil Zac sämtliche Follikel eregieren, aber nicht vor Lust. Gänsehautsound, weil sich alles auf der Haut aufrichtet vor namenloser Angst und verzehrender Scham. Angst vor dem alle Trommelfelle zerstörenden, schneidenden Klumpatsch aus ins nicht Endende gezogenen Quetschtönen, Scham darüber, was menschlicher Erfindungsgeist (Antoine Joseph Sax) gepaart mit musikalischer Hemmungslosigkeit (Clarence Clemons?) der wehrlosen Konzertluft antun kann. Saxophobie mag mittlerweile viele Geneigte davon abhalten, die Konzerte von Bruce Springsteen zu besuchen, und Zac darf sich zu der erlauchten Minischar Mutiger rechnen, die des Bosses Konzerte wegen der stets überzogenen Saxophon-Zudröhnung doof finden. Ein Instrument, ein als Holzdingens daher kommendes Blech-Konstrukt aus marternden 22 Klappen. Man fühlt es regelrecht, wie bei jedem ausgewürgten Ton irwo (irgendwo) in unserer Welt ein Hörer-Hoden auf die Grösse eines Tic Tac schrumpft. Saxohorror, welch vortreffliches Wort, Saxoohoorroor, durch drei o tief, warm und angenehm in Klanghöhe und Soundmodulation. Mag sich das schrecklich schneidende Folterinstrument ein Beispiel dran nehmen. Oder an der sachten Stille der Wüste. Zac fordert: No more Saxotorture! Hallo, Amnesty International, bitte eine Kampagne!

Die Düne, auf der Zac Besuch erhält

Einsamkeit, Sand und Sonne. Sand, Sonne und Einsamkeit. Sonne, Einsamkeit und Sand. Zacs Siamesische Drillinge. Schon immer. Damals war's gewesen, Pluto war noch ein Planet und Zac hatte einen Sommerurlaub gebucht gehabt. Holiday für sich und seine Freundin, nein, nicht für Annika oder Borissa oder Cocco oder Dannika oder Elly, die fünf Schauspielschülerinnen waren damals Freundinnen mit allem Drumherum und Mittendrin, waren Zacs willige Intimgespielinnen gewesen. Aber die, derer Zac sich im Moment erinnert, hatte zwar einen prächtig unflätigen Namen, war aber nie seine richtig-richtige Freundin gewesen. Leider. Fikka hiess sie, Fikka Pospiçhel, Fikka, ein skandinavischer Namen. Fikka war ein frühes Opfer der Elternsucht nach exklusiven Dumm-Namen, das weiss er noch von ihr. Und er erinnert sich gerne, dass sie wundervolle Brüste hatte, nicht zu gross und nicht zu klein, nicht zu fest und nicht zu matschig, so vollkommen wie ein gekochtes Ei in der idealen Mitte zwischen hart und weich. Wenn Zac es genau nimmt, dann war der letzte Gedanke etwas missverständlich. Nein, Fikkas Brüste hatten weder Grösse noch Zustand, Elastizität, Granularität, Schwere, Dichte, Härte und Rutschigkeit von perfekt gekochten Eiern. Sie waren in allen diesen Aspekten so *vollkommen wie* das ideale Frühstücksei. Waren bestimmt dezent salzig schmeckend im Falle schweisstreibender Beschäftigungen. Das weiss Zac leider nicht näher, hatte er doch nie eine Chance auf einen Test gehabt. Für eine Intimgespielin, die diesen Titel verdient hätte, haperte es in ihrer Liaison erheblich an Genital-Adhäsion. Nie war er mit Fikkas Wissen an ihre Frühstücksei-Dutteln gelangt. Dutteln. Hatte er irgendwann in 'Josephine Mutzenbacher' gelesen; doofer Roman, doofe Benamsung. Ach, Fikka Pospiçhel! Nach einer prophylaktischen Spiegelung des Fikka-Darmtraktes durch Dr. mult. Ileus, hatte Zac die ungewöhnlich lange nachhallende Voll-Narkose, die ~~Autopsie~~ Anästhesie war zu stark ausgefallen, auf fraglos fragwürdige Weise genutzt, hatte ihre beiden Prachtbrüste ganze drei Stunden ununterbrochen befasst. Nur deswegen wusste Zac um die absolute Vollkommenheit der beiden.

Ob Fikka seine Mamma-Massage unterbewusst doch registriert hatte und es deshalb nichts wurde aus Zac und Fikka? Oder ob es der Klang der deutschen Namenssumme, also Zac-Fikka, war, weshalb ihre Beziehung in einem Frühstadium verendet war? Egal, heute ist das verjährt und vergessen. Damals aber war es grausam gewesen für ihn. Er hatte über einen alternativen, mazedonischen (fyr) Anbieter ein sehr teures, recht ungewöhnliches, jedoch nicht übertrieben abenteuerliches Ziel für sie beide gebucht gehabt. Keine Pauschalreise, ein sehr gutes Hotel, welches gewöhnlich nicht von Deutschen besucht ward, in einer wenig geläufigen, sogar vom Lonely Planet verschmähten Gegend, Asowsches-Meer-Küste der Ukraine, irgendwo in Aserbaidjan am Kaspik, San Alfonso del Mar in Algarrobo an der Pazifikküste, Ostseeküste von Litauen oder Lettland oder Lappland, Gadani am Indischen Ozean. Oder Balatonfüzfö. Mit etwas mehr Hirnsanpannung könnte Zac diese Longlist zur Shortlist verstümmeln, aber wie so oft - kein Bock. Jedenfalls, Fikkas Einschätzung der Beziehung unterschied sich fatal von der seinigen, sie hatte in letzter Sekunde per SMS oder Telegramm den gemeinsamen Sommerurlaub abgesagt. 'Was für eine Ärschin!', hatte er geflucht und war dieses Umstands halber alleine geflogen.

Zac hatte dann fast zwei Wochen single unter fremden Zungen am Prachtsandstrand verbracht. Tagtäglich hatten ihn zunächst die Raumreinigungs-Matronen zu bester Verdauungsschläfchenzeit aus seinem Doppelzimmer vertrieben, gleich nach dem Frühstück waren sie gekommen, allesamt voluminöse Brummer trotz der bestimmt anstrengenden Arbeit, hatten den dürren Deutschen mitleidig belächelt wegen des stets unbenutzten zweiten Bettes; alte fette Vetteln, die nicht als Selbstbefleckungsschablonen taugten. Am Strand hatte ihn dann ein alle Tage gleicher Sound erwartet, ein monotoner Klangbrei aus fremdsprachigen, superfremdsprachigsten, unverständlichen Gesprächen und ebenfalls unverständlichem Brandungsrauschen. Zac hatte alle Sonnentage bis zur Dämmerung am enorm breiten Strand gelegen, ringsum das unergründliche Gewisper derjenigen, die es besser getroffen hatten als er, jeden Tag! - sorry, an diese Stelle gehört ein Komma, kein Ausrufezeichen gedacht - jeden faden Tag ganze zwei Herausforderungen: Erstens kein Alkohol vor zehn, zweitens nicht ununterbrochen auf frohsinnige Familien oder auf die zugehörigen Frauen und deren grosse Töchter stieren. Einsamkeit, Sand und Sonne. Sand, Sonne und Einsamkeit. Sonne, Einsamkeit und Sand. Im Grunde ist seine Situation heute dieselbe. Nur ohne Meer. Und ohne Alkohol. Und ohne Room-Service. Und mit absoluter Ruhe. Zac spürt, wie sich erneut Kopfhautpartikel lösen, um als Schuppen der Haar-Sand-Mixtur beizuwohnen. Eklig. Kopfschmerzen wären angenehmer.

Es wird Zeit für eine Entscheidung. Zac ist hin und her gerissen, er knobelt, ob er noch sitzen bleiben oder seinen eskapistischen Ausflug zu einem jähen Ende bringen sollte. Einfach aufstehen! Nein, das wäre zu billig. Es spriesst die Unterwäsche, müffelt sein Bartwuchs unterm Tuch. Er hat so unglaublich viel geleistet in den letzten Tagen, ist nicht geflohen, hat geharrt und geharrt, hat sparsam getrunken und konsequent kaum gegessen, hat seine Hände im Zaum gehalten, hat seine Exkremente verbuddelt und hätte sich vor den penetranten Land Cruisern der Desert-and-beyond-Safari-Adventure-and-more-Outlaw-and-Offroad Anbieter versteckt. Allein, diese als Ausflugsspielzeuge missbrauchten Kampf-Toyotas waren nie aufgetaucht, das hatte er sich nur gewünscht. Er *hätte* sich dann richtig vor der Zivilisation verstecken können, geschwind wie die Tarantel Tinto oder der Dschinn Djafar oder ein Raketenwurm wäre er im Sand verschwunden. Wie dazueinst Tarzan mit dem Blätterdschungel, wäre Zac eins geworden mit seinem trockenen Habitat. Es kam aber keiner, dem zu entfleuchen Anlass bestanden hätte. Selbst Las Vegas tauchte nicht auf. Las Vegas hätte ruhig vorbeischauen dürfen, Las Vegas, Wüstenbewohnerin wie Zac, Las Vegas, Sinnbild für nachhaltige Ressourcenschonung, auch darin ein Abbild von Zac. Sie hätten sich gut verstanden, Las Vegas hätte sogar gleich die Kinderlein, Tom Jones und Célin Dion, mitbringen dürfen, die ganze Familie wäre Zac willkommen gewesen, Hauptsache, irgendein Jemand! Oder Andrea Neuenhofen und Peter Plate, doch selbst diese stolzen Pop-Heroen aus der alten, guten Zeit vor dem grossen Finanzcrash, hatten sich hier nie blicken lassen.

Die Rub al-Chali, diese trockene Gegend ist Phantasialand in Brühl, Heide Park bei Soltau und HolidayPark Pfalz für Klaustrophobiker und Extremsolisten, wird aber von ziemlich allen anderen ignoriert statt frequentiert. Zac hatte sich also notgedrungen mit sich selbst beschäftigen müssen. Er hat seinen luziden Geist schweifen lassen, seine Gedanken waren umhergeprescht, flink wie die Reitergruppen von Dschingis Khan, beweglich wie die mit Maschinengewehren ausgestatteten Eselskarren der anarchistischen Machnowzi, mobil wie diese kompakten Kämpfertruppen in den vielen Flachlandkriegen der letzten Jahre, die mit ihren Toyota-Pickups rasend schnell unterwegs sind, nicht zu stellen, nicht zu greifen, wenn sie mal hier, mal dort, mal ganz woanders auftauchen und mit leichten bis mittelschweren Waffen wahlweise Erlösung oder Verderben bringen. Break! Nein, nein, Zac übertreibt, färbt schön, seine Gedanken waren keine flotten Partisanen auf dem Parcour der Zeitgeister, so toll können seine Eingebungen nicht gewesen sein. Er ist und bleibt der doofe Dieter, der schlichte Sven, der tumbe Thomas, der aufreizend kontrafaktische Konrad des langweiligen

Laudenkens. Die Welt bleibt insgesamt und absolut undurchschaubar. Diese Erkenntnis deprimiert ihn. Er könnte gegen die Depression einen Schnaps, vorzugsweise *sto gramm* Wodka, vertragen. Wenigstens wird nie ein Irgend von seinen Irrungen erfahren, nie jemand seine Gedanken lesen. Diese Erkenntnis tröstet ihn. Depression und Trost, dafür gibt es in der Heimat ein probates Mittelchen, na klar, den Alkohol. Verbrauchertipp: Wodka eiseskalt, dann hilft sogar billiger Wodka! Hat Zac hier nicht parat. Dieses Wissen bereitet ihm nun wiederum Kummer. Depression, Trost, Kummer - dafür gibt es daheim ein geeignetes Mittelchen, ein jeder weiss es, den Alkohol. Verbrauchertipp: Guter Wodka, der schmeckt sogar warm! Aber Zac hat keinerlei Alkohol hier, verdammt noch eins. Langsam gerät sein Denken in eine schwere Konfusion. Depression, Trost, Kummer, Konfusion - da rät die Suchtbeauftragte zum Besten aller Mittel, zu Alkohol. Verbrauchertipp: Wodka, viel Wodka! Zac grübelt, wie er an antidepressiven, Trost spendenden, kümmernden, kontrakonfusiven Wodka gelangen könnte. Hier gibt es keine Promille, nicht die geringste Zerstreuung. Selbst für eine fesche Fata Morgana hatte es all seine Wüstentage nicht gereicht. Doch nun, erst jetzt, als sich der Ausflug wohl dem Kehraus zuneigt, erscheint ihm ein heiteres Licht. Der geplättete Zac sieht auf zwei Uhr eine wundersame schwarze Silhouette mit kaltlichtweisser Korona langsam auf sich zuschweben.

Soll nun, am Ende seiner Wüstenwoche, endlich ein zauberhaftes Fabelwesen mit elegant verhüllter Weiblichkeit in sein deprimierendes Warten knallen? Die Düne vor der seinigen ist etwas weniger hoch, er kann gut hinab auf die, einen weiten Sandwurf entfernte, Erscheinung schauen. Eine Frau gleitet über das stilettofeindliche Gelände. Das kann nicht wahr sein, dieses Fata-Morgana-Wesen, ein Mensch, gar eine Frau, zweifelt Zac an seinen Sinnen. Diesen Zweifeln gebietet der strahlende Charme des halbhimmlisch-realen Wesens ein Sandkorn später zu schweigen: Ein leuchtend-rotes Tuch umschlingt Haare und Mund. Bei jedem Schritt blitzt ein blaues, stoffreiches Kleid mit golden glitzerndem Glanzbesatz durch die sperrangeloffen wehende Front des weiten, schwarzen Umhanges. Das Gesicht bleibt, soweit es nicht ohnehin vom Kopftuch bedeckt wird, hinter einem zarten Fächer mit der gold-blauen Botschaft 'Travel Falcon Gold, Win 50,000 Miles!' verborgen. Die Frau setzt sich grusslos neben Zac in den Sand seiner Unterhaltungsdüne. Sie zieht die Knie fest an sich, legt einen Arm um ihre Beine, schaut geradeaus. Beide schweigen eine Weile, einvernehmlich, überraschend selbstverständlich, wie ein gemeinsam gealtertes Paar.

Dann senkt die Fremde den Fächer, Zac sieht ihre dichten, schwarzen Brauen über den grossen, braunen Augen. Sie zieht das rote Tuch vom Mund. Cordelia von Bensch wendet sich Zac zu, lächelt. "Merhaba, lieber Ferdinan Zacharias! Du kannst nach Hause kommen. Unsere Mama ist dir wieder gut!"

Bonus: 66 feinste Luxus-Rezensionen

(Alle Fehler sind beabsichtigt.)

1. "Ich war - trotz des jedes Risiko rechtfertigenden günstigen Preises - skeptisch beim Kauf. Von dem Hannssen hatte ich nie etwas gelesen, nie etwas gehört. Nun bin ich begeistert! Was ich gelesen habe, entzieht sich jeder Einordnung, ist nicht Kabarett, nicht Comedy, keine anprangernde Glosse, keine klassische Satire, kein politisches Manifest, kein Schmunzel-Text, keine bloß witzige Entspannungslektüre, keine weitere humorige Sammlung minder banaler Gedanken. Es ist was NEUES: eine expressionistisch lockere Mischung aus - bisher so nicht vereinbar erscheinenden, im Hinblick auf die literarische Form eigentlich antagonistischen - Qualitätsideen und Unsinnsgedanken! Ich habe das Werk gerade nochmals gelesen, einmal am Stück, nun die einzelnen Unterhaltungsdünen willkürlich ausgewählt. Beste Zerstreuung bringen beide Arten der Lektüre - als Geschichte en bloc und einzelne Geschichten ad libitum. Ich fühlte mich beim Lesen wie in Treibsand gefangen, so unentrinnbar sog mich Hannssen in seine schräge Welt. Zum Schluss noch besten Dank für das herausragende Interview mit Judith Tribon und die anderen 65 exquisiten Rezensionen!"

2. "Ich bin total enttäuscht. Hatte zotige Vulgärkomik und Koprolalie für Hardcorecomedy-Follower erwartet. Bekam zart gesponnenen Humor für helle Köpfe. Doof. Die fünf Sterne habe ich aus Versehn vergebn, weiß nun nicht, wie man die löscht. Auch doof."

3. "Eine Flasche sehr reinen Wodka in das Eisfach packen, den Kindle zunächst auf mittelgroße Schrift stellen, nach den ersten etwa fünfundzwanzig Seiten die Flasche aus dem Eisfach holen, weiter lesen und dazu kleine kalte Schlucke schlürfen. Schlürfen, nicht kippen! Bei alkoholbedingtem Nachlassen der Sehkraft die Schrift größer stellen und den Zeilenabstand auf breit. Das ist mein Lesetipp, so habe ich dieses Schreibwerk mit seinen mindestens neunzigtausend Prachtworten ohne wahrnehmbare seelische Blessuren, in einem feuchten Rutsch durchgelesen. Kopfschmerzen? Hatte ich weniger als erwartet. Der Wodka war edel. Der Text war gut. Der letzte Satz ist der bezauberndste, knapp nach dem ersten Satz in Anna Karenina, er entschädigt mich für alle Schmerzen in meinem Leben."

4. "Assoziativer Poststrukturalismus. Man muss sich mit einigem MUT einlassen, muss mit Geist und Gefühl einsteigen, muss sich vielleicht sogar ein wenig Zeit nehmen. Für meine Bereitschaft, Neues zu erkunden, wurde ich reich belohnt, weil ich so viel Freude an der Fabulierfreude und Formulierkunst des Hannssen erfahren durfte. Ich las grandios austarierte Sätze voller Melodie und Unsinn. Ich empfehle das Buch auch und gerade Linguisten. Politikwissenschafts-Studierenden. Angehenden Turnlehrern. Über den gelegentlich mehr als deftigen Inhalt will ich hier allerdings nicht schreiben. Darüber kann ich mich allenfalls, unterstützt durch feinste Alkoholika, mündlich mit anderen Genuss-Lesern austauschen. Nur so viel sei hier verraten: Den aufgeschlossenen, komplexitätsaffinen Leser erwartet ein wahrhaft exotischer Zwitter aus versponnenem Quatsch und klamaukiger Politikexkursion."

5. "Ungezählte luftige Qualitätsgedanken wider den platten Zeitgeist, sensibel anarchisch, voller unbeherrschter Spasmen, in gelassenstem Plauderton dargeboten. Da ruht jemand in sich: Der blasierte Autor. Das Büchlein ist ein boulevardesker, in seinen besten Momenten brüllkomischer Feldzug gegen teutonische Bräsigkeit. Der Haupt- und Soloprotagonist entführte mich in sein Schwachsinns-Universum. So verwegen hatte ich unsere Milchstraße bisher noch nicht betrachten dürfen."

6. "Tabuthemen Ekel und Scham? Fehlanzeige! Trotzdem kein Fehlkauf, im Gegenteil. Eine episch ausgebreitete, ziselierte, subjektiv-multiperspektivische Weltbetrachtung mit einigen reizvoll schwebenden evolutionären Spezialeffekten, special effects. Ich liebe diese satirisch-dadaistische Vivisektion der deutschen Hardcore-Realität, die bei aller Liebe zum Detail nie das Große & Ganze aus dem milde-strengen Blick verliert. P.S.: Darf man hier grüßen? Egal: Bussi für meinen Schatz Schatzi!"

7. "Jo Hannssen? Eine sudelnde Schranze am Hof der politischen Extrakorrektheit. Lächerlich. Dazu immer wieder Männerphantasien, wie ich sie von einem erotisch Unterforderten in einer feuchtwarmen Tropennacht erwarte. Aber doch bitte nicht von einem hellen Geist beim Dauersitzen in einer trockenen, heißen, hyper-ariden Wüste! So wird der fortdauernden sittlichen Verwahrlosung und dem Hedonismus ungeniert Vorschub geleistet. Mir wurde das Buch als 'witzige Jonglage auf dem Hochseil der deutschen Gegenwartskultur und -politik' angepriesen. Von meinem Lieblingsbuchhändler. Der hat es nicht

gelesen. Oder nicht verstanden. Wie sonst hätte er mir etwas empfehlen können, was sich über Kultur und Engagement derartig lustig macht? Fazit: Der Inhalt widerstrebt mir, doch hat mich der unterhaltsame, frische Stil des Autors eins ums andere sehr gefesselt. Content is king, style is imperator! Nachtrag zu meiner Rezension von gestern: Mein künftig ehemaliger Buchhändler sitzt bei mir in meiner mit dunklem Tropenholz getäfelten, klimaneutral klimatisierten Privatbibliothek. Er raunt mir über den dunkelgrünen Glasschirm meiner englischen Leselampe aus gebürstetem Messing hinweg zu, dass diese Rezension inkonsistent sei. *Der* muss es ja wissen!"

8. "Ich bin überzeugt, hier den lange herbeigesehnten, deutlich wertkonservativen Gegenentwurf zum Meinungs-Mainstream des politisch-medialen Establishments (MSM), gelesen zu haben. Bar aller politischen Korrektheit, aber fast nie verletzend; ausgewogen, aber nicht lauwarm; patriotisch, doch mit keiner Silbe extremistisch; tiefgründig in der Analyse der Ursachen des Desinteresses großer Bevölkerungsschichten an Politik und Biathlon, ohne je um einen wohlwollenden Ratschlag verlegen zu sein. Der Autor durchdekliniert auf seiner individuellen Reise in sein innerstes Schwarz-Weiss ohne kulturelle oder politische Scheuklappen ganz entspannt Themen von enormer gesamtgesellschaftlicher Relevanz. J.H. gelang ein feuilletonistisches Essay im allerbesten Sinne. Mit Augenmaß, Spott und Leidenschaft (Max Weber?). Mein Tipp für alle Bezweifler der Standarderklärungsmodelle, meine Empfehlung für open-minded Polit-Inkorrekte, mein Ratschlag für die wegen der Trockenheit der Gegenwartsliteratur Verzweifelten: Lesen Sie selbst, urteilen Sie selbst, zweifeln Sie selbst!"

9. "Denkanstöße, auch mal gegen den Strich gebürstet, Lachen, das im Halse stecken bleibt. Eine erschreckend ehrliche Bestandsaufnahme des Hier und Jetzt, die schockiert und wach rüttelt, die mindestens einen Finger in die schwärenden Wunden des bürgerlichen Deutschland steckt und dem Abenteuer Alltag die morsch-morbide Maske von der fröhlich-fiesen Fratze reißt. <u>Nein, nein, nein!</u> Stattdessen: Tolerante Gedanken zum Flüstern und Grölen! Vom einem Universalinitiator und Spontangelehrten für Gedankenleser und Wortspielverächter! Zeitgeistlose Wahrheiten eines berufenen Hirnes! Incl. Interview mit Judith Tribon - ihr erstes Interview seit sieben Jahren! Enthält 56 Prozent Quatsch und 57 Prozent Irgendwas!"

10. "Eine Mischung aus sehr viel feinem Schabernack und einem zarten Hauch freudiger Kritik. Das kann, das wird zumeist schief gehen. Hier nicht, denn der Autor landet nicht zwischen den Stühlen, nein, er macht es sich auf allen Sitzgelegenheiten bequem. Ich las eine fein austarierte Melange dieser inhaltlichen Antipoden. Ich fand es zugleich entspannend und spannend, dass ich nach brisanter, in mancher Zeile brillanter, Analyse übergangslos Quatsch auf erfreulich niedrigem Niveau lesen durfte. Bei alldem wird der Leser nie unterfordert, fast im Gegenteil, so manches Mal erschloss sich mir ein Gedanke erst beim lustvoll wiederholten Lesen. Und ich habe es nicht bereut, diese bestens ausgestattete Geschichte gewählt zu haben. Auf Konventionen deutschen Humors verzichtet Jo Hannssen fast in Gänze. Eine intelligente Streitschrift für und wider alle Vernunft. Für einen Text, der sich so unterhaltsam dem Zeitgeist verweigert, gibt es nur ein Urteil: ..."

11. "Von wegen Premiumcontent! Ein Menetekel! Der schein-mutige Aufschrei einer tief gestörten Seele! Der spinnt total! Was soll das denn? Endlose Monologe, zähe Gedankenkriechereien, Fratzen, ungeheuerliche Beleidigungen, unlogische Pseudokackmistideenkolonnen. Ein Mann sitzt in der Wüste ganz still und stumm, in seinem Kopf, da geht nur Unsinn um. Die deutsche Volksseele tickt anders. Ganz anders. Einziger Trost war für mich das lange Gespräch mit dem Star meiner Jugend, mit Judith Tribon. Judith, wenn du das hier liest: I love you immer noch!"

12. "Ein neuer Jemand verbindet endlich Relevanz mit Evidenz. Bravo! Hannssens wunderbare Worte fügen sich zu einer expressionistischen Projektionsfläche für meine latenten Ängste und das epochentypische Unbehagen in Anbetracht meines eigenen, sehr dissonanten Lebens. Hannssen buddelt verschüttete Ideologeme aus, um sie zu entstauben und nackt unter die Scheinwerfer des öffentlichen Debatten-Diskurses zu wuchten. Sehr subtilerotisch. Allerdings habe ich so ein Gefühl, dass der Name des Verfassers nur ein Pseudonym ist. Weiß dazu jemand etwas? gez. Alias"

13. "Baeng, boom, da knallt zwei100jahre nach dem Wiener Kongress dieses Werk in den germanIsCHen literatur<u>IRRSINN</u>. Baeng, blitzz, da hat mICH dieses PfullMinante 1.geborene voll geflasht. Baeng, boom, blitzz, baeng, da hat mICH - bei aller EUPHORIE ueber dieses Smash-up - doch ein flitschefliedschICHles

Unbehaegchen beschlICHen. Diese(r) Hannssen verschenkt sohoho viel an MoeglICHkeiteN, mal wortMALERisch zu werkeln, mal mit der Schrift zu spielen, das ScHrIfTbIlD zu variieren, variirren, viagrieren. Mal, hohoeho, eine BINNENmAJUSKEL, das warßß schon fast. Fast, Mast, Knast, Rast, Bast, Gast, Hast, Last, Otto. ICH will mICH nICHt in den VorderGrund draengeln, bin nur ein kleiner Rezensent. Wiewohlst, dadarob koennte ICH K O T Z E N: Hier hat man (?) mal wieder den literarIsCHen Anspruch auf der blutgeldgierigen Opferbank der LESBARKEIT geschaechtet! # DANKE LEKTOR # Ironie off."

14. "Ein ängstliches Machwerk, schade. Wie kann der peinliche Poet seinen erbärmlichen Erstling nur so in den warmen Wüstensand setzen? Ambivalent, aber brillant! Ab in den Deutschen Qualitätsliteratur-Kunstkanon."

15. "Das hat dem deutschen Humorschaffen gerade noch gefehlt. Keine Politikerbeschimpfung, keine Mainstreamlangeweile, kein Wort gegen Gen-Food. Das geht gar nicht. Ich möchte bitte lesen, was ich sowieso schon denke. Diesem Anspruch wird der Autor dieses impertinenten Schmäh-Essays leider nicht gerecht. Schade. Für ihn. Wählt bestimmt nicht grün. Hat bestimmt kein taz-Abo. Gesinnungsnazi, halts Maul!"

16. "Ein Potpourri, ein Ragout, ein Gazpacho, ein Amalgam aus Witz und Widerstand. Nicht jedes Wortspiel gelingt dem Autorenkollektiv, ... Moment, ich schaue in meine Notizen, doch, Korrektur, jede Wortspielerei ist prima gelungen; pure Sprachfreude, pure Schönheit, pur Purheit!"

17. "Holy shit! ... ? ... Mehr wollte ich nicht schreiben, aber hier werden zwanzig Worte erwartet. Also: naa, naa, naa, na-na-na-naa, na-na-na-naa. Erkannt? Kleiner Tipp: Is was von den Beatles."

18. "Schade, schade, schade um die Lesezeit. Ein allzu durchsichtiger Versuch, das verdienstvolle deutsche Satirewesen und dessen Kampf für eine bessere Welt in den wüsten Sand zu zerrn. Eine zehe Lecktüre, deren Trokkenheit ich fast nichts abgewinnen konnte - gespickt mit Sprachschluhdereien, die man der augenfellig nicht vorhandenen Lecktorin um die Mütse haun mochte. Alle zehn Daumen runter, er sollte sich was schehmen! (So wollde ich immer scho'ma retzensieren.)"

19. "Ich hatte nicht gesucht, dann aber per Zufall dieses Wunderstück gefunden. In unserem literarischen Gesprächskreis haben wir bei Rotwein und Rotwein-Schorle und dann wieder Rotwein lange darüber gesprochen, dass und warum diese nicht jugendfreie Scheußlichkeit verboten werden sollte. Hat uns Spaß gemacht, viel Spaß. Als die Weinvorräte aufgebraucht waren, waren wir uns einig: Klarer Kauftipp!"

20. "Peinlich! Da räsoniert ein unsäglicher Nörgler über wüste Belanglosigkeiten. Gefäßversagen im Hirn, unterste Schublade, das beschreibt diese 'Literatur' ganz gut. Doch es ist mal was Anderes, Unerwartetes, Verstörendes. Ein Weltläufigkeit atmendes Kompendium deutscher Gegenwartsverfasstheit. Eine pornanarchistische Sprachpretiose. Ein wagemutiger Debattenbeitrag wider den Meinungshauptstrom. Respekt!"

21. "Gäbe es die Möglichkeit, keinen Stern zu vergeben, so bekäme dieses Werk keinen Stern. Gäbe es die Möglichkeit, zehn Sterne zu vergeben, so bekäme dieses Werk zehn Sterne. Da amazon was gegen Extreme hat, gibt es den Mittelwert: fünf Sterne. War diese Rezension für Sie hilfreich? Bitte rezensieren Sie diese Rezension positiv, ich habe mir viel Mühe mit dem Rezensieren gegeben."

22. "Grundton seicht. Man erwartet ja von einem Newcomer mit einem solchen Namen weiß Gott keine literarischen Wunder, keine philosophischen Höhenflüge, aber ein sprachlich und inhaltlich so tumbes Lexikon der Banalitäten, das überraschte mich doch. Muss man denn alle und jeden mit Unflat bewerfen? Ein Abgesamg auf jedes noch so niedrige Niveau, eine Demomtage des gesitteten Diskurses, eine dissidentöse Verweigerung unserer bewährten Konsenskultur. Ich erwarte von Satire kleine Stuppse, die mich sanft zum Neu-, Anders- und Weiterdenken verführen. Also, bitte nicht nochmal ein solches Schandwerk, sonst 'platzt die Bombe'."

23. "Such a good idea and so badly done. A waste of money and time. Sorry, only a joke. A groovy kind of magic! I love Judith Tribon! To sum up: Five stars plus!"

24. "Den Leser erwartet ein Panoptikum sündiger Gedanken. Hannssen zeigt eindrucksvoll, dass man eine Qualitäts-Meinung auch ohne beschissenen Fakten-Check sein eigen nennen kann. Es ist ein ungewöhnlich mutiges Buch - eine geistreiche, liebevolle, lebenspralle Hommage an das Andersdenken. Ich kann dieses

atmosphärisch dichte Werk warmen Herzens empfehlen. Habe mir gestern zum ersten Mal eine Partie Bowlinton auf Sky angeschaut. Super! Bleibt nur eine Frage: In welche literarische (?) Kategorie fallen denn die ungeheuer ungeheuerlichen Zeilen dieses bis dato völlig unbekannten Wort-Artisten? Ich weiß es nicht."

25. "Insgesamt gefällt mir dieses Buch schon prima, mußich sagen. Echt lustig, mußich echt sagen. Hatte aber noch mehr erhofft. Stich-Wort Climate-Change, Stich-Wort Erd-Erwärmung. Muß ich mehr sagen? In Text fandich ein bisserl Spaßiges dazu, aber keineinziges Wort zu Rußland. Ist euch aufgefallen, wie kühl es gerade ist? Von wegen Wärmung! Schuld isdtie Krim. Seit Jahr-Hunderten wollte Rußland Zugang zu warmen Meeren. Seit Jahr-Zehnten wollte Rußland wenigstens einen eigenen eisesfreien Hafen. Deshalb haben die Prag-Matiker von Wolga und Don und Ob einfach das Wetter erhitzt, das Klima warm gemacht. Damit begann das Ding mit dem Kälte-Rückgang um die Jahrtauswende. Immer wärmer, immer eisesfreiere Häfen für die immer modernere russische Flotte. Habich auch erst nich glauben wollen, muß ich sagen. Aber der letzte Winter, 13/14, der war extremwarm. War alles klar bei mir danach. Nun haben sie (Rußen) aber Sewastopol. Nun haben sie den großen Hafen ohne je Zufrieren. Die Rußen haben ihre Erd-Erwärmung abgestellt, brauchen sie nich mehr. Prompt wollen USA + China auch was machen für Klima-Rettung. Die wissen nämlich, daß wegen Rußland die Erd-Erwärmung sowieso vorbei ist. In der Gegen-Öffentlichkeit ist das längst bekannt. Aber Gesinnungs-Gängelei von Medien-Machern im Gleich-Schritt mit totalitären Altpartei-Strategen verhintert Allgemein-Wissen! Ich hatte so auf Herrn Jo Han. gehofft, dass er das enthüllt. Hatter nich, muß ich sagen. Deswegen fast kein Stern von mir!"

26. "Ey, das geht gar nicht, vil zu vil Fremdwörter. Trotzdem Spaß gehabt, stehn auch so verschärfte Sachen drinne, Unterleibssachen hat meine Oma dazu gesagt. Kicher. Meine Oma hätte auch ein Buch schreiben können. Ich vermisse mein Omchen."

27. "So viel Inspiration erfuhr ich nimmer bevor. Endlich verbindet jemand Political Correctness mit Spaß am Streit, oder war es umgekehrt, politisch inkorrekt und spaßfrei? Ich weiß es nicht, denn ich bin nach der Lektüre dieser verstörenden Hybridliteratur noch betäubt und verwirrt. Auf eine besonders angenehme, reinschmeichelnde, fast kitzelnde Weise. Danke, J. H., für dieses

Antidepressivum. Sie sind ein Freund des klaren Wortes. Sie sind meine Alternative für Neustadt und Europa!"

28. "Der Autor scheint mir (37 Jahre, männlich, Akademiker, ungebunden, aber trotz Vasektomie nicht uninteressiert am anderen Geschlecht) ein semizynischer, radikal-moralischer Insurgent mit latentem Gerechtigkeitstrieb und manifestem Größenwahn zu sein. Ein Profiler unserer ambiguosen Verfasstheit. Seine saftige Gegenwartsliteratur bedient die Suchtkultur meiner erwartungsgeilen Generation Neugiernase. Was hat Hannssen noch geschrieben? Ist Zac sein Alter Ego? Macht der richtig Kohle mit dem Text?"

29. "Ein progressiv-gender-trans-sensi_I*ves Konversationslexikon. Ein verwirrendes Spiel mit der Zusammenschreibung von Substantiven. Mir erschien das wie ein Sinnbild, ein stringentes Symbol für den libertären Umgang des H. mit unserer kontextualisierten Sprache und dem versprachlichten Kontext, der stilsicher gekonnt jeden Anflug von Ikonoklasmus durch luziden Schabernack sublimiert. Ein mir bis dato nicht momentaner Worte-Virtuose, ein Sprach-Kasper, ein MajuskelMajor, er hat mich durchaus amüsiert. Danke."

30. "Ist der Skribent aus dem Westen oder dem Osten unseres herrlichen Vaterlandes? Sorry, Amazon, so lange ich das nicht weiß, kann ich kein Urteil abgeben."

31. "Peinliche Beichte eines Unterforderten. Oder Überforderten. Ich könnte das auch. Sogar besser. Viel besser sogar. Gleich setze ich mich hin und schreibe ein eBook. Oder zwei. Kann so schwer nicht sein. Nu pagadi!"

32. "Der Stromerzeugergenerator SEG 2.4 von HUTaccy hat mich überzeugt! Dank der ausgereiften Inverter-Technologie gelingt es dem modernen Gerät, seine Ausgangsleistung 2.417 Watt (Nennleistung) in perfekt austarierter, schwankungsfreier Qualität zu zaubern. Der mit 14,2 Litern für ein semiprofessionelles Stromaggregat ungewöhnlich geräumig ausfallende Tank, reicht aus, um im Eco-Modus einen ganzen Tag, im Median-Modus gut 20 Stunden und im Power-Boost^R-Modus immerhin 24 Stunden lang Strom in bester 230-Volt-Qualität zu produzieren. Ich hatte das tolle Teil für die hier im Süden dank einer unglücklichen Verknüpfung von Windstille, bedecktem Himmel und

Energiewende sich häufenden Stromausfälle erworben. Hier habe ich die Erfahrungen von mich und meine Familie (mein Frau Karina, unsere Sohn Claudius, ihrer Sohn Mike und mein Tochter Christine mit ihren nerdigen Freund) notiert: Positiv: - sieht mit seinem türkis-auberginen Korpus bildschön aus, - dank modernster Inverter-Technologie auch für empfindliche Elektronik (Laptop, Braun-Rasierer, Toaster) mehr als geeignet, - ungewöhnlich gut zugänglicher Einfüllstutzen, - schluckt E10-Benzin, Biodiesel und sogar Rapsschnaps, - günstiger Verbrauch, - riesiges LCD-HD-QTX-Daguerre-Display, - viskoelastische Dämpfungsdinger untenrum gegen das gefürchtete Volllast-Wandern, - durch Remote-Control-Ability per Generator-App fernsteuerbar (Internet der Dinge), - von drei Steckdosen entspricht eine sogar dem US-amerikanischem Standard, - Lieferung in frustfreier Amazon-Verpackung, - Hotline sehr freundlich, - flüsterleise im Ökomodus. Negativ: - Motoröl muss separat geordert werden, - sehr schwer (sehr, sehr schwer! irre schwer!), - Seilzugzündung störanfällig (Tipp: Sternzwirn verwenden!), - Bedienungsanleitung auf paschtunisch, Hotline norwegisch, - schwergängige Serviceklappe für den vorsintflutlichen FI-Schutzschalter (was mag das sein?), - kleines Turboloch im traversen Teillastswing, - Gummimuffe der Vorpumppumpe benötigt Talkum. Im flüsterleisen Ökomodus gibt das Ding man gerade 0,3 kW ab. Alles in allem ein klarer Kauftipp!"

33. "Der Autor ist eine Autorin und ihr Name nur ausgedacht, weil sich Bücher von Männern besser sellen. Ganz klar. Fragen sie Herrn J. K. Rohling! Dieser Text atmet so viel Empathie, so viel Zugewandtheit, so viel Gutes, ... jedenfalls bleibt die Fakt*, dass die Verfasser*n einer solchen geschlechtsübErgreifend begeisternden Streitschrift kein Mann sein kann."

34. "Wahnsinn. Waahnsinn. Was geht denn hier ab? Was geht denn hier ab? (Béla Réthy, ZDF, vorab am 08. Juli 2014, circa 22.28 Uhr MESZ)."

35. "Ich war sehr skeptisch, ob sich die Investition lohnt. Der Titel ist verwirrend, die Aufmachung fast marktschreierisch. Doch ich hatte von der ersten bis zur letzten Zeile so viel Spaß, habe mich so oft in den prägnant-pointierten Gedanken des Dünensitzers entdeckt, habe so häufig ferne Begriffe ergoogeln müssen, dass ich dieses kleine Meisterwerk nur empfehlen kann. Was gefiel mir an diesem Assoziationsfeuerwerk besonders? Die wilden Gedanken und

milden Spinnereien kann man immer wieder Ereignissen unserer Tage zuordnen, doch der Autor vermeidet es sehr gekonnt, etwas zu notieren, was sich auf allein tagespolitische oder ausschließlich erotische Relevanz reduzieren ließe. Tolle Invektive übrigens! Und: Der Text verliert sich oft in abstruse Absonderlichkeiten, folgt dabei aber immer einer überzeugenden Grundidee - die ich hier nicht verraten will."

36. "Ich habe gerade das neue Standardwerk der abwegigen Pauschalkritik gelesen!!! Profundes Oberflächenwissen, herrlich unangepasst, einige, wenn auch nicht genug, Majuskeln, gepaart mit tiefenpsychologischen Allgemeinplätzen und badeschaumkonsistentem Quatschbraten, mehr kann man nicht erwarten. Für mich, und ich kann hier nur für mich schreiben, ist das die therapeutische Alternative zu legalen Drogen. Wo bleibt die Ausgabe als Prachtband by Taschen, mit dem ich öffentlich mein Bekenntnis zu Jo Hannssen ablegen kann? Hinweis: Mein letzter Satz enthält eine Produktplatzierung."

37. "Eine Rezension, ohne dass ich das Buch zu Ende gelesen habe, mag unüblich sein, doch ich bin auf Seite 31 schon so begeistert, dass ich Euch alle da draußen an meinem Leseerlebnis teilhaben lassen will. Muss! Mir krabbelten aufwühlende Authenzitäts-Schauer meinen dezent behaarten Rücken hinauf und sogleich wieder hinab. Das ist keine leichte Bettlektüre, sondern anspruchsvolle Literatur eines peniblen, pointensicheren Pedanten, auf die sich einzulassen sehr einfach ist, weil er so flockig, so skurril, so lässig-perfunctorie zwischen Humbug und Polit-Firlefanz navigiert. Fast schon … . Nein, doch nicht."

38. "Chauvinistische Ressentiments habe ich gesucht, aber denkste, alles gedschendrt, nur reglementirter Anbiedrungskackmist mit Pseudo-Provos. Albrn. Mir schwillt der Kamm, mir juckt die Hand, mir platzt die Macho-Adr. Matchistischr Kackscheiß sieht andrs aus! Ist andrrseits für mich echt gut, so eine softe Betrachtung dr Dinge zu lesen. Das sagt meine Sozialarbeitrin, die kalte Katrin, auch."

39. "Das war überfällig! Ein wortgewaltiger, ein wertvoller, ein wahrhaftiger Beitrag zur Empörungskultur. Ein gigantische, eine gewaltige, eine gnadenlose Gagrakete. Ein singender, ein swingender, ein klingender Kulturtext. Zeitdiagnostische Bosheiten vom Allerfeinsten, bar jeglichen Verbalgeifers. Ich war unfassbar

gefesselt, konnte gar nicht lassen von dieser kathartischen, universalen Höllentour, ja -tortur, entlang der schroffen Felsen unseres mitteleuropäischen Menschseins. Und Judith Tribon bleibt (m)eine Ikone."

40. "Nee, lass mal, für den Anfang war das Ding hier schon super, schon die Idee, konsequent kein ß zu schreiben: formidabel! Ich sehe den Hanni Hannssen nicht nur als einen ß-Haßßer, oh nein, das durchgehende Doppel-s ist sein feinsinniger Protest, mit lässig-prämoderner Ignoranz zieht Hannssen gegen die kritikarme Willfährigkeit der Rechtschreibreform-Follower zu Felde. Stil folgt hier dem Inhalt, die Form der Funktion. Das lässt dennoch Platz für eine Optimierung seines Werkes, für die nachhaltige Ausbeutung der überbordenden Fantasie von Hannssen. Für mich sind diese Dünen eine Art von Steinbruch, ein buntes Bergwerk voller Ideen, die nur darauf warten, von einem talentierteren Schreiber extrahiert und veredelt zu werden. Aus jeder einzelnen Düne würde man einen Roman machen, wenigstens ein Drehbuch zwirbeln können. Ich wäre dazu bereit & fähig! ICH kann das! Auch wenn Sie das dieser Rezension kaum anmerken."

41. "Ein Längsdenker, der kommode Wahrheiten in seine Maschine hämmert, ein Meinungswicht ohne Gewicht, ein Spezialist für lauwarme Eisen, ein fiepender Leisetreter dubiosester Provenienz, beileibe kein Barrikadengladiator wider die informelle Meinungsdiktatur der miesen Medien-Meute, alles in allem abgrundtief oberflächlich - aber spielt das eine Rolle? Das spielt keine Rolle, „nicht wirklich". (Rezension inspired by J. H.)"

42. "Ich habe den Roman nicht gelesen. Mein Sohn schon, er ist eigentlich Lehrer für Mathe und Latein, hat in Marburg studiert, hat aber wegen seiner extremen Fettleibigkeit keine Stelle bekommen und deshalb viel Zeit für die Lektüre von Nachwuchsautoren. Er hat mir die Handlung (?) skizziert. Das vorab. Mir reicht schon der Titel in seiner impressiven Multideutigkeit. Februar. Das Wort zwirbelt mich exorbitant. Damit kann Hannssen doch nimmer diesen langweiligen Mini-Monat zwischen März und Januar, des nächsten Jahres, meinen. Sand. Ich vermute eine Allegorie auf die Sinnentleertheit der Postmoderne, die selbst für das Nichts einen quasinaturwissenschaftlichen Bezugspunkt (Sand!) braucht, um die ihr eigene Ausgeblasenheit zu maskieren. Oder Hannssen meint was Geographisches. Eine Wüste (Düne!). Oder Sand steht für die schlimmste Trockenheit - die Abwesenheit von Wasser und vor

allem von Wein! Für mich, für mich persönlich, für mich ganz höchstpersönlich, kommt sämtliche Philosophie unseres Lebens vom Wein. Getränk der Verheißung. Noch kein Wein zu haben versinnbildlicht die glühende Erwartung der Erlösung. Kein Wein mehr zu haben metaphiert den Verlust der Aussicht ... ich muss schnel suf Enter drückn, mein Sohn komt, der hält mich für demen"

43. "'Ich war die Hintertor-Kamera von Werder Bremen. Dann knallte mir ein sehr hart getretener Schuss eines Bremers (Klose? Basler? Fritz?) auf mein Objektiv. Als ich mich wieder berappelt hatte, wunderte ich mich darüber, dass der Schuss von meiner eigenen Mannschaft gekommen war.' Wer das für lustig hält, der könnte auch Freude an diesem Buch haben. Wer nicht - trotzdem."

44. "Herzflimmern! Ein Schaumschläger nutzt seine Wortkraft als Machete um mir und uns einen leuchtenden Pfad, ach was, eine Schneise - so breit wie ein Highway in einer dieser chinesischen Riesen-Städte, deren Namen hier im arroganten Westen keiner kennt - der Erkenntnis in den undurchdringlichen Dschungel namens Gegenwartsirrsinn zu hacken. Dieser Hannssen ist für meine Hirnaktivitäten Erreger und Therapie zugleich. HansILF! Magic!"

45. "Jo kratzt an der Deutungshoheit der Eliten, ja, mit kühnem Handstreich holt er beide zurück in das Volk. Das wird man - hoffentlich, aber die Ignoranz der deutschen Nation gegenüber Mindermeinungen ist legendär - kontrovers diskutieren! H. bleibt dabei leider feige, katzbuckelt, schielt - habe ich meinen wie immer untrüglichen Eindruck - zu oft auf den Verkaufserfolg, steckt den Finger rein in den zentralverbindlichen Meinungsbrei, stellt fest, dass der angenehm feuchtwarm ist und bleibt bald vollends darin stecken. Eine Schande. Trotz der zu mehr als zwei Dritteln fantastischen, unterhaltsamen Phantasmen werde ich dieses Werk von meinem Gerät verbannen und auch nicht wieder kaufen. So viel finale Endkonsequenz hätte ich mir von H. gewünscht!"

46. "Hallo, geht's noch? Warum ignoriert man denn hier in den Rezensionen total den Quatschfaktor? Wut, Zorn, Empörung und Erbitterung und nochmals Zorn durchfluten mich, denn Hannssen ist sooo lustig. Teilweise driftet er mit seinem Paar-Fourth-Ritt ins Albernste ab und ich fühlte mich gelegentlich fast etwas überfordert, oder unterfordert, aber nie gelangweilt. Müsste ich in

einen Krieg oder nach Sachsen-Anhalt ziehen, ich würde dieses Werk als Einmann-Überlebenspackung mitnehmen. Danke!"

47. "Selektive Wahrnehmung, Verengung des Blickfelds, beidseitige Scheuklappen - das sind die unverzichtbaren Voraussetzungen, um Freude an diesem intoleranten, mäßig mutigen Machwerk zu haben. Ich als weltoffener Bonvivant fühlte mich durch diese kühl dozierte, häufig beleidigende Belanglosigkeit außerordentlich unterfordert. Dieser Oberflächenschreiber wettert einfach nur gegen Vorurteile und Ressentiments, zeichnet (k)eine irre multiple Gegenwelt, sein privates Multiversum. Immerhin ist billiger Populismus nicht sein Stil. Einzig und allein die unpolitischen, sehr lustigen bis basisirren Einsprengsel hindern mich daran, meinen Kindle wegen dieses Fehlkaufs zu schreddern."

48. "Na bravo, bravissimo, da hat einer seinen Frust rausgerotzt, seine Verachtung der Kunst und der Künstler, besonders der verdienten, etwas älteren Musensöhne und -töchter. Lächerlich, der Typ kennt mich gar nicht, beschreibt aber meinen künstlerischen Abstieg. Vielleicht erging es ihm auch so? Ein guter Bekannter? Ein IM? Egal. Ich stelle mir vor, wie der feine Herr Hansen beim Schreiben eine angespeckte mittelbraune Wildleder-Jacke trägt, mit Fransen an den Ärmeln und am Kreuz, wie Old Schetterhand, oder Old Schurhand, oder Winnetuuh. Und überhaupt geriert er sich wie ein von der etablierten Künstler-Scene zu Recht verkannter Möchtegern-Schreiberling. Schwitzte Hansenn je in einer Schreibwerkstatt, musste er sich irgendwann bei einem Poetry-Slam von good-looking-but-untalented Bitches besiegen lassen? Garantiert nicht, wozu auch, hat ja eine muffige braune Wildleder-Jacke, die scheint heutzutage, im digitalen Zeitalter, zu jeder schriftstellerischen Karriere zu gehören, wie früher die schwarze lederige Peter-Maffay-Rocker-Jacke. Der nächste Trend nach dem Vollbart. Ob meine Künstlerkarriere so kläglich vor die Hunde ging, weil ich nie ein Insignium meiner Künstlerschaft hatte, weder wilde Jacke noch Vollbart oder angesagten Twitter-Account, oder weil ich immer so schnell abschweife? Oder weil ich wirr schreibe? Oder weil ich so langweilig schreibe? Oder weil ich so langweilig bin? Hanssen, hilf mir, bitte, du erreichst mich unter Künstlerversager@[redaktionell gestrichen]"

49. "Hier wurde in vielen Rezis ausführlich zum politischen-satirischen Komplex innerhalb dieses Selbsfindungsexzesses gefaselt. Leider blieben der immense Unsinn und die totale Albernheit der

allermeisten Zeilen dieses Essays (?) unerwähnt. Schade. Mag sein, dass Hannssen hätte konsequent den besoffenen Quatsch von seiner reflexiven Gegenwartsbetrachtung trennen sollen, zwei Büchlein schreiben sollen. Jedoch: Pedantisches Beharren ist der Kobold kleiner Geister (Is' was, Doc?). In diese Falle tappe ich nicht - für mich ergab sich meine monströse Lesefreude gerade aus der reizvollen Auflösung eines nur auf den ersten Blick vorhandenen Antagonismus. Kurz: Feinsinn meets Unsinn."

50. "Wer bin ich, dass ich es wagen könnte, Hannssens Worte zu werten? Ein wutloser Muttext, der gute Laune macht. Ein mutloser Guttext, der wütend macht. Ein unguter Wuttext, der Mut macht. ... Wer bin ich, dass ich es wagen könnte, Hannssens Worte zu werten!"

51. "Schande! Wer behauptet, dieses Machwerk sei toll, der lügt oder sagt nicht die Wahrheit. Ich spucke auf diese idiosynkretische Verächtlichmachung des Deutschen Kabaretts! Ich hasse Judith-Tribon-Fake-Interviews! Ich habe nach dem Lesen die allerschmerzhaftesten Kopfschmerzen meines Lebens gekriegt. Wird im Text ja immer wieder erwähnt, logisch. Den Rest dieser mit diarrhötischer Feder hingekotzten Orgie habe ich gar nicht erst gelesen: Die Lektüre erschien mir nicht hilfreich."

52. "Ick fand dat Buch bißchen wie de Kreuzberga Nächte, vastehste, wegen Atze und Keule Blattschuß, vastehste, erst fangse janz langsam an, aba dann, aba dann! Die Chose kam erst uff Seite 2 so richtich in Fahrt, wurde dann aba zur Schussfahrt mittenmang in mein Humordingens. Mir fiel meine Jüngste, die kleene Juditt, von Wickeltisch, weil icke mein Tolino uff die kleene Ablage, die eijentlich für Puder und so Zeuch vorjesehen is, jestellt hatte, um beim Bäuchlein-Streicheln (Pups vaklemmt) weiter zu lesen, ja, und ditte hat ma so abjelenkt, ick war so am ablachen, dass ick mein kleines Zuckamäulchen von Tisch schob, und sie leida in die bekackten Stinkewindeln fiel. War mir aba ejal, ick hatte ooch ein bißchen watt jerocht jehabt, vastehste. Außerdem isse weich jelandet. Und nu frage ick dir, bin ick ein miesa Vata? Oda iss der Joey Hansson schuldich?"

53. "Keine Sekunde glaube ich dem sog. Autor, dass er wirklich im Wüstensand saß, als ihm dieser Schund einfiel! Wie hätte er sich das alles merken können? Und ist das nicht zutiefst westeuropäisch-kolonial, exotische Gefilde als flauschige Kulisse,

als billige Staffage für reaktionäre Banalitäten und eine postimperial-maskuline, egozentrierte Allmachtsphantasie zu missbrauchen? Nicht lesen, Genossen, das ist alles ausnahmslos neoliberaler Bockmist! Der Humor und die Kapitalismuskritik sollen nur Humorlosigkeit und fehlende Kapitalismuskritik tarnen! ¡AWAB! ¡Adelante Compañeros!, ¡Viva el Frente Popular! ¡No pasarán!"

54. "Mein Tipp: LAUT LESEN! Am besten LAUT VORLESEN LASSEN!! Belanglos-fröhlich, derb, provokant auf Klamauk gebürstet, völlig ungeeignet für Anhedonisten - so kommt dieses Sinn und Frohsinn stiftende Glamour-Stück daher. Jetzt freue ich mich sogar aufs Seniorenheim. Eine Hauch von Gaga, eine Prise Dada, ein Fitzelchen ressentimentgeladenes Blabla. Hochkomik und Rinnstein. Feine Fröhlichkeit für Kenner! BITTE ALS HÖRBUCH VON JUDITH TRIBON LESEN LASSEN!"

55. "Diese bitterbösartige Betrachtung ist eher etwas für kognitiv Unterforderte, gemacht für Mitmenschen, die lebenssituationsbedingt an der Unterkante ihrer intellektuellen Möglichkeiten operieren müssen. Ich denke da an Familieninsassen mit akademischem Hintergrund. Sie könnten Gefallen an Hannssen gelegentlich dekonstruktivistischen Worten finden, wenn Sie die allgegenwärtige flache Breaking-News-Rezeption als zu wenig abstrakt, als zu unanalytisch ablehnen. Und Sie sollten jemand sein, der zum Lachen nicht in den Keller zu gehen pflegt."

56. "Köstlich! Endlich eine klar ostdeutsche Sicht auf die deutsche Gesellschaft! Ein Geschichte, so zeitlos formschön wie die Pontonkarosserie des Wartburg W 353 von Karl Clauss Dietel. Dobro Pascholowatsch w Mir Snaniji!"

57. "Köstlich! Endlich eine klar westdeutsche Sicht auf die deutsche Gesellschaft! Eine Geschichte, so formlos zeitschön wie meine Freundin Elke-Maria. Erkenntnisstiftende Publizistik in Bestform!"

58. "Die Rezensionen sind fantastisch, deren Gegenstand eher nicht. Bei aller Bescheidenheit, ich kann mir diese Wertungen locker erlauben: Den eigentlichen Text habe ich nicht gelesen, deshalb mein rigides Urteil dazu. Ich lese mittlerweile nie anderes Material als Literatur-Bewertungen. Früher habe ich alle Bewertungen bzw. die Bewertungen für alle Produkte studiert, nur, das war durch die Bank deprimierend, da schreiben einfach viele, die nicht schreiben

sollten. Bei den Buch-Rezensionen ist das anders. Meistens. Soweit meine Einleitung. Hier nun der Hauptteil: Meiner bemächtigte sich ein ungeheuerlicher Verdacht. Die sehr flüssigen, auffallend glatt lesbaren Rezensionen zu diesem Buch klingen ausgedacht, so, als ob sie aus einer einzigen fremden Feder stammen. Vielleicht gar aus dem Werk selbst? Nur, wie kann das technisch gehen, mit copy and paste ... von so technischen Sachen muss ich Feinstgeist keine Ahnung haben. Wenigstens schnell durchschaut habe ich den Trick, Bewertungen nicht allein im Spitzenbereich, sondern für ziemlich jede Sterne-Zahl zu ‚faken'. Mich, den pedantischen Spezialisten, der seine Pensionisten-Freizeit mit dem Studium von Rezensionen verbringt, täuscht man nicht! Und ich komme bestimmt dahinter, wer so schnöde täuscht. Fazit und Schluss: Ich habe die Bewertungen gerne, mit viel Genuss gelesen. Aber das Buch dazu, lieber Herr Hannssen, das kaufe ich nimmer!"

59. "Ich habe Antworten auf meine metaphysischen Sinnfragen nicht erwartet, und doch eins ums andere Mal erhalten. Ich durfte Ehrlichkeit bis weit hinaus über die Grenze der Selbstverleugnung erleben. Ich hatte enorme Freude an dieser schleichenden Raserei eines fiebernden Geistes! Ich genoss oberflächliche Betrachtungen über fast alles! Ich gehe aus der Lektüre, und auch das wagte ich in Anbetracht des frappierend günstigen Preises nicht zu erhoffen, mit neuem Mut, jetzt endlich auch selbst Unbequemes zu artikulieren. Sonntag ist Schautag im Fliesen-Paradies Schlumm (Kein Verkauf, nur Beratung)!"

60. "Geschichten, pfiffige Betrachtungen und blanker Unsinn - lose geschüttet wie Dünen einer Sandwüste. Eine mächtige Provo dieses ketzerischen Rufers in der (echten) Wüste unserer weich gespülten Diskussionskultur, doch das deutsche Feuilleton wird das verkraften. Verkraften müssen! Das ist 'Fracking in Buchform', weil Hannssen mit der scharfen Chemikalie 'Satire' aus den tief liegenden 'Gesteinsschichten' des Gesellschaftsdiskurses 'alles' realy Relevante ('Realyvante') ans 'Licht' 'wäscht' '!'"

61. "Endlich nun ein virtuoser Expressionist der Worte, einer, der Konventionen elegant beherzt ignoriert, lieber impliziert als postuliert. Den Leser erwartet beste Graswurzelsatire eines mokanten Besserwissers, dessen einziger Fehler darin besteht, Aspekte der Biodiversität nicht im gebotenen Umfang zu illuminieren. Ich genoss diesen taktlosen Tritt in meinen leider trägen [Anm. d. Redak.: Vermeiden Sie bitte Gossensprache!]

62. "Jo Hannssen: Seine Worte rührten mich, sie sind so unvergesslich wie der allererste Kuss. Zum Inhalt: Hannssen lässt seinen Protagonisten, auf eine arabischen Sanddüne sitzend, anarchisch-anachronistisch über die großen und wichtigen Dinge wie über die kleinen und wichtigen Dinge spotten und sinnieren: Schmerz, Liebe, Männer, Frauen, Filmkunst, Globus, Autos, Politik, Musik, Judith Tribon, Sport, Internetkommentare, Eliten, Gleichgewichtsartistik, Sand, Energie, Fahrradfahren, Drei, Beinstumpf, Datenschutz. Ich habe nicht jeden Hannss'schen Gedanken verstanden, was nicht allein an mir gelegen haben dürfte, und nicht jede Idee hat so viel Charme wie, z. B., der Titel. Oder doch? Geschenkt! Es ist ein Zuckerl, ein Schmankerl, ein literarischer Leckerbissen aus erlesensten Ingredienzien."

63. "In den hansen ihre Haut will ich nich stekken. Der bleidigt zu vielle. Das meiste hab ich soundso nich frappiert. abc def ghi jkl pqr mno sscht uvw xyz. Na bütte, ich kann's noch doch!"

64. "Mein Eindruck von der Sprache: Pointiert, leichtfüssig und charmant gelingt dem Hannssen eine arabeske Soiree von Worten, Witzen, Werten. Der warmherzige Text verherrlicht in leuchtender, frischer Sprache die Menschen und das heiter Menschliche. Mein Eindruck vom Textaufbau: Die vielen Abschweifungen sind - fast - nie peinlich, scheinen Programm zu sein, überfordern vielleicht die Linearleser. Das ändert leider nichts am Gesamturteil: Der Protagonist der Erzählung und dessen Autor haben einen gewaltigen Klatsch an der Waffel."

65. "Nein, ich will nicht! Was ich nicht will: Eine weitere schlurfige Kritik über Hannssens fulminanten Text verfassen. Seine Wortvirtuosität ist über jeden literatur-, humor- und gesellschaftskritikkritischen Zweifel erhaben. Was mich umtreibt, was mich unzufrieden macht, was mich zu schreiben zwingt, das sind die Schwachheiten in den vielen allzu durchschaubaren Rezensionen. Rezensionen sollen ihrer Idee nach Echoraum für die besprochene Literatur sein, ob kritisch oder konstruktiv, zumindest sollte ehrlich und aufrichtig geschrieben werden. Hier hatte ich häufig den Eindruck, dass der Autor einige der positiven und - zwecks Tarnung - auch einige weniger wohlwollende Besprechungen selbst geschrieben hat. Wie sonst könnten die, in einigen Fällen an die Grenze des Zumutbaren reichenden, fiesen Vermutungen, miesen Banalitäten und infantilen Schwachsinnigkeiten Eingang in unsere erlauchte Literatur-Arena

finden? Bei anderen Rezensionen störte mich der vollständige Mangel an Stil, Metaphorik und Kenntnis der allgemeinsten Gebote höflichen Miteinanders. Absicht? Ungelenke Provokation? Cui bono? Ich erhebe schier ungeheuerliche Vorwürfe, doch bin ich Manns genug, mit meinen Verdachten nicht hinter dem Berg zu halten. Hannssens Werk hat schlecht geschriebene Rezensionen nicht verdient. Womöglich wird es noch besser, aber hier & jetzt bedurfte es genau dieser, meiner Meta-Rezension!"

66. "Hallo Jo, du musst einfach der [Anm. d. Redak.: Vermeiden Sie bitte Klarnamen, wenn Sie nicht genau wissen, ob der Namensträger damit einverstanden ist.] sein. Ich bin die [...] aus deiner Klasse am Goethe-Gymnasium und freue mich so sehr, nach einem Vierteljahrhundert endlich eine Spur von dir gefunden zu haben. Falls du dich nicht erinnerst, ich war die (damals) Dürre, die dir beim Mittelball unserer Tanzstunden zugeteilt worden war. Es war dann trotz des holprigen Starts noch ein extrem wundervoller Abend, den ich mir noch heute ab und an imaginiere. Du verstehst bestimmt, was ich meine. Wie ich auf dich, mein lieber [Anm. d. Redak.: Wegen der erneuten Klarnamen-Verwendung: 2. Verwarnung!], komme? Ganz einfach! Vor allem hast du schon damals ganz viel Unsinn erzählt, das scheint sich nicht geändert zu haben, wie ich beim Lesen schnell merkte. Und deine Tarnung ist sooo schlecht! Hanni war dein Spitzname bis zur 10. Klasse, weil du dich seit der fünften an (leider nur *fast*) alle Mädchen so range*hannst* [Anm. d. Redak.: Das klingt schrecklich ausgedacht! Oder soll das etwa Jugendsprache sein?] hattest. Joo, mit Doppel-o, war danach dein Spitzname, weil unser genialer, allseits interessierter Deutsch- und Sportlehrer M. (ich darf hier den echten Namen nicht schreiben) [Anm. d. Redak.: Das stimmt!] mal beim Anblick deiner super-engen Sporthose zu dir sagte 'Große Gedanken, großes Gemächt - was für ein Jo!' Na, du warst aber auch besonders gut in 'Deutsch', wenn du verstehst. Und, habe ich Recht, bist du nun der [Anm. d. Redak.: Wegen des 3. Verstoßes gegen die Klarnamen-Regeln wird die Rezension hier abgebrochen.] ... "